KB212431

왈츠는 나와 함께

휴머니스트 세계문학 042

왈츠는 나와 함께
SAVE ME THE WALTZ

젤다 피츠제럴드 | 최민우 옮김

차례

일러두기

1. 번역 대본으로는 Zelda Fitzgerald, *Save Me the Waltz*(Vintage Classics, 2001)
   를 사용했다.
2. 주석은 모두 옮긴이 주다.
3. 본문 중 굵은 글씨는 원서에서 이탤릭체로 강조한 부분이다.

밀드러드 스콰이어스에게

테베가 폭풍우 속에 있었을 때

왕께서 우리에게 옛 시절의 푸른 하늘과 여름 바다를 보여주셨습니다

예서 마음이 흔들린다면, 차라리 죽고 말지요.

오, 가능하다면 왕이시여,

다시 한번 푸른 하늘을 보여주소서, 푸른 하늘을!

— 소포클레스, 〈오이디푸스 왕〉

제1부

1

    사람들은 말했다. "저 여자애들은 자기들이 무슨 짓을 해도 다 그냥 넘어갈 줄 아나봐."

    소녀들이 그럴 수 있던 건 아버지에게서 느끼는 안정감 덕분이었다. 아버지는 살아 있는 요새였다. 사람들은 대개 타협을 통해 인생이라는 흉벽을 쌓는 동안 분별력 있게 순종함으로써 난공불락의 성채를 올리고, 감정을 철회함으로써 철학적 도개교를 조립하며, 신 포도에서 짜낸 펄펄 끓는 기름에 약탈자를 담근다. 베그스 판사는 젊은 시절부터 청렴한 삶을 고수했고, 그의 탑과 예배당은 지적인 관념으로 건축되었다. 지인들이 아는 한 베그스는 친절한 염소지기에게나 위협적인 남작에게나 자신의 성으로 통하는 경사로를 절대 개방하지 않았다. 그러한 접근 불가함이야말로 그의 명민함에 깃든

결점이었고, 그가 국내 정계의 거물로 출세하지 못한 것도 아마 그래서였을 것이다. 주 정부가 그의 거만함을 너그러이 용인해주었다는 사실 덕택에 판사의 자녀들은 스스로를 위한 거점을 마련하기 위해 어린 시절부터 기울여야 하는 사회적 노력이라는 의무에서 면제되었다. 생물처럼 순환하는 세대를 재난과 질병의 경험에서 벗어나게 해주는 주군 한 명이면 후대의 생존은 충분한 법이다.

강한 남자 한 명이면 많은 것을 감당할 수 있다는 식으로 자연철학을 편리하게 취사선택함으로써 그는 자식에게, 또 가족에게 목적의식의 유사품을 제공해주었다. 베그스 집안의 아이들이 시대의 긴급한 변화에 대응하는 법을 배웠을 때는 이미 악마가 턱밑까지 치고 올라와 있었다. 그들은 불구 상태로 조상들이 만든 봉건적인 성곽에 오랫동안 매달린 채 가문의 정신적 유산을 그러모았는데, 적당한 용량의 저장고라도 준비되어 있었다면 훨씬 더 비축해뒀을 것이다.

밀리 베그스의 학교 동창은 베그스 집안의 소녀들이 어렸을 때 걔들보다 더 골치 아픈 애들은 살면서 본 적이 없다고 말했다. 그 아이들이 뭔가를 달라고 떼를 써대면 밀리가 재량껏 구해 오거나 의사가 불려 나와 그런 별난 아이들에 대한 준비가, 분명 되어 있기는 하지만 참으로 부실하게 갖춰져 있는 이 세계의 냉혹함을 굴복시켜달라는 요청을 받았다. 당신의 아버지에게서는 불충분한 보살핌을 받았던 오스틴 베그스는 본인 소유의 사람들에게 더 좋은 걸 제공하고자 자신의 두뇌라는 연구소에서 밤낮으로 일했다. 밀리는 부득이, 또한 기꺼운 마음으로 아이들을 새벽 3시에 깨우고는 딸랑이를 흔들며 조용히 노래를 불러줌으로써《나폴레옹 법전》의 기원이 남편의 머릿속에서 아우성치는 일을 막았다. 오스틴은 웃음기 하나 없이 말하곤 했다. "바위산 꼭대기에 야생동물과 철조망으로 둘러싸인 성벽을 지어서 이 불량배에게서 벗어나야겠어."

오스틴은 젊음의 잔재와, 경험을 연주하는 악기는 되지만 경험의 결과를 연주하는 악기는 되지 않기로 선택하기 이전의 기억과 마주할 때 보이는 저명인사 특유의 거리감 있는 다정함과 자기 성찰로 밀리의 딸들을 사랑했다. 베토벤의 바이올린 소나타 〈봄〉이 품고 있는 상냥함을 들으면 이 말의 뜻을 실감할 수 있을 것이다. 유일한 사내아이가 갓난아이 때 세상을 떠나지만 않았어도 오스틴 판사는 가족과 더 가까운 관계를 유지했을지 몰랐다. 그는 걱정 쪽으로 난폭하게 방향을 전환함으로써 실망에서 도피했다. 재정에 대한 근심은 남녀 공히 공유할 수 있는 유일한 걱정이다보니 그가 밀리에게 들고 간 골칫거리도 바로 이것이었다. 갓난아이의 장례식 비용 청구서를 아내의 무릎에 내던지며 그는 비통하게 외쳤다. "도대체 어떻게 내가 이 돈을 낼 거라고 생각한 거지?"

밀리는 현실감각이 그다지 강했던 편이 아니어서 지금 이 남자가 보이는 잔인함과 자신이 예전에 알았던 정의롭고 고결한 성격을 조화시킬 수 없었다. 그 뒤 그녀는 두 번 다시 사람을 판단하지 못했고, 현실의 모순에 순응하기 위해 삶에서 획득한 고집스러운 충절을 도구 삼아 자신이 처한 실제 현실을 성인처럼 숭고한 조화로운 상태에 이를 때까지 변형했다.

"우리 애들이 못됐다고 쳐도." 그녀는 동창에게 말했다. "난 그런 모습을 못 봤어."

인간 기질의 조화 불가능성에 대한 답사 경험이 쌓인 끝에, 밀리는 막내 아이의 탄생을 극복하는 감정전이의 기술 역시 터득하기에 이르렀다. 문명의 정체 상태에 격분한 오스틴이 인류에 대한 환멸감과 사그라지는 희망을 밀리의 태평한 머릿속과 관련된 돈 문제와 같이 엮어서 사방에 흩뿌리면, 밀리는 본능적으로 일어나는 분노를 조앤이나 딕시의 삔 발목에서 나는 열로 돌리고는 기쁘고도 애절한 그리스 비극의 코러스와 더불어 삶의 슬픔을 헤쳐나갔다. 가난이라는 현실과 마주할 때면 밀리는 자신의 자아를 금욕적이고 굳건한 낙관주의로 가득 채워 자기를 끝까지 따라오는 특별한 슬픔에 절대 휘둘리지 않았다.

흑인 할멈의 신비롭고 알싸한 품속에서 배양된 이 가족은 소녀들로 부화했다. 판사는 여분의 잔돈에 대한 의인화, 회반죽을 하얗게 바른 행락지까지 향하는 노면전차 탑승, 호주머니에 가득한 페퍼민트를 통해 성숙한 인식을 깨우치고는 징벌의 기관이, 냉혹한 운명이, 법과 질서와 확립된 규율을 강제로 집행하는 힘이 되었다. 젊은이와 나이 든 사람. 유압 케이블카처럼 나이 든 사람 역시 자신의 객차에 확신이라는 물이 덜 채워져 있으므로 젊음이라는 바닥짐의 균형을 끈덕지게 맞추려 한다. 그렇게 소녀들은 여자다움이라는 특질을 품고 성장하면서, 눈부신 섬광을 피해 그늘진 보호림을 찾아 들어가듯 어린 소녀라는 전시회 시절에 어머니에게서 안정을 찾았다.

오스틴의 집 포치에서는 그네가 삐걱거리고, 반딧불이가 클레마티스 위를 난폭하게 휘저으며, 곤충들은 홀의 불빛이 일으키는 황금빛 번제•로 몰려든다. 그림자가 남부의 밤을 자신이 생겨난 그곳, 어두운 열기로 되돌아간 밤의 망각에 묵직하게 푹 젖은 대걸레처럼 닦아낸다. 우울한 밤나팔꽃이 끈으로 만든 격자 구조물 위에 덮은 어두운색의 흡수력 좋은 완충재를 따라 꾸물꾸물 올라간다.

"저 어릴 때 얘기 해주세요." 막내딸이 졸라댄다. 소녀는 적절한 모녀 관계를 실현하기 위한 노력의 일환으로 어머니에게 바싹 달라붙어 있다.

"너는 착한 아기였단다."

소녀의 내면에는 스스로에 대한 해석이랄 게 전혀 없었다. 부모의 삶에서 무척이나 늦은 시기에 태어나다보니 부모의 내밀한 의식에서 아이에 대한 자애로움은 이미 떨어져나간 뒤였고, 그럴 때 어린 시절은 아이에 대한 것이라기보다는 일종의 아이에 대한 관념이 되고 만다. 소녀는 자기가 어떤 아

• 구약시대에, 짐승을 통째로 태워 제물로 바친 제사.

이인지 듣고 싶다. 자기가 그 무엇과도 닮지 않은 존재라는 것을, 마치 장군이 화려한 색깔의 핀으로 부대의 진격과 퇴각에 따라 전투를 재구성할 수 있듯 나중에는 자신이 발산하는 것으로 몸의 골격을 가득 채우리라는 것을 알기에는 너무 어리기 때문이다. 소녀는 어떤 노력을 기울여야 자기 자신이 될지 모른다. 그 소녀, 앨라배마가 아버지의 신체는 오직 그녀의 한계만을 규정할 수 있다는 사실을 깨달은 건 한참 뒤의 일이었다.

"제가 밤중에 울고 큰 소리로 시끄럽게 굴어서 엄마와 아빠는 제가 죽길 바라셨나요?"

"엉뚱한 소릴 하는구나! 내 아이들은 모두 사랑스러운 아이들이었단다."

"할머니도 그렇게 생각하셨나요?"

"그랬을 거야."

"그럼 캘 삼촌이 남북전쟁에서 돌아왔을 때 할머니가 삼촌을 내쫓은 이유가 뭐예요?"

"할머니는 이상한 분이셨거든."

"캘 삼촌도요?"

"그래, 캘이 집으로 돌아왔을 때 할머니는 플로렌스 페더에게 전갈을 보내 캘과 결혼하기 위해 당신께서 죽기를 기다리고 있는 거라면 베그스 가문 사람들은 장수 종족이라는 사실을 알려주고 싶다고 하셨지."

"그분은 아주 부자였나요?"

"아냐, 그건 돈 문제가 아니었어. 플로렌스는 캘의 어머니와 같이 살 수 있는 건 악마뿐이라고 말했지."

"어쨌든 캘 삼촌은 결혼 안 한 거죠?"

"그래, 안 했어. 할머니들은 언제나 자기 방식이 있는 분들이지."

어머니가 웃는다. 자신의 사업 수완에 대해 이야기하며 탐욕스럽게 담보를 잡았다는 사실에 유감을 표하는 악덕 사업가의 웃음, 영원토록 겹치고 또 겹치는 사업에서 성공한 집안을 물리친 또 다른 집안이 승리감에 가득 차 짓는 웃음이다.

"제가 캘 삼촌이었으면 못 견뎠을 거예요." 앨라배마가 반항하듯 선언한다. "페더 양과 같이 자기가 하고 싶은 일을 했을 거예요."

아버지의 목소리가 보유한 깊은 균형감이 베그스 집안의 취침 시간이 디미누엔도처럼 천천히 잦아들 때까지 어둠을 굴복시킨다.

"어째서 이미 다 끝난 얘기를 재탕하려고 하는 거지?" 아버지가 사리에 맞게 말한다.

아버지는 셔터를 내리면서 당신 집의 특별한 특성을 상자 속에 넣듯 담아둔다. 빛과의 친화력을, 주름이 마치 친츠● 테두리를 둘러싼 덤불 정원 자수처럼 물결칠 때까지 햇빛에 투과되는 커튼 프릴을. 땅거미는 아버지의 방들에 그림자도 남

● 꽃무늬가 날염된 광택이 나는 면직물. 커튼이나 가구 등을 덮을 때 사용한다.

기지 않고 왜곡도 일으키지 않지만 그 방들을 더 모호하고 잿빛인 세계로 손상 없이 옮긴다. 겨울과 봄이면 베그스 가문의 집은 거울에 그려진 멋지게 반짝이는 장소 같다. 의자들이 조각조각 박살 나고 카펫이 구멍투성이가 되어도 집의 겉모습에서 흘러나오는 광휘에는 아무 지장이 없다. 그 집은 오스틴 베그스의 고결함이라는 정신문명을 위한 공허다. 그 고결함은 마치 빛나는 검처럼 밤에는 그의 피로한 기품이라는 칼집에서 잠든다.

양철 지붕에서 열기 때문에 팡팡 터지는 소리가 난다. 실내 공기는 오랫동안 열지 않고 닫아둔 트렁크에서 내뿜는 숨결 같다. 위층 홀 맨 앞문의 가로대에는 빛이 전혀 들지 않는다.

"딕시는 어디 있지?" 아버지가 묻는다.

"친구들이랑 밖에 나갔어요."

어머니가 얼버무리는 걸 느낀 소녀는 자기가 가족 문제에 참여하고 있다는 중요한 인식을 품은 채 조심스레 다가간다.

'우리 집에 일이 벌어지고 있어.' 소녀는 생각한다. '가족으로 산다는 건 정말 재미있는 일이야.'

"밀리." 소녀의 아버지가 말한다. "만약 딕시가 랜돌프 매킨토시와 또 시내를 싸돌아다니고 있다면 다시는 내 집에 돌아오지 않아도 돼."

아버지의 머리가 분노로 흔들리고, 격노에 찬 체면치레 때문에 안경이 코에서 흘러내린다. 어머니는 당신 방에 깔린 미지근한 깔개 위를 조용히 걸어 다니고, 소녀는 어둠 속에 누운 채 이 부족의 방식에 순종하며 마음이 고결하게 벅차오른다. 흰 삼베로 만든 긴 잠옷을 입은 아버지가 투덜거리며 내려간다.

길 건너 과수원에서 잘 익은 배의 향기가 소녀의 침대까지 둥둥 흘러온다. 멀리서 밴드가 왈츠곡들을 연습한다. 어둠 속에서 하얀 것들이, 하얀 꽃과 포석이 희끄무레하게 반짝인다. 창유리에 비친 달은 정원 쪽으로 기울어 지구의 녹진한 날숨에 은으로 된 노처럼 잔물결을 일으킨다. 세상은 본모습보다 훨씬 어리고, 자신의 문제를 파악해 그것들을 종족의 숙명이 아니라 개인적인 사안으로 해결코자 씨름하는 소녀 혼자만이 참으로 늙고 현명해 보인다. 세상에 광채와 생기가 돈다. 아이는 자랑스럽게, 마치 간신히 쓸 만한 토양에서 어쩔 수 없이 가꾸게 된 정원으로 걸어 들어가기라도 한 것처럼 삶을 점검한다. 소녀는 진작부터 질서정연한 재배를 경멸하고 있다. 바위의 가장 단단한 부분에서 달콤한 향을 발산하는 꽃을 피워내고 척박한 황무지에서 밤에 여무는 포도송이를 키워내는, 황혼의 숨결을 심고 마리골드와 쇼핑을 하는 마법사 경작인이 존재할 가능성을 믿기 때문이다. 아이는 삶이 수월하기를, 훗날 즐거운 추억이 될 일들로 가득하길 원한다.

그런 생각에 잠기며, 어린 소녀는 딕시 언니의 구혼자를 낭만적인 기분으로 생각한다. 랜돌프의 머릿결은 빛의 구슬을 쏟아내는 진주층이 진 풍요의 뿔 같고, 그 빛의 구슬이 랜돌프의 인상을 만들어낸다. 소녀는 자기 내면도 그와 비슷하다

고, 아름다움에 반응하는 감정에서 생겨나는 이 야심한 혼란
에 젖어 생각한다. 소녀는 딕시 언니의 활발한 주체성이 변
화무쌍한 세월에 의해 언니에게서 분리되어 나온 어른스러
운 부분이라고 생각한다. 그건 마치 변화에 무감했다면 문득
낯설어 보였을, 햇빛에 잔뜩 그을린 팔 같다. 소녀는 언니의
연애를 혼자 멋대로 써먹는다. 신경을 곤두세우다보니 졸음
이 온다. 흐려진 꿈을 부여잡으며 스스로를 정지한다. 소녀는
잠에 빠진다. 달이 소녀의 햇빛에 탄 얼굴을 자애롭게 안아
준다. 소녀는 자는 동안 점점 나이가 든다. 언젠가 소녀는 잠
에서 깨 대부분이 균류라 자양물이 거의 필요치 않은 알프스
정원의 식물을, 배아 성장기 외에는 좀체 꽃을 피우지 않으며
한밤중에 향기를 풍기는 하얀 화반을 관찰할 것이고, 더 나이
가 들면 서양배와 마리골드가 자라던 어린 시절의 애매모호
한 샛길보다는 르노트르●가 철학적으로 고안한 기하학적 보
도를 씁쓸한 심정으로 걸을 것이다.

앨라배마는 눈을 뜬 채 멍하니 누워 있었고, 무엇이 자기를
아침에 깨웠는지 짚어낼 수 없었다. 무표정이 젖은 욕조 매트
처럼 숨 막히게 얼굴을 덮고 있다는 점은 의식할 수 있었다.
앨라배마는 몸에 힘을 그러모았다. 덫에 걸린 연약한 야생동
물의 생명력 가득한 눈빛이 팽팽한 그물 같은 이목구비로부

● 루이 14세의 수석 정원사로 베르사유 궁전의 정원을 설계한 앙드레 르노트르
  (1613~1700).

터 빠져나와 회의적인 유혹을 담아 정면을 응시했다. 레몬 빛깔이 감도는 노란 머리칼이 등으로 녹듯이 흘러내렸다. 소녀는 자유분방한 몸짓으로 등교용 복장을 입으면서 몸을 앞으로 구부려 제 몸의 움직임을 관찰했다. 남부의 정적인 분위기를 물씬 풍기는 학교 종소리가 망망대해에 뜬 부표 소리처럼 밋밋하게 울렸다. 앨라배마는 딕시의 방에 까치발로 걸어 들어가 언니의 연지를 자기 얼굴에 발랐다.

사람들이 "앨라배마, 얼굴에 연지 발랐구나"라고 말하면 앨라배마는 그냥 "손톱 솔로 얼굴 문지른 거예요"라고 대답했다.

딕시는 여동생에게는 무척 흡족한 언니로, 방이 온갖 소지품으로 가득했다. 실크 제품이 사방에 널려 있었다. 벽난로 선반 위에 놓인 세 마리 원숭이● 조각상은 담배에 쓸 성냥을 들고 있었다. 《어두운 꽃》,●● 《석류의 집》,●●● 《꺼져버린 불꽃》,●●●● 《시라노 드베르주라크》●●●●● 등의 책이 있고, 석고로 만든 두 '사상가' 사이에 삽화가 첨부된 《루바이야트》●●●●●●가 펼쳐져 있었다. 앨라배마는 맨 위 옷장 서랍에 《데카메론》

● 각각 눈, 귀, 입을 가리고 있는 원숭이. 나쁜 것은 보지도, 듣지도, 말하지도 말라는 의미다.

●● 영국의 소설가 존 골즈워디(1867~1933)의 소설.

●●● 아일랜드의 작가 오스카 와일드(1854~1900)의 동화집.

●●●● 인도 출신의 영국 소설가 러디어드 키플링(1865~1930)의 소설.

●●●●● 프랑스의 극작가 에드몽 로스탕(1868~1918)의 희곡.

●●●●●● 페르시아의 시인 오마르 하이얌(1048?~1131)의 시집.

이 숨겨져 있다는 걸 알았다. 험한 문장들도 읽어본 적 있었다. 책들 너머로 돋보기를 통해 바라보는 남자를 모자 고정용 핀으로 쿡쿡 찌르는 '깁슨 걸'● 그림이, 조그만 하얀색 흔들의자 위에는 테디 베어 인형 한 쌍이 호화롭게 놓여 있었다. 딕시는 챙 넓은 분홍색 여성 모자와 자수정 장식 핀, 전기 고데도 소유했다. 딕시는 스물다섯 살이었다. 앨라배마는 7월 14일 새벽 2시에 열네 살이 될 것이었다. 베그스 자매의 둘째인 조앤은 스물세 살이었다. 조앤은 집에 없었는데, 워낙에 반듯한지라 있건 없건 집 안이 달라질 일이 거의 없었다.

앨라배마는 기대감에 부풀어 난간을 타고 미끄러져 내려갔다. 소녀는 때때로 계단 통로에서 굴러떨어지다가 맨 밑에서 널찍한 난간 사이에 착지함으로써 목숨을 건지는 상황을 꿈꾸듯 상상했다. 소녀는 미끄러져 내려가며 그 꿈에서 느낄 감정을 연습했다.

딕시는 벌써 식탁에 앉아 은근히 반항적인 태도를 보이며 세상과 담을 쌓고 있었다. 턱은 빨갰고, 우는 바람에 이마가 벌긋벌긋 부풀어 있었다. 얼굴은 여기는 부어 있고 저기는 쏙 들어가 있는 것이 마치 냄비에서 끓는 물 같았다.

"낳아달라고 한 적 없어요." 딕시가 말했다.

"잊지 말아요, 오스틴. 얘는 성인 여성이라고요."

● 20세기 초에 유행한 허리를 졸라맨 패션 스타일의 여성상. 미국의 화가인 찰스 깁슨(1867~1944)의 그림에서 유래했다.

"그놈은 쓸모없는 자식에다 지독한 한량이야. 심지어 이혼도 안 했잖아."

"제 생계를 제가 꾸리고 있으니 하고 싶은 대로 할 거예요."

"밀리, 그놈을 다시는 우리 집에 발 들이지 못하게 해."

앨라배마는 얌전히 앉아서 언니가 자기 로맨스에 간섭하는 아버지에게 반항하는 흥미진진한 광경이 벌어지길 고대했다. 아이의 침묵 말고는 아무 일도 벌어지지 않았다.

은빛 양치류 이파리에, 은제 물주전자에, 집무실로 떠나며 파란색과 하얀색이 섞인 포석을 밟는 베그스 판사의 발걸음에 떨어진 태양이 너무 많은 시간을, 너무 많은 공간을 덜어 냈다. 그저 그뿐이었다. 앨라배마는 골목 개오동나무 아래 트롤리 전차가 정차하는 소리를 들었고, 판사는 가버렸다. 그가 떠나자 양치류 이파리에 맺힌 빛도 덜 정돈된 리듬으로 반짝였다. 그의 집은 그의 의지에 매달려 있는 것이었다.

앨라배마는 뒤쪽 울타리에 막대기를 둘러싼 싸구려 산호 목걸이처럼 늘어져 있는 능소화나무를 바라보았다. 멀구슬나무 아래 드리워진 아침 그늘은 빛과 똑같은 특징을 지니고 있었다. 덧없고 도도했다.

"엄마, 학교에 가고 싶지 않아요." 앨라배마가 생각에 잠겨 말했다.

"왜?"

"제가 모든 걸 다 아는 것 같거든요."

어머니가 희미한 적대감이 서린 놀라움을 담아 앨라배마를 빤히 쳐다보았다. 아이는 자기가 의도했던 설명을 관두는 게 낫겠다고 생각하고는 상황을 수습하기 위해 자기 언니에 대한 화제로 되돌아갔다.

"아빠가 딕시 언니를 어떻게 하실까요?"

"풋! 그게 널 괴롭히는 일이라서 반드시 생각을 해야 할 일이 아니면 굳이 그런 문제로 네 어여쁜 머리를 성가시게 하지 말거라."

"제가 딕시 언니라면, 아빠가 절 막도록 놔두지 않겠어요. 저는 '돌프'가 좋거든요."

"이 세상에서는 원하는 걸 전부 얻기가 쉽지 않단다. 자, 이제 학교에 가렴. 늦겠다."

두근두근하는 심장 탓에 달구어진 뺨의 열기로 충만한 교실이 커다란 정사각형 창문들에서 떨어져나갈 듯 흔들리다가 독립선언서의 서명을 담은 음울한 석판 인쇄물에 고정되었다. 느릿하게 흘러가는 6월의 나날이 저 멀리 있는 칠판에 햇빛 한 줌을 더했다. 닳아빠진 칠판지우개에서 나오는 하얀 입자가 공기 중에 흩뿌려졌다. 머리카락과 겨울용 서지 천과 잉크병의 딱딱한 겉껍질이, 거리의 나무들 아래 하얀색 터널을 파고 들어오다가 창문에 역겹다시피 달달한 열기를 습포처럼 붙이는 온화한 초여름을 짓눌렀다. 흑인들이 흥얼거리는 영창이 잠잠한 소강상태를 뚫고 애처롭게 퍼져나갔다.

"헤이 호, 토마토, 잘 익은 토마토. 그린즈, 칼러드 그린즈."

남학생들은 햇빛 아래서는 녹색으로 보이는 길쭉한 검정

겨울 스타킹을 신었다.

앨라배마는 '아테네 민회에서의 토론'이라는 소제목 아래 '랜돌프 매킨토시'라고 적었다. "남자들은 한꺼번에 처형당했고 여자와 아이들은 노예로 팔려 갔다"라는 구절 주위에 동그라미를 그리는 와중에 알키비아데스에게는 입술을 칠해주고 멋진 단발을 그려줌으로써 마이어스●의《고대사》변형 작업을 마무리했다. 소녀의 마음은 맥락 없이 헤매었다. 딕시 언니는 어쩜 그렇게 포근할까, 어쩜 그렇게 무엇에든 늘 대비가 되어 있는 걸까? 앨라배마는 자기는 절대 스스로에 대한 온갖 세세한 준비를 한꺼번에 갖출 수 없으리라고, 그런 관념적인 대비 태세에 도달할 수 없을 것이라고 생각했다. 여동생에게 딕시는 삶이라는 것에 대처하는 완벽한 기계처럼 보였다.

딕시는 지역신문의 사교란 편집자였다. 사무실에서 퇴근한 뒤 저녁까지 전화가 걸려왔다. 제 목소리의 진동에 귀 기울이며 웅얼웅얼 속닥거리는 딕시의 목소리는 정답고 정감이 어렸다.

"지금은 말씀드릴 수가 없어요." 그런 다음에는 욕조에서 물이 넘치듯 천천히 목을 꿀꺽거리는 소리가 길게 났다.

"오, 뵙게 되면 말씀드릴게요. 아뇨, 지금은 말씀드릴 수 없어요."

베그스 판사는 검소한 철제 침대에 누워 노랗게 물들어가

● 미국의 역사학자 필립 마이어스(1846~1937).

는 오후 같은 색깔의 서류 다발을 분류하고 있었다. 송아지 가죽을 씌운 《영국법 연감》 여러 권과 《주해 사례집》이 나뭇잎 같은 그의 몸에 놓여 있었다. 걸려 온 전화가 그의 집중을 방해했다.

판사는 그게 랜돌프의 전화라는 걸 알았다. 삼십 분 뒤 판사는 홀 쪽으로 뛰어 들어갔다. 잔뜩 억제된 목소리가 떨렸다.

"그래, 말을 못 하겠다면 왜 이 대화를 계속하는 거지?"

퉁명스럽게 수화기를 잡아챈 베그스 판사가 말했다. 판사의 말소리가 작업 중인 박제사의 손처럼 냉혹한 간결함을 담아 이어졌다.

"다시는 내 딸을 만나거나 딸에게 전화를 걸지 말아주면 고맙겠네."

딕시는 제 방에 틀어박혀 그 뒤 이틀 동안 나오지도 않고 식사도 하지 않았다. 앨라배마는 이 소동에서 자기 역할을 한껏 즐겼다.

"앨라배마와 같이 '뷰티 볼'에서 춤을 추고 싶어서요." 랜돌프가 전화선 너머에서 말했다.

아이들이 흘린 눈물은 어김없이 어머니를 불러냈다.

"너희들 왜 아버지를 성가시게 하니? 약속은 밖에서 잡을 수도 있잖아." 밀리가 달래듯 말했다. 어머니의 광활하고 무지막지한 관대함은 오랜 세월 판사의 뛰어난 지성에서 나온 반박 불가능한 논리를 접하며 육성된 것이었다. 여성적 관용이 어머니다운 기질을 전적으로 뒷받침하는 역할로만 쓰이는 존재인 밀리 베그스는 마흔다섯 살 즈음에는 정서적 무정부주의자가 되어 있었다. 그것이 바로 그녀라는 한 개인이 삶을 이어갈 필요성을 스스로에게 입증하는 방법이었다. 밀리의 일관성 없는 모습은 그녀가 그토록 원했던 계획에 대한 지배력을 주장하는 듯했다. 오스틴이라면 세 자녀와, 무일푼인 처지와 내년 가을에 있을 선거와 보험과 법에 의거한 삶을 팽개치고 죽거나 병들 수 없었을 것이다. 하지만 밀리는 자기라면, 무늬에서 덜 촘촘한 뜨개실이 됨으로써 그럴 수도 있었을 것이라 생각했다.

앨라배마는 어머니의 제안에 따라 딕시가 쓴 편지를 부쳤고, 둘은 '팁톱' 카페에서 랜돌프를 만났다.

과격한 결단으로 휘몰아치는 소용돌이에서 10대 시절을 헤엄치고 있던 앨라배마는 언니와 랜돌프 사이에서 오가는 '의미'를 애초부터 불신했다.

랜돌프는 딕시가 일하는 신문사의 기자였다. 그의 어머니는 어린 딸을 주 남쪽 등나무 숲 근처의 페인트칠도 하지 않은 집에 가둬놓았다. 랜돌프는 자기 얼굴의 곡선과 눈의 형태를 표정으로 다스리지 못했다. 마치 자기 육체라는 존재가 자신이 지금껏 얻은 가장 경이로운 경험이라도 되는 듯했다. 그는 야간 춤 수업도 진행했는데, 수강생 대부분은 딕시가 데려온 사람들이었다. 넥타이 역시 딕시가 골라준 것이었다. 사실이 문제에 대해서라면, 랜돌프가 제대로 고를 필요가 있는 것이라면 뭐든 다 그랬다.

"자기야, 나이프는 사용 안 할 때는 접시 위에 놓아둬야 해." 딕시는 그렇게 말하며 랜돌프의 인격에 그녀가 속한 사교계의 틀을 부어 넣었다.

랜돌프가 딕시의 말을 듣고 있었는지는 결코 알 수 없었다. 늘 뭔가에 귀를 기울이는 듯 보이기는 했는데, 어쩌면 그가 듣는 건 본인이 바라던 꼬마 요정의 세레나데 아니면 태양계에서 본인이 차지하는 사회적 위치에 대한 환상적인 계시였는지도 몰랐다.

"속을 채운 토마토와 감자그라탱과 자루째로 먹는 옥수수와 머핀과 초콜릿 아이스크림을 먹고 싶어." 앨라배마가 성급하게 끼어들었다.

"세상에나! 근데 우리 〈시간의 춤〉•을 출 거잖아, 앨라배마. 나는 할리퀸 타이츠를 입을 거고 너는 얇은 모슬린 스커트에 삼각 모자를 쓰겠지. 삼 주 안에 춤 다 배울 수 있어?"

"그럼. 작년 카니발 때도 스텝 몇 가지 배웠어. 이런 식으로 하는 거거든. 볼래?" 앨라배마는 손가락을 서로 꼰 다음 그걸로 걷는 동작을 보여줬다. 한 손가락을 식탁에 꾹 눌러서 손을 원래대로 푼 지점을 표시한 뒤 다시 스텝을 보여주기 시작했다. "다음 부분은 이렇게 하는 거야. 그런 다음 브르르릅! 하면서 끝나는 거지." 소녀가 설명했다.

랜돌프와 딕시가 알 듯 말 듯 한 표정으로 앨라배마를 보

● 이탈리아의 작곡가 아밀카레 폰키엘리(1834~1886)의 발레 음악.

았다.

"멋지네." 여동생의 열정에 동요된 딕시가 머뭇머뭇 말했다.

"언니가 의상도 만들 수 있어." 앨라배마가 소유하는 자 특유의 매력을 발휘하며 말을 끝마쳤다. 방랑하는 열정을 품은 약탈자인 앨라배마는 손에 닿는 것이라면 무엇이든, 자기 언니들과 언니들의 연인들에게서, 온갖 공연과 장식물에서 노획한 것들을 쌓아놓고 살았다. 그 전리품 모두는 소녀의 내면에서 일어나는 끊임없는 변화에 따라 즉흥적으로 가치가 달라졌다.

앨라배마와 랜돌프는 매일 오후 낡은 강당에서 땅거미가 내려 어스레해지고 바깥의 나무들이 마치 비라도 맞은 듯 반짝이고 축축해져 이탈리아 베로나의 나무처럼 보일 때까지 연습했다. 앨라배마 주립군 제1연대가 남북전쟁에 참전코자 출발한 장소도 바로 그 강당이었다. 좁은 발코니는 가느다란 철제 기둥들 위에서 축 처져 있었고 바닥은 구멍투성이였다. 비탈진 계단을 따라 내려가면 도시 시장을 지나갈 수 있었다. 닭장에 들어 있는 플리머스종 닭, 정육점에서 나오는 얼음 덮인 톱밥, 화환처럼 전시한 '흑인 신발'과 군용 오버코트로 가득한 가게 출입구. 소녀는 흥분으로 얼굴이 발그레해진 채 잠시 가상의 직업 예비 세계에서 살았다.

"앨라배마는 어머니의 멋진 피부색을 물려받았어." 빙글빙글 도는 소녀의 모습을 보면서 어르신들이 논평했다.

"뺨을 손톱 솔로 문지른 거예요." 무대에서 앨라배마가 소리쳤다. 그게 자기 혈색에 대한 앨라배마의 대답이었다. 늘 정확하거나 적절치는 않았지만, 그래도 그게 자기 피부에 대해 소녀가 하는 말이었다.

"아이에게 재능이 있네요." 그들이 말했다. "키워야겠어요."

"저 혼자 해낸 거예요." 소녀가 대답했다. 완전히 솔직한 대답은 아니었다.

발레가 끝나 극적인 포즈를 취하고 있다가 마침내 막이 내렸을 때, 무대에 있던 앨라배마에게는 박수 소리가 엄청나게 쏟아지는 굉음처럼 들렸다. 밴드 두 팀이 무도회를 위해 연주했고, 주지사가 원을 그리며 한 방향으로 도는 행진을 이끌었다. 춤을 추고 나서 소녀는 분장실로 이어지는 어두운 복도에 서 있었다.

"한 번 까먹었어요." 앨라배마가 칭찬을 기대하며 속삭였다. 바깥에서는 공연의 열기가 여전히 이어지고 있었다.

"완벽했어." 랜돌프가 웃었다.

소녀는 입히기를 기다리는 의복처럼 그의 말에 매달려 있었다. 랜돌프는 응석을 받아주듯 소녀의 긴 팔을 잡고는 마치 선원이 수평선에서 다른 돛대를 찾는 것처럼 자기 입술로 소녀의 입술을 쓸었다. 소녀는 자기가 성장하고 있다는 의미를 가진 이 외부 표식을 용맹을 상징하는 훈장처럼 달고 다녔다. 그 표식은 며칠 동안 얼굴에 남아 소녀가 흥분할 때마다 다시 떠올랐다.

"너 거의 어른이네, 응?" 랜돌프가 물었다.

앨라배마는 그런 제멋대로인 관점을 검토할 권리를 스스로에게 내주지 않았다. 그 키스로 인해 성숙한 여성으로 비치는 자신의 면모를 랜돌프의 어깨 뒤편이라는 위치에서 바라보는 상상에 빠졌던 것이다. 그런 상상에 자신을 투사하면 스스로에 대한 고해성사를 위반하는 꼴이 될 것이었다. 소녀는 두려웠다. 심장이 걷는 사람 같다는 생각이 들었다. 정말 그랬다. 세상 사람 전부가 한꺼번에 걸어가는 듯 심장이 뛰었다. 쇼는 끝났다.

"앨라배마, 플로어로 나가지 그래?"

"사교춤을 춰본 적 없어요. 겁나요."

"저기서 기다리는 젊은 친구랑 춤을 추면 1달러 줄게."

"좋아요. 하지만 넘어지거나 저 사람 발을 걸면 어쩌죠?"

랜돌프가 앨라배마를 남자에게 소개했다. 남자가 옆으로 스텝을 밟을 때를 제외하고는 둘은 합이 꽤 잘 맞았다.

"당신 무척 귀엽네요." 앨라배마의 파트너가 말했다. "어디 다른 동네에서 온 분이 확실하다고 생각했는데."

앨라배마는 남자에게 조만간 자기를 만나러 와도 좋다고 말했고, 다른 많은 사람에게도 그랬으며, 우유에 뜬 지방을 걷어내기라도 하는 것처럼 무도회장을 미끄러지듯 누비는 빨간 머리 남자와는 컨트리클럽에 같이 가자고 약속했다. 앨라배마는 이런 식으로 데이트를 하게 되리라고는 상상도 해본 적 없었다.

다음 날 소녀는 세수를 하던 중 화장이 얼굴에서 지워지자 걱정이 들었다. 이미 잡은 일정을 소화하는 동안 변장을 유지하도록 도와줄 수 있는 건 딕시 언니의 연지 상자밖에 없었다.

접혀 있는 《저널》을 옆에 놓고 커피를 휘젓던 베그스 판사가 조간신문에서 '미인 무도회'에 대한 기사를 읽었다. 기사는 다음과 같았다. "이 도시 시민인 오스틴 베그스 판사 부부의 맏딸 딕시 베그스 양은 빼어난 재능을 가진 여동생 앨라배마 베그스 양의 공연을 랜돌프 매킨토시 씨의 도움을 받아 기획함으로써 이번 무도회의 성공에 크게 기여했다. 그날의 춤은 놀랍도록 아름다웠으며 솜씨 또한 최상이었다."

"딕시가 이 집안에 창녀나 하는 짓거리를 들여놓을 수 있다고 생각한다면, 걔는 절대 내 딸이 아냐. 도덕적인 척 면피하면서 이렇게 떡하니 인쇄가 되다니! 내 아이들은 내 이름을 존중해야 해. 그게 그 애들이 이 세상에서 가질 전부니까!" 판사가 버럭 호통을 쳤다.

앨라배마가 들은 그 말이야말로 아버지가 딸들에게 한 요구 중 가장 큰 것이었다. 자신의 독특한 정신으로 인해 동료들과의 소통에 대한 희망이 끊어져버린 판사는 그들과 거리를 두고 살면서 직업상의 동료들에게서는 그저 모호하고 점잖은 즐거움만을 찾고 자신의 과묵함에 대한 적절한 존중을 요구할 뿐이었다.

그날 오후 랜돌프가 작별 인사를 하러 찾아왔다.

그네가 삐걱거렸고, 먼지와 햇빛 아래 '도러시 퍼킨스'●에서 산 옷이 갈색으로 지저분해졌다. 앨라배마는 계단에 앉아 뜨거운 고무호스로 잔디에 물을 주고 있었다. 노즐에서 샌 물이 소녀의 드레스를 애처롭게 적셨다. 앨라배마는 랜돌프 때문에 슬펐다. 그와 다시 키스할 기회가 오기를 바랐던 것이다. 어쨌든, 자기는 앞으로 오랫동안 그때를 기억하고자 노력할 거라고 앨라배마는 혼자 중얼거렸다.

딕시의 눈이 그 남자의 손길을 따라갔다. 마치 그의 손가락이 그녀에게 세상 끝에 이를 길을 가리켜주길 기대하는 것처럼.

"아마 이혼이나 해야 돌아오겠지." 앨라배마의 귀에 딕시의 목소리가 들렸다. 정확히 잘 들리지는 않았다. 랜돌프의 눈은 정원에 핀 장미와 대조적으로 다 끝났다는 슬픔에 잠겨 있었다. 그의 잘 전달되는 또렷한 목소리가 앨라배마에게 착 달라붙었다.

"딕시." 그가 말했다. "나이프와 포크를 사용하는 법도, 춤추는 법도, 정장을 고르는 법도 다 네가 가르쳐줬어. 내가 예수님을 버렸다면 네 아버지의 집으로 돌아오지 않았을 거야. 그분께는 어떤 것도 충분치 않아."

분명 그랬다. 그분께는 어떤 것도 성에 차지 않았다. 앨라배마는 대화 중에 구세주 얘기가 나오면 늘 안 좋은 일이 일어난다는 사실을 과거의 경험으로 체득하고 있었다. 소녀에게 첫 키스를 선사한 구원자는 그 일이 다시 일어났으면 좋

● 1909년에 설립된 여성 패션 브랜드.

겠다는 희망과 함께 떠나버렸다.

딕시의 손톱에 바른 밝은 광택제는 노랗게 변했고 소홀히
방치했던 잔고는 적자로 빨갛게 반짝였다. 딕시는 신문사 일
을 그만두고 은행에 출근했다. 앨라배마는 분홍색 모자를 물
려받았고 누군가가 장식용 핀을 밟았다. 조앤이 집에 돌아와
보니 방이 하도 어수선해서 앨라배마와 함께 딕시의 옷을 옮
겼다. 딕시는 돈을 열심히 모았다. 그녀가 한 해 동안 산 유일
한 물건은 〈봄〉의 중심인물●과 〈9월 아침〉●●의 독일제 동판
화였다.

딕시는 자기가 자정이 넘도록 깨어 있다는 사실을 아버지
가 모르도록 문 가로대를 두꺼운 종이로 가렸다. 소녀들이 그
방을 오고 갔다. 로라가 거기서 밤을 보냈을 때 베그스 가족
은 결핵이 옮으면 어쩌나 걱정했다. 금처럼 찬란히 빛나는 폴
라에게는 살인죄로 재판을 받는 아버지가 있었다. 마셜은 아
름답고 사악해서 적도 많고 악명도 높았다. 제시가 뉴욕에서
부터 먼 걸음을 했을 때 그녀는 자기 스타킹을 세탁소에 보
냈다. 오스틴 베그스가 보기에는 부도덕한 일들이 일어나고
있었다.

"내 딸이 그런 인간쓰레기 중에서 말동무를 고르는 이유를

● 이탈리아의 화가 산드로 보티첼리(1445~1510)의 작품 〈봄〉 중심에 그려진 비
너스를 가리킨다.
●● 프랑스의 화가 폴 샤바스(1869~1937)의 작품.

모르겠군." 오스틴이 말했다.

"그건 당신이 어느 쪽을 보느냐에 달려 있는 거죠." 밀리가 항변했다. "쓰레기도 귀중품이 될 수 있어요."

딕시의 친구들은 서로에게 큰 소리로 글을 읽어주었다. 앨라배마는 조그만 하얀색 흔들의자에 앉아 거기에 귀 기울이며 그들의 우아함을 흉내 내고 그들이 서로에게 불러일으킨 예의 바른, 매력적인 장신구 같은 웃음을 목록으로 만들었다.

"쟤는 절대 이해 못 할 거야." 그들은 촉촉한 앵글로색슨의 눈을 가진 소녀를 빤히 바라보며 그 말을 되풀이했다.

"뭘 이해 못 한다는 거예요?" 앨라배마가 말했다.

그해 겨울은 소녀들이 매고 있는 루시 장식으로 숨이 막혔다. 딕시는 남자가 자신에게 데이트를 하자고 설득할 때마다 울었다. 봄이 되자 랜돌프의 사망 소식이 전해졌다.

"살기 싫어." 딕시는 히스테리 상태에서 비명을 질렀다. "싫어, 싫어, 싫다고! 내가 그 사람하고 결혼만 했어도 이런 일은 일어나지 않았어."

"밀리, 의사 좀 불러주겠소?"

"별일 아닙니다. 그냥 신경쇠약이에요, 베그스 판사님. 걱정하실 일은 아닙니다." 의사가 말했다.

"이런 감정에 가득한 헛소리는 더 못 견디겠군." 오스틴이 말했다.

상태가 좋아지자 딕시는 취직을 하러 뉴욕으로 갔다. 그녀는 작별 인사를 할 때 울면서 모두에게 입맞춤하고는 문 앞에서 나눈 키스를 잔뜩 들고 떠났다. 딕시는 매디슨가에서 제시와 같이 방을 썼고, 고향을 떠나 그곳에서 표류하는 사람들을 죄다 찾았다. 제시는 딕시에게 자기가 근무하는 보험사 일자리를 얻어주었다.

"저도 뉴욕에 가고 싶어요, 엄마." 딕시가 보낸 편지를 읽고 있을 때 앨라배마가 말했다.

"대체 왜?"

"저 자신의 주인이 되려고요."

밀리가 웃었다. "뭐, 그런 거라면 걱정할 게 없겠네." 그녀가 말했다. "주인이 된다는 건 장소 문제가 아니니까. 집에서도 주인은 될 수 있지 않니?"

그로부터 석 달도 지나지 않아 딕시는 뉴욕에서 결혼했다. 상대는 앨라배마주 아래쪽 지역 출신의 남자였다. 둘은 여행 중 집에 들렀고, 딕시는 고향에서 계속 살아가야 하는 나머지 가족들이 안타깝기라도 한 듯 많이 울었다. 그녀는 옛집의 가구를 바꿔주고 주방에는 식기 선반을 놓았다. 앨라배마에게는 코닥 사진기를 사줬고, 그들은 주 의사당 계단과 피칸 나무 아래서, 정면 입구 계단에서 손을 잡고 같이 사진을 찍었다. 딕시는 밀리가 자기에게 조각보를 기운 누비이불을 만들어주고 옛집 주변에 장미 정원을 만들었으면 좋겠다고 말했으며, 앨라배마에게는 얼굴에 화장을 너무 많이 하지 않았으면 좋겠다고, 앨라배마는 너무 어린 데다 뉴욕에서는 여자아이들이 그러지 않는다고 했다.

"하지만 여긴 뉴욕이 아닌걸." 앨라배마가 말했다. "나중에 가게 되면 그러지, 뭐."

그런 뒤 딕시와 남편은 남부의 침울함을 벗어나 다시 떠났다. 언니가 떠난 날 앨라배마는 뒤쪽 포치에 앉아 어머니가 점심으로 토마토를 얇게 써는 모습을 바라보았다.

"나는 양파를 한 시간 전에 썰어놓는단다." 밀리가 말했다. "그런 다음 꺼내면 샐러드에 딱 좋은 풍미만 남지."

"그렇군요. 저 그 끝부분 먹어도 돼요?"

"다 먹지 않고?"

"네, 저는 녹색 부분이 좋거든요."

앨라배마의 어머니는 궁핍한 농부를 돌보는 여주인처럼 자기 일에 임했다. 샐러드로 변하기 위해 밀리에게 의지하는 토마토와 밀리 본인 사이에는 섬세하고 귀족적이며 개인적인 관계가 맺어져 있었다. 어머니의 상냥한 손길이, 자신이 처한 환경이 필수로 요구하는 바를 통해 박애를 담아 움직이는 동안 그녀의 푸른 눈동자를 덮고 있는 눈꺼풀이 피곤에 젖은 곡절 부호● 모양으로 치켜 올라갔다. 그녀의 딸은 떠났다. 하지만 앨라배마주에는 여전히 딕시의 무언가가, 그 왁자지껄함이 남아 있었다. 밀리는 아이들의 얼굴에서 가족의 유사성을 탐색했다. 그리고 조앤이 돌아올 것이었다.

"엄마, 딕시 언니 많이 사랑했어요?"

● 발음 구별 기호.

"당연하지. 지금도 그래."

"하지만 언니는 말썽쟁이였는데."

"아냐, 그 애는 늘 사랑에 빠져 있었던 거란다."

"저보다 언니를 더 사랑했어요? 이를테면요."

"나는 너희들 다 똑같이 사랑한단다."

"제가 좋을 대로 못 하면 저도 말썽쟁이가 되겠어요."

"앨라배마, 사람들은 모두 말썽쟁이라는 일면이 제각각 있어. 우리는 그런 면이 우리에게 영향을 끼치도록 놔두면 안 된단다."

"네, 엄마."

잎사귀를 가죽끈으로 동여맨 석류가 격자창 밖에서 익어가자 이국적인 장식이 되었다. 부지 끝에 자라는, 슬픔에 찬 상장● 같은 백일홍에 달린 구릿빛 공 모양 끝부분이 라벤더 색깔의 얇은 모슬린처럼 쪼개지며 꼴꼴거리는 소리를 냈다. 매실이 닭장 지붕 위에 여름의 묵직한 자루를 끼얹었다.

꼬꼬댁, 꼬꼬댁, 꼬꼬댁, 꼬꼬댁!

"저 늙은 암탉이 또 알을 낳나봐요."

"왕풍뎅이한테 물린 건지도 몰라."

"무화과는 아직 안 익었네요."

길 건너편 집에서 엄마가 아이들을 불렀다. 비둘기들이 문옆 오크에서 구구거렸다. 이웃집 부엌에서 비프스테이크를

● 조상의 뜻을 나타내기 위해 옷깃이나 소매에 다는 표.

찰싹찰싹 두드리는 리드미컬한 소리가 시작되었다.

"엄마, 저는 딕시 언니가 기껏 뉴욕까지 가놓고는 왜 자기 고향하고 그렇게 가까운 곳 출신 남자랑 결혼했는지 이해가 안 돼요."

"무척 좋은 남자던데."

"하지만 제가 딕시 언니였다면 결혼 안 했을 거예요. 저라면 뉴욕 사람하고 결혼했을 거예요."

"왜?" 밀리가 궁금한 듯 물었다.

"어, 모르겠어요."

"그게 더 정복자 같은 기분이 들어서인가보다." 밀리가 놀리듯 말했다.

"맞아요, 엄마. 그거예요."

저 멀리서 트롤리 전차가 녹슨 레일 위에서 천천히 정차한다.

"저기 노면전차 정차하는 거 아니니? 틀림없이 네 아버지겠구나."

2

"분명히 말하는데 그렇게 수선하면 나 **절대로** 안 입을 거예요." 앨라배마가 새되게 소리 지르며 주먹으로 재봉틀을 내리쳤다.

"하지만 애야, 이게 딱 안성맞춤인걸."

"파란색 서지를 꼭 써야 한다면 옷이 길 **필요가** 없잖아요."

"남자애들하고 어울리는데 예전처럼 짧은 드레스를 입고 나갈 수는 없어."

"나는 낮에는 남자애들하고 절대 어울려 다니지 않아요." 앨라배마가 말했다. "낮에는 놀고 데이트는 밤에 할 거예요."

앨라배마는 거울을 기울여 길게 떨어진 고어드스커트를 살펴보았다. 그러다 무기력한 분노를 담아 외치기 시작했다.

"안 입어! 진짜 안 입을 거예요! 이거 입고 어떻게 뛸 수 있겠어요?"

"옷 예쁜데. 안 그러니, 조앤?"

"얘가 내 딸이었으면 턱을 후려쳤을 거예요." 조앤이 덤덤하게 말했다.

"해보시지. 해보라고! 그럼 나도 언니 턱을 후려칠 테니까."

"내가 네 나이 때는 뭘 받기만 해도 기뻤어. 내 드레스는 모두 딕시 언니가 입던 걸로 만들었다고. 넌 정말 버릇없이 자란 못돼먹은 애야." 앨라배마의 언니가 몰아붙였다.

"조앤! 앨라배마는 그냥 옷을 좀 다르게 수선했으면 하는 거야."

"엄마의 귀여운 천사 좀 봐요! 쟤 해달라는 게 딱 그 소리잖아요."

"그게 그렇게 들릴지 내가 어떻게 아냐고."

"네가 내 애였다면 내가 어떻게 할지는 알지." 조앤이 윽박

질렀다.

앨라배마는 토요일의 특별한 태양 아래 서서 세일러 칼라를 곧게 폈다. 가슴에 달린 주머니에 머뭇머뭇 손가락을 집어넣고는 거울에 비친 제 모습을 비관적으로 바라보았다.

"발이 꼭 남의 발처럼 보여." 앨라배마가 말했다. "하지만 괜찮을 것 같긴 하네."

"드레스 하나 가지고 이렇게 요란 떠는 건 진짜 처음 본다." 조앤이 말했다. "내가 엄마였으면 그냥 가게에서 만든 옷을 사줬을 거야."

"가게에는 내가 좋아하는 옷이 없어. 게다가 언니는 자기 옷에 전부 레이스를 달잖아."

"내 돈 내고 사는 거거든."

오스틴의 방문이 쾅 하고 닫혔다.

"앨라배마, 그 논쟁은 이제 그만하지 않겠니? 낮잠 좀 자려고 하는데."

"얘들아, 아버지 주무신다!" 밀리가 허둥지둥 말했다.

"네, 아버지. 근데 떠든 건 조앤 언니예요." 앨라배마가 새되게 말했다.

"세상에나! 얘 진짜 맨날 남 탓만 하네. 나 아니면 엄마를 탓하거나 그도 아니면 근처에 있는 아무나를 탓하겠어. 절대 본인 잘못은 아니라지."

앨라배마는 조앤을 자신보다 먼저 창조한 삶의 부당함에 성이 잔뜩 난 채 생각했다. 그뿐 아니라 그 부당함이 언니에게 검은 오팔만큼이나 어두운, 따라잡을 수 없는 미의 색조를 부여했다는 점에 대해서도 생각했다. 앨라배마가 아무리 용을 써본들 언니의 눈동자를 금색이나 갈색으로 바꿀 수도, 광대뼈에 어둡고 신비스럽게 움푹 파여 있는 부분을 들어낼 수도 없었다. 조명 아래서 조앤을 똑바로 보면 그녀는 마치 거주 허가가 떨어지길 기다리고 있는, 우아하기 짝이 없는 유령 같았다. 이빨 가장자리에서는 푸른색이 감도는 후광이 투명하게 빛났고 무색으로 반사되는 머리카락은 매끄러웠다.

사람들은 조이●가 다른 자매들에 비해서는 사랑스러운 소녀라고 했다. 조앤은 스무 살이 되자 가족의 집중적인 관심을 받을 권리를 얻어냈다. 부모가 조앤에 대해 어렴풋이나마 계획을 세우는 걸 들었을 때, 앨라배마는 자신의 본질이 무엇인지 스스로가 느끼는 바에 대한 부모의 얼마 없는 관심에 매달렸다. 자신도 갖고 있어야 마땅한 가족의 특징을 조금이나마 듣고 나니, 지금까지는 발가락을 넷까지밖에 셀 수 없었는데 이제는 다섯 개 다 있다는 사실을 깨달은 느낌이었다. 자신에 대한 판단의 근거가 될 수 있는 말을 듣는 건 좋은 일이었다.

"밀리." 어느 날 밤 오스틴이 신경 쓰듯 물었다. "조이가 액턴 집안 애하고 결혼할 건가?"

"모르겠는데요, 여보."

● '조앤'을 말한다. 젤다는 두 이름을 번갈아 사용한다.

"글쎄, 걔가 액턴 집안 애하고 진지한 게 아니라면 굳이 그 친구 부모를 방문하겠다고 시골을 쏘다닐 필요는 없을 것 같아서 말이지. 진지한 거라면 할런 집안 쪽 남자를 너무 많이 만나고 있는 것 같고 말이야."

"친정집에 있을 때 제가 액턴 집안사람들을 방문한 적이 있죠. 그때는 왜 조이한테 가도 된다고 하셨어요?"

"그때는 할런 일을 몰랐으니까. 도의적인 의무라는 게 있는데……."

"엄마, 외할아버지 기억 많이 나세요?" 앨라배마가 끼어들었다.

"물론이지. 경주용 수레에서 떨어지셨단다. 여든세 살 때였어. 켄터키에서 벌어진 경주였지." 외할아버지 당신께서 연극으로 각색해도 될 생생한 삶을 살았다는 사실은 앨라배마에게는 희망적인 일이었다. 참가할 수 있는 쇼가 있었으니까. 시간이 해결해주리라. 앨라배마에게도 분명 자리가 생기리라. 자기 인생의 이야기를 공연할 자리가.

"이 할런이라는 친구는 어떻지?" 오스틴이 캐물었다.

"오, 훗!" 밀리가 애매하게 말했다.

"모르겠어요. 조이는 그 애를 많이 좋아하나봐요. 제힘으로 생계는 못 꾸리고요. 액턴이야 아주 든든하죠. 저는 우리 딸이 생활보호 대상자가 되도록 놔두지는 않겠어요."

할런은 매일 밤 방문해 조앤이 켄터키에서 배워 온 노래들을 그녀와 함께 불렀다. 〈시간, 장소, 소녀〉, 〈서스캐처원 출신 소녀〉, 〈초콜릿 병사〉 같은 노래들이었는데, 악보 표지에는 담배를 피우는 남자, 난간에 기댄 공주, 달을 둘러싼 구름 무리 같은 그림이 이색 석판화로 인쇄되어 있었다. 할런의 목소리는 오르간처럼 진지했다. 한참을 머물렀다가 저녁까지 먹고 갔다. 두 다리가 너무 길어서 몸의 나머지 부분은 그저 장식용 부속물 같았다.

앨라배마는 할런을 위해 카펫 가장자리를 똑똑 두드리는 춤까지 발명했다.

"그 친구 집에 안 간대?" 오스틴은 할런이 올 때마다 매번 밀리를 채근했다. "액턴이 뭐라고 생각할지 모르겠군. 조앤이 그렇게 무책임해서는 안 되는데."

할런은 남의 환심을 살 줄 알았지만, 미흡한 건 그의 사회적 지위였다. 조앤이 그와 결혼한다는 건 판사와 밀리가 출발한 바로 그 지점에서 다시 시작한다는 의미였고, 오스틴에게는 밀리의 아버지가 사위에게 해줬던 것처럼 딸의 배경을 끌어줄 경주마가 없었다.

"안녕, 앨라배마. 걸치고 있는 턱받이 정말 예쁘네." 앨라배마의 얼굴이 발그레해졌다. 소녀는 그 즐거운 감정을 유지하려 애썼다. 얼굴이 달아오른다는 것이 무엇인지 다시 떠올릴 수 있었던 건 그때가 처음이었다. 붉어진 볼은 무언가에 대한 새삼스러운 증거, 다시 말해 예전에도 느꼈던 당혹스러움과 자부심과 책임감 같은 반응들이 모두 소녀가 제대로 잘 물려받은 유산이었음을 의미하는 것이었다.

"이건 에이프런이에요. 새 드레스를 입었는데 저녁 식사 준비를 돕고 있었거든요." 앨라배마는 할런에게 칭찬받을 생각으로 새 푸른색 서지 옷을 보여주며 말했다.

할런은 그 깡마른 아이를 자기 무릎 쪽으로 끌어당겼다.

자신에 대한 논의를 그만두고 싶지 않았던 앨라배마는 서둘러 계속 말했다. "하지만 무도회에 입고 나갈 예쁜 드레스가 있어요. 심지어 조앤 언니 것보다 예뻐요."

"너는 무도회에 가기는 너무 어린데. 정말 아기처럼 보여서 네게 키스하면 내가 민망하겠어." 앨라배마는 할런이 아버지처럼 자신을 대하는 낌새를 감지하고 실망했다.

할런이 앨라배마의 얼굴을 가리던 가냘픈 머리칼을 쓸어 넘겼다. 소녀의 얼굴에는 수많은 기하학적 형태와 반들거리는 둔덕이 있었고, 그 고요함에는 오달리스크 같은 퇴행적 요소가 있었다. 소녀의 뼈는 제 아버지처럼 단단했으며, 완벽한 근육 구조가 소녀를 극도의 젊음에 단단히 묶어놓았다.

오스틴이 신문을 찾으러 들어왔다.

"앨라배마, 젊은 남자 무릎 위에 퍼질러 앉기에 너는 너무 큰데."

"하지만 이분은 **제** 애인이 아닌걸요, 아빠!"

"안녕하십니까, 판사님."

판사는 난로에 신중하게 침을 뱉으며 자신의 불만을 다스렸다.

"그래도 달라질 건 없다. 넌 그러고 있기에는 나이가 너무 많아."

"저는 앞으로도 늘 너무 나이가 많을까요?"

할런이 일어서며 앨라배마를 바닥으로 흘리듯 내려놓았다. 조앤은 문간에 서 있었다.

"조이 베그스 양." 그가 말했다. "이 도시에서 가장 예쁜 여성이죠!"

조앤이 킥킥 웃었다. 사람들의 부러움을 사는 위치에 있는 사람이 남들의 체면을 살려주기 위해 자신의 우월함을 손사래 치며 낮잡을 수밖에 없을 때 나오는 웃음이었다. 마치 자기가 제일 예쁘다는 걸 항상 알고 있었던 양.

앨라배마는 할런이 조이의 코트를 챙겨 들고 자기 소유물인 양 언니를 데리고 나가는 모습을 샘이 나서 바라보았다. 언니가 그 남자에게 스스로를 내맡기면서 훨씬 더 오락가락하고 훨씬 더 알랑거리는 사람으로 바뀌는 모습을 생각에 잠긴 채 지켜보았다. 저녁 식사 자리에는 아버지도 있을 것이다. 식사 자리는 거의 늘 똑같았다. 매번 자신의 진짜 모습과는 다른 존재가 되어야 한다는 점에서 그랬다. 아버지는 자기 딸이 어떤 아이인지 모른다고, 앨라배마는 생각했다.

저녁 식사는 즐거웠다. 토스트에는 숯불 향이 배어 있고, 닭 요리에서는 이불 밑에서 흘러나오는 바람처럼 가끔 따뜻한 김이 새어 나왔으며, 밀리와 판사는 집안일과 자녀들에 대해 격식 있게 대화를 나누었다. 가족과 함께하는 삶은 오스틴의 강력한 확신이라는 체를 통해 걸러져 나오며 일종의 의식이 되었다.

"딸기잼 좀 더 주오."

"그러다 건강 나빠져요."

"밀리, 내가 보기에는 말이지. 남부끄럽지 않은 여자는 한 남자와 약혼한 상태인데도 다른 남자가 관심을 보이는 걸 허락하지 않아."

"해될 일은 전혀 없어요. 조앤은 착한 아이예요. 액턴과 약혼하지도 않았고요."

어머니는 조앤이 액턴과 약혼했다는 걸 알고 있었다. 비가 억수같이 쏟아져 포도 넝쿨이 실크 스커트를 여미는 여인들처럼 이리저리 휘둘리며 물이 뚝뚝 떨어지고, 도랑이 탄식하는 비둘기처럼 신음하며 목메고, 배수로에는 거품 이는 진흙이 흐르던 어느 여름날 밤 밀리는 앨라배마에게 우산을 들려 보냈고, 앨라배마는 조앤과 액턴이 수첩에 들어 있는 축축한 우표처럼 딱 달라붙어 있는 모습을 보았다. 나중에 액턴은 밀리에게 둘이 결혼할 거라고 말했다. 하지만 할런은 일요일마다 장미를 보냈다. 그가 그렇게 많은 꽃을 살 돈이 어디서 났는지는 아무도 몰랐다. 할런은 조앤에게 결혼하자고 말할 수 없었다. 그는 정말로 가난했다.

도시의 정원들이 예쁘게 꽃을 피우기 시작하자 할런과 조앤은 앨라배마를 데리고 산책을 다녔다. 앨라배마, 녹슬어가는 양철 같은 이파리가 달린 커다란 모과나무, 가막살나무와 버베나•와 파티용 드레스 조각처럼 잔디에 흩어져 있는 일본

목련 꽃잎이 그들을 조용한 교감에 빠져들게 했다. 소녀의 존재 때문에 두 사람은 별 사이가 아닌 듯 보였다. 앨라배마 덕에 두 사람은 구설로부터 보호받았다.

"집이 생기면 저런 관목을 키우고 싶어." 조앤이 손을 뻗어 가리키며 말했다.

"조이! 나 그럴 돈 없어. 대신 내가 턱수염을 기를게." 할런이 타이르듯 말했다.

"나는 작은 나무가 좋아. 지빵나무랑 노간주나무도 좋고. 나는 나무들 사이에 갈지자 수를 놓은 모양으로 나 있는 긴 산책로를 만들 거야. 길 끝에는 클로틸드 수퍼트**로 장식한 테라스를 만들 거고." 앨라배마는 언니가 마음속에 둔 사람이 액턴이건 할런이건 별문제가 아니겠다는 결론을 내렸다. 그 정원은 어쨌거나 분명 굉장히 멋질 테니까. 둘 중 한 명을 위한 정원이건 둘 중 누구와도 관련 없는 정원이건 아니면 둘 모두를 위한 정원이건 간에. 앨라배마는 혼란스럽게 생각을 계속 바꿨다.

"오, 맙소사! 나는 왜 돈을 못 벌까?" 할런이 항변하듯 말했다.

해부학 수업 스케치 같은 노란 깃발과 연꽃 연못, 갈색과 하얀색으로 밀랍 염색을 한 듯한 스노볼 부시,*** 불타는 덤

● 주로 잎과 가지가 마주나고 자주색 꽃이 핀다.
●● 정원용으로 쉽게 키울 수 있는 작은 크기의 관목 장미.

불처럼 갑작스러운 감정 분출과 밀짚모자 아래 계란 껍질처럼 동그란 조이의 얼굴에 떠오르는 생기 없는 크림색이 그 봄날을 만들었다. 앨라배마는 어째서 할런이 돈 한 푼 없는 주머니에 들어 있는 열쇠를 괜히 짤랑거리고 통나무를 넘어가는 얼빠진 사람처럼 거리를 걸었는지 어렴풋하게나마 이해했다. 다른 사람들에게는 돈이 있었다. 할런에게는 그저 장미만 넘치게 많았다. 그 장미라도 없었다면 그는 조앤이 떠나거나 마음이 바뀌거나 영원히 사라질 때까지 나이만 차곡차곡 먹으며 아무것도 얻지 못했을 것이다.

날씨가 더울 때는 그들은 사륜마차를 대절해 먼지를 헤치고 달려 소들이 안장처럼 그늘을 얹은 채 하얀 비탈에서 꿈꾸듯 여름을 갉아먹는, 데이지 꽃이 동요처럼 만발한 벌판으로 갔다. 앨라배마는 뒤에 서 있다가 꽃을 꺾어 왔다. 절제와 감동이라는 이 낯선 세계에서 소녀가 한 말은 자기가 보기에는 특히나 중요했는데, 사람이란 낯선 언어로 말할 때 스스로를 평소보다 위트 있다고 여기기 때문이다. 조앤은 밀리에게 앨라배마가 또래 애들에 비해 말이 너무 많다고 불평했다.

그 사랑 이야기는 거세지는 강풍 속 돛처럼 삐걱거리고 흔들리며 7월까지 나아갔다. 마침내 액턴에게서 편지가 왔다. 앨라배마는 판사의 벽난로 선반에서 그 편지를 보았다.

"판사님의 따님을 편안하게, 그리고 확신컨대 행복하게 부

●●● 크고 흰 꽃송이를 피우는 여러 관상용 식물의 일반적인 이름.

양할 수 있도록 결혼을 허락해주시길 간곡히 부탁드립니다."

앨라배마는 편지를 간수하자고 했다. "가족 기록을 만들려고요."

"안 돼." 판사가 말했다. 판사와 밀리는 절대 물건을 보관하지 않았다.

앨라배마는 언니의 반응을 전부 다 예상했지만 사랑이 자신의 행동 방침을 향해 나아가는 길에서 제 죽은 몸뚱이들을 이용해 구멍을 메우며 굴러갈 수도 있다는 점만큼은 상상하지 못했다. 소녀가 삶이란 고립된 사건들이 연속적으로 전시되는 긴 과정이라는 현실적인 인식을 갖는 데는, 하나의 감정적 경험은 다른 감정적 경험을 위한 준비라는 사실을 깨닫는 데는 오랜 시간이 걸렸다.

조이가 "결혼할래요"라고 대답했을 때 앨라배마는 흥미로워서 표를 구입한 연극에 속았다고 느꼈다. '오늘 공연은 없다고, 주연 여배우가 긴장해서 겁을 먹었다고 하는 것 같아.' 앨라배마는 생각했다.

앨라배마는 조앤이 울고 있는지 아닌지는 말할 수 없었다. 위층 홀에서 하얀색 슬리퍼를 닦으며 윤을 내고 있었으니까. 언니가 침대에 누워 있는 모습은 볼 수 있었다. 마치 거기에 몸을 눕히고 넋이 나가는 바람에 제정신으로 돌아오는 걸 깜박한 듯 보이기는 했지만 무슨 소리를 내는 것 같지는 않았다.

"왜 액턴하고 결혼하고 싶지 않은 거니?" 앨라배마의 귀에 판사가 다정하게 말하는 소리가 들렸다.

"오, 여행 가방이 하나도 없거든요. 결혼은 집을 떠난다는 뜻이잖아요. 옷도 다 낡아서 해졌고요." 조이가 얼버무리듯 대답했다.

"여행 가방은 사주마, 조이. 그 친구는 네게 옷과 좋은 집과 앞으로 살아가면서 필요한 모든 걸 다 줄 수 있어."

판사는 조앤에게 자상했다. 그녀는 다른 자매보다 아버지를 덜 닮았다. 수줍은 성격 덕에 앨라배마나 딕시보다 침착해 보였고, 자신의 처지도 더 잘 감내하는 듯 보였다.

열기가 대지를 내리누르며 그림자를 부풀리고 문과 창틀을 팽창시키다가 무섭게 때리는 천둥소리에 여름이 쪼개졌다. 번쩍이는 번개 속에서 나무들이 미친 듯 빙빙 돌고 나뭇가지가 격노한 듯 휘둘리는 모습을 볼 수 있었다. 앨라배마는 조앤이 폭풍을 무서워한다는 걸 알고 있었다. 소녀는 언니의 침대로 기어 들어가 처진 문 위에 볼트를 단단히 조이듯 언니의 위에 자신의 구릿빛 팔을 슬그머니 밀어 넣었다. 앨라배마는 조앤이 옳은 일을 하고 옳은 것을 가져 마땅하다고 생각했다. 조앤과 같은 사람이라면 그런 게 무척 필요하다는 사실을 알 터였다. 조앤 주변의 모든 것에는 분명한 질서가 있었다. 때로 집에 자기 말고는 아무도 없고 적요가 감도는 일요일 오후에는 앨라배마도 그랬다.

소녀는 언니를 안심시키고 싶었다. 언니에게 이렇게 말하고 싶었다. '조이 언니, 언니가 그 모과나무와 그 데이지가 핀 들판에 대해 알고 싶다면 그것들을 다 잊어버리고 있어도 괜찮을 거야. 그러면 내가 언니에게 그게 어떤 느낌이었는지 말해줄 수 있으니까. 언니가 전혀 기억하지 못하는 그 느낌을. 그건 훗날 오랜 세월이 지난 뒤에 언니가 지금 이때를 떠올리는 일이 일어날 경우를 대비하는 게 될 거야'라고 말하고 싶었다.

"내 침대에서 나가." 조앤이 갑작스럽게 말했다.

앨라배마는 창백한 아세틸렌 섬광을 이리저리 통과하며 슬픈 마음으로 배회했다.

"엄마, 조이 언니가 무서워해요."

"여기 내 옆에 눕고 싶니, 애야?"

"**제가** 무서운 게 아니라니까요. 저는 그냥 잠이 안 오는 것뿐이에요. 그래도 괜찮으면 여기 누워 있을게요."

판사는 종종 필딩●의 책을 읽으며 앉아 있곤 했다. 그가 저녁 시간이 끝났다는 사실을 표시하고자 엄지로 책을 덮었다.

"그 사람들 가톨릭교회에서 뭘 하는 거지?" 판사가 말했다. "할런이 가톨릭이냐?"

"아뇨, 아닌 것 같은데요."

"조앤이 액턴과 결혼하니 기쁘군." 판사가 아리송한 어조로 말했다.

앨라배마의 아버지는 현명한 남자였다. 그가 여성에 대해 가진 선호만으로도 밀리와 소녀들이 생겨났다. 아버지는 모

● 영국의 소설가 헨리 필딩(1707~1754).

든 걸 알고 있었다고 앨라배마가 중얼거렸다. 어쩌면 그건 정말일지도 몰랐다. 만약 안다는 것이 자신의 인식을 인생의 모자이크 중 눈에 보이는 부분에 끼워 맞추는 일이라면, 아버지는 모든 걸 알았다. 만약 지식이라는 것이 우리가 결코 경험한 적 없는 일에 대해서는 의견을 피력하고 우리가 경험한 것에 대해서는 불가지론을 고수하는 일이라면, 앨라배마의 아버지는 모든 걸 알았다.

"저는 안 기뻐요." 앨라배마가 단호하게 말했다. "할런의 머리카락은 스페인 왕처럼 올라가 있어요. 저는 조이 언니가 그 **사람**하고 결혼하는 편이 좋아요."

"사람이 스페인 왕 같은 머리 모양으로 먹고살 수는 없다." 아버지가 대꾸했다.

액턴이 전보를 보내 주말에 도착할 예정이고 무척 행복하다고 했다.

할런과 조앤은 그네를 탔다. 그네 사슬이 삐걱거리며 휙휙 움직였다. 두 사람은 닳아빠진 회색 페인트를 발로 긁으며 나팔꽃의 덩굴 부분을 떼어냈다.

"이 포치가 항상 제일 시원하고 즐거워." 할런이 말했다.

"네가 맡고 있는 게 인동덩굴하고 털마삭줄 냄새야." 조앤이 말했다.

"아냐." 밀리가 말했다. "길 건너편 자른 건초 냄새와 내가 가꾸는 제라늄 향이란다."

"오, 밀리 부인, 떠나기 싫군요."

"다시 와요."

"아뇨, 더는 오지 않을 겁니다."

"정말 안타까워요, 할런." 밀리가 할런의 뺨에 키스했다. "당신은 돌봐줄 사람이 필요한 아기일 뿐이랍니다. 다른 짝이 나타날 거예요."

"엄마, 그 냄새는 배나무 향이에요." 조앤이 부드럽게 말했다.

"제 향수 냄새예요." 앨라배마가 못 참고 말했다. "30그램에 6달러짜리죠."

할런이 액턴과의 저녁 식사에 요리할 게 한 바구니를 모빌에서 조앤에게 보냈다. 게들은 주방을 기어다니고 종종걸음으로 화덕 아래로 들어갔으며 밀리는 물이 펄펄 끓는 냄비에 그 싱싱한 녹색 등짝을 하나씩 떨어뜨렸다.

조앤을 빼고는 다들 게 요리를 먹었다.

"먹기 너무 불편해." 조앤이 말했다.

"이 녀석들은 대략 우리가 기계 발전의 단계에 있을 때 동물의 왕국에 진입한 게 분명해. 탱크가 움직이는 것보다 나은 구석이 하나도 없거든." 판사가 말했다.

"얘들 시체 먹어요." 조앤이 말했다.

"조이, 그 얘기를 꼭 식사 자리에서 해야 하는 거냐?"

"하지만 그렇기는 하죠." 밀리가 꺼림칙한 표정으로 확언했다.

"저도 게 한 마리 만들 수 있을 것 같아요." 앨라배마가 말했다. "재료만 있으면."

"그나저나 액턴 군, 여행은 즐거웠나?"

조앤의 혼수품이 온 집 안에 가득했다. 푸른색 호박단 드레스와 검은색과 흰색의 체크무늬 드레스, 노란빛이 감도는 분홍색 새틴 드레스, 청록색 허리띠, 검정 스웨이드 구두.

갈색과 노란색 실크와 레이스와 검정색과 하얀색과 콧대 높아 뵈는 정장과 장미 꽃잎을 넣은 향주머니가 새 트렁크를 채웠다.

"이렇게 챙겨서 가고 싶지 않아요." 조앤이 흐느꼈다. "내 가슴은 너무 크고요."

"가슴은 사람을 무척 매력적으로 만들어줘. 도시에서 무척 유용할 거란다."

"꼭 놀러 와야 해." 조앤이 친구들에게 말했다. "켄터키에 올 일 있으면 모두 날 보러 와줬으면 좋겠어. 나중에 우리 뉴욕으로 이사할 거야."

조앤은 구두끈을 걱정하는 강아지처럼 자기 삶의 목적에 대한 막연한 항변에 잔뜩 흥분해 매달렸다. 그녀는 액턴에게 성마르게 굴고 짜증을 냈는데, 마치 액턴이 그녀의 기쁨을 모아둔 창고에 결혼반지를 앞서 제공해주리라 기대했던 듯했다.

사람들은 둘을 한밤중에 기차에 태웠다. 조앤은 울지는 않았지만 자기가 울게 될까봐 부끄러워하는 듯 보였다. 기차선로를 건너 돌아오는 동안, 앨라배마는 오스틴에게서 그 어느 때보다 강한 힘과 합목적성을 느꼈다. 조앤은 생산되고 양육

되어 배치되었다. 그녀의 아버지는 딸과 분리되면서 조앤의 수명을 늘려준 듯했다. 이제 오스틴 자신과 자신의 과거에 대한 완전한 장악 사이에는 오로지 앨라배마의 미래만이 서 있었다. 소녀만이 판사로 하여금 자신의 젊은 시절을 떠올리게 하는 미해결된 요소였다.

앨라배마는 조앤을 생각했다. 소녀는 사랑에 빠지는 것이란 그저 우리의 과거를 다른 개인에게 보여주는 것에 불과하며, 대개는 참으로 서투르게 포장해서 보여주는 것이라 느슨하게 묶여 있는 끈을 혼자서는 감당할 수 없는 법이라고 결론지었다. 사랑을 찾는 것은 새로운 출발 지점을, 인생의 또 다른 기회를 요청하는 일이라고도 생각했다. 나이에 비해 조숙하게도, 앨라배마는 이 생각에 부록까지 덧붙였다. 인간의 비밀스러운 기대란 참으로 탐욕스럽기 때문에 사람은 다른 사람과 결코 미래를 공유하려 들지 않는다고. 앨라배마는 가끔 예리한 생각을 하고 종종 회의적인 생각을 했지만, 그런 생각들이 소녀의 품행에 근본적으로 영향을 끼치지는 않았다. 열일곱 살의 나이에 소녀는 가능성을 탐식하는 철학적 대식가가 되어 가족들의 식사 자리에서 던져진 좌절의 뼈를 골수까지 빨아먹고도 늘 허기졌다. 하지만 소녀의 내면에는 혼자 힘으로 말하고 판단하는 아버지의 모습이 많이 들어 있었다.

아버지를 보면, 앨라배마는 정적인 순간에 활기를 불어넣는 데 기여하는 기민하고 중요한 감각이 어째서 끝까지 지속되지 못하는지 궁금했다. 아버지와 함께, 소녀는 언니가 한 가족에서 다른 가족으로 간단명료하고 완전하게 양도되는 과정을 즐겼다.

조앤이 없는 집은 쓸쓸했다. 그래도 조앤은 그녀가 남겨놓고 간 자잘한 조각들을 통해 거의 재구성될 수 있었을 것이다.

"나는 슬플 때 항상 일을 한단다." 앨라배마의 어머니가 말했다.

"어머니가 어떻게 그렇게 솜씨 좋게 바느질하는 법을 배웠는지 모르겠어요."

"너희들을 위해 바느질을 하며 배웠지."

"그런데요, 이 민소매 드레스는 저 주시면 안 될까요? 여기 제 어깨에 달린 장미 장식도요."

"원한다면 그러렴. 요즘은 내 손이 거칠어서 실크를 긁는 탓에 예전처럼 바느질을 잘하지는 못하겠어."

"그래도 정말 아름다워요. 조앤 언니보다 제가 걸친 게 훨씬 낫네요."

앨라배마는 넉넉하고 하늘거리는 실크 드레스를 꺼내 산들바람이 불 때는 어떻게 보일지, 미술관에 있는 '밀로의 비너스'에 입히면 어떻게 보일지 상상해보았다.

'만약 무도회에 갈 때까지 이 상태 그대로 있을 수 있다면.' 앨라배마는 생각했다. '정말 무척 예쁠 거야. 하지만 그러기 훨씬 전에 내가 나가떨어지겠지.'

"앨라배마, 지금 무슨 생각에 **빠져 있는** 거니?"

"재미에 대해 생각 중이에요."

"무척 좋은 주제구나."

"자기가 얼마나 멋져 보일지도 생각 중이고." 오스틴이 놀리듯 말했다. 자기 가족의 조그만 허영심을 알게 될 때, 자신에게는 부재한 이런 것들이 자녀들에게 있다는 사실은 그를 즐겁게 해주었다. "쟤는 늘 유리에 비친 자기 모습을 바라봐."

"아빠! 저 안 그래요!" 말은 그렇게 했지만 앨라배마는 자기 외모에 대한 정당한 만족감보다 자신이 기대했던 것 이상의 무언가를 발견하고픈 희망 속에서 더 자주 유리를 들여다보았다는 사실을 알았다.

당혹스러워하는 앨라배마의 눈길이 창문 너머 옆집 빈터로 천천히 이동했다. 빈터는 마치 앵초가 만발한 쓰레기장처럼 펼쳐져 있었다. 주홍색 히비스커스는 태양을 향해 놋쇠처럼 단단한 다섯 장의 방패를 구부려 펼쳤고, 무궁화는 헛간 쪽으로 빛바랜 보랏빛 덮개를 늘어뜨렸으며, 남부는 주소 없는 파티에 초대하는 초대장의 문구를 스스로에게 새겨 넣었다.

"밀리, 쟤가 저런 옷을 입고 나갈 거면 햇빛에 너무 타게 놔두면 안 돼."

"앨라배마는 아직 아이예요, 오스틴."

조앤의 낡은 분홍색 드레스가 무도회용으로 완성되었다. 밀리가 드레스의 등 부분을 걸어 잠갔다. 집 안에 머물기에는 너무 더웠다. 밀리의 머리 한쪽이 땀에 젖어 목에 착 달라붙고 나서야 다른 옷도 완성되었다. 밀리가 앨라배마에게 시원한 레모네이드를 가져다주었다. 그녀의 코 주위로 소금기가 둥글게 말라붙었다. 모녀는 포치로 내려갔다. 앨라배마는 그네에 앉았다. 그녀는 소녀에게 거의 악기나 다름없었다. 앨라배마는 사슬을 가볍게 흔듦으로써 신나는 곡을 연주할 수도, 따분한 데이트가 이렇게 흘러가고 있다는 데에 나른하게 항의할 수도 있었다. 소녀는 정말 오랫동안 준비하고 있어서 막상 그들이 여기 도착할 때쯤에는 더는 준비가 되어 있지 않을 것이다. 왜 소녀에게 찾아오거나 전화를 걸지 않을까? 어째서 별일이 일어나지 않았던 걸까? 옆집의 시계에서 10시를 알리는 종소리가 났다.

"그 사람들이 오지 않으면 출발하기에는 늦겠네요." 앨라배마는 무도회를 놓치건 말건 신경 쓰지 않는 척 무심히 말했다.

돌연하면서도 야단스럽지는 않은 외침이 여름밤의 정적을 깼다. 저 멀리 아래쪽 거리에서 신문 배달 소년의 외침이 더위의 열기를 타고 그들 가까이 흘러왔다.

"호외요! 호외! 광고도 있어요."

신문 배달 소년의 외침이 마치 성당에서 성가에 응답하듯 한쪽에서 다른 쪽 방향으로 이동하며 부풀어 오르다 가라앉았다.

"무슨 일이니, 애야?"

"모르겠는데요, 부인."

"거기, 애야! 신문 한 부 줘봐라!"

"끔찍한 일 아닌가요, 아빠? 이게 무슨 의미죠?"

"우리에게는 전쟁을 의미하는 거겠지."

"하지만 루시타니아호*에 승선하지 말라는 경고를 받았잖아요." 밀리가 말했다.

오스틴이 신경질적으로 고개를 젖혔다.

"놈들은 그렇게 못 해." 그가 말했다. "중립국에 경고를 할 수가 없다고."

소년들을 실은 자동차가 연석 앞에 멈춰 섰다. 어둠 속에서 길고 날카로운 휘파람 소리가 났다. 소년 중 누구도 차에서 내리지 않았다.

"저 녀석들이 널 데리러 집 안에 오기 전까지는 이 집에서 못 나간다." 판사가 매몰차게 말했다.

홀의 조명 아래서 판사는 무척 훌륭하고 진지해 보였다. 그들이 일으켰을 전쟁만큼이나. 앨라배마는 자기 친구들과 아버지를 비교하자 친구들이 창피해졌다. 소년 중 하나가 차에서 내려 문을 열었다. 소녀와 아버지는 그 정도에서 타협하기로 했다.

'전쟁이야! 전쟁이 일어날 거야!' 소녀는 생각했다.

흥분이 앨라배마의 심장을 잡아 늘였고 두 발을 높이 띄워서, 소녀는 떠다니듯 계단을 내려가 자기를 기다리고 있는 자동차로 갔다.

"전쟁이 벌어질 거야." 앨라배마가 말했다.

"그럼 오늘 밤 무도회는 재미있어야겠네." 소녀를 데리러

● 1915년 아일랜드 남쪽 해상에서 독일 잠수함에 격침된 영국의 여객선.

나온 소년이 대답했다.

앨라배마는 밤새도록 전쟁에 대해 생각했다. 모든 것이 분해되어 새로운 흥분을 자아내리라. 미숙한 니체주의자인 소녀는 이미 세상의 전환기를 틈타 가족, 자매, 어머니를 퇴색시키는 게 분명해 보이는 숨 막힐 듯한 느낌에서 탈출할 계획을 짜두었다. 소녀는 중얼거렸다. 온갖 명소를 따라 신나게 이동하다가 종종 멈춰서 침입해 경탄하겠노라고. 그러다 벌금을 크게 물기라도 한다면…… 뭐, 애초에 벌금 낼 돈을 모아두지 않는 이상 쓸데없는 생각이었다. 이런 염치없는 결심으로 똘똘 뭉친 소녀는 설사 미래에 자신의 영혼이 굶주려 빵을 갈구한다 해도 아무 불평이나 원한을 품지 않고 돌덩이를 먹이겠노라고 스스로에게 약속했다. 앨라배마는 유일하게 중요한 것은 할 수 있을 때 원하는 것을 취하는 일이라고 망설임 없이 확신했다. 소녀는 최선을 다했다.

3

"걔는 베그스 집안에서 가장 거친 아이야. 하지만 순종이지." 사람들은 그렇게 말했다.

앨라배마는 사람들이 자기에 대해 뭐라 말하는지 다 알았다. 앨라배마를 '보호'하고 싶은 소년들이 하도 많다보니 그걸 모를 수 없었다. 그녀는 그네에 앉아 자기가 지금 취하고 있는 자세를 머릿속으로 그리며 등을 젖혔다.

'순종이라!' 그녀는 생각했다. '그러니까 내가 극적인 가능성을 품은 장면에서 사람들을 절대 실망시키지 않는다는 소리잖아. 아주 빌어먹게 멋진 쇼를 보여준다는 얘기네.'

'이 사람은 무척 당당한 개 같아.' 앨라배마는 자기 옆에 있는 큰 키의 장교에 대해 생각했다. '하운드, 귀족적인 하운드 말이야! 이 사람의 귀도 코를 덮을 수 있는지 모르겠네.' 그런 생각을 하는 동안 남자 자체는 은유 속에서 사라졌다.

그 남자는 얼굴이 길었고, 자의식 강한 코끝에 애처로운 감상이 절정에 달해 있었다. 그는 간헐적으로 자기 자신을 갈가리 찢어 그녀의 머리 위로 자기 자신이라는 조각들을 흩뿌렸다. 그는 분명 감정적으로 긴장한 상태였다.

"아가씨, 1년에 5000달러로 생계를 꾸릴 수 있나요?" 그가 다정하게 말했다. 그런 다음 한 번 더 생각하고 덧붙였다. "처음에 말이죠."

"할 수는 있어요. 그런데 그러고 싶지 않네요."

"그럼 왜 제게 키스한 겁니까?"

"콧수염을 기른 남자와 키스를 해본 적이 없거든요."

"그런 걸 이유라고 할 수는······."

"없죠. 하지만 많은 사람이 수녀원에 가는 핑계로 대기에는 좋은 이유죠."

"그렇다면 여기 더 머무르는 게 전혀 소용이 없겠군요." 장교가 슬픈 듯 말했다.

"그러신 것 같아요. 10시 30분인걸요."

"앨라배마, 당신은 확실히 버릇없는 사람입니다. 당신도 자기 악명을 알고 있잖습니까. 그래도 저는 아무튼 당신에게 청혼을 하고 있고……."

"그리고 제가 당신을 정직한 남자로 만들어주지 않아서 화가 나셨죠."

남자는 제복의 비인격성 아래 모호하게 숨어 있었다.

"후회할 겁니다." 그가 불쾌한 듯 말했다.

"저도 그러길 바라요." 앨라배마가 대답했다. "제가 하는 일에 대가를 치르면 좋죠. 세상과 대등해지는 느낌이 드니까요."

"당신은 거친 코만치 같은 사람이에요. 왜 그렇게 못되고 모진 척하려고 합니까?"

"어쩌면 진짜로 못되고 모진 건지도 몰라요. 아무튼 제가 후회하는 날에 말씀하신 그 말을 청첩장 구석에 적을게요."

"사진을 보내드리죠. 그래야 저를 잊지 못할 테니까."

"그래요, 원하신다면야."

앨라배마는 야간 자물쇠를 걸고 불을 껐다. 그녀는 두 눈이 계단을 분간할 때까지 완전한 어둠 속에서 기다렸다. "어쩌면 저 그 남자랑 결혼해야 할지도 몰라요. 곧 열여덟 살이 되니까." 그녀가 표라도 그리듯 말했다. "그 남자는 저를 잘 보살펴줄 수도 있었을 사람이에요. 어머니도 든든한 배경이 있어야겠죠." 앨라배마는 그렇게 말하며 층계 위까지 올라갔다.

"앨라배마." 그녀의 어머니가 부드럽게, 거의 어둠의 흐름과 분간이 되지 않을 정도로 나지막하게 딸을 불렀다. "아버지가 아침에 보자고 하신다. 아침 식사 시간에 꼭 일어나렴."

오스틴 베그스 판사는 식탁 위 은제 식기들 앞에 섬세하게 통제되고 제어된 지식인다운 자세로 앉아 있었는데, 그 모습이 마치 자신의 능력을 배출하려는 찰나 부동의 순간에 있는 뛰어난 운동선수 같았다.

앨라배마에게 일장 연설을 하면서 판사는 자기 자녀를 압도했다.

"확실히 말해두는데, 나는 내 딸 이름이 길바닥에서 오르내리도록 놔두지 않겠어."

"오스틴! 앨라배마는 학교를 거의 안 빠지는걸요." 밀리가 항변했다.

"그래서 더 문제야. 그 장교들을 어떻게 알고 있는 거냐?"

"제발요."

"조 잉엄이 내게 말하길 자기 딸이 남부끄럽게도 엉망으로 취해서 집에 실려 왔다더구나. 걔는 네가 자기에게 술을 줬다고 실토했다."

"안 마셔도 되는 거였어요. 신입생 환영회였고, 걔가 마신 진은 제가 들고 간 젖병에 채워 넣었던 거였어요."

"그리고 너는 잉엄 집 딸에게 억지로 술을 먹였고?"

"안 그랬다니까요! 걔는 사람들이 웃는 걸 보고 자기도 농담에 꼽사리를 끼려고 했지만 사람들을 재미있게 할 거리가 없었던 거예요." 앨라배마가 도도하게 받아쳤다.

"품행을 더 조신하게 하는 방법을 찾아봐야 할 거다."

"네, 어련하시겠어요. 오, 아빠! 저는 그냥 포치에 앉아 날짜나 세면서 모든 게 썩어가는 꼴을 바라보고만 있는 게 지겹다고요."

"내가 보기에 너는 남을 타락시키지 않고도 할 수 있는 일이 많을 것 같다만."

"술 먹고 사랑을 나누는 것 말고는 할 일이 없는데요." 그녀는 슬며시 토를 달았다.

앨라배마는 자신의 보잘것없음을, 파리 떼가 무화과나무에 열린 축축한 열매의 벌어진 틈 위로 모여들어 미동도 않는 와중에, 왕풍뎅이가 그 열매를 감싸고 있는 동안에 자기 인생이 허송하게 지나가고 있음을 강하게 인식하고 있었다. 피칸나무 주변의 바싹 마른 우산잔디가 드러난 곳에서는 황갈색 유충이 감지할 수 없을 만큼 미미하게 기어갔다. 매트처럼 펼쳐진 포도 넝쿨은 가을 더위에 말라붙은 채 집 기둥을 둘러싼 그을린 덩굴에 텅 빈 메뚜기 껍질처럼 매달려 있었다. 태양은 잔디밭에 노랗게 내려앉다가 목화가 이리저리 엉켜 있는 목화밭에 부딪혀 멍이 들었다. 다른 계절에는 농작물을 재배하던 비옥한 시골은 부서진 낙담처럼 이랑이 진 부채꼴 모양으로 실의에 빠져 엎드리듯 도로에서부터 평평하게 펼쳐져 있었다. 새들이 불협화음으로 노래했다. 벌판의 당나귀도 모랫길의 사람도, 막사와 마을을 나누는 우묵한 흙 제방과 중앙의 사이프러스 늪 사이에서 뿜어져 나오는 열기를 견딜 수는 없었을 것이다. 사병들은 열사병으로 죽어나갔다.

저녁 해가 하늘의 분홍색 주름을 단추로 꼭 채우고 난 뒤 젊은 장교들과 나이 든 장교들이 저녁에 막사에서 풀려나와 세계대전을 수행해야 할 그럴싸한 설명을 앨라배마주의 이 소도시에서 찾고자 버스 한 대를 타고 마을로 들어왔다. 앨라배마는 그들을 모두 알았고, 그들 각각에게 여러 감정을 품었다.

"마을에 아내가 계시죠, 패럴리 대위님?" 덜컹거리는 차 안에서 어떤 목소리가 물었다. "오늘 밤은 아주 들떠 보이시는데요."

"아내가 여기 있긴 하지. 하지만 지금 나는 내 애인을 보러 가는 길이야. 그래서 기분이 좋은 거지." 대위가 짧게 대답하고는 휘파람을 불었다.

"아." 유난히도 젊었던 중위는 대위에게 뭐라고 말해야 할지 알 수 없었다. 마치 아이를 사산했다는 소식을 두고 그 아버지에게 '그거참 근사하지 않아요?'라든가 '정말 좋군요!'라는 축하를 건네는 상황이 될 것 같았기 때문이다. 젊은 장교는 이렇게 말할 수도 있었을 것이다. '대위님, 그것참 남부끄러운 행동이네요!' 군사재판에 회부되고 싶었다면 말이다.

"뭐, 행운을 빕니다. 저는 내일 제 애인을 만나려고요." 젊은 중위는 마침내 이렇게 말했고, 나아가 자기가 아무런 도덕적 편견이 없다는 점을 보여주기 위해 "행운을 빕니다"라고 한 번 더 말했다.

"자네는 아직도 베그스 거리에서 구걸하고 다니나?"• 패럴리가 돌연 질문했다.

"네." 중위가 자신 없이 웃었다.

버스는 마을의 중심인 바람 한 점 없는 광장에 장교들을 내려주었다. 낮은 건물들에 둘러싸인 광활한 공간에 놓인 버스는 마치 옛 그림책 속 궁전의 안뜰에 그려진 마차처럼 조그맣게 보였다. 버스의 도착은 도시의 근본적 수면에 아무런 영향도 끼치지 못했다. 낡고 덜거덕거리는 차량이 이 척추 없는 세계의 무릎에다 딸깍거리는 남성성과 생동하는 공적 규제라는 짐을 쏟아냈다.

패럴리 대위가 길을 건너 택시 정류장으로 갔다.

"베그스 거리 5번지로 갑시다." 대위는 자기 말이 중위에게 확실히 들리도록 큰 소리로 고집스럽게 말했다. "할 수 있을 만큼 빨리요."

차가 출발하자 패럴리는 그의 뒤에서 밤공기를 찌르며 억지로 웃는 장교의 웃음소리를 만족스러운 기분으로 들었다.

"안녕하세요, 앨라배마!"

"이런, 거기 있군요, 펠릭스!"

"제 이름은 펠릭스가 아닙니다만."

"그래도 딱 어울리잖아요. 이름이 뭐죠?"

"프랭클린 맥퍼슨 패럴리 대위입니다."

• '베그스(Beggs)'에 '구걸하다(beg)'라는 단어가 들어가 있는 것을 이용한 말장난.

"전쟁 생각만 하느라 외우지 못했어요."

"당신에 대한 시를 써봤습니다."

앨라배마는 대위가 건넨 종이를 받아 오선지처럼 나뉜 덧문 널 틈새로 떨어지는 빛에 종이를 비추어 보았다.

"웨스트포인트에 대한 시인데요." 그녀가 실망해서 말했다.

"둘이 똑같으니까요." 패럴리가 말했다. "제게는 당신이 웨스트포인트와 똑같다고 느껴져요."

"그렇다면 미 육군사관학교는 당신이 학교의 잿빛 눈동자를 좋아한다는 사실에 감사하겠네요. 택시를 대기시키고 있는 건 마지막 행을 택시에 놔뒀기 때문인가요, 아니면 제가 총을 쏠 경우를 대비한 건가요?"

"택시를 대기시켜놓은 건 우리가 같이 탈 수도 있을 것 같아서입니다. 클럽에 꼭 가지는 않아도 됩니다." 대위가 진지하게 말했다.

"펠릭스!" 앨라배마가 꾸짖듯 말했다. "사람들이 우리에 대해 떠든대도 제가 신경 쓰지 않는 거 아시잖아요. 아무도 우리 둘이 함께 있다는 걸 눈치 못 챌 거예요. 전쟁을 제대로 치르려면 군인이 무척 많이 필요하니까."

앨라배마는 펠릭스가 안쓰러웠고, 그가 그녀의 평판을 더럽히고 싶어 하지 않는다는 사실에 감동받았다. 우정과 다정함의 물결이 밀려왔다. "그런 건 신경 쓰지 않아도 돼요." 그녀가 말했다.

"이번에는 제 아내가 눈치챌 겁니다. 여기 와 있으니까요."

패럴리가 딱딱하게 말했다. "어쩌면 클럽에 있을지도 몰라요."

그는 변명 따위 전혀 하지 않았다.

앨라배마는 머뭇거렸다.

"뭐, 그럼, 타요." 마침내 그녀가 말했다. "춤이야 다음번 토요일에도 출 수 있죠."

그는 제복을 단단히 차려입고, 소고기를 먹는 영국인의 자부심을 둘러맸으며, 청렴하고 둔하며 떠들썩한 용맹에 들썩이는 선술집 같은 남자였다. 그는 두 사람이 젊음의 지평선과 달빛에 물든 전쟁을 따라 차를 타고 가는 동안 〈아가씨들〉을 계속 불러젖혔다. 남부의 달은 축축하며, 또한 후텁지근하다. 달빛이 들판과 모래가 바스락거리는 길과 달콤한 침체에 빠진 인동덩굴 울타리에 잠길 때, 현실을 고수하려는 싸움은 처음으로 바람에 실려 오는 에테르의 향에 저항하려는 것과 같다. 그는 건조하고 여윈 몸을 자기 팔로 감쌌다. 그녀에게서는 금앵자와 황혼의 항구 냄새가 났다.

"전근을 갈 겁니다." 펠릭스가 초조하게 말했다.

"왜요?"

"당신의 다른 연인들처럼 비행기에서 떨어져 도로변을 어지럽히는 일은 피하려고요."

"대체 **누가** 비행기에서 떨어졌어요?"

"닥스훈트 같은 얼굴에 콧수염을 기른 당신 친구, 지금 애틀랜타로 가는 길입니다. 정비공이 살해당해서 그 중위가 군사재판에 회부됐어요."

"두려움이란……." 앨라배마는 재앙을 감지하자 근육이 조여드는 것을 느끼며 말했다. "예민한 거죠. 어쩌면 모든 감정이 다 그럴지 몰라요. 아무튼 우리는 스스로를 붙들어야 하고 근심하지 말아야 해요."

"그런데, 어떻게 된 일이죠?" 앨라배마가 무심하게 물었다.

펠릭스가 고개를 내저었다.

"앨라배마, 난 그 일이 사고였길 **진심으로** 바랍니다."

"그 개를 닮은 분에 대해 걱정하는 건 아무 소용이 없어요." 앨라배마는 스스로 그 문제에서 빠져나오며 그렇게 말했다. "펠릭스, 사건의 경과에 대해 자신의 감정을 퍼뜨리는 사람들은 정서적 매춘부처럼 살고 있는 거예요. 그런 사람들은 다른 이들의 입장에 대한 책임감이 부족하다는 사실에 대가를 치러야 하죠. 제게 회피할 수 없는 월터 롤리 방식의 행동•은 없어요." 그녀는 그렇게 말하며 스스로를 정당화했다.

"당신이 그 사람을 엇나가게 할 권리는 없죠. 알고 있겠지만."

"뭐, 이젠 다 끝난 일이에요."

"그 가엾은 정비공은 병동에서 끝이 났죠." 펠릭스가 한마디 했다.

그녀의 높은 광대뼈에 잘 익은 밀밭에 놓인 낫처럼 달빛이

• 영국의 정치인 월터 롤리(1522?~1618). 엘리자베스 1세가 지나가는 길에 물웅덩이가 놓여 있자 그 위에 자기 망토를 던져 덮었다는 기사도적 일화로 유명하다.

새겨졌다. 군대에 있는 사람이 앨라배마를 나무라기란 어려운 일이었다.

"그리고 저랑 같이 버스를 타고 마을에 온 금발 중위 말인데요." 패럴리가 계속 말했다.

"그분에 대해서는 제가 해명할 게 없을 것 같은데요." 그녀가 말했다.

패럴리 대위가 익사하고 있는 사람처럼 발작적으로 경련하며 움직였다. 그는 자기 코를 붙잡고 차 아래로 몸을 굽혔다.

"매정하군요." 그가 말했다. "뭐, 저는 살아남아야겠어요."

"명예, 의무, 국가, 그리고 웨스트포인트." 앨라배마가 꿈꾸듯 대꾸했다. 그녀는 웃었다. 둘 다 웃었다. 무척 슬펐다.

"베그스 거리 5번지로 갑시다." 패럴리 대위가 그 즉시 택시 운전사에게 지시했다. "거기 있는 집이 불타고 있거든요."

전쟁은 남자들을 마을로 불러들였는데, 이들은 경제적 쇠퇴 이후 남부에 만연했던 미혼 여성이라는 마름병을 먹어치우는 인정 많은 메뚜기 떼 같은 존재였다. 그 남자 중에는 금니를 번쩍이는 일본인 전사처럼 돌격하는 작은 체구의 소령이 있었고, 눈동자는 '블라니 돌'● 같고 머리칼은 불타는 토탄 같은 아일랜드인 대위도 있었으며, 고글 때문에 눈 주변이 하얗고 바람과 태양 때문에 코가 부어오른 항공 장교들도 있

● 아일랜드 코크주의 블라니성에 있는 돌로, 이 돌에 키스하면 언변이 좋아진다는 속설이 있다.

었다. 살면서 가장 멋지게 군복을 차려입음으로써 자기가 특별한 사건에 대한 필연적인 감각을 소유하고 있다는 사실을 알리는 남자들이 있었다. 주둔지 이발소에서 사용하는 피치사의 양모제 냄새를 풍기는 남자들과 러시아 가죽 냄새를 풍기는 프린스턴과 예일대 출신 남자들과 살아 있다는 사실에 무척이나 익숙한 듯 보이는 남자들, 사물에 이름을 붙이는 상표 속물들과 박차를 가하며 왈츠를 추고 중간에 파트너를 채가는 시스템에 분통을 터뜨리는 남자들도 있었다. 여자들은 친밀한 활기가 담긴 현대적인 버지니아 릴•을 추는 동안 수많은 남자 사이를 여기저기 오갔다.

그 여름 내내 앨라배마는 병사들의 휘장을 모았다. 가을이 되자 휘장으로 장갑 상자가 꽉 찼다. 그 어떤 여자들도 그보다 모으지 못했고, 심지어 앨라배마가 휘장 일부를 분실했는데도 그랬다. 그 수많은 춤과 드라이브에서 모은, 그 수많은 금빛과 은빛 계급장과 폭탄과 성과 깃발과 심지어 병사를 묘사하는 뱀 모양 휘장까지, 모두 그녀의 쿠션을 댄 푹신한 상자에 들어갔다. 앨라배마는 매일 밤 새 휘장을 달고 나갔다.

앨라배마는 그 장신구 수집품 문제로 베그스 판사와 말다툼을 했고, 밀리는 웃음을 터뜨리고는 딸에게 휘장에 달린 핀도 전부 다 보관하라고, 그것들도 예쁘다고 말했다.

그 나라는 그 어느 때보다 추워졌다. 다시 말해 창조의 신

● 두 사람씩 마주 보고 2열로 서서 추는 미국의 포크 댄스.

성함이 바깥의 외로운 녹색 사물들에 안개를 드리웠고, 달은 마치 생성 중인 진주만큼이나 희끄무레한 빛으로 하얗게 타오르며 탁탁거리는 소리를 냈으며, 밤은 자기가 직접 하얀 장미를 땄다. 공기 중에 안개와 구름이 자욱했는데도 앨라배마는 바깥에서 데이트 상대를 기다렸다. 낡은 그네를 앞뒤로 흔들흔들 밀면서 과거에서 미래로, 몽상에서 추측을 오갔다.

군복의 휘장이 하나 빠져 있는 금발의 중위가 베그스 집의 계단을 올랐다. 그는 잃어버린 휘장의 대용품을 사지 않았는데, 앨라배마와의 전투에서 잃어버린 그 휘장이 대체할 수 없는 것이라고 상상하길 좋아했기 때문이다. 그의 견갑골 아래에는 천상의 지지가 발을 땅에서 들어 올리도록 떠받치는 듯 보였는데, 그 모습이 마치 하늘을 나는 능력을 비밀스럽게 만끽하며 살지만 지금은 관습에 타협해 걷기라도 하는 것 같았다. 달 아래 녹색이 섞인 금빛으로 보이는 그의 머리칼은 첼리니•풍의 프레스코화 속에 누워 있었고 움푹 들어간 눈썹 위로는 멋진 주랑현관이 올라가 있었다. 신비스러운 환상의 볼트 끝처럼 우묵하게 들어간 눈 윗부분이 떠받들고 있는 널찍한 강청색 이마가 그의 얼굴에 영감을 불어넣었다. 22년간 평형을 유지해온 남성적 아름다움으로 인한 압력 덕에 그의 동작은 마치 머리에 무거운 바윗덩이를 지고 옮기는 야만인의 걸음걸이처럼 의식적이면서도 효율적이었다. 그는 패럴리

• 이탈리아의 화가 벤베누토 첼리니(1500~1571).

대위의 유령과 함께 택시를 타지 않는다면 다시는 택시 운전사에게 "베그스 거리 5번지로 갑시다"라고 말할 수 없을 거라고 혼자 생각 중이었다.

"벌써 준비하고 있다니! 왜 밖에 나왔어요?" 중위가 소리쳤다. 바깥에서 그네를 타기에는 안개 낀 공기가 쌀쌀했다.

"아빠는 좌절했고 저는 사건 현장에서 벗어난 거예요."

"무슨 유별난 부정행위를 저질렀길래 그래요?"

"뭐, 일단 아빠는 군인에게는 견장을 달고 다닐 권리가 있다고 생각하시는 것 같아요."

"부모의 권위가 다른 모든 것과 더불어 박살 나고 있다는 건 기분 좋은 일 아닌가요?"

"완벽하죠. 저는 전통적인 상황이 참 좋아요."

두 사람은 제법 떨어진 채 안개의 바닷속에서 서리 낀 포치에 서 있었지만, 앨라배마는 자기가 그를 만지고 있다고 맹세할 수 있었다. 그럴 정도로 두 사람의 눈은 자석처럼 이끌리고 있었다.

"또 뭐가 좋죠?"

"여름의 사랑에 관한 노래요. 이런 추운 날씨는 싫어요."

"또 뭐가 좋아요?"

"컨트리클럽에 가는 금발 남자들이요."

클럽하우스는 봄에 잎을 뚫고 나오는 작은 구근 무더기처럼 오크 아래 호기심 어린 듯 돋아나 있었다. 차가 자갈길 깔린 차도에서 멈출 때 차 앞부분이 무성하게 피어 있는 칸나를 슬쩍 찔렀다. 클럽하우스 주위의 땅은 어린이용 놀이 집 앞 공터처럼 닳고 낡아 있었다. 테니스 코트 주변에는 전선이 축 늘어져 있었고, 1번 티 위에 지어진 정자의 우중충한 녹색 페인트는 벗겨졌으며, 소화전에서는 물이 똑똑 떨어지고 있었다. 먼지가 두껍게 쌓인 베란다에서는 성장하는 자연이 내뿜는 쾌적한 공기가 물씬 풍겼다. 전쟁 발발 직후 로커 중 한 곳에서 옥수수 위스키가 폭발하는 바람에 이 장소가 불에 타 폭삭 무너진 건 참으로 안된 일이다. 사색적인(어린 시절 일시적으로 그러다 만 것이 아니라 극적인 시대에도 부적응자들처럼 계획과 도피를 생각하던) 젊은이 상당수가 낮게 설치된 서까래 아래 쐐기처럼 끼고 말았으니, 어쩌면 이 전시의 향수가 담긴 성지를 파괴한 화재는 감정적 포화 상태에서 벌어진 발화였을지도 몰랐다. 그 어떤 장교건 이곳을 세 번 방문하고 나면 사랑에 빠지고, 결혼을 약속하고, 이곳과 똑같은 작은 컨트리 클럽을 시골에 잔뜩 세우지 않고는 못 배겼으리라.

앨라배마와 중위는 문가에 오래 머물렀다.

"우리가 처음으로 만났던 현장에 명판을 하나 놓아둬야겠군요." 그가 말했다.

그가 나이프를 꺼내 문설주에 이름을 팠다.

"데이비드." 그가 기둥에 그렇게 새기고 읽었다. "데이비드, 데이비드, 나이트, 나이트, 나이트, 그리고 앨라배마 아무개 양."

"이기주의자군요." 앨라배마가 항변했다.

"저는 이 장소가 무척 좋아요." 그가 말했다. "잠깐 밖에 나가서 앉도록 하죠."

"왜요? 무도회는 12시까진데."

"삼 분 정도만이라도 저를 믿어줄 수 없나요?"

"저는 당연히 당신을 믿죠. 그래서 들어가고 싶은 거예요."
앨라배마는 아직도 이름 때문에 약간 화가 나 있었다. 데이비
드는 예전에 자기는 정말로 유명해질 거라고 여러 번 그녀에
게 얘기한 적이 있었다.

데이비드와 춤을 출 때 그에게서는 새 제품 냄새가 났다.
데이비드와 가까이 붙어 그의 귀와 뻣뻣한 군복 칼라 사이의
공간에 얼굴을 들이밀면 앨라배마는 마치 잘 포장된 캠브릭
과 리넨과 그 외 사치스러운 옷감에서 물씬 풍기는 우아함이
가득한 지하 고급 포목점에 들어가는 기분이었다. 그녀는 데
이비드에게서 은근히 드러나는 초연함에 질투가 났다. 다른
여자와 함께 무도회장을 떠나는 그를 볼 때 앨라배마가 느꼈
던 분노는 그의 개성이 다른 이들의 것과 섞여버린다는 사실
때문이 아니라 그가 홀로 거주하는 싸늘하고 초연한 영역에
앨라배마가 아닌 다른 사람들을 데려간다는 점 때문이었다.

데이비드는 그녀를 집으로 데려갔고, 두 사람은 외부와 고
요히 단절된 채 벽난로 앞에 함께 앉았다. 벽난로의 불꽃이
그의 이빨에서 반짝였고, 그의 얼굴에 있는 초월적인 품격을
비추었다. 그의 이목구비가 마치 사격 연습장 장식물에 설치
된 셀룰로이드 표적처럼 그녀의 눈앞에서 잡힐 듯 말 듯 춤
을 췄다. 앨라배마는 영리해질 수 있는 조언을 구해보고자 아

버지와의 관계를 곰곰이 돌이키며 파헤쳐보았지만 인간의 매력과 관련된 어떤 조언도 찾아내지 못했다. 사랑에 빠졌을 때 그녀가 알고 있는 개인적인 격언 따위는 전혀 도움이 되지 못했다.

지난 몇 년간 앨라배마는 키가 자라며 날씬해졌다. 머리색은 땅에서 조금 더 멀어진 만큼 금빛을 띠었다. 다리는 길게 쭉 뻗었고 선사시대의 그림처럼 깡말랐다. 두 손은 마치 데이비드의 눈이 손목을 누르고 있기라도 하듯 사무치고 묵직하게 느껴졌다. 앨라배마는 불빛에 비친 자기 얼굴이 제과점에서 파는 맥주처럼, 6월에 딸기 선디를 마시는 예쁜 소녀가 나오는 광고 그림처럼 발그레하게 빛난다는 사실을 알았다. 그녀는 지금 자기가 무척 우쭐해 있다는 사실을 데이비드가 알까 궁금했다.

"그래서, 금발 남자가 좋다고요?"

"네." 앨라배마는 자기가 내뱉은 말이 입속에서 발견한 뜻밖의 장애물이고, 따라서 의사소통이 가능하기 전에 자신이 직접 제거해야 한다는 압박이라도 받는 것처럼 말을 했다.

데이비드는 거울에 비친 자기 모습을 확인했는데, 그 모습이 마치 자리를 뜨기 전 자기 모습을 샅샅이 살펴보고는 본인이 완전하다는 사실에 기뻐하기라도 하는 것 같았다. 그의 머리칼은 18세기의 달빛처럼 창백했고 두 눈은 푸른 동굴과 녹색 동굴, 종유석과 공작석이 어두운 눈동자 주변에 매달려 있는 작은 동굴 같았다.

그의 뒤통수는 단단하고 이끼투성이였으며 뺨의 곡선은 햇살이 빛나고 있는 펼쳐진 초원 같았다. 그녀의 어깨를 감싼 두 손은 베개의 따뜻이 파인 부분처럼 어깨와 꼭 맞아떨어졌다.

"'자기'라고 말해줘요." 데이비드가 말했다.

"싫어요."

"날 사랑하잖아요. 왜 싫다고 그래요?"

"나는 누구에게든 어떤 말도 하지 않아요. 입 열지 말아요."

"왜 내게 말을 안 하려고 해요?"

"일을 망치니까요. 사랑한다고 말해줘요."

그녀는 그 남자를 무척이나 사랑했고, 정말로 가깝고 가까워지다보니 거울에 코를 누른 자기 모습을 응시하는 것처럼 자신의 시야에서 그의 모습이 일그러지는 듯했다. 그녀는 그의 목선과 깨진 옆얼굴이 자신의 의식 주위에서 불고 있는 바람의 조각 같았다. 앨라배마는 희미한 환영만 남을 때까지 뽑아내고 늘어나는 유리실처럼 자신의 본질이 점점 섬세하고 가늘게 뽑히는 느낌을 받았다. 떨어지지도 깨지지도 않은 채 실 줄기가 점점 더 가늘게 회전한다. 그녀는 자기가 황홀경에 떨어진 작은 존재라고 느꼈다. 앨라배마는 사랑에 빠졌다.

그녀는 그의 귀에 있는 친숙한 동굴 안으로 기어 들어갔다. 그녀가 응시하는 안쪽 구역, 소뇌의 깊은 참호는 회색이었고 영적일 정도로 고전적이었다. 그곳에는 그 부드러운 뇌회●를

● 대뇌의 표면에서 둑처럼 약간 솟은 부분.

손상하는 어떤 생장이나 화훼류도 없었다. 그저 매끈한 회백질이 부풀어 올라 있을 뿐이었다. "최전방을 봐야 해." 앨라배마가 중얼거렸다. 울퉁불퉁한 언덕이 그녀의 머리 위에 축축하게 솟아올랐고, 그녀는 주름을 따라 출발했다. 얼마 안 가 앨라배마는 길을 잃었다. 신비스러운 미로처럼 주름과 능선이 황량하게 솟아 있었고, 어디서 어디로 가야 할지 알려주는 것이라고는 전혀 없었다. 앨라배마는 비틀거리며 걸음을 옮긴 끝에 연수●에 도달했다. 그녀는 광활하고 구불구불한 자국을 따라 돌고 돌았다. 그녀는 히스테리 상태에 빠져 달리기 시작했다. 데이비드는 척추 맨 윗부분을 간질거리는 감각에 넋이 빠진 채 그녀의 입술에서 자기 입술을 뗐다.

"내일 당신 아버님을 만나 뵐 거요." 데이비드가 말했다. "우리가 언제 결혼할 수 있는지 알아봐야겠어."

베그스 판사는 발가락에서 발뒤꿈치까지 몸을 앞뒤로 흔들면서 득실을 꼼꼼히 따져보았다.

"으음, 뭐, 괜찮을 것 같군. 자네가 내 딸을 잘 돌볼 수 있다고 생각한다면 말이지."

"당연히 그럴 겁니다, 판사님. 집안에 돈이 좀 있습니다. 저도 돈을 벌 능력이 있고요. 그러면 충분할 겁니다."

데이비드는 사실 돈이 그렇게 많지는 않은 것 같다고 속으로 중얼거렸다. 아마 어머니와 할머니에게 15만 달러가 있을

─────────

● 피라미드처럼 생긴 뇌의 가장 아래쪽 부분.

텐데, 그는 뉴욕에 살면서 예술가가 되고 싶었다. 어쩌면 가족이 도와주지 않을지도 몰랐다. 뭐, 아무려나, 두 사람은 약혼했다. 그는 앨라배마를, 그리고 어쨌거나 돈을 손에 넣어야 했다. 언젠가 그는 남부 연합군 병사들이 발에 눈이 들어오지 않도록 피투성이 발을 남부연합 화폐로 감싸는 모습을 보는 꿈을 꾼 적이 있었다. 그때 꿈속에서 데이비드는 그들이 전쟁에서 패한 뒤 그 쓸모없는 돈을 마구 써버리는 데 어떤 유감도 느끼지 않는다는 사실을 알아차렸다.

봄이 찾아와 나팔수선화 화관 속에 숨어 있던 오팔색 찌르레기들이 사방으로 흩어졌다. 삼색제비꽃이 앙상한 가지에 매달려 있었고 오래된 마당은 스노드롭과 앵초, 땅버들, 금송화 등 어린아이 같은 형태의 꽃들로 뒤덮였다. 데이비드와 앨라배마는 숲에 있는 그루터기 뿌리에서 오크 잎을 걷어내 하얀 제비꽃을 땄다. 두 사람은 일요일마다 보드빌● 극장에 가서 뒷좌석에 앉았는데, 그래야 남들 눈에 띄지 않고 손을 잡을 수 있어서였다. 둘은 〈내 사랑〉과 〈자기〉를 부르는 법을 배웠고 〈히치쿠〉를 공연하는 극장의 박스석에 앉아 〈당신이 어떻게 알아요?〉의 코러스가 울려 퍼지는 동안 서로를 진지하게 응시했다. 봄비가 하늘을 적시고 구름이 활짝 걷히자 여름이 땀과 폭염을 몰고 남부를 덮쳤다. 앨라배마는 분홍색이 감도는 창백한 리넨 드레스를 입고 데이비드와 함께 결과적

● 춤과 노래가 있는 가볍고 풍자적인 통속 희극.

으로는 더위를 부채질하는 꼴이 되는 천장 선풍기 아래 앉았다. 컨트리클럽의 널찍한 문밖에서 둘은 마치 인류의 각인을 찍으려는 사람들인 양 우주에, 재즈의 횡설수설에, 텅 빈 굴속 이끼에서 나오는 어두운 열기에 몸을 밀착했다. 그들은 대지에 꿀을 바르듯 내리쬐는 달빛 속에서 수영을 했다. 데이비드는 앨라배마와의 저녁 식사 후 갖는 시간을 포기하지 않았고, 그 대가로 자기 군복 칼라에 욕설과 저주를 퍼부으며 밤새 차를 타고 사격장으로 갔다. 둘은 자기들만의 개념에 따라 우주의 박자를 부수었으며 그렇게 깨진 박자에서 나오는 귀중한 쿵쿵거림에 매료되었다.

풀들이 그을린 언덕 위 공기가 불투명해졌고, 9번 아이언 아래서 화약만큼이나 건조한 벙커의 모래가 날아올랐다. 이리저리 얽힌 미역취●가 태양을 잘게 조각냈다. 찬란했던 여름이 단단한 흙길 위에 가루가 되어 내려앉았다. 이삿날이 다가왔고, 개학 날이 아침에 흥취를 더했다. 하나의 여름이 또 다른 가을과 더불어 끝났다.

출항지로 떠나면서 데이비드는 앨라배마에게 뉴욕에 대한 편지를 썼다. 어쩌면, 마침내 그녀는 뉴욕으로 가서 결혼하게 될지도 몰랐다.

"번쩍이는 최면의 도시지요." 데이비드는 도취된 듯 그렇게 썼다. "요정의 방앗간에서 나온 왕겨가 꿰뚫는 듯한 푸른빛에

● 국화과의 여러해살이풀. 볕이 잘 드는 풀밭에서 자란다.

매달려 있죠! 인간은 당밀로 된 개울에 앉은 파리처럼 거리에 달라붙어 있어요. 빌딩 꼭대기는 회담 중인 금빛 왕의 왕관처럼 빛나요. 오, 사랑스러운 그대, 그대는 내 공주고, 나는 오로지 나만의 기쁨을 위해 당신을 언제까지나 상아로 된 탑에 가둬두고 싶다오."

그가 세 번째로 그 공주 얘기를 편지에 썼을 때, 앨라배마는 데이비드에게 상아탑 얘기는 다시 꺼내지 말라고 부탁했다.

그녀는 밤이면 데이비드 나이트를 생각했고, 개를 닮은 얼굴을 가졌던 항공 장교와 함께 전쟁이 끝날 때까지 보드빌 극장을 드나들었다. 전쟁은 어느 날 밤 보드빌 극장의 커튼에 메시지를 번쩍이며 끝이 났다. 전쟁은 끝났지만 공연은 두 번 더 남았다는.

동원령이 해제되어 데이비드도 앨라배마에게 돌아왔다. 그는 앨라배마에게 자기가 만취했던 날 밤 애스토 호텔에서 만났던 여자에 대해 털어놓았다.

"세상에!" 앨라배마는 혼잣말을 했다. "뭐, 어쩌겠어." 그녀는 죽은 정비공을, 펠릭스를, 성실한 개 얼굴의 중위를 생각했다. 그녀도 딱히 좋은 여자는 아니었다.

앨라배마는 데이비드에게 그건 별문제가 되지 않는다고, 자기는 한 사람이 다른 사람에게 충실한 건 두 사람이 같이 그렇게 느낄 때만 가능한 일이라 믿는다고 말했다. 그녀는 그 일은 어쩌면 그를 더 챙기지 않은 자기 잘못일지도 모른다고 말했다.

데이비드는 약혼식을 할 수 있게 되자마자 앨라배마를 불렀다. 판사는 딸에게 결혼 선물로 북부 여행을 시켜주었다. 그녀는 결혼식 옷 때문에 어머니와 말다툼을 했다.

"이렇게 입기 싫어요. 어깨를 다 드러내고 싶다고요."

"앨라배마, 이 정도가 내가 할 수 있는 최선이야. 붙들어주는 것이 하나도 없으면 어떻게 옷이 유지가 되겠니?"

"에이, 엄마, 수선해주실 수 있으면서."

밀리가 웃었다. 기쁘면서도 슬픈 웃음, 그러면서도 관대한 웃음이었다.

"내 아이들이 내가 불가능한 일을 해낼 수 있다고 믿다니." 그녀가 흡족한 듯 말했다.

떠나는 날 앨라배마는 어머니의 옷장 서랍에 쪽지를 한 장 남겼다.

정말 사랑하는 엄마에게

엄마가 원했을 모습과는 다르게 컸지만 엄마를 진심으로 사랑하고 매일 생각할 거예요. 자식들이 모두 떠나서 홀로 남은 엄마를 두고 가기 싫어요. 절 잊지 말아주세요.

앨라배마

판사가 앨라배마를 기차에 태웠다.

"잘 가렴, 딸아."

앨라배마의 눈에 판사는 무척 잘생기고 심원해 보였다. 그녀는 자기가 울까봐 두려웠다. 그녀의 아버지는 무척 자부심이 강했다. 조앤도 자기가 울게 될까 두려워했었다.

"안녕, 아빠."

"안녕, 아가야."

기차가 앨라배마의 젊은 시절의 그림자가 드리운 땅에서 그녀를 빼내 출발했다.

판사와 밀리는 익숙한 그 포치에 단둘이 앉아 있었다. 밀리는 초조한 듯 팔메토 잎으로 만든 부채를 집어 들었고, 판사는 가끔 포도 넝쿨에 침을 뱉었다.

"더 작은 집을 얻는 게 낫지 않을까요?"

"밀리, 나는 여기서 18년을 살았고 이 나이에 습관을 바꾸지는 않을 거야."

"이 집에는 차양도 없고 파이프는 겨울마다 얼어요. 당신 집무실에서도 아주 멀리 떨어져 있고요, 오스틴."

"나한테는 딱 맞는 집이야. 계속 있을 거고."

주인 없는 낡은 그네가 만에서 매일 밤 불어오는 바람에 희미하게 삐걱삐걱 소리를 냈다. 아크등 아래 길모퉁이에서 정확한 타이밍에 장난으로 앙갚음을 하는 아이들의 목소리가 그들을 지나쳐 흘러갔다. 판사와 밀리는 칠이 벗겨진 포치의 의자를 말없이 흔들며 앉아 있었다. 오스틴은 난간 위에 꼰 채로 올려둔 발을 풀고 자리에서 일어나 밤에 대비해 셔터를 닫았다. 마침내 집이 온전히 그의 것이 되었다.

"뭐." 그가 말했다. "내년 이날 밤에는 당신만 여기 남편 없이 남아 있을지도 모르지."

"풋!" 밀리가 말했다. "지난 30년간 그렇게 말했잖아요."

밀리의 얼굴에 감돌던 어여쁜 파스텔 색조가 걱정 때문에 사라졌다. 코와 입 사이의 주름들이 반쯤 걷다 만 깃발의 끈처럼 아래로 처졌다.

"시어머니도 당신과 똑같았어요." 밀리가 책망하듯 말했다. "늘 자기는 이제 죽을 거라고 말씀해놓고는 아흔두 살까지 사셨죠."

"뭐, 결국엔 진짜로 돌아가셨잖아. 안 그래?" 판사가 낄낄거렸다.

판사는 즐거운 자기 집의 전등을 껐고, 나이 든 두 사람만이 계단을 올랐다. 달빛이 양철 지붕 위를 어기적어기적 걷다가 밀리의 방 창틀 위로 어설프게 폴짝 뛰었다. 판사는 침대에 누워 헤겔의 책을 삼십 분 정도 읽다가 잠이 들었다. 긴 밤 내내 안정적으로 깊게 울리는 판사의 코 고는 소리에 밀리는 비록 앨라배마의 방은 깜깜하고 조앤은 떠났으며 딕시의 채광창을 가리던 판자는 오래전 다른 쓰레기들과 함께 버려진 데다, 그녀의 유일한 아들은 공동묘지에서 에설린다 베그스와 메이슨 커스버트 베그스가 같이 묻혀 있는 무덤 옆의 작은 묘에 누워 있음에도 이것이 삶의 끝을 의미하지는 않는다는 사실에 위안을 얻었다. 밀리는 개인적인 문제는 그렇게 많이 생각하며 살지 않았다. 그녀는 그저 하루에서 또 다른 하루로 이어지는 삶을 살아갈 뿐이었다. 오스틴은 하루에 대해서는 전혀 생각하지 않았는데, 그는 세기에서 또 다른 세기로 이어지는 삶을 살았기 때문이다.

하지만 베그스 가족이 앨라배마를 잃는다는 건 끔찍한 일이었다. 그녀는 마지막으로 떠난 가족 구성원이었고, 이는 그들의 삶이 딸의 부재로 인해 달라진다는 의미였으니까…….

앨라배마는 빌트모어 호텔 2109호실에 누워 부모님과 멀리 떨어져 있는 자기 인생이 앞으로 달라질 것이라 생각했다. 이를테면 데이비드 데이비드 나이트 나이트 나이트는 앨라배마가 완전히 준비될 때까지 그녀가 쓰는 전등을 끄라고 할 수 없을 것이다. 이 지구상의 어떠한 힘도 그녀에게 뭔가를 하도록 만들 수 없다고, 그녀는 두려워하며 생각했다. 더는 그 무엇도 절대 그럴 수 없었다. 그녀 자신을 제외하고는.

데이비드는 자기는 전등 따위 신경 쓰지 않는다고, 앨라배마는 자기 신부라고, 그녀는 몰랐겠지만 조금 전 두 사람이 갖고 있는 마지막 현금으로 그녀에게 탐정소설을 사줬다고 생각하는 중이었다. 그 탐정소설은 돈과 몬테카를로와 사랑에 대해 쓴 재미있는 작품이었다. 저기 누워서 책을 읽고 있는 앨라배마의 모습이 데이비드 눈에는 정말로 사랑스러워 보였다.

제2부

1

그것은 두 사람이 상상할 수 있는 가장 큰 침대였다. 침대
는 길다기보다는 넓었고, 침대에 대한 전통을 경멸하는 온갖
특성이 과장되게 결합되어 있었다. 반들거리는 검은색 손잡
이와 요람의 받침처럼 똑 떨어지는 곡선 모양의 하얀 에나멜
장식이 달려 있었으며, 특별 제작된 커버는 침대 가에서 바닥
으로 난잡하게 늘어져 있었다. 데이비드가 자신이 누워 있던
쪽에서 바닥으로 굴렀다. 앨라배마는 일요판 신문 뭉치가 쌓
여 있는 따뜻한 지점 위로 미끄러져 내려갔다.

"자리 좀 더 내주지 않을래?"

"세상에, 세상에나." 데이비드가 신음하며 말했다.

"왜 그러는데?"

"신문에서 우리가 유명하다는데." 그가 올빼미처럼 점잔 빼

며 눈을 깜박였다.

앨라배마가 자세를 똑바로 했다.

"정말 멋지다. 어디 좀 봐."

데이비드가 《브루클린 부동산》과 《월스트리트 시세》를 후 딱 뒤적였다.

"좋았어!" 데이비드가 거의 소리를 지르다시피 말했다. "훌륭해! 하지만 신문에서는 우리가 사악해서 요양소에 들어가 있다고 적혀 있네. 우리 부모님이 이 기사를 보시면 무슨 생각을 할지 궁금하네. 알고 싶다."

앨라배마가 손가락으로 파마를 한 머리칼을 쓸어 넘겼다.

"뭐." 그녀가 머뭇거리며 입을 열었다. "우리가 몇 달은 거기 들어가 있어도 싸다고 생각하셨겠지."

"하지만 우린 요양소에 들어간 적이 없잖아."

"지금은 그렇지." 앨라배마는 그렇게 말하고는 깜짝 놀라며 데이비드에게 팔을 흔들어댔다. "혹시 들어가 있는 건가?"

"모르겠네. 지금 우리 요양소인가?"

그들은 웃었다.

"신문 이 부분 잘 봐봐."

"우리 바보 아닌가?" 그들이 말했다.

"끔찍하게 바보지. 재미있지 않아? 뭐, 어쨌거나 우리가 유명하다니 기쁘네."

앨라배마는 침대 위를 세 걸음 달려 바닥으로 폴짝 뛰어내렸다. 창밖으로는 잿빛 도로가 코네티컷의 지평선을 중요 교차로까지 앞뒤로 끌어당겼다. 민병 석상 하나가 나른한 벌판의 평화를 지키고 있었다. 솜털 같은 밤나무 아래로 차도가 구불구불 기어갔다. 수레국화는 더위에 시들었고, 엷은 보라색 과꽃이 줄기에 엉겨 붙어 있었다. 경중경중 이어지는 도로를 따라 깔린 타르가 햇볕에 녹아내렸다. 그 집은 미역취 그루터기 속에서 혼자 키득거리며 줄곧 그곳에 자리 잡고 서 있었다.

뉴잉글랜드의 여름은 성공회의 예배다. 대지는 녹음으로 뒤덮인 소박한 기간을 고결하게 만끽한다. 여름은 자신의 논지를 마구 퍼부으며 우리의 존엄성에 맞서 일본 기모노의 등부분 무늬처럼 폭발적으로 터져 나온다.

앨라배마는 행복하게 춤을 추면서 옷을 걸쳐 입고, 무척이나 품위 있는 기분을 느끼며 돈 쓸 궁리를 했다.

"신문에 또 다른 말은 없어?"

"우리가 멋지다는데."

"그럼 네가 보기에는……." 앨라배마가 말을 꺼냈다.

"아니, 모르겠어. 하지만 모든 게 다 잘될 거 같아."

"나도 모르긴 마찬가지야. 데이비드, 이건 네 프레스코화가 분명해."

"당연히 우리 것이 될 수는 없지, 과대망상증 환자님."

랄리크●처럼 반짝이는 오전 10시의 햇빛 속에서 방 안을

● 아르누보 양식의 공예 유리그릇.

돌아다니는 두 사람은 마치 털을 빗질하지 않은 실리엄 테리어 같았다.

"오." 앨라배마가 옷장 깊은 곳에서 투덜거렸다. "데이비드, 요 여행 가방 좀 봐. 자기가 나한테 부활절 선물로 사준 거."

그녀가 회색 돼지가죽 가방을 꺼내 새틴 안감을 손상시킨, 널찍한 고리 모양으로 누르스름하게 말라붙은 물 자국을 보여주었다. 앨라배마가 남편을 울적한 얼굴로 바라보았다.

"우리 정도 되는 위치의 여자는 이런 걸 들고 시내에 나갈 수 없어." 그녀가 말했다.

"당신 의사한테 진찰받으러 가야지. 가방은 어떻게 된 거야?"

"이거 조앤에게 빌려줬던 거야. 아기 기저귀 챙겨 가야 한다고 소리를 질러대던 날에."

데이비드가 조심스레 웃었다.

"조앤이 무척 기분이 안 좋았었나봐?"

"우리보고 돈을 아껴야 한대."

"우리가 이미 돈을 다 썼다는 얘기를 하지 그랬어?"

"했지. 근데 그게 잘못된 일이라고 생각하는 것 같아서 얼른 앞으로 돈을 더 벌 거라고 얘기했어."

"그러니까 뭐래?" 데이비드가 자신감 넘치는 어조로 물었다.

"미심쩍어하더라. 언니 말로는 우리가 규칙을 어기고 있대."

"가족들은 늘 생각만으로는 사람들에게 아무 일도 안 일어나는 줄 알더라."

"우리 조앤 언니한테 다시 전화 걸지 말자. 플라자 호텔 로비에서 5시에 봐, 데이비드. 이러다 전차 놓치겠다."

"알았어. 잘 다녀와, 여보."

데이비드가 앨라배마를 진지하게 끌어안았다. "만약 누가 전차에서 당신을 훔치려고 들면 당신은 내 거라고 그 사람들에게 말해줘."

"당신이 차에 치이지 않겠다고 약속해준다면."

"잘 다녀와!"

"우리 서로 사랑하지 않는 건가?"

빈센트 유맨스•는 종전 직후 그 황혼 녘에 바치는 음악을 작곡했다. 그 곡들은 정말 멋졌다. 그 음악들은 아스팔트의 먼지와 처마 아래 거무스름한 그림자와 닫히는 창문에서 나오는 미약하고 갑작스러운 바람에서 형성된 쪽빛의 엷은 막처럼 도시 위에 드리웠다. 그 음악들은 늪에 피어오른 하얀 안개처럼 길 위에 깔려 있었다. 침울함을 헤쳐 나온 세상 전체가 차를 마시러 갔다. 짧고 특징 없는 망토와 꽃무늬 치마를 입고 밀짚으로 만든 욕조 같은 모자를 쓴 여자들이 플라자 그릴 식당 앞에서 택시를 기다렸다. 긴 새틴 코트와 색깔 있는 신발 차림에 밀짚으로 만든 맨홀 뚜껑 같은 모자를 쓴 여자들은 로레인과 세인트 레지스의 댄스 플로어에서 급류 같은 음악에 맞춰 탭 댄스를 췄다. 빌트모어 호텔의 빈정대

• 미국의 브로드웨이 뮤지컬 작곡가 빈센트 유맨스(1898~1946).

기 좋아하는 칙칙한 앵무새들 아래에서는 웅장한 창문들을 걸어 닫은 채 차를 마시고 저녁 식사를 하는 어둑한 시간 사이에 금빛 단발을 둘러싼 후광이 검은색 레이스와 어깨의 꽃 장식으로 분해되었다. 축 늘어진 동시대적 실루엣이 내는 절그럭거리는 소리는 리츠 호텔에서 찻잔이 달그락거리는 소리에 묻혔다.

사람들은 다른 사람들을 기다리면서 야자수 잎끝을 배배 꼬아 갈색 콧수염 끝자락 모양을 만들고 아래쪽 이파리를 짧고 가늘게 쪼갰다. 정말 수많은 젊음이 있었다. 릴리언 로레인은 자정이 되면 뉴암스테르담 꼭대기의 우주처럼 취하곤 했고, 훈련을 때려치운 미식축구 팀은 막가는 주정으로 웨이터를 겁주곤 했다. 세상은 사람들을 돌보는 부모들로 가득했다. 사교계 아가씨들은 "저기 나이트 부부 아냐?"와 "나 무도회에서 저 남자 만났어. 소개 좀 해줘" 같은 말을 주고받았다.

"이러는 게 다 무슨 소용이람? 저 부부 서로에게 완전히 홀딱 빠져 있는데" 같은 말이 뉴욕 사교계의 단조로운 대화 속으로 용해되었다.

"당연히 저 사람들이 나이트 부부지." 많은 여자가 말했다. "나이트 씨 그림 봤어?"

"난 그림보다는 언제든 저 남자 바라볼래." 다른 여자들이 대꾸했다.

진지한 사람들은 그들 부부를 진지하게 여겼고, 그런 자리에서 데이비드는 시각적 리듬과 성운 물리학의 효과가 원색과 맺는 관계를 주제로 연설도 했다. 창밖에서는 자신의 중요성에 대해 격렬하리만치 냉담한 도시가 금빛 왕관으로 장식된 회의에 옹기종기 모여 앉아 있었다. 뉴욕의 꼭대기는 왕좌 뒤의 황금 덮개처럼 반짝였다. 데이비드와 앨라배마는 무력하게 서로를 마주했다. 이럴 때 아기를 낳는 문제로 논쟁을 할 수는 없었다.

"그래서 의사가 뭐라고 했어?" 데이비드가 캐물었다.

"얘기했잖아. '안녕하세요!'라고 말했다니까."

"바보 같은 소리 말고. 또 뭐라고 했냐니까? 의사가 무슨 말을 했는지 우리가 알아야지."

"그러니까 우리 아기가 태어날 거래." 앨라배마가 독점적으로 선언했다.

데이비드가 주머니 속을 더듬더듬 뒤졌다. "미안해. 그걸 집에다 놔두고 왔네." 그는 앨라배마의 말대로라면 이제 세 명이 되겠구나 생각하고 있었다.

"뭘 놔두고 왔는데?"

"진정제."

"나 방금 '아기'라고 말했어."

"오."

"다른 사람들에게 물어봐야겠다."

"누구에게 물어보려고?"

대부분 사람에게 저 나름의 이론이 있었다. 롱에이커 약국에 도시 최고의 진이 있고, 앤초비로 술에서 깰 수 있으며, 메

틸알코올은 냄새로 구분할 수 있다는 식으로 말이다. 다들 캐
벌●의 책 어디서 무운시를 찾을 수 있는지, 예일 대학 미식축
구 경기 좌석은 어떻게 구하는지 알았고, '물고기 씨'가 수족
관에 거주하고 있다는 사실과 센트럴파크 경찰서에는 경사
말고도 다른 사람들이 편안히 자리 잡고 있다는 사실도 알았
지만 아이를 낳는 방법은 아무도 몰랐다.

"네가 장모님께 물어보는 게 좋을 것 같은데." 데이비드가
말했다.

"오, 데이비드, 안 돼! 엄마는 내가 어떻게 해야 할지 모를
거라고 생각할 거야."

"뭐." 그가 머뭇머뭇 말했다. "내 중개인에게 물어볼 수도
있어. 그 사람 지하철이 어디로 가는지 잘 알거든."

도시는 거대한 극장의 무대에 선 배우에게 쏟아지는 희미
한 갈채처럼 소리 죽인 아우성으로 요동쳤다. 뉴암스테르담
에서 온 〈우울한 작은 두 소녀〉●●와 〈샐리〉●●●가 도시의 고
막에 흘렀고, 다루기 어려운 날쌘 리듬이 도시에 흑인과 색소
폰 연주자를 불러들였고, 그들은 메릴랜드와 루이지애나로
돌아가서 유모 내지는 백만장자 소리를 들었다. 쇼핑하는 여
자들은 죄다 매릴린 밀러●●●●를 닮아 있었다. 대학생들은 로

● 미국의 소설가이자 평론가 제임스 캐벌(1879~1958).

●● 미국의 작곡가 찰스 그레이엄(1863~1899)이 1893년에 발표한 곡.

●●● 영국의 가수 그레이시 필즈(1898~1979)가 1931년에 부른 히트곡.

지 퀸을 연호하던 바로 그곳에서 매릴린 밀러를 찾았다. 여자 영화배우들이 유명해졌다. 폴 화이트먼●●●●이 바이올린으로 즐거움에 한 획을 그었다. 그해 리츠 호텔에는 무료 급식을 기다리는 줄이 길게 늘어서 있었다. 다들 거기 있었다. 사람들은 난초와 플러시 천과 탐정소설 냄새가 나는 호텔 로비에서 아는 사람을 만나 지난번에는 어디 있었는지 서로 안부를 나누었다. 찰리 채플린은 노란색 폴로 코트를 입고 다녔다. 사람들은 프롤레타리아에 신물이 났다. 모두가 유명했다. 유명하지 않았던 나머지 사람들은 죄다 전쟁에서 죽었다. 사생활에 대한 관심은 별로 많지 않았다.

"저기 저 사람들 나이트 부부네. 같이 춤을 추고 있어." 사람들은 그렇게 말했다. "멋지지 않아? 저기로 가네."

"저기, 앨라배마, 박자를 못 맞추잖아." 그때 데이비드는 그렇게 말하고 있었다.

"데이비드, 제발 내 발 좀 밟지 말아줄래?"

"나는 왈츠를 잘 못 춘다니까."

그들 앞에 온갖 코러스가 울려 퍼지는 가운데 우울할 일이 한두 가지가 아니었다.

"나는 해야 할 일이 많아." 데이비드가 말했다. "다른 사람들 보라고 세상의 중심에 서 있는 게 이상해 보이지 않는다

●●●● 미국의 브로드웨이 뮤지컬 배우 매릴린 밀러(1898~1936).
●●●●● 미국의 작곡가, 바이올리니스트, 밴드 리더 폴 화이트먼(1890~1967).

는 거야?"

"딱히. 내 몸이 아파오기 전에 부모님이 오신다는 게 기뻐."

"자기가 아프게 될 줄 어떻게 알아?"

"아플 거니까."

"그건 제대로 된 설명이 아니지."

"설명이야."

"다른 데 가자."

폴 화이트먼이 팔레 루아얄에서 〈우울한 작은 두 소녀〉를 연주했다. 정말 비싼 연주였다. 짜릿한 옆얼굴을 가진 여자들은 글로리아 스완슨●과 혼동되었다. 뉴욕은 진짜 자신보다는 거울에 비친 모습으로 훨씬 더 가득했다. 도시에서 유일하게 구체적인 것은 추상뿐이었다. 모두가 카바레 계산서에 돈을 지불하고 싶어 했다.

"우리 지금 사람들과 어울리는 중이거든." 모두가 서로 이렇게 말했다. "그래서 너도 우리랑 어울리면 좋겠어." 그러고는 또 이렇게 말했다. "전화할게."

뉴욕 전역에서 사람들이 전화를 해댔다. 그들은 다른 파티에 참석하느라 자리에 없는 자기 약혼자들을 찾아 이 호텔에서 저 호텔로 전화를 걸어댔다. 전화를 거는 시간은 항상 티타임 아니면 한밤중이었다.

데이비드와 앨라배마는 친구들을 초대해 플랜테이션 호텔

● 미국의 영화배우 글로리아 스완슨(1899~1983).

에 설치된 드럼에 오렌지를 던지고 유니언 스퀘어 분수대에 뛰어들자고 했다. 신약성서와 헌법을 흥얼거리는 그들은 서핑 보드에 올라탄 의기양양한 섬사람들처럼 시류를 타고 올라갔다. 미국 국가의 가사를 아는 사람은 아무도 없었다.

도시에서는 중부 유럽의 골목만큼이나 여리고 어둑한 얼굴을 가진 나이 든 여자들이 팬지 꽃을 팔았다. 5번 거리의 버스에서는 모자들이 떠다녔다. 구름이 센트럴파크 위로 안내문을 띄워 보냈다. 뉴욕의 거리에서는 야간에 개화하는 금속 정원의 기계에서 떨어지는 물방울 같은 알싸하면서도 달콤한 향이 났다. 도로에서 골목으로 빨려 들어가 경련하듯 토해지는 간헐적인 냄새들, 사람들, 흥분된 분위기가 각자의 템포가 만들어내는 박자 속에서 불쑥불쑥 솟아올랐다.

탐욕스럽고 게걸스러운 자아를 보유한 사람들이 지닌 특별한 천재성은 급격한 조류 속에 있는 자기 주변의 세상을 삼킨 뒤 그 시체를 바다로 흘려보냈다. 뉴욕은 신분 상승을 이루기에 좋은 장소였다.

맨해튼 호텔의 직원은 데이비드와 앨라배마가 결혼한 사이라고 생각하지 않았지만 어쨌든 방을 내주었다.

"왜 그러는데?" 대성당 판화 아래 놓인 트윈 베드에서 데이비드가 말했다. "못 가겠어?"

"당연히 가야지. 전차가 몇 시지?"

"지금. 당신 가족 만나는 데 2달러면 되겠지." 데이비드가 옷을 뒤지며 말했다.

"엄마 아빠에게 꽃을 사주고 싶은데."

"앨라배마." 데이비드가 훈계하듯 말했다. "그건 비실용적이야. 너는 미학 이론이 되어버린 거야. 장식에 쓰는 화학적 공식 말이지."

"어쨌든 2달러 가지고는 할 수 있는 게 아무것도 없잖아." 그녀가 논리적인 어조로 항변했다.

"꼭 그렇지는 않을 것……."

호텔의 꽃 담당 직원에게서 풍기는 엷은 향기가 은제 망치 같은 벨벳용 진공청소기의 외피를 톡톡 두드렸다.

"당연히 돈이 필요하지. 우리가 택시 요금이라도 내야 하면……."

"아빠에게 돈이 있을 거야."

하얀 연기가 기차역 채광창 쪽으로 치솟았다. 그 흐린 날 철제 서까래에는 덜 익은 감귤 같은 불빛이 매달려 있었다. 떼를 지어 몰려다니는 사람들이 계단에서 서로를 스쳐 지나갔다. 기차가 수많은 녹슨 자물쇠에서 수많은 열쇠가 돌아갈 때 나는 소리를 내며 철컹거렸다.

사람들은 "애틀랜틱시티에서 그렇게 될 줄 알았다면……", "믿어져요? 우리 삼십 분이나 늦었어요", "우리가 없는 동안에도 도시는 전혀 달라지지 않았네요" 같은 말을 하며 바삐 짐을 움직이다가 자기 모자가 이 도시에서 쓰기에는 적절치 않다는 사실을 깨달았다.

"저기 엄마다!" 앨라배마가 소리쳤다.

"그래, 잘 지냈……."

"정말 훌륭한 도시 아닌가요, 판사님?"

"1882년에 마지막으로 와봤지. 그 뒤로 엄청나게 변했군." 판사가 말했다.

"여행 잘 하셨어요?"

"네 언니는 어디 있니, 앨라배마?"

"오지 못한대요."

"오지 못한답니다." 데이비드가 서투르게 확인해주었다.

"있잖아요." 어머니가 놀라는 표정을 짓고 있는데 앨라배마가 계속 말했다. "지난번에 조앤 언니가 왔을 때 내가 제일 아끼는 여행 가방을 빌려서 거기다 젖은 기저귀를 넣고 갔는데 그때 이후로 우리가…… 음, 그 뒤로 언니를 많이 못 만났어요."

"언니가 못 빌려 갈 이유가 뭐냐?" 판사가 엄하게 추궁했다.

"제일 좋은 여행 가방이었다니까요." 앨라배마가 참을성 있게 설명했다.

"하지만 작고 불쌍한 아기잖니." 밀리가 한숨을 쉬었다. "걔들에게 전화를 해봐야겠구나."

"너도 자식이 생기면 그런 일을 다르게 느낄 거다." 판사가 말했다.

앨라배마는 지금 자기 몸매가 드러난 건가 싶어 미심쩍은 기분이 들었다.

"하지만 앨라배마가 여행 가방에 대해 어떤 생각을 했는지는 알겠구나." 밀리가 아량 있게 말했다. "심지어 애는 아기 때도 자기 물건에 대해서는 똑같이 굴었단다. 절대 자기 걸 남하고 나누고 싶어 하지 않았어. 그때도 말이지."

택시가 기차역 통로의 습기 찬 홈통을 재빨리 벗어났다.

앨라배마는 판사에게 택시비를 내달라는 말을 어떻게 꺼내야 할지 알 수 없었다. 결혼 덕에 판사의 불만스러운 지시를 따르지 않아도 되자 만사를 어떻게 시작해야 할지 확신할 수 없게 되어버린 것이다. 그녀는 여자들이 데이비드 앞에 포즈를 잡고 서서 그의 셔츠 가슴판에 자기 모습을 그려주길 바랄 때도, 혹은 세탁하다가 단추를 옷에서 떨어뜨린 게 자신의 재능을 망친 거라고 격분하고 고함치고 욕을 할 때도 뭐라 말해야 할지 몰랐다.

"너희들이 이 여행 가방들을 기차에 실어준다면 내가 택시비를 내마." 판사가 말했다.

코네티컷의 푸른 언덕은 기차가 거칠게 흔들리며 지나가고 나면 흥분을 누그러뜨리는 설교를 해주었다. 뉴잉글랜드의 잔디에서 나는 황량하고 절제된 냄새, 눈에 보이지 않는 시장용 채소밭에서 나는 향기가 단단히 동여맨 꽃다발에서 흘러나와 공기에 결속되었다. 나무들은 변명이라도 하듯 포치를 쓸었고, 곤충들은 곡식을 모두 잃은, 타는 듯이 더운 초원에서 삐걱거리는 소리를 냈다. 잘 경작된 풍경에는 예상 밖의 일이 벌어질 여지가 없어 보였다. 만약 누구를 목매달고 싶다면, 앨라배마는 생각했다, 본인 집 뒷마당에서 해야 할걸. 나비들이 카메라 렌즈 속 하얀 섬광처럼 길을 따라 날아가며 날개를 펄럭였다. "너는 나비가 될 수 없어"라고 사람들은 말했다. 그들은 멍청한 나비들이었고, 그렇게 날아다니며 사람들과 자기들의 잠재력에 대해 논쟁을 벌였다.

"저희 잔디를 깎을 생각이었어요." 앨라배마가 입을 열었다. "근데……."

"이쪽이 훨씬 낫더라고요." 데이비드가 말을 마무리했다. "훨씬 더 그림 같아서요."

"뭐, 나도 잡초가 좋다." 판사가 상냥하게 말했다.

"시골 풀 냄새가 무척 향기롭네." 밀리가 거들었다. "하지만 밤에는 외롭지 않니?"

"오, 데이비드의 대학 친구들이 가끔 찾아오고 우리도 때때로 시내에 나가요."

앨라배마는 두 사람이 툭하면 뉴욕으로 가 독신자들의 성소를 돌아다니면서 오렌지 주스를 벌컥벌컥 마셔대며 남는 오후를 낭비하고 있다는 얘기는, 풀 수 없는 자물쇠 뒤에서 여름을 향해 별의별 소리를 주절거리고 있다는 얘기는 덧붙이지 않았다. 그들은 먼저 그곳에 가서, 마치 구세군 뒤에 크리스마스가 찾아오듯 몇 년 후 일어난 뉴욕 붐에 뒤이은 진보적 축하 행사들이 지나가기를 기다리며, 서로가 잠겨 있는 불안의 물속에서 스스로를 용서했다.

"선생님." 단카가 계단에서 그들에게 인사했다. "그리고 사모님."

단카는 일본인 집사였다. 데이비드의 중개인에게서 돈을 빌리지 않았다면 고용할 수 없을 사람이었다. 그에게는 돈이 많이 들었다. 그가 오이로 식물원을 건설하고 버터로 꽃꽂이를 하며 식료품에 써야 할 돈에서 자기 플루트 레슨비를 충당했기 때문이다. 앨라배마가 베이크트 빈스● 캔을 따다가 손을 베고 데이비드가 잔디 깎는 기계를 쓰다가 그림 그리는 손목을 삐기 전까지 두 사람은 집사 없이 살아보려고 노력했다.

그 동양인 집사는 포괄적으로 몸을 돌려 바닥을 쓸면서 자기가 지구의 자전축이라는 사실을 보여주었다. 그가 별안간 큰 소리로 사람을 불안하게 하는 웃음을 터뜨리며 앨라배마에게 몸을 돌렸다.

"사모님, 잠씨만 저 좀 보씨지 않으시겠습니까. 잠씨만요, 이쪽으로, 부탁입니다."

'뭘 바꿔달라고 요구하려나봐.' 그를 따라 옆쪽 포치로 가면서 앨라배마는 불안한 생각이 들었다.

"보씨죠!" 단카가 말했다. 그는 부정적인 손짓으로 집의 기둥 사이에 걸려 있는 해먹을 가리켰다. 해먹에는 젊은 남자 두 명이 웃기는 자세로 잠들어 있었고, 그들 옆에는 진 한 병이 놓여 있었다.

"저기." 앨라배마가 머뭇거리며 말했다. "우리 남편에게 말씀드리는 편이 좋겠네요. 하지만 가족 앞에서는 얘기 말아줘

● 토마토소스, 설탕, 식초 등에 넣어 부드러워질 때까지 삶은 콩 요리.

요, 단카."

"아쭈 조심스러우시군요." 일본인이 고개를 끄덕이며 쉿 하는 소리를 내고는 손가락을 입술에 갖다 댔다.

"엄마, 위층에 올라가서 저녁 식사 전까지 쉬고 계시는 게 좋겠어요." 앨라배마가 제안했다. "여행 때문에 피곤하실 텐데."

부모님 방에서 내려오는 앨라배마에게서 무슨 문제건 간에 그건 자기와는 아무 관련 없는 문제라는 분위기가 사방으로 뻗어 나오고 있다는 사실을 느끼자 데이비드는 뭔가 잘못되었다는 걸 알았다.

"무슨 일이야?"

"무슨 일? 해먹에 술 취한 사람들이 누워 있어. 아빠가 **그 꼴**을 보면 난리가 날 거야!"

"보내버려."

"움직이질 못하던데."

"세상에! 그럼 저녁 식사 끝날 때까지는 단카더러 그 사람들이 계속 바깥에 있는지 지켜보라고 해야겠네."

"우리 판사 아빠가 이해해줄 거 같니?"

"그게 잘 모르겠네……."

앨라배마가 실망스러운 표정으로 바라보았다.

"뭐…… 나는 사람들이 자기 동시대인들과 자기 가족 사이에서 선택해야 할 순간이 오게 마련이라고 생각해."

"그 사람들 상태 심각해?"

"가망이 없어. 구급차라도 불러와서 싣고 가면 아주 볼만할

걸." 앨라배마가 주저하며 말했다.

오후가 만들어내는 물결무늬 광택이 방들에 배어 있는 식민지 시대풍의 몰개성적 미관에 윤을 냈고, 마치 갈지자로 수를 놓듯 벽난로에 늘어서 있는 노란 꽃들 위를 긁었다. 그것은 울적한 왈츠의 오목하게 움푹 꺼진 부분에서 흐르듯 휘어지는 성직자 같은 빛이었다.

"우리가 이 문제에 대해 뭘 할 수 있을지 모르겠어." 두 사람은 그렇게 합의했다.

앨라배마와 데이비드는 양철 쟁반 위에서 달그락거리는 스푼 소리가 둘을 저녁 식사 자리로 호출할 때까지 고요 속에서 초조하게 서 있었다.

"자네가 앨라배마를 어느 정도 사람으로 만들어놓는 데 성공했다는 걸 알게 되니 기쁘네." 오스틴이 장미처럼 생긴 비트를 앞에 놓고 말했다. "딸애가 결혼하고 나니 무척 훌륭한 주부가 된 것 같군." 판사는 비트 요리에 깊은 인상을 받았다.

데이비드는 위층에 있는 자기 단추를 떠올렸다. 단추는 죄다 떨어져 있었다.

"네." 데이비드가 모호하게 대답했다.

"데이비드는 여기서 작업이 아주 잘 풀리고 있어요." 앨라배마가 안절부절못하며 대화에 끼어들었다.

앨라배마가 완벽히 돌아가고 있는 가정생활의 그림을 막 그리려는데 해먹에서 나는 요란한 신음이 그녀에게 경고를 던졌다. 꿈인지 생시인지 모를 분위기를 풍기며 식당으로 비틀비틀 들어온 젊은 남자가 자리에 모여 있던 사람들에게 눈길을 주었다. 젊은 남자는 전체적으로는 멀쩡했다. 다만 약간 흐트러진 부분이 있기는 했다. 셔츠 꼬리가 삐져나와 있었던 것이다.

"안녕하십니까." 그가 정중하게 말했다.

"너희 친구분도 저녁 식사를 하는 게 좋겠구나." 오스틴이 당황하며 제안했다.

그 친구분은 바보 같은 웃음을 터뜨렸다.

밀리는 혼란스러운 심정으로 단카가 만든 꽃꽂이 건축물을 뚫어져라 살펴보았다. 물론 그녀는 앨라배마에게 친구가 있길 **바라마지않았다.** 늘 그런 마음을 품고 자기 자녀를 키웠다. 하지만 가끔은 상황이 돌아가는 게 미심쩍을 때가 있었다.

단정치 못한 두 번째 유령 친구가 문을 더듬으며 들어왔다. 억눌린 히스테리로 인해 끅끅대는 듯한 신음이 그에게서 새어 나오자 정적이 깨졌다.

"수술을 받았거든요. 그래서 저러는 겁니다." 데이비드가 허둥대며 말했다. 판사는 발끈하며 화를 냈다.

"후두를 제거해서요." 데이비드가 근심스레 말했다. 그의 두 눈이 원형질 얼굴을 거칠게 찾아다녔다. 다행히 친구들은 데이비드가 하는 말에 귀를 기울이는 듯 보였다.

"한 명은 말을 못 하는 장애가 있고요." 앨라배마가 문득 영감이 떠올라 덧붙였다.

"뭐, 그렇다니 기쁘군." 판사가 알쏭달쏭한 대답을 했다. 그의 어조에는 적대감이 없지 않았다. 그렇긴 해도 더는 대화가 방해받지는 않는다는 사실에 대충 안심한 듯했다.

"저는 말을 못 합니다." 유령 친구가 돌연 입을 텄다. "저는 말을 못 하는 장애가 있거든요."

'뭐.' 앨라배마가 생각했다. '다 끝장이네. **이젠** 우리가 뭐라고 말한다?'

밀리는 소금기가 은제 식기를 망쳤다고 말하고 있었다. 판사는 딸을 꾸짖듯 매몰차게 마주 보았다. 식탁 주위에서 벌어지는, 설명이 필요 없는 기묘한 카르마뇰● 춤 덕에 뭐라도 말을 해야 할 필요성이 사라지고 말았다. 그건 정확히 말하자면 춤이 아니었다. 그건 견고하게 조직된 국가에 맞서는 해석적 저항으로, 그 저항 과정에서 리듬을 타고 등짝을 두드리는 화려하고 도취적인 찬가와 나이트 부부에게 파티에 참석해달라는 시끄러운 초대가 간간이 끼어들었다. 참으로 관대하게도, 판사와 밀리 역시 그 초대에 이름이 언급되었다.

"프리즈●● 같네. 그리스식 프리즈." 밀리가 심란한 기분으로 의견을 밝혔다.

"그렇게 유익하지는 않군." 판사가 거들었다.

기운이 다 빠진 두 남자가 비틀거리며 바닥에 주저앉았다.

● 프랑스 혁명 당시 유행하던 복장과 노래와 춤.
●● 건물이나 벽의 윗부분에 하는 띠 장식 또는 가장자리 장식. 그 장식에 부조로 새겨진 춤추는 사람들의 모습을 일컫는다.

"데이비드가 우리에게 20달러만 빌려주면." 그 무리가 숨을 헐떡이며 말했다. "우리는 길바닥 여인숙이라도 갈 겁니다. 물론 빌려주지 못하면 여기 조금 더 머물러야겠죠. 아마도요."

"오." 데이비드가 넋이 나간 채 말했다.

"엄마." 앨라배마가 말했다. "우리한테 20달러만 빌려주실래요? 내일 은행에 갈게요."

"물론이지, 얘야. 위층 장롱 서랍에 돈 있단다. 친구들이 떠나야 한다니 아쉽구나. 여기서 좋은 시간을 보내고 있었던 것 같은데." 그녀가 멍하니 말했다.

집 안이 평온해졌다. 싱싱한 상추의 아삭거리는 소리 같은 귀뚜라미의 시원한 쩍쩍거림이 거실의 불협화음을 일소해주었다. 미역취가 피어날 풀밭에서는 개구리들이 쌕쌕거렸다. 가족들은 참나무 가지 사이로 들려오는 밤 자장가의 선율에 몸을 맡겼다.

"죽다 살았네." 이국적인 침대에서 서로 꼭 끌어안고 누웠을 때 앨라배마가 말했다.

"그러게." 데이비드가 말했다. "이젠 괜찮아."

'보스턴 포스트 로드'•를 따라 자동차를 타고 달리는 사람들은 술에 잔뜩 취해 소화전과 트럭과 낡은 돌벽을 들이받고

• 뉴욕시와 매사추세츠주 보스턴을 잇는 우편배달 노선. 미국 최초의 주요 고속도로 중 하나로 발전했다.

도 모든 게 다 잘될 거라고 생각했다. 경찰들도 모든 게 다 잘될 거라 생각하느라 너무 분주해서 그 사람들을 체포하지 못했다.

나이트 부부가 잔디밭에서 들리는 우렁찬 속삭임에 잠에서 깬 건 새벽 3시였다.

한 시간 뒤 데이비드가 옷을 입고 아래로 내려갔다. 소음이 점점 더 시끌벅적한 웅성거림으로 커졌다.

"뭐, 그래, 너희들이 조금만 조용히 해주면 나도 너희랑 한잔할게." 앨라배마는 데이비드가 하는 말을 들으며 조심스럽게 옷을 입었다. 무슨 일이 일어나고 있는지 빤했다. 사법 당국이 도착했을 때 멋지게 보이는 편이 나았다. 그들은 주방에 있는 게 분명했다. 앨라배마는 여닫이문 틈으로 못마땅한 듯 머리를 밀어 넣었다.

"자, 앨라배마." 데이비드가 그녀에게 인사했다. "이 일에는 참견하지 말아줬으면 좋겠다고 충고하고 싶어." 그가 감상적이고 허스키한 어조로 은밀하게 속삭이듯 말을 이었다. "이게 내가 떠올린 가장 적절한 방법인데……."

앨라배마는 화가 꼭지까지 난 채 주방에서 벌어진 아수라장을 바라보았다.

"오, 닥쳐!" 그녀가 소리 질렀다.

"잠깐, 말 좀 들어봐, 앨라배마." 데이비드가 입을 열었다.

"우리가 존중받아야 한다고 뻔질나게 말하던 건 당신이야. 근데 지금 당신 꼴을 봐!" 그녀가 비난을 퍼부었다.

"데이비드는 훌륭해요. 완벽하게 훌륭해." 몸을 가누지도 못하는 남자들이 힘없이 웅얼거렸다.

"우리 아버지 지금 내려오시면 어쩌려고 그래? 아버지가 이 꼴을 보고도 괜찮다고 말씀하셔야 해?" 앨라배마가 주방에 널브러진 잔해를 가리켰다. "저 오래된 캔들은 다 뭐야?" 그녀가 경멸 조로 힐문했다.

"토마토 주스야. 너 저걸로 술 깨잖아. 방금 손님들한테 주던 참이었어." 데이비드가 설명했다. "먼저 토마토 주스를 주고 그다음에 진을 줬지."

앨라배마가 데이비드의 손에 들린 술병을 잡아챘다. "그 병 내놔." 데이비드가 반항하는 와중에 앨라배마가 문에 부딪혔다. 그녀는 복도에서 큰 소리를 내는 걸 피하려고 문설주로 몸을 세게 밀어붙였다. 미닫이문이 그녀의 얼굴을 강타했다. 앨라배마의 코에서 새로 발견한 유정처럼 코피가 신나게 터져 나와 드레스 앞섶으로 흘러내렸다.

"아이스박스에 비프스테이크가 있나 볼게." 데이비드가 제안하듯 말했다. "싱크대 아래 딱 붙여. 숨 얼마나 참을 수 있겠어?"

주방이 어느 정도 정리될 무렵 코네티컷의 새벽이 소방 호스처럼 시골을 적셨다. 두 남자는 비틀거리며 여관으로 잠을 자러 갔다. 앨라배마와 데이비드는 그녀의 검은 눈동자를 암담하게 관찰했다.

"두 분은 이 짓을 내가 했다고 생각하시겠지." 데이비드가 말했다.

"당연하지. 내가 뭐라 말한다 해서 달라질 것도 없어."

"우리가 같이 있는 걸 보면 믿어주실 것 같지 않아?"

"사람들은 늘 가장 그럴싸한 얘기를 믿게 마련이야."

판사와 밀리는 아침 식사를 하기 위해 일찍 내려왔다. 두 사람은 앞으로 벌어질 골치 아픈 일을 생각하고 있는 단카가 베이컨을 태우는 동안 질척한 산처럼 솟아 있는 축축한 담배 꽁초 사이에서 기다렸다. 둥그렇게 말라붙은 진과 오렌지 주스 잔 자국을 피해서 앉을 곳이 하나도 없었다.

앨라배마의 머리 모양은 누가 그녀의 두개골에서 팝콘이라도 만들어 먹은 듯한 모양새였다. 그녀는 분을 두껍게 발라 멍 자국을 감추려 애썼다. 얼굴이 가면 아래서 벗겨지는 것 같은 기분이었다.

"안녕히 주무셨어요?" 앨라배마가 활기차게 말했다.

판사가 사납게 눈을 깜박였다.

"앨라배마." 그가 말했다. "조앤에게 전화를 해봤는데 말이다. 네 어머니와 나는 오늘 떠나는 게 좋을 것 같다. 아기 때문에 도움이 필요하겠더라."

"네, 아버지."

앨라배마는 두 사람이 이런 태도를 취하리라는 건 진작 알았지만, 그럼에도 내면에서 폭포처럼 쏟아지는 격변을 막을 수는 없었다. 그녀는 어떤 개인도 자신의 성격에 대해 남들이 가진 나름의 해석을 영원토록 유지하라고 강요할 수는 없다는 것을, 사람들은 늦건 빠르건 자기들에 대해 가지고 있는 그 누군가의 관념과 마주치게 되리라는 걸 알고 있었다.

"뭐, 어때!" 그녀는 반항적으로 중얼거렸다. "반항할 나이가 되기 전에 자기들이 주입해놓은 걸 가지고 이제 와 따져 물을 권리가 가족에게는 없지!"

"거기다가." 판사가 말했다. "너와 네 언니가 그렇게 사이가 좋은 것 같지 않아서 내일 아침에는 네 언니만 만나야겠다고 생각도 했고."

앨라배마는 자리에 말없이 앉아 전날 밤이 남긴 잔해를 이리저리 살펴보았다.

"조앤 언니는 부모님에게 우리 행실과 우리와 잘 지내기 어려운 사연을 잔뜩 털어놓겠지." 그녀가 씁쓸하게 중얼거렸다. "본인과 비교하면서 우릴 아주 깔끔하게 박살 낼 거야. 어떻게 봐도 그 그림에서 우리는 시커먼 악마로 나올 게 빤해."

"그건 이해해줬으면 좋겠다." 판사는 계속 말하고 있었다. "나는 네 개인적인 행실에 도덕적 판단을 내리고 있지 않아. 너는 성인 여성이고 네 행실은 어디까지나 네 문제니까."

"이해해요." 앨라배마가 말했다. "아빠는 그저 받아들이지 않는 것뿐이죠. 그래서 참을 수가 없는 거고요. 제가 아빠의 사고방식을 받아들이지 않아도 아빠는 저를 그대로 내버려두시겠죠. 뭐, 저는 아빠보고 더 있어달랄 권리가 없는 것 같네요."

"가입하지 않는 사람에게는 아무 권리도 없지." 판사가 대답했다.

판사와 밀리를 태우고 도시로 가는 기차에는 우유 캔과 여름에 사용하는 쾌적한 용품들이 가득 실려 있었다. 작별 인사를 나눌 때 그들의 태도는 마지못해 아쉬워하는 것 같았다. 판사 부부는 며칠 뒤 남부로 갈 예정이었다. 그들이 이 시골에 다시 올 수는 없었다. 데이비드는 자기 프레스코화를 살피기 위해 집을 비울 것이었고, 그들 생각에 앨라배마는 데이비드가 집에 없을 때 더 잘 지낼 것 같았다. 그래서 그들은 데이비드의 성공과 인기가 반가웠다.

"그렇게 쓸쓸해하지 마." 데이비드가 말했다. "나중에 또 뵐 텐데, 뭐."

"하지만 절대 지금과 같지는 않을 거야." 앨라배마가 탄식하듯 말했다. "이제부터 우리 역할은 항상 두 분이 우리에 대해 생각하는 평판을 깎아먹는 게 될걸."

"늘 그래왔던 거 아닌가?"

"그거야 그렇지. 하지만 데이비드, 스스로 만든 법을 따르며 살고 싶은 단순한 사람과, 좋은 옛것들을 지키고 사랑받고 보호받고 안전한 삶을 살고 싶은 단순한 사람으로 동시에 살아가기는 힘들어."

"뭐." 그가 말했다. "이미 많은 사람이 예전에 깨달은 사실일 거야. 나는 우리가 사람들과 정말로 공유할 수 있는 건 같은 날씨에 대한 취향 정도라고 봐."

빈센트 유맨스가 새 곡을 썼다. 옛날 노래들은 아기가 태어나는 동안 손풍금 연주로 병원 창문을 통해 흘러나왔고, 새 노래들은 사치스러운 로비와 그릴 식당, 야자수 정원, 지붕을 돌아다녔다.

밀리가 앨라배마에게 아기 용품 상자와 욕조 문에 핀으로 꽂아둘 수 있는, 아기 목욕 시 반드시 해야 할 일들을 정리한 목록을 보내주었다. 보니가 태어났다는 전보를 받은 앨라배마의 어머니가 앨라배마에게 답신을 보냈다. "내 푸른 눈의 아기가 어느새 다 컸구나. 우린 정말 자랑스럽다." 웨스턴 유니언●을 거치며 '푸른 눈(blue-eyed)'이 '풀은 눈(glue-eyed)'으로 바뀌었다. 어머니는 편지에서 딸에게 그저 처신을 잘하라고만 했는데, 이는 앨라배마와 데이비드가 어느 정도는 제멋대로 사는 사람이라는 점을 암시하는 것이었다. 어머니의 편지를 읽는 동안 앨라배마의 귀에 고향의 사이프러스 늪에서 개구리들이 쉰 소리로 개골개골하는 와중에 느릿하게 흘러가던 봄이 삐걱거리는 소리가 들렸다.

뉴욕의 강에는 전선에 걸린 랜턴처럼 강둑을 따라 조명이 매달려 있었다. 롱아일랜드 습지의 황혼은 푸른 평원까지 뻗어나갔다. 명멸하는 건물들이 하늘에 빛으로 만든 조각보를 어슴푸레하게 띄웠다. 철학 나부랭이, 자질구레한 통찰력, 닳아빠져 끝장난 비전은 감상적인 어스름 속에서 스스로 목숨을 끊었다. 검고 평평하고 벌겋게 펼쳐진 습지의 경계에는 범

● 미국의 전보 회사.

죄가 가득했다. 그렇다. 빈센트 유맨스가 또 새 음악을 작곡했다. 재즈의 미로 같은 감성 속에서 사람들은 좌우로 고개를 흔들고 도시를 가로질러 서로에게 고개를 끄덕였으며, 유선형의 몸뚱이들이 마치 빠르게 움직이는 라디에이터 뚜껑 위 금속 조상처럼 이 나라의 뱃머리에 타고 있었다.

앨라배마와 데이비드는 자기 자신과 두 사람의 아기가 자랑스러웠고, 지난 2년간 인생을 바로크식 외관처럼 번쩍번쩍 꾸며대는 데 5만 달러 상당의 돈을 썼다는 사실에 대해 모호하면서도 **헐렁한** 무심함을 의식적으로 드러냈다. 현실에서 예술가보다 더한 유물론자는 없다. 그들은 자기가 작품을 생산하는 동안 소모한 비용을 두 배로 쳐서 돌려달라고 인생에 요구하는 감정적 고리대금업자다.

그 시절 사람들은 신들에 둘러싸여 은행 업무를 보고 있었다.

은행 직원이 대리석 로비에서 "안녕하십니까, 고객님의 팔라스 아테나에서 돈을 인출하길 원하시나요?" 또는 "디아나를 부인의 계좌에 입금할까요?" 같은 말을 했다.

택시 지붕에 타는 게 안에 타는 것보다 더 돈이 든다. 조지프 어번●이 만든 하늘 풍경은 실제보다 비싸다. 저 높이서 내리쬐는 햇살이 화려함이라는 실, 롤스로이스라는 실, 오 헨리라는 실에 은빛 바늘을 꿰어 도로를 꿰맨다. 피로한 달이 높은 파도를 부른다. 희열로 가득한 어두운 풀장에서 꿈을 첨벙

● 미국의 건축가이자 일러스트레이터 조지프 어번(1872~1933).

이며, 그들은 5만 달러로 딸 보니를 위한 무던한 유모, 중고 마먼 자동차, 피카소의 에칭, 구슬로 만든 앵무새 장식을 걸어놓을 수 있는 하얀 새틴 드레스, 동자꽃 핀 벌판을 꼬드길 수 있는 노란색 시폰 드레스, 방금 바른 수성 페인트만큼이나 생생한 녹색 드레스, 똑같이 생긴 하얀색 니커보커스● 정장 두 벌, 중개인이 입는 정장, 8월의 불탄 벌판 같은 색깔의 영국식 정장, 그리고 유럽행 일등석 표 두 장을 샀다.

포장 상자에는 플러시 천으로 만든 테디 베어 수집품, 데이비드의 군용 오버코트, 결혼식에 사용한 은 제품, 사람들이 부러워하는 모든 것이 들어 있는 불룩하게 두툼한 스크랩북 네 권이 뒤에 남을 준비를 마친 상태였다.

"안녕." 사람들은 강철로 만든 역 계단에서 말했다. 그들은 "나중에 우리 집에서 만든 수제 맥주 꼭 먹어봐야 해"라든가 "여름에 같은 밴드가 바덴바덴에서 공연한대. 어쩌면 우리 거기서 볼 수도 있겠다"라든가 "내가 얘기한 거 잊지 마. 열쇠는 옛날 그 자리에서 찾을 수 있을 거야" 같은 말을 했다.

"오." 데이비드가 침대에 예리하게 생겨난 에나멜질 소용돌이 무늬에 얼굴을 깊숙이 묻은 채 신음했다. "떠나게 돼서 정말 좋다."

앨라배마는 손거울로 자기 모습을 꼼꼼히 뜯어보았다.

"파티 하나 더 참석해야 해." 그녀가 대꾸했다. "내 얼굴 문

● 무릎 근처에서 졸라매는 품이 넓고 느슨한 바지.

제로 비올레르뒤크●도 만나봐야 하고." 데이비드가 잠시 그 녀를 자세히 보았다.

"얼굴에 뭐 문제라도 있어?"

"전혀. 그냥 얼굴에 계속 신경이 많이 쓰여서 차를 마시러 갈 수가 없네."

"뭐." 데이비드가 멍하니 말했다. "우리 차 마시러 가긴 가 야 해. 사람들이 당신 얼굴 보자고 차를 마시는 건데."

"다른 할 일이 있었으면 이런 사태가 벌어지게 놔두지 않았 을 텐데."

"어쨌건 갈 거잖아, 앨라배마. 사람들이 이렇게 말하면 꼴 이 어떻겠어? '그런데 매력적인 부인께서는 안녕하신가요, 나 이트 씨?' '아, 제 부인이요. 집에서 얼굴을 열심히 뜯어보고 있답니다.' 이런 소리가 오가면 내 기분이 어떻겠냐고?"

"나라면 진 때문이라거나 날씨 때문이라거나, 다른 할 말이 있을 텐데."

앨라배마는 거울에 비친 자기 모습을 애처롭게 바라보았 다. 나이트 부부는 외적으로는 크게 달라진 점이 없었다. 여 자 쪽은 여전히 종일 방금 일어난 사람처럼 보였고, 남자의 얼굴 역시 여전히 밀리언 달러 피어●●의 놀이 기구를 탄 것 처럼 예상치 못한 쾌활함과 놀라움으로 가득했다.

● 프랑스의 건축가 외젠 비올레르뒤크(1814~1879).

●● 1926년부터 1967년까지 애틀랜틱시티에 있었던 유흥 시설.

"나는 가고 싶어." 데이비드가 말했다. "이 날씨 봐! 아무래도 그림은 못 그리겠어."

비는 두 사람의 세 번째 결혼기념일의 빛을 돌리고 비틀어 얇은 프리즘 같은 물줄기로 만들었다. 그 프리즘에는 알토 음역의 비, 소프라노 음역의 비, 영국인과 농부를 위한 비, 고무 같은 비, 금속 같은 비, 크리스털 같은 비가 있었다. 멀리서 들리는 봄 천둥의 격렬한 연설이 짙은 연기처럼 두꺼운 나선을 그리며 벌판을 돌진했다.

"사람들이 있을 거잖아." 앨라배마가 이의를 제기했다.

"언제나 사람들이 있겠지." 데이비드가 동의했다. "네 애인들에게 작별 인사 하고 싶지 않아?" 그가 지분거리듯 말했다.

"데이비드! 나는 지나치게 남자들 편을 들기 때문에 남자들을 딱히 로맨틱하게 대할 수가 없어. 남자들은 차가운 연기와 형이상학으로 가득 찬 택시 속에서 언제나 내 인생을 둥둥 떠다니며 지나쳤다고."

"그걸로 논쟁은 하지 말자." 데이비드가 독단적으로 말했다.

"뭘 논쟁해?" 앨라배마가 하릴없이 물었다.

"특정 미국 여자들이 관습과 다소 폭력적으로 타협하는 현상 말이야."

"끔찍해라! 그런 토론 제발 하지 말자. 당신 설마 지금 나를 질투하고 있다는 얘기야?" 그녀가 못 믿겠다는 듯 물었다.

"당연하지. 너는 안 그래?"

"많이 질투하지. 하지만 난 우리가 그러면 안 되는 건 줄 알았는데."

"그럼 우리 비겼네."

두 사람은 서로를 연민 어리게 바라보았다. 우스운 건 그 연민이 그들의 흐트러진 머리 아래서 발휘된다는 점이었다.

탁한 오후 하늘이 티타임을 위해 하얀 달을 토해냈다. 폭풍이 지나간 뒤 새로이 출현한 달은 마치 바큇자국이 나 있는 황폐한 전장 속 포차의 바퀴처럼 구름 틈새에 호리호리하고 부드럽게 끼어 있었다. 적갈색 사암 아파트에는 사람들이 바글거렸고, 시나몬 토스트 냄새가 입구를 가득 채웠다.

"주인님께서 손님분들께 말씀 남기셨습니다." 초인종이 울릴 때마다 시종이 선언했다. "당신께서는 여기서 피신하니 손님들께서는 편안히 지내시라고요."

"그래버리셨군!" 데이비드가 논평하듯 말했다. "사람들은 서로에게서 피신하기 위해 늘 온갖 장소를 뛰어다니지. 본인이 편하게 지낼 수 있는 구역의 경계 바깥에 있는 첫 번째 바에서 칵테일 약속을 미리 확실히 잡아놓고 말이야."

"왜 그렇게 갑자기 떠나셨죠?" 앨라배마가 실망해서 물었다. 시종은 진지하게 대답을 숙고했다. 앨라배마와 데이비드는 오랜 고객이었다.

"주인님께서는." 그들을 믿기로 결정한 시종이 말했다. "손으로 짠 손수건 백삼십 개와 《브리태니커 백과사전》, 프랜시스 폭스사의 연고 제품 스물네 통을 챙겨서 항해를 떠나셨습니다. 챙겨 가신 짐이 좀 별나지 않나요?"

"작별 인사 정도는 하셨을 텐데요." 앨라배마가 성급히 추궁하듯 말했다. "우리가 떠날 예정이고 한동안 못 보게 될 거라는 사실을 아셨거든요."

"오, 말씀을 남기기는 하셨습니다, 부인. '잘 가요'라고 하셨죠."

다들 자기가 도망칠 수 있으면 좋겠다고 말했다. 그들 모두지금 사는 것처럼 살지 않을 수만 있다면 완벽하게 행복해질 거라 말했다. 철학자들, 퇴학당한 대학생들, 영화감독들, 종말을 내다보는 예언자들은 사람들이 들떠 있다고, 그건 전쟁이끝났기 때문이라고 말했다.

차를 마시는 파티에서는 아무도 여름에 리비에라에는 가지 않는다고, 아기를 더운 곳에 데려가면 콜레라에 걸릴 거라는 말이 떠돌았다. 데이비드와 앨라배마의 친구들은 두 사람이 프랑스 모기에 죽도록 물릴 것이며 먹을 거라고는 염소밖에 찾지 못할 거라고 예상했다. 친구들은 두 사람에게 지중해에서는 하수 시설을 절대 못 찾을 거라고 말하다가 하이볼에얼음을 넣는 게 불가능하리라는 점을 떠올렸다. 트렁크에 캔음식을 싸서 가라는 조언도 있었다.

달이 초현대식 가구가 만들어내는 근사한 수학적인 선을따라 유려하게 미끄러졌다. 앨라배마는 어슴푸레한 구석에앉아 자신의 인생을 구성하는 것들에 대해 스스로를 달랬다. 그녀는 이웃집에 카스토리아•를 주는 걸 잊어버렸다. 집사단카가 진 반병을 마셨을 수도 있다. 만약 보모가 보니를 호텔에서 한 시간 동안 자도록 내버려뒀다면 애는 배 위에서는 잠을 못 잘 것이다. 그들은 일등실 승객으로, 밤중에 승선할 것이었으며, C 갑판 35번과 37번 객실을 잡았다. 앨라배마는 어머니에게 전화로 작별 인사를 할 수도 있었지만, 그래봤자 딸이 그렇게 멀리 떠난다는 사실에 겁을 집어먹었을 것이다. 그건 어머니에게는 정말 나쁜 일이었다.

앨라배마의 두 눈이 사람들로 가득한 연한 장밋빛 거실을 하릴없이 둘러보았다. 앨라배마는 자기들은 행복하다고 중얼거렸다. 그런 자세는 어머니에게서 물려받은 것이었다. "우리는 정말 행복해." 그녀는 어머니가 했을 것 같은 말투로 중얼거렸다. "하지만 우리는 우리가 행복한지 아닌지 별로 신경 쓰지 않는 것 같아. 아무래도 우리는 좀 더 극적인 것을 기대했던 것 같아."

봄의 달빛이 포장도로를 얼음송곳처럼 쪼아댔다. 그 수줍은 광채가 건물 모서리를 반짝이는 초승달 모양으로 얼렸다.

배 위에서는 즐거울 것이다. 무도회가 열릴 것이고, 오케스트라는 '음…… 아…… 음'으로 진행되는, 우리가 어째서 우울한지 설명해주는 후렴구가 달린, 바로 그 빈센트 유맨스의 곡을 연주하리라.

배에 있는 바의 공기는 끈적하고 텁텁했다. 앨라배마와 데

● 영유아와 어린이를 위한 변비, 소화불량 치료제.

이비드는 저녁 의상을 입고 앉아 있었는데, 그 모습이 높은 의자에 앉은 두 마리 보르조이처럼 말쑥했다. 갑판 승무원이 배 안의 소식을 읽었다.

"저기 실비아 프리스틀리 파스닙스 부인이 있네. 가서 한잔 하자고 할까?"

앨라배마는 미심쩍은 듯 주위를 둘러보았다. 바에는 그들 말고 아무도 없었다. "좋지. 그런데 사람들 말로는 그 여자는 자기 남편과 잔다던데."

"하지만 바에서 자는 건 아니잖아. 안녕하세요, 부인?"

실비아 여사가 모래톱 위를 나아가는 불투명한 원형질처럼 펄럭이며 방을 가로질러 왔다.

"두 분을 쫓아 배 전체를 돌아다녔답니다." 부인이 말했다. "저희가 듣기로는 이 배가 곧 가라앉는다고 하네요. 그래서 사람들이 오늘 밤에 무도회를 연답니다. 두 분을 제 저녁 파티에 모시고 싶은데요."

"저희 때문에 파티를 열어주시지는 않아도 됩니다, 파스닙스 부인. 저희는 삼등실 요금을 내고 신혼부부 객실에 머무는 그런 사람이 아니거든요. 초대하시는 이유가 뭐죠?"

"제가 무척이나 이타적이거든요." 그녀가 타이르듯 말했다. "제가 파티에 **누구건** 부르긴 해야 해서요. 두 분이 서로에게 정말 열정적이라는 말을 듣기는 했지만요. 이쪽은 제 남편이랍니다."

그녀의 남편은 자신을 지성인이라고 생각했지만, 그의 진짜 재능은 피아노 연주였다.

"두 분 뵙고 싶었습니다. 여기 실비아, 제 아내가 말하길 두 분이 구식 부부라더군요."

"닳아빠진 사상을 퍼트리는 장티푸스 메리●죠." 앨라배마가 한마디 거들었다. "하지만 생각해보니 우리가 와인값으로 수표를 끊어드리지는 않을 거라는 점을 말씀드려야만 공정할 것 같아요."

"오, 우리는 그런 건 전혀 기대도 안 했답니다. 우리 친구 중 누구도 더는 우리에게 돈 같은 건 지불하지 않는답니다. 저는 전쟁 이후로는 그 사람들 믿지 못해요."

"폭풍이 몰아칠 것 같군요." 데이비드가 말했다.

실비아 여사가 푸념하듯 말했다. "긴급 상황이 터졌을 때의 문제는, 제가 가장 좋은 속옷을 입고 있을 때는 늘 아무 일도 일어나지 않는다는 거예요."

"뜻밖의 상황을 불러일으킬 수 있는 가장 쉬운 방법은 모공 크림을 바르고 자겠다는 결심을 하는 거랍니다." 앨라배마가 다리를 삼각형 체크 부호 같은 모양으로 꼬자 다리가 테이블 위쪽까지 올라갔다.

"변덕스러움으로 가득한 태양 속에서 팔각형 비누 포장지

● 장티푸스 무증상 보균 상태에서 쉰세 명을 장티푸스에 감염시킨 메리 맬런 (1869~1938). 그의 별명인 '장티푸스 메리'는 '유행병이나 악습을 퍼뜨리는 사람'을 가리키는 관용적 표현이 되었다.

다섯 장이면 제가 있을 장소를 마련할 수 있겠습니다." 데이비드가 힘주어 말했다.

"저기 제 친구들이 있네요." 실비아 여사가 말을 끊었다. "이 영국인들께서는 뉴욕을 퇴폐에서 구원하기 위해 파견되었던 분들이랍니다. 이 미국 신사께서는 영국에서 세련됨을 추구하는 중이고요."

"그래서 우리도 재원을 끌어모으고 있고, 여행을 계속할 수 있을 거라고 생각하고 있죠." 그들은 자기들이 기대하는 낭만적인 끝을 그리는 데 열중하고 있는 잘생긴 사인조였다.

"게일 부인도 우리 파티에 같이하지 않으시겠어요?"

게일 부인이 둥그런 눈을 설득력 있게 깜박였다.

"저야 좋죠. 그런데 제 남편은 파티라면 질색해요, 실비아. 그이는 진짜로 파티를 못 견딘답니다."

"괜찮아요. 저도 그런걸요." 실비아 여사가 말했다.

"그냥 우리끼리만 하게 되는 거죠."

"하지만 훨씬 활기차겠죠." 그녀가 여사답게 단언했다. "저는 집에 있을 때 방에서 방으로 파티를 벌이다가 결국 세간이 부서지는 바람에 떠나야 했어요. 책을 읽을 수 있는 곳이 하나도 남지 않더라고요."

"그냥 수리를 하지 그러셨어요?"

"파티를 더 하기 위한 돈이 필요했거든요. 물론 저는 책을 읽고 싶지 않았고요. 읽고 싶어 했던 건 제 남편이었죠. 제가 그이를 크게 망친답니다."

"손님과 권투를 하는 바람에 실비아의 조명이 부서졌어요."
귀족 나리가 거들었다. "실비아는 그런 일로 미국까지 저를
오라 가라 하게 만들어서 무척 기분이 좋지 않았죠."

"당신, 소박한 생활에 한번 익숙해지니까 그렇게 사는 걸
무척 좋아했지." 실비아가 단호하게 말했다.

저녁 식사로 나온 선상 음식은 죄다 짭짤한 걸레 맛이 났다.

"우리 모두 호응하는 분위기를 내야 해요." 실비아 여사가
지시했다. "그래야 웨이터들이 기뻐할 테니까."

"하지만 저는 그러는걸요." 게일 부인이 노래하듯 말했다.
"저는 진짜로 그래야 해요. 저희에 대한 의심이 워낙에 많아
서, 저는 제가 아몬드 모양 눈동자에 파란 손톱을 가진 아이를
낳기라도 할까봐 무서워서 아이를 갖는 걸 두려워했거든요."

"그런 친구들이 있죠." 실비아의 남편이 말했다. "그치들은
지루한 저녁 식사에 당신을 끌어들이고, 리비에라에서 당신
을 따돌리고, 비아리츠에서 당신이 하는 말을 열심히 듣고 나
서 당신의 위쪽 작은 어금니에 대한 치명적인 소문을 온 유
럽에 퍼뜨리죠."

"제가 여성과 결혼한다면 그 여성분은 모든 본연의 역할에
서 물러나 사회 비판 근처에도 가지 말아야 할 겁니다." 미국
신사가 말했다.

"그 여성분의 비난을 모면하려면 그분을 싫어하셔야겠군
요." 데이비드가 말했다.

"선생님이 피하셔야 할 건 결혼 승낙이고요." 앨라배마가

힘주어 말했다.

"그러게요." 실비아가 한마디 했다. "관용이 결혼 관계에 하도 깊숙이 들어와서 이제는 은밀한 사생활 따위가 존재하지 않는 지경에 이르렀죠."

"실비아가 말하는 사생활은." 그녀의 남편이 말했다. "남우세스러운 일을 뜻합니다."

"오, 그게 그거예요, 여보."

"그래요, 나도 정확히 그렇다고 생각해."

"요즘은 법 바깥에 있는 게 너무 당연한 일이에요."

"헛간 뒤에 군중이 참 많이 있죠." 실비아 여사가 한숨을 쉬었다. "방어기제를 내보일 곳을 찾을 수가 없어요."

"결혼이란 우리 체제에서 절대로 온전히 소화해낼 수 없는 유일한 개념이지 않을까 싶어요." 데이비드가 말했다.

"하지만 당신들 두 사람은 성공적인 결혼 생활을 꾸렸다는 소문이 자자한데요."

"저희는 저희 결혼 생활을 루브르에 전시할 거예요." 앨라배마가 확언했다. "벌써 프랑스 정부의 승인도 받는걸요."

"저는 오랫동안 실비아와 저만이 함께 딱 붙어사는 유일한 부부라고 생각했습니다. 물론 예술에 종사하지 않으면 이렇게 사는 게 훨씬 어렵죠."

"요즘 대부분의 사람은 결혼과 삶이 함께 가지 않는다고 느끼죠." 미국 신사가 말했다.

"하지만 삶과 함께 가는 건 없어요." 영국인이 따라 하듯 말했다.

"만약에 말이죠." 파스닙스 부인이 끼어들었다. "지금 우리가 주변 사람들의 시선에 충분히 자리 잡았다고 느끼신다면, 우리가 샴페인을 좀 마신 건지도 몰라요."

"그래요, 폭풍이 시작되기 전에 해산에 착수하는 편이 훨씬 낫겠죠."

"저는 바다에서 폭풍을 본 적이 한 번도 없어요. 이번 폭풍도 지금까지 우리가 겪은 선례를 볼 때 대실패로 끝날 것 같네요."

"이론으로야 익사할 일이 없겠죠."

"그런데요, 제 남편 말에 따르면 바다에 있을 때 폭풍이 몰아치면 다른 어느 곳보다 배 위가 안전하대요."

"오, 훨씬 낫죠."

"확실하죠."

폭풍은 정말 갑작스레 시작되었다. 당구대가 응접실에 있던 기둥에 충돌했다. 쪼개지는 소리가 죽음의 전조처럼 배를 압도했다. 조직적 움직임이 조용히, 필사적으로 선상 곳곳에 침투했다. 남자 승무원들이 빠르게 복도를 지나가며 트렁크를 세면대에 황급히 묶었다. 한밤중이 되자 밧줄이 끊어지며 벽에 고정해둔 물건들이 풀려나왔다. 환풍기에서 물이 넘쳐 복도가 침수되었고 배의 무전기가 망가졌다는 소문이 돌았다.

남녀 승무원들이 계단참에 대형을 갖추어 섰다. 그들의 긴장한 얼굴과 이리저리 움직이는 자의식 강한 눈, 표면적으로 나마 유지되던 규율의 힘을 노골적인 이기주의에다 허투루 낭비하는 세력을 결단코 경멸하는 것처럼 보이는 그 두 눈이 앨라배마를 놀라게 했다. 그녀는 훈련을 기질에 덧붙이는 것이라고 생각한 적이 없었다. 훈련이란 무념무상의 일상이라는 짐을 짊어지기에 적합한 기질이라고만 생각했다.

'모두가 최악의 상황을 공유할 수는 있어.' 그녀는 침수된 복도를 따라 객실로 가며 생각했다. '하지만 정상에 오르는 사람은 거의 없지. 그래서 아버지가 늘 그렇게 외로웠나봐.' 배가 들썩거리자 그녀는 한쪽 침대에서 다른 쪽 침대로 내던져지다시피 넘어졌다. 등이 꼭 부러진 것 같았다. '세상에, 침몰할 때 하더라도 이 흔들림을 잠깐이나마 멈출 수는 없을까?'

보니가 어머니를 불안한 듯 바라보았다. "무서워하지 마세요." 아이가 말했다.

앨라배마는 반쯤 겁에 질려 있었다.

"나 겁먹지 않았단다, 얘야." 앨라배마가 말했다. "보니, 침대에서 나오면 죽을지도 모르니 엄마가 아빠 찾는 동안 침대에 누워서 옆 부분을 꼭 잡고 있으렴."

앨라배마는 배와 함께 흔들리고 들썩이며 난간에 매달렸다. 그녀가 지나가는 동안 승무원들은 마치 정신 나간 사람을 보듯 그녀를 멍하니 바라보았다.

"왜 구명정을 보내달라는 신호를 보내지 않는 거죠?" 앨라배마가 무선 통신사의 침착한 얼굴에 대고 히스테릭하게 부르짖듯 말했다.

"선실로 돌아가 계십시오." 통신사가 말했다. "이런 바다에서는 어떤 구명정도 뜰 수 없습니다."

데이비드는 프리스틀리 파스닙스 경과 바에 같이 있었다. 테이블은 겹겹이 한데 모여 있었고 묵직한 의자들은 바닥에 볼트로 고정된 다음 밧줄에 묶여 있었다. 두 사람은 샴페인을 마셨는데, 그러는 와중에 기울어진 구정물 통처럼 샴페인을 사방에 뿌려댔다.

"알제에서 돌아온 이후 만난 최악의 폭풍이군요. 그때는 말 그대로 선실 벽을 걸어 다녔는데 말이죠." 귀족 나리가 침착하게 말했다. "그때는 전쟁 중이기도 해서 운송 수단의 상태가 영 여의치 않았죠. 이거 아무래도 꽤 오랫동안 이동 방법이 없겠구나 생각했답니다."

앨라배마가 바를 기어가다시피 하며 여기저기를 움켜잡고 나아갔다. "데이비드, 선실로 돌아와야겠어."

"하지만 자기야." 데이비드가 항변했다. 그는 무척 멀쩡했다. 그 영국인보다도 더 멀쩡했지만, 그래도 이렇게 말했다. "내가 대체 뭘 할 수 있다고?"

"내 생각에는 우리 다 같이 내려가는 게 좋을 것……."

"당치도 않은 소리!" 혼자 바를 떠나는 앨라배마의 뒤를 영국인의 목소리가 따라왔다. "위험이 사람을 얼마나 열정적으로 만드는지, 참 재미있지 않나요? 전쟁 중이었는데 말이죠……."

앨라배마는 겁에 질린 채 자기가 이류 인간이 되었다고 느졌다. 선실은 마치 반복적인 충격에 양옆이 눌리기라도 하는 것처럼 점점 작아지는 듯했다. 얼마 안 있어 그녀는 숨이 막힐 것 같은 기분과 장이 찢어지는 듯한 느낌에 점차 익숙해졌다. 보니는 그녀의 옆에서 조용히 잠들어 있었다.

둥근 선실 창문 밖에는 물뿐이었다. 하늘은 전혀 보이지 않았다. 배의 움직임 때문에 앨라배마의 몸 전체가 근질거렸다. 그녀는 아침이 오기 전에 둘 다 죽을 거라고 밤새도록 생각했다.

아침이 되자 앨라배마는 몸이 너무 아프고 신경이 예민해져서 더는 이 개인 전용 선실을 견뎌낼 수 없었다. 그녀는 데이비드의 도움을 받으며 가로대를 따라 바로 갔다. 파스닙스 경은 구석에 잠들어 있었다. 움푹 들어간 가죽 의자의 등받이 뒤에서 낮게 대화하는 소리가 새어 나왔다. 앨라배마는 구운 감자를 주문한 뒤 뭔가 일이 벌어져 저 두 남자의 대화가 끊기기를 바라면서 거기에 귀를 기울였다. '나는 반사회적인 인간이야.' 그녀는 자기 자신을 그렇게 요약했다. 데이비드는 모든 여자가 반사회적이라고 말했다. '나도 그런 것 같아.' 그녀는 체념하며 생각했다.

대화를 나누는 한 목소리는 학식에 대한 확신으로 가득 차 울려 퍼졌다. 거기에는 범상한 지성을 가진 의사가 자기보다 월등한 동료가 내놓은 의학 이론을 자기 환자에게 설명하는 듯한 어조가 배어 있었다. 다른 한 목소리는 오로지 잠재의식 속에서만 분명히 드러날 수 있는 못마땅함이 담긴 묵직한 음성으로 대꾸했다.

"이런 문제를 생각하기 시작한 건 처음입니다. 그러니까, 아프리카와 전 세계 사람들에 대해서 말이죠. 그러다보니 인간은 자기가 생각하는 것만큼 그렇게 잘 알지는 못한다는 생각이 들더군요."

"그게 무슨 말씀입니까?"

"수백 년 전에도 그쪽 사람들은 우리만큼이나 생명을 구하는 법에 대해 잘 알고 있었어요. 확실히 자연은 스스로를 돌봅니다. 살아가려는 걸 죽여서는 안 되죠."

"그래요, 살겠다는 의지를 가진 것들을 말살해서는 안 되죠. 그것들을 죽여서는 절대 안 될 일이라는 거 아닙니까!"

대꾸하는 목소리가 놀랄 만큼 비난조로 변해갔다. 다른 목소리가 방어하듯 화제를 바꿨다.

"뉴욕에서는 공연 많이 보셨습니까?"

"서너 편 봤죠. 죄다 하찮고 상스러웠습니다! 얻을 것이 하나도 없는 것들입니다. 정말 전무해요." 두 번째 목소리가 규탄을 가득 담아 말했다.

"그런 데서는 대중이 원하는 걸 제공해야 하니까요."

"한번은 신문기자와 대화를 하는데 그 친구도 딱 그런 말을 하더군요. 그래서 내가 그 기자에게 《신시내티 인콰이어러》를 보라고 했죠. 그런 스캔들이니 뭐니 하는 건 한 줄도 싣지 않는데도 미국에서 가장 큰 신문 중 하나잖습니까."

"대중지는 아니니까요. 다 제 깜냥대로 살아야 하는 거죠."

"물론 저는 무슨 일이 일어나는지 제가 직접 가서 확인합니다."

"저는 그렇게 많이는 가지 않습니다. 한 달에 서너 번 정도나 될까 해요."

앨라배마가 비틀거리며 일어섰다. "못 견디겠어!" 그녀가 말했다. 바에서는 소금물에 절인 올리브와 죽은 자의 뼛가루 냄새가 났다. "저분께 감자는 밖에서 먹고 싶다고 말 좀 해줘."

그녀는 난간에 매달려 가며 배 뒤편 일광욕실에 도착했다. 쏴 하는 소리를 내다가 쭉 빠지는 거대한 물결이 갑판 위에서 폭발하듯 철썩거렸다. 그녀는 의자들이 배 밖으로 쓸려나가는 소리를 들었다. 파도가 마치 대리석 묘비처럼 그녀의 시야를 막았다가 다시 열었을 때 물이라고는 하나도 보이지 않았다. 배는 공중을 불안정하게 떠다녔다.

"미국에서는 모든 게 본인이 자초하는 폭풍 같아요." 영국인이 점잔 빼며 말했다. "아니면 우리가 유럽에 있었던 거라고 말씀하시려나?"

"영국인은 절대 겁을 먹지 않는군요." 앨라배마가 한마디 했다.

"보니 걱정은 하지 마, 앨라배마." 데이비드가 말했다. "어쨌거나 애잖아. 아직은 뭘 그렇게 많이 느끼고 말고 할 게 없어."

"무슨 일이 생기기라도 했는데 크게 못 느끼면 그게 더 끔찍한 일이잖아!"

"안 그래. 만약에 내가 이론적으로 너희 둘 중 한 명을 구해야 한다면 나는 검증된 재화를 택할 거야."

"난 안 그래. 보니를 먼저 구할 거야. 멋진 사람일지도 모르니까."

"그럴 수도 있겠지. 하지만 우리 중 누구도 멋진 사람이 아냐. 그렇다고 **우리가** 정말로 끔찍한 인간은 아니라는 것도 알지."

"장난 말고 얘기해, 데이비드. 우리가 이 폭풍을 통과할 것 같아?"

"사무장 말로는 이게 시속 140킬로미터 바람을 동반한 플로리다 해일이라고 하네. 시속 110킬로미터면 허리케인이야. 배는 37도 기울어 있고. 40도로 기울지 않는 이상 전복되지는 않아. 바람은 잦아들 거라 생각하나봐. 어쨌든 우리가 할 수 있는 일은 아무것도 없어."

"그렇겠지. 어떻게 생각해?"

"아무 생각 없어. 이런 걸 털어놓게 되어 부끄러운데, 내가 **벌금**을 너무 많이 내면서 살아왔잖아. 그 생각을 하면 욕지기가 좀 나와."

"그럴 것까지는 없다고 봐. 이 비바람은 아주 찬란하네. 배가 침몰한다 해도 난 전혀 상관없어. 나는 무척 잔혹해졌거든."

"그래, 우리가 기능하기 위해 자신의 상당 부분을 버려야 한다는 사실을 알게 되면 우리는 그렇게 하지. 나머지 부분을 구해내기 위해 말이야."

"어쨌거나 이 배에서건 다른 집단에서건 내가 직접 관찰해본 바에 따르면 사라져도 전혀 상관없는 사람은 없어."

"너 지금 천재들 얘기하는 거야?"

"아니, 우리가 처음에는 과학이라 부르고, 그다음에는 문명이라 부르는 진화의 막연한 흐름 속에 있는 연결 고리들에 대해 얘기하는 거야. 목적을 위한 도구들 말이야."

"과거를 느끼는 분모 같은 일반 대중 말이야?"

"나아가 미래를 상상하는 대중이지."

"네 아버지처럼?"

"어떤 면에서는 그래. 아버지는 본분을 다하셨어."

"다른 사람들도 다 그래."

"하지만 그 사람들은 그 사실을 모르잖아. 내 생각에 핵심은 그 점을 의식하는 거야."

"그렇다면 교육의 방향은 우리 자신을 극적으로 과장하고, 인간의 소양을 최대한 실현할 수 있도록 가르치는 것이 되어야 하는 건가?"

"그게 내 생각이야."

"무슨 그런 허튼소리가 다 있어?"

사흘 뒤 선상 응접실이 재개장했다. 보니는 배에서 상영하는 영화를 보겠다고 떼를 썼다.

"애가 이걸 봐야 할까요? 섹스어필로 가득할 텐데." 앨라배마가 말했다.

"확실히 봐야죠." 실비아 여사가 대답했다. "제게 딸이 있었으면 온갖 공연을 다 보여줬을 거예요. 그러면 어른이 되었을 때 유용하게 쓸 수 있는 것들을 배우겠지요. 어쨌거나 돈은 부모가 내니까요."

"저는 제가 이런 문제에 대해 어떤 생각인지를 모르겠어요."

"저도 마찬가지예요. 하지만 섹스어필은 아예 급이 다른 문제죠."

"어느 쪽을 고르는 게 좋을까, 보니야. 섹스어필을 보고 싶니, 아니면 갑판에서 햇볕을 쬐면서 산책을 하고 싶니?"

보니는 두 살로, 모호한 지혜의 여자 사제이자 부모에게는 마치 이백 살이라도 되는 것처럼 존경을 받았다. 나이트 집안이 몇 달씩이나 걸린 길고 긴 젖떼기 과정 중에 아이에 대한 관심을 다 소진한 뒤로, 보니는 의결권을 가진 정식 회원의 지위에 올랐다.

"보니는 **나중에** 산책해요." 아이가 즉시 대답했다.

공기는 벌써 정말로 미국 같지 않았다. 하늘은 덜 정력적이었다. 유럽의 번영은 폭풍에 휩쓸려 죄다 날아가버렸다.

터벅, 터벅, 터벅, 터벅, 두 사람의 발소리가 갑판에 울렸다. 앨라배마와 보니는 난간에 막혀 걸음을 멈췄다.

"밤에 항해할 때 배는 분명 무척 예쁠 거야." 앨라배마가 말했다.

"북두칠성도 보여요?" 보니가 의견을 냈다.

"엄마는 시간과 공간이 정물화 같은 상태로 얽혀 있다고 생각해. 북두칠성은 천문관에 있는 작은 유리 상자에서 본 적이 있단다. 그때 본 건 옛날 방식의 북두칠성이었지."

"북두칠성이 변했어요?"

"아니, 그저 사람들이 달리 보게 되었을 뿐이야. 북두칠성은 사람들이 내내 생각했던 것과는 달랐거든."

배의 난간에서 느껴지는 공기에 소금기가 배어 있었다. 참으로 아름다운 공기였다.

'양이 많아지면 아름다워져.' 앨라배마가 생각했다. '광대무변함이야말로 모든 것 중에 가장 아름답지.'

별똥별, 외형질의 화살이 까불거리는 벌새처럼 성운가설을 뚫고 빠르게 지나갔다. 금성에서 화성을 거쳐 해왕성까지, 별똥별은 이해라는 유령을 뒤따라 추적하며 현실이라는 창백한 전장 저 너머의 지평선에 빛을 비추었다.

"예뻐요." 보니가 말했다.

"이 별은 네 손자의 손자의 손자가 나올 때까지도 상자에 들어가 있을 거란다."

"상자에 들어가는 아이의 아이들." 보니가 심오하게 논평했다.

"아니, 애야, 별 말이야! 어쩌면 그 애들은 계속 같은 상자를 사용할지도 모르겠네. 그렇다면 살아남는 것은 겉모습뿐일지도 모르겠다."

터벅, 터벅, 터벅, 터벅. 두 사람은 갑판을 한 바퀴 돌았다. 밤공기가 상쾌했다.

"이제 자야지, 아가야."

"아침에 일어나면 별이 하나도 없겠죠."

"다른 게 있을 거야."

데이비드와 앨라배마는 같이 뱃머리로 올라갔다. 달빛 아래 두 사람의 얼굴이 인광을 내며 빛났다. 그들은 둘둘 만 밧줄 위에 앉아 그물 형태의 실루엣을 돌아보았다.

"네가 그린 배 그림은 틀렸어. 저 굴뚝들은 아주 정중한 미뉴에트를 추고 있는 숙녀들이라고." 그녀가 한마디 했다.

"그럴지도. 달이 뜨면 사물이 다르게 보이니까. 나는 달이 싫어."

"왜?"

"어둠을 망치거든."

"오, 하지만 어둠은 정말로 죄 많은 존재잖아!" 앨라배마가 벌떡 일어섰다. 그녀는 목을 움츠리며 발끝으로 몸을 높이 들어 올렸다.

"데이비드, 나 너를 위해 날아오를게. 네가 계속 날 사랑한다면!"

"그럼 날아봐."

"사실 못 날아. 하지만 어쨌든 날 사랑해줘."

"날개도 없는 불쌍한 아이 같으니!"

"날 사랑하는 게 힘들어?"

"너는 스스로가 편한 사람 같니, 내 헛것 같은 소유물아?"

"나는 진짜로, 진심으로, 어떻게든 내 영혼에 대한 대가를 받고 싶어."

"달에서 수금해봐. 브루클린과 퀸스의 주소들을 찾아낼 수 있을 거야."

"데이비드! 나는 당신이 매력적일 때조차도 당신 사랑해."

"그게 그렇게 자주 있는 일은 아닌데."

"그래, 너는 자주 엄청나게 비인간적이지."

앨라배마는 그의 품에 안겨 누우면서 그가 자기보다 늙었다고 느꼈다. 그녀는 움직이지 않았다. 배의 엔진이 통통 소리를 내며 깊은 자장가를 불렀다.

"이런 식의 항해를 한 건 정말 오랜만이야."

"한세월 만이지. 이제 매일 밤마다 해보자고."

"널 위해 시를 한 편 지었어."

"읊어봐."

왜 나는 이런 식일까, 나는 왜 저럴까

왜 나 자신과 나는 계속해서 다툴까

어느 쪽이 합리적이고 논리적인 나일까

어느 쪽이 되는 걸 선택해야만 할까

데이비드가 웃었다. "내가 답 시를 지어주길 기대하는 거야?"

"아니."

"우리는 모든 것, 심지어 우리의 가장 개인적인 반응마저도 우리 지성의 시험을 통과해야 하는 신중함의 시대에 이르렀어."

"그것참 고된 시대네."

"버나드 쇼 말로는 마흔 살이 넘은 사람은 모두 악당이래."

"그때까지 우리가 바람직한 상태에 이르지 못하면 어째?"

"발육이 지체된 거지."

"우리 지금 이 저녁을 망치는 중이야."

"들어가자."

"계속 있자. 마법 같은 분위기가 돌아올지도 모르잖아."

"돌아올 거야. 다른 때에."

선실로 내려가는 길에 두 사람은 실비아 여사가 구명보트 뒤에서 어떤 그림자와 열정적으로 키스하는 현장을 지나쳤다.

"저기 저 그림자는 남편인가? 그럼 두 사람이 사랑한다는 얘기는 진실이 틀림없겠어."

"선원이야. 가끔 있잖아, 나는 마르세유에 있는 댄스홀에 가고 싶더라." 앨라배마가 건성으로 말했다.

"뭐 하러?"

"모르겠네. 홍두깨살 비프스테이크가 먹고 싶어서 그러려나."

"나 지금 열받을 것 같은데."

"너도 구명보트 뒤에서 실비아 여사랑 키스해, 그럼."

"절대 안 해."

선상 응접실에서는 오케스트라가 〈나비 부인〉•에 나오는 '꽃의 이중창'••을 요란스레 연주했다.

• 이탈리아의 작곡가 자코모 푸치니(1858~1924)의 오페라.

데이비드에게는 목서초를

다른 사람에게는 제비꽃을

앨라배마가 콧노래를 불렀다.

"성격이 예술적인가요?" 영국 귀족 나리가 물었다.

"아뇨."

"하지만 노래를 부르고 계신데요."

"제가 자급자족할 수 있는 사람이라는 사실을 깨달은 게 기뻐서요."

"오, 하지만 당신이 그런 분인가요? 정말 나르시시즘이 강하군요!"

"아주 강하죠. 제가 걷는 방식, 말하는 방식, 행동하는 거의 모든 방식이 흡족해요. 제가 얼마나 근사하게 해낼 수 있는지 보여드릴까요?"

"부탁드리죠."

"그럼 한잔 사주세요."

"바까지 가시죠."

앨라배마는 한때 동경했던 걸음걸이 방식을 흉내 내며 몸을 이리저리 흔들었다. "하지만 경고하는데요." 그녀가 말했다. "저는 오로지 제 상상을 통해 부여한 멋진 특질을 지닌 다

●● 〈나비 부인〉의 제2막에 나오는 아리아 〈벚나무 가지를 흔들어 꽃잎을 깔고〉를 뜻한다.

른 사람으로 행세할 때만 저 자신일 뿐이에요."

"저는 그런 건 상관 않습니다." 영국 귀족 나리는 그렇게 말하며 자기가 뭔가 기대를 품어야 할 것 같다고 막연히 느꼈다. 서른다섯 살 이하의 수많은 사람에게 불가해한 언행은 그게 무엇이건 성적인 중요성을 띠게 마련이니까.

"그리고 또 경고를 드리는데, 저는 진심으로 일부일처주의자예요. 이론상으로는 아닐지 몰라도요." 앨라배마가 그의 난감함을 알아채고는 말했다.

"어째서죠?"

"반복될 수 없는 유일한 감정이야말로 짜릿한 변화의 근간이라는 이론 때문이죠."

"지금 명언을 읊고 계신 건가요?"

"물론이죠. 제 이론 중 제대로 먹히는 건 하나도 없지만요."

"책처럼 멋진 분이군요."

"저는 책이에요. 순수한 허구의 이야기죠."

"그렇다면 누가 당신을 창작해냈을까요?"

"퍼스트 내셔널 은행의 금전 출납원이요. 계산 실수를 저지르는 바람에 돈을 지불해야 했죠. 아시겠지만 **어떤 식으로건** 돈을 마련하지 못했다면 해고당했을 거예요." 앨라배마가 거짓말을 꾸며내 말했다.

"가엾은 친구였군요."

"그 사람이 아니었다면 저는 이대로 영원히 저 자신으로 쭉 살아야만 했을 거예요. 그랬다면 당신을 즐겁게 할 수 있는 이 모든 능력을 손에 넣지 못했겠죠."

"그런 일이 있었건 없었건 당신은 저를 즐겁게 해주셨을 겁니다."

"왜 그렇게 생각하시죠?"

"당신은 심지가 굳은 분이거든요." 그가 진지하게 말했다.

불필요한 오해를 살까 걱정이 된 귀족 나리가 얼른 덧붙였다. "남편께서도 저희와 같이 자리하겠다고 약속하셨는데요."

"제 남편은 왼쪽 옆 갑판 세 번째 구명정 뒤에서 별을 즐기고 있어요."

"농담이시죠? 그런 걸 알 리가 없잖습니까. 어떻게 알 수 있죠?"

"초자연적인 비술의 재능 덕이죠."

"터무니없는 사기꾼이시군요."

"바로 그래요. 저도 이런 제 모습에 진저리가 난답니다. 당신 얘기를 해요."

"저는 미국에서 돈을 벌 생각이었습니다."

"다들 그런 마음을 품어요."

"문서도 갖고 있었죠."

"나중에 책을 쓰면 거기 삽입하시면 되겠네요."

"저는 작가가 아닙니다."

"미국을 좋아했던 사람들은 모두 책을 쓰더라고요. 여행에서 회복되면 신경증에 걸리고, 그러면 말하지 않고 놔두는 편이 훨씬 나았던 것들이 생겨서 그걸 책으로 내려고 하시게 될 거예요."

"저는 제 여행에 대해 쓰고 싶습니다. 뉴욕을 좋아했거든요."

"그래요, 뉴욕은 성경의 삽화 같죠. 그렇지 않아요?"

"성경을 읽나요?"

"〈창세기〉는요. 저는 신이 흡족해하더라는 대목이 참 좋아요. 신이 행복하다고 생각하고 싶거든요."

"신이 어떻게 행복할 수 있는지 잘 모르겠네요."

"저도 그래요. 하지만 **누군가는** 세상에서 일어나는 모든 일을 가능한 모든 방식으로 느껴야 한다고 생각해요. 자기에게 그런 자질이 있다고 누구도 주장하지 않아서 우리는 그 자질이 신에게 있다고 치기로 한 거죠. 최소한 〈창세기〉에는요."

유럽의 해안이 광활한 대서양에 반항하듯 버텼다. 부속선이 초원과 멀리서 들리는 종소리와 자갈 위를 쿵쿵거리며 걷는 나무 신발 사이에서 셰르부르가 내보이는 호의로 미끄러지듯 들어갔다.

뉴욕은 그들 뒤에 있었다. 그들을 만든 힘은 그들 뒤에 있었다. 우리는 오로지 다른 환경에 처해 있을 때만 우리의 환경에서 익숙해져 있던 것을 인식할 수 있을 뿐이므로, 앨라배마와 데이비드가 다른 지역의 맥동은 채 절반도 정확하게 감지하지 못하리라는 사실은 그들이 품은 기대에 전혀 영향을 끼치지 못했다.

"울고 싶어!" 데이비드가 말했다. "갑판에 밴드들을 데려다놓고 연주하게 하고 싶어. 인간의 모든 경험이 저기에 선택을 기다리며 놓여 있다는 것, 그거야말로 세상에서 가장 빌어먹게 짜릿한 일이지!"

"선택이란." 앨라배마가 말했다. "우리가 인생에서 겪는 괴로움을 보상하는 특권이지."

"정말 굉장해! 대단하기 짝이 없어! 우리 이제 점심에 와인을 곁들일 수 있다고!"

"오, 대륙이여!" 앨라배마가 돈호법•으로 말했다. "내게 꿈을 보내주오!"

"지금 하나 품어." 데이비드가 말했다.

"하지만 어디서? 결국에는 우리가 젊은 시절을 보냈던 바로 그 장소에서나 가능할 텐데."

"어디든 다 그런 곳이야."

"헛소리!"

"길거리 연설가시네! 불로뉴의 숲••에 폭탄이라도 던질 기세야!"

세관을 통과하던 실비아 여사가 고급 속옷, 파란색 열탕 주머니, 복잡해 보이는 가전제품, 미국 신발 스물네 켤레가 수북하게 쌓인 더미 너머에서 데이비드와 앨라배마를 불렀다.

"오늘 밤에 저랑 같이 나가시겠어요? 사진에 담을 수 있는 아름다운 파리의 모습을 보여줄게요."

• 사람이나 사물의 이름을 불러 주의를 불러일으키는 수사법.

•• 프랑스 파리 서부에 있는 대공원.

"사양하겠습니다." 데이비드가 말했다.

"보니." 앨라배마가 충고하듯 말했다. "트럭에 잘못 부딪혔다가는 네 발은 확실히 거의 뭉개질 거고, 그건 '시크' 하지도 '엘레강트' 하지도 않은 일이 될 거란다. 엄마가 알기로 프랑스에는 그런 눈에 띄는 멋진 모습들이 수두룩하데."

기차는 노르망디의 분홍색 카니발을 지나 파리의 섬세한 장식무늬와 리옹의 높은 테라스, 디종의 종루와 아비뇽의 새하얀 로맨스를 거쳐 레몬의 향기와 바스락거리는 검은 나뭇잎, 연보라색 황혼을 휘저어대는 나방 무리로, 나이팅게일이라도 찾지 않는 이상 사람들이 보러 갈 이유가 없는 지역인 프로방스로 향했다.

2

지중해 지역의 심원한 그리스 문화가 우리의 열렬한 문화 가장자리에서 제 입가를 핥았다. 회색 언덕 위 무너진 성채의 올리브나무와 선인장 아래 흙벽에서 먼지가 날렸다. 고대의 해자는 뒤엉킨 인동덩굴에 묶인 채 잠들어 있었고, 연약한 양귀비는 둑길에 수액을 흘리고 있었으며, 포도 덩굴은 낡은 카펫 쪼가리처럼 삐죽삐죽한 바위에 걸려 있었다. 바리톤 음색의 중세풍 낡은 종이 피곤하고 무심하게 이따금 축일을 알렸다. 바위 위로 라벤더가 조용히 피었다. 그 모습은 생동하는 태양 아래서는 잘 보이지 않았다.

"멋지지 않아?" 데이비드가 말했다. "정말 진한 푸른색이야. 자세히 관찰하면 얘기가 달라지지만. 잘 보면 회색에 연보라색인데, 거기서 더 자세히 들여다보면 색깔이 아주 야한 데다 거의 검정에 가까워. 물론 꼼꼼히 검토해보면 문자 그대로 오팔 느낌이 나는 자수정이지. 지금 **뭐 해**, 앨라배마?"

"전망이 좋지 않아. 잠깐만." 앨라배마가 성벽의 이끼 낀 틈새에 코를 들이밀었다. "진짜 샤넬 향수 냄새야. 샤넬 넘버 5." 그녀가 확신에 차 말했다. "당신 목 뒤쪽 냄새 같기도 하고."

"목 뒤에 샤넬 안 뿌려!" 데이비드가 항변했다. "내 생각엔 샤넬은 향수보다는 옷이야. 저기로 가. 너 사진 찍어줄게."

"보니도 같이?"

"그래, 우리가 애한테 안으로 들어오라고 해야 할 것 같은데."

"아빠를 보렴, 우리 귀중한 아가."

"앨라배마, 애 자세 조금만 기울일 수 없어? 애 뺨이 이마보다 넓어서 당신이 조금만 앞으로 기울여줘도 애가 아크로폴리스 광장 입구처럼 보이지는 않을 거야."

"자, 옳지, 보니." 앨라배마가 시도해보았다.

두 사람이 비틀거리더니 헬리오트로프 덤불 위로 넘어졌다.

"세상에! 나 손톱으로 애 얼굴 긁었어. 너 머큐로크롬 안 챙겨 왔지?"

그녀는 아기의 무릎에 생긴 거무스름한 소용돌이를 살펴보왔다.

"심각해 보이지는 않지만 집에 가서 소독을 해야 할 것 같아."

"아기, 집에 가." 보니가 걸쭉한 퓌레를 힘겹게 젓는 요리사처럼 이빨 사이로 발음을 느릿느릿 잡아 빼며 말했다.

"집, 집, 집." 보니는 데이비드의 품에 안긴 채 몸을 까닥거리며 언덕을 내려가면서 참을성 있게 노래하듯 말했다.

"다 왔다, 아가야. '페트로니우스•와 황금의 섬' 호텔 보이지?"

"저기, 데이비드, 아무래도 우리 '궁전과 우주' 호텔에 갔어야 했던 것 같아. 거기 정원에 야자나무도 더 많고."

"그래서 딱 우리 둘 같은 이 이름을 지나치자고? 역사 인식의 부재야말로 네 지성의 가장 큰 결함이야, 앨라배마."

"이 새하얀 가루로 뒤덮인 길을 감상하기 위해서 내가 연대기적 사고를 가져야 하는 이유가 뭔지 의문이네. 네가 그렇게 아기를 안고 있는 모습 보면 떠돌이 음유시인 패거리가 생각나."

"그거 정확하군. 아빠 귀 잡아당기지 마라. 이런 더위 본 적 있어?"

"파리들도! 사람들이 어떻게 견디나 몰라."

"아무래도 해안에서 더 떨어진 호텔로 옮기는 게 나을까봐."

● 로마의 작가이자 정치인 페트로니우스.

"이 자갈 때문에 의족으로 걸어 다니는 기분이야. 샌들을 사야겠어."

그들은 프랑스 공화국에서 깐 포장도로를 따라 예르의 죽의 장막을 지나고, 줄줄이 늘어선 펠트 슬리퍼와 여성 속옷을 파는 노점을 지나고, 남부의 넘쳐나는 폐물들로 가득한 배수로를 지나고, 프로방스인의 갈색 얼굴로 하여금 외인부대●의 자유를 꿈꾸게 하는 기묘하고 이국적인 인형들을 지나고, 괴혈병에 걸린 거지와 부풀어 오른 부겐빌레아 덩어리와 먼지와 야자수와 일렬로 자리한 마차 택시와 시프르 향유 냄새를 풍기는 마을 이발사가 차려놓은 치약 진열대를 지나고, 가족의 초상처럼 마을을 묶어주다가 나중에는 거대하고 무질서한 거실 같은 존재로 변하게 될 막사를 지났다.

"다 왔다."

데이비드는 작년 자 《일러스트레이티드 런던 뉴스》 더미가 쌓여 있는 호텔 로비의 축축하고 시원한 장소에 보니를 내려놓았다.

"유모는 어디 있지?"

앨라배마가 호텔 휴게실의 레이스 달린 칙칙한 플러시 천 사이로 고개를 들이밀었다.

"마담 튀소 인형관●●에 대해 쓴 책이 버려져 있네. 내 생각에는 밖에 나가서 영국식 비교표 작성을 위한 자료를 모으고

● 1831년 설립된 프랑스 육군 소속의 외국인 지원병 부대.

있을 거야. 그래야 파리로 돌아갔을 때 '맞아요, 하지만 제가 데이비드 나이트 씨와 예르에 같이 있었을 때 그곳의 구름은 좀더 전함 색깔 같은 회색이었어요'라고 말할 수 있을 테니까."

"그 여자는 보니에게 전통을 느끼는 감각을 줄 수 있을 거야. 나는 그 여자가 좋아."

"나도 그래."

"유모 어디 갔어요?" 보니가 놀라서 눈알을 굴렸다.

"아가야! 유모는 돌아올 거란다. 네게 멋진 의견을 수집해 주려고 나간 거야."

보니가 미심쩍은 표정을 지었다.

"단추들이에요." 보니가 자기 드레스를 가리키며 말했다. "오렌지 주으스 마시고 싶어요."

"그래, 좋지. 하지만 나중에 어른이 되면 의견이라는 것이 훨씬 유용하다는 사실을 알게 될 거야."

데이비드가 벨을 울렸다.

"오렌지 주스 한 잔 갖다줄 수 있을까요?"

"아, 므시외, 여기는 정말 황량한 곳입니다. 여름에는 오렌지가 전혀 없어요. 더위뿐이죠. 저희는 날씨 때문에 오렌지를 먹을 수 없어서 호텔 문을 닫을까도 생각했답니다. 잠시만 기다려주세요. 알아보겠습니다."

●● 스위스의 여성 밀랍 인형 세공사인 마담 튀소(1760~1850). '튀소 밀랍 인형 관'의 창립자다.

호텔 주인은 렘브란트의 그림에 나오는 의사처럼 생긴 사람이었다. 그가 벨을 울렸다. 역시 렘브란트의 그림에 나오는 의사처럼 생긴 시종이 응답했다.

"오렌지 남은 게 있나?" 호텔 주인이 물었다.

"하나도 없습니다." 시종이 음울하게 강조하며 대답했다.

"보셨죠, 므시외." 주인이 안도하는 어조로 선언했다. "오렌지는 한 개도 없습니다."

그가 만족한 듯 손을 비볐다. 자기 호텔에 오렌지가 있으면 확실히 큰 문제가 생기기라도 하는 모양이었다.

"오렌지 주으스, 오렌지 주으스." 아기가 고함치며 울었다.

"대체 그 여자는 어디 있는 겁니까?" 데이비드가 뾰족하게 말했다.

"마드무아젤 말씀이신가요?" 호텔 주인이 물었다. "정원에 계신데요. 백 살도 더 된 올리브나무 아래에요. 정말 멋진 나무죠! 보여드려야겠군요."

주인이 그들을 데리고 문밖으로 나섰다.

"정말 귀여운 남자아이구나." 주인이 말했다. "얘도 프랑스어를 말하게 되겠죠. 저는 예전에 영어를 아주 잘했습니다."

보니의 특성 중 가장 끈덕진 것은 바로 여성다움이었다.

"분명 그랬겠군요." 데이비드가 말했다.

유모는 신축성이 있는 철제 의자로 내실을 만들어놓았다. 바느질감이 흩어져 있었고, 책과 유리잔 여러 개, 보니의 장난감도 있었다. 알코올램프가 테이블 위에서 타올랐다. 정원은 완전한 거주지였다. 전체적으로 보면 영국식 보육원인 듯도 했다.

"메뉴판을 봤는데 또 염소가 나와서 정육점에 들렀다 왔어요, 부인. 보니에게 스튜를 좀 만들어주려고요. 죄송한 말씀이지만 여긴 정말 불결한 곳이에요, 부인. 우리가 여기서 견딜 수 있을 것 같지 않네요."

"우리 생각에도 여기가 **진짜로** 너무 더워요." 앨라배마가 사과하듯 말했다. "오늘 오후에 적당한 거처를 찾지 못하면 나이트 씨가 해안에서 더 멀리 떨어진 곳에 있는 별장을 알아볼 거예요."

"그럼 분명 기분이 더 좋아질 거예요. 칸에서는 호터러 콜린스 씨 부부와 한동안 같이 지냈답니다. 거긴 정말 안락했어요. 물론 **그분들은** 여름에는 도빌로 가죠."

앨라배마는 어째서인지 자기들도 도빌로 갔어야 했던 거 아닌가 싶은 생각이 들었다. 그들은 유모에 대해 모종의 의무감이 들었다.

"나도 칸에 가볼까." 데이비드가 깊은 인상을 받은 듯 말했다.

황량한 식당에서는 열대지방에서 한낮에 쏟아지는 강렬한 햇살이 윙윙거렸다. 노쇠한 영국인 부부가 고무처럼 질긴 치즈와 푹 젖은 과일을 앞에 놓고 몸을 이리저리 움직였다. 나이 든 부인이 몸을 앞으로 기울이고는 멀리서 손을 뻗어 보니의 발그레한 뺨에 손가락을 문질렀다.

"우리 귀여운 손녀하고 많이 닮았네." 노부인이 거드름을 피우며 말했다.

유모가 발끈했다. "마담, 아기를 함부로 만지지 말아주셨으면 좋겠는데요."

"함부로 만진 거 아니야. 그냥 쓰다듬어준 것뿐이라고."

"더워서 배탈이라도 나셨나보군요." 유모가 단호하게 말했다.

"저녁 싫어. 저녁 안 먹어." 보니가 영국인과 조우함으로써 생겨난 긴 침묵을 깨고 말했다.

"나도 내 거 먹기 싫어. 녹말가루 냄새가 나. 지금 부동산 중개업자 알아보자, 데이비드."

앨라배마와 데이비드는 펄펄 끓는 태양을 비틀거리며 지나주 광장으로 갔다. 무기력의 마법이 광장을 압도했다. 마차 택시 기사들은 눈에 띄는 그림자 아무 곳에나 들어가 잠을 청했고, 상점들은 문을 닫았으며, 어떤 그림자도 그 집요하고 복수심에 불타는 광휘를 부수지 못했다. 두 사람은 아무렇게나 뻗어 있던 마차 한 대를 발견하고는 마차 계단을 뛰어올라 타서 운전사를 깨웠다.

"2시에 오세요." 운전사가 짜증스레 말했다. "2시까지는 영업 안 한단 말입니다!"

"뭐, 아무튼 이 주소로 갑시다." 데이비드가 우겼다. "기다릴 테니까."

마차 운전사는 내키지 않는 듯 어깨를 으쓱했다.

"기다리시려면 한 시간에 10프랑입니다." 그가 불만스럽게 말했다.

"좋아요. 우린 미국인 백만장자거든."

"뭐 깔고 앉자." 앨라배마가 말했다. "이 마차 벼룩투성이 같아."

두 사람은 땀으로 젖은 허벅지 아래 갈색 군용 담요를 접어 넣었다.

"어라, 저기 당신네가 찾는 므시외가 있네요." 운전사가 어느 잘생긴 남부 유럽인을 가리키며 께느른하게 말했다. 한쪽 눈에 안대를 한 그 남자는 길 바로 건너편에서 자기 가게 문의 손잡이를 제거하는 데 몰두하고 있었다.

"'블루 로터스' 빌라를 보고 싶습니다. 제가 알기로는 임대로 나왔다고 해서요." 데이비드가 정중하게 말을 꺼냈다.

"불가능합니다. 세상에 공짜는 거의 없죠. 저는 아직 점심도 못 먹었고요."

"물론이죠. 므시외께서 제게 므시외의 자유 시간에 대한 비용을 지불하도록 허락하시지 않을까 싶습니다만……."

"그럼 얘기가 달라지죠." 중개업자가 만면에 환하게 미소를 지었다. "므시외께서는 전쟁 이후로 세상이 달라졌고 사람은 밥을 먹고 살아야 한다는 사실을 잘 이해하시는군요."

"물론이죠."

금방이라도 부서질 듯한 마차는 한 시간 남짓 강렬한 인상을 준 푸른 아티초크 들판을 지나 해저에서 자라는 양 더위 속에서 희미하게 반짝이며 쭉 뻗어 있는 초목을 통과했다. 평탄하게 뻗어 있는 풍경 여기저기 양산 모양의 파인 로즈가 피어 있었고, 바다로 향하는 길은 뜨겁고 눈이 부셨다. 햇빛을 받아 산산이 부서진 물은 빛의 작업장 바닥에서 반짝이는 톱밥처럼 흩어져 있었다.

"저기 있습니다!" 중개업자가 우쭐거리며 낄낄댔다.

블루 로터스는 나무 한 그루 없는 황토 벌판에 말라붙어 있었다. 그들은 문을 열고 덧문이 닫힌 시원한 홀로 들어갔다.

"여기가 집주인 침실입니다."

커다란 침대에 밀랍 염색을 한 파자마 한 벌과 연두색 주름 잠옷이 놓여 있었다.

"이 나라의 태평스러운 생활 방식은 사람을 정말 놀라게 해요." 앨라배마가 말했다. "집주인들이 그냥 밤을 보내고 떠난 게 분명하네."

"우리도 이렇게 살 수 있으면 좋겠어. 미리 계획 세우고 그런 거 없이."

"배관 보러 가죠."

"하지만 마담, 배관 상태는 완벽합니다. 그보다 이거 보이세요?"

코펜하겐식 변기 위로 조각이 새겨진 거대한 뚜껑이 활짝 열려 있었고, 그 뚜껑에는 과격한 중국식 환상을 새긴 조각 가장자리를 따라 푸른 국화가 올라가고 있었다. 벽에 붙인 타일에는 노르망디에서 낚시를 하는 색색의 그림들이 그려져 있었다. 앨라배마는 이 그림 같은 환상을 조작할 수 있도록 설계되어 있는 황동 막대를 조심스레 시험해보았다.

"변기가 작동하지 않는데요." 그녀가 말했다.

중개인이 불교도처럼 눈썹을 치켜올렸다.

"하지만! 비가 전혀 오지 않아서 그런 게 분명합니다! 가끔 비가 오지 않으면 변기에도 물이 없을 때가 있거든요."

"그렇다면 여름 내내 비가 다시 오지 않을 경우는 어쩝니까?" 데이비드가 변기에 온통 흥미를 빼앗긴 채 물었다.

"하지만 그러면…… 므시외, 비는 확실히 옵니다." 중개인이 활기찬 미소를 지었다.

"비가 안 올 때는요?"

"므시외는 이상한 분이시군요."

"뭐, 저희는 아무래도 이보다는 문명화된 곳에 가야겠습니다."

"우리 칸으로 가야 해." 앨라배마가 말했다.

"돌아가면 첫 기차를 잡을게."

데이비드가 생라파엘에서 앨라배마에게 전화를 걸었다.

"딱 맞는 곳이야." 그가 말했다. "월세 60달러에 정원, 급수 시설, 취사용 스토브가 있고, 둥그런 지붕도 아주 멋지게 지었어. 내가 듣기로는 항공 분야에서 사용하는 금속 지붕이래. 내일 아침까지 갈게. 바로 옮길 수 있어."

햇살이 갑옷처럼 그들을 감싸던 날이었다. 그들은 국가 행사의 추억이 퀴퀴하게 배어 있는 리무진 한 대를 대절했다. 삼각형 무늬가 새겨진 '컷글라스' 속에서 입체파 그림처럼 사라지는 종이 금련화가 해안 풍경을 가렸다.

"운전할래, 운전할래, 왜 내가 운전 못 해?" 보니가 소리를 질러댔다.

"데이비드, 골프채를 저쪽에 놓아야 하니까 자기 이젤은 여기 뒤로 주면 되잖아."

"음, 음, 음." 아기가 그 동작이 마음에 들어 웅얼거리듯 읊조렸다. "좋아, 좋아, 좋아."

여름이 그들의 마음속으로 파고들어서는 풀이 수북하게 자란 길을 따라 노래를 흥얼거렸다. 과거를 돌이켜 정리하다보니, 앨라배마는 빠르게 흐르던 그 시절에 자기가 무분별한 방종 속에서 살았다는 환상을 품었지만 사실 정말로 깜짝 놀랄 만한 일은 하나도 일어나지 않았다는 것을 깨달을 수 있었다. 경탄스러운 감정에 휩싸인 앨라배마는 어째서 자기들이 집을 떠났던가 하는 생각이 들었다.

7월의 어느 오후 3시, 유모는 언덕들과 렌터카들, 그녀가 처했던 온갖 이상한 상황들, 하얀 길과 소나무들에서 조용히 영국을 떠올렸다. 삶이 조용히 자장가를 흥얼거리고 있다고. 어쨌거나 살아 있다는 것은 재미있는 일이었다.

'레 로시뇰'●은 바다에서 쑥 들어선 곳에 있었다. 루이 14세 시대풍 응접실의 빛바랜 파란색 새틴 천에는 담배꽃 냄새가 스며들어 있었고, 나무를 깎아 만든 뻐꾸기가 떡갈나무로 만든 식당의 어둑한 기운에 항의했다. 발코니의 파란색과 하얀

● '나이팅게일'을 뜻하는 프랑스어.

색 타일은 솔잎으로 뒤덮여 있었다. 난간에서는 피튜니아•
가 아양을 떨어댔다. 자갈을 깐 드라이브 길은 갈라진 틈에서
제라늄이 싹을 틔우는 거대한 야자나무 둥치를 한 바퀴 돌고
나서 붉은 장미가 핀 정자 방향으로 원근법적 소실을 이루었
다. 하얀색 칼시민을 바른 빌라 벽과 거기 달린 채색된 창문
들은 늦은 오후에 쏟아지는 황금빛 햇살 속에서 기지개를 켜
고 하품을 했다.

"여름용 정자도 있어." 데이비드가 집주인인 양 말했다. "대나
무로 지었지. 고갱이 원예 조경에 손을 댄 것처럼 보인다니까."

"천국 같네. 거기 정말로 '나이팅게일'••이 있을까?"

"당연하지. 매일 밤 야식으로 토스트 위에 얹어서 나와."

"콤 사,••• 므시외, 콤 사." 보니가 의기양양하게 노래하듯
말했다.

"봐! 애가 벌써 프랑스어를 할 줄 알아."

"굉장해. 정말 굉장한 곳이야. 이 프랑스라는 나라. 그렇지
않아요, 유모?"

"나이트 씨, 저는 여기서 20년을 살았지만 이 나라 사람들
이 하는 말을 전혀 이해하지 못해요. 물론 프랑스어를 배울 기
회도 많지 않았지만요. 늘 상류층 가족들하고만 있었거든요."

● 　주로 화단을 장식하는 관상용 꽃. 6~10월에 연한 붉은색, 흰색의 꽃이 핀다.

●● 　딱샛과의 작은 새. 유럽 중남부의 관목림에 산다.

●●● 　'이렇게'라는 뜻의 프랑스어.

"확실히 그렇겠군요." 데이비드가 힘주어 말했다. 유모가 하는 말은 무엇이든 퍼지●를 만드는 아주 섬세한 조리법처럼 들렸다.

"저기 주방에 있는 거." 앨라배마가 말했다. "내 생각에는 부동산 중개인이 놓고 간 선물 같은데."

"맞아. 대단한 세 자매지. 어쩌면 운명의 세 여신●●일 수도 있고. 누가 알겠어?"

보니의 옹알이가 환희에 찬 고함으로 바뀌며 울창한 나뭇잎을 뚫고 지나갔다.

"수영! 이제 수영해!" 보니가 울부짖었다.

"자기 인형을 금붕어 연못에 집어 던졌네요." 그 모습을 지켜보던 유모가 신이 난 듯 말했다. "못됐어, 보니! 작은 금발 아가씨를 그렇게 다루다니."

"애 이름은 '콤 사'야." 보니가 가르치듯 말했다. "애 수영하는 거 봤어?"

매끌매끌한 녹색 물 맨 아래 바닥에 있는 인형의 모습이 겨우 보였다.

"오, 이제 우리는 정말 행복할 거야. 하마터면 우리를 붙잡을 뻔했지만 우리가 그들에 비해 너무도 똑똑했던 덕에 벗어

● 설탕, 버터, 우유로 만드는 사탕.

●● 그리스 신화에 나오는 여신. 인간의 생명을 관장하는 실을 관리하며, 한 명이 그 실을 자으면 다른 한 명은 이를 감고 나머지 한 명은 실을 끊는다.

날 수 있었던 그 모든 것에서 멀리 떨어져 있으니까!" 데이비드는 앨라배마의 허리를 끌어안고 밀어붙이며 널찍한 창문들을 지나 새집의 타일 깔린 바닥으로 데려갔다. 앨라배마는 그림이 그려진 천장을 자세히 들여다보았다. 파스텔 색조의 큐피드가 갑상샘종 내지는 모종의 악성 질병처럼 부풀어 오른 화환 속의 나팔꽃과 장미들 사이에서 신이 나 뛰놀았다.

"여기 겉으로 보이는 것만큼 멋진 곳일 거라고 생각해?" 앨라배마가 회의적으로 물었다.

"우린 지금 낙원에 있어. 다다를 수 있는 만큼 가까이 있지. 저기 그 사실을 그려놓은 증거가 있네." 그가 앨라배마의 시선을 따라가며 말했다.

"있잖아, 나는 나이팅게일을 《데카메론》과 떼어놓고 생각할 수가 없어.● 딕시 언니가 그 책을 자기 방 맨 위 서랍에 숨기곤 했거든. 그런 연상 작용이 우리 인생을 둘러싸고 있다는 사실이 너무 웃겨."

"웃길 게 뭐야? 사실 사람들은 하나에서 다른 하나로 곧장 넘어가지 못하는 것 같아. 늘 중간에서 이어주는 게 있지."

● 《데카메론》의 다섯 번째 날 네 번째 이야기. 귀족 가문의 딸 카테리나는 연인과 단둘이 있고자 묘책을 짜내는데, 방이 더워서 잠을 잘 수 없으니 발코니에 침대를 놓고 나이팅게일이 지저귀는 소리를 들으며 자겠다고 부모를 설득해 바깥의 침대로 연인을 불러들인다. 정사를 나눈 둘은 그대로 잠이 들어버리고, 다음 날 아침 발코니에서 연인의 성기를 잡은 채 누워 잠든 딸의 모습을 본 카테리나의 아버지는 아내에게 딸이 '나이팅게일을 손에 꼭 쥐고 있다'라고 말한다.

"이번에는 이 집 때문에 안절부절못하지 않았으면 좋겠네."

"해변에 가려면 차가 있어야 할 거야."

"당연히 그렇겠지. 하지만 내일은 택시를 타자."

다음 날은 벌써 환하고 더웠다. 프로방스 사람인 정원사가 일하기 싫어 소극적인 저항을 벌이는 소리가 그들을 깨웠다. 갈퀴가 자갈을 나태하게 질질 긁었다. 하녀가 발코니로 아침 식사를 들고 왔다.

"택시를 한 대 불러주시지 않겠는가, 꽃 같은 공화국의 딸이여?"

데이비드는 신이 나 있었다. 아침도 먹기 전부터 그렇게 역동적인 모습을 보일 필요는 없다고, 앨라배마는 아침나절에 발휘되는 냉소를 섞어 조용히 한마디 했다.

"그런데 앨라배마, 우리는 우리 시대에 데이비드 나이트의 최신작이 그려진 캔버스 앞에 서 있을 때처럼 그렇게 강력하고 확신에 찬 천재의 손길을 알았던 적이 없어! 그는 매일 수영을 하고 난 다음 작업을 시작하고, 4시에 다시 수영을 해서 자부심을 새로이 가질 때까지 계속 일을 하지."

"그리고 나는 이 육감적인 공기 속에서 호사스럽게 지내며 데이비드 나이트가 점점 더 똑똑해지는 동안 바나나와 샤블리•로 점점 더 뚱뚱해지겠네."

"당연하지. 여자의 세상에는 와인이 같이하는 법." 데이비

• 프랑스 샤블리 지방에서 생산되는 백포도주.

드가 힘주어 긍정했다. "세상에는 완성되지 못할 예술도 있으니까."

"하지만 내내 일만 할 건 아니지. 그렇지?"

"나는 그랬으면 하는데."

"남자의 세상이란." 앨라배마가 한숨을 쉬며 햇살을 받는 자기 모습을 살폈다. "여기 공기에는 정말 음탕한 분위기가 있어."

나이트 가족이라는 기계장치는 주방에서 일하는 세 여성의 보살핌 속에 여름이 천천히 부풀어 올라 화려하게 스스로를 과시하는 동안 은은한 세계를 통과하며 별다른 저항 없이 움직였다. 응접실 아래에서는 꽃들이 끈끈하고 달콤하게 피었다. 밤에 뜨는 별들은 소나무 꼭대기들이 이루는 그물에 붙들렸다. 정원의 나무들이 "쏙독새"라고 말하면 따스한 검은 그림자들이 "우후"라고 대답했다. '레 로시뇰'의 창문으로 보이는 프레쥐스의 로마식 경기장은 마치 포도주로 가득 찬 가죽 부대처럼 땅 위로 낮게 불룩 올라온 달에서 흘러나오는 빛 속에서 헤엄을 쳤다.

데이비드는 계속 프레스코화를 작업했다. 앨라배마는 대개 혼자였다.

"우리끼리 **뭘 하지**, 데이비드?" 앨라배마가 물었다.

데이비드는 앨라배마에게 계속 그렇게 어린아이처럼 살아서는 안 된다고, 자기가 할 일을 남에게 마련해달라고 하면 안 된다고 했다.

망가지다시피 한 사륜마차가 그들을 매일 해변으로 실어 날랐다. 하녀는 그 차량을 '라 부아튀르'•라고 일컬으면서 그들이 아침에 브리오슈와 꿀을 먹는 동안 마치 엄숙한 의식이라도 치르듯 차량의 도착을 알렸다. 식사 후 수영을 해도 안전한 가장 빠른 때가 언제인지에 대한 논쟁이 늘 가족 사이에서 벌어졌다.

비잔틴풍의 마을 실루엣 뒤로 태양이 느릿느릿 흘러갔다. 탈의장과 가설 무도장은 새하얀 산들바람에 탈색되었다. 해변은 몇 마일씩 푸르게 뻗어나갔다. 유모는 습관적으로 모래사장의 상당 면적에 영국 보호령을 세웠다.

"언덕이 이렇게 붉은 건 보크사이트 때문이에요." 유모가 말했다. "그리고 부인, 보니에게 수영복이 더 필요하겠어요."

"분실물 보관소에서 구할 수 있을걸." 앨라배마가 제안했다.

"아니면 중고품 매장에서 구하거나." 데이비드가 말했다.

"물론이지. 아니면 저기 지나가는 돌고래에게서 벗겨내거나 저 남자분 턱수염으로 만들어도 되겠고."

앨라배마가 볕에 그을린 깡마른 남자를 가리켰다. 남자는 즈크 천으로 만든 바지를 입고 있었고, 갈비뼈는 상아로 만든 그리스도상처럼 반짝였으며 파우누스•• 같은 두 눈은 외설적인 환상 속에서 유혹의 손짓을 하고 있었다.

• '수레', '마차', '자동차'라는 뜻의 프랑스어.

•• 로마 신화에 나오는 숲, 평야, 들판의 신.

"안녕하십니까." 남자가 만만찮은 어조로 말했다. "여기서 자주 뵌 분들이군요."

그의 목소리는 깊고 금속성이었으며, 신사의 자신감으로 가득 부풀어 있었다.

"저는 작은 업장의 소유주입니다. 저녁에는 식사도 하고 춤도 추는 곳이죠. 생라파엘에 오신 걸 환영하게 되어 기쁩니다. 보시다시피 여름에는 사람이 그리 많지 않지만 저희는 무척 행복하게 지내죠. 수영을 마치고 나서 저희 가게에 들러 미국식 칵테일을 한잔 하신다면 영광이겠습니다."

데이비드는 놀랐다. 환영회는 예상치 못해서였다. 마치 클럽 회원으로 받아주는 선거에서 뽑히기라도 한 것 같았다.

"기꺼이 그러죠." 그가 서둘러 대답했다. "그냥 들어가면 되나요?"

"네, 들어오세요. 제 친구들에게 저는 '므시외 장'으로 통합니다. 하지만 사람들을 꼭 만나보셔야 합니다. 아주 매력적인 사람들이죠." 그는 생각에 잠긴 듯한 미소를 짓고는 아침의 광채 위에서 파편처럼 바스러지며 사라졌다.

"사람이 한 명도 없네." 앨라배마가 주위를 둘러보며 말했다.

"아마 저 사람이 병 안에 가뒀나보지. 그러고도 남을 램프의 요정 지니처럼 보였어. 우리도 곧 알게 되겠지."

모래사장 저편에서 진과 지니가 못마땅해 거칠어진 유모의 목소리가 보니를 불렀다.

"안 된다고 했지! 안 된다고! 안 된다고 했어!" 아이가 물가로 달려갔다.

"제가 애 잡을게요, 유모."

데이비드 나이트 부부가 아이를 쫓아 푸른 염료에 몸을 담갔다.

"자기는 어떻게든 선원이 되어봐야겠어." 앨라배마가 제안했다.

"하지만 나는 지금 아가멤논으로 살고 있는데." 데이비드가 반대했다.

"나는 작고 조그만 물고기예요." 보니가 제 의견을 밝혔다. "사랑스러운 물고기, 그게 나라고요!"

"알겠어. 원한다면 더 놀아도 돼. 세상에! 어떤 것도 우리를 방해하지 못하고 삶이 당연히 이렇게 흘러가야 하는 것처럼 이어지는 기분이 정말 멋지지 않아?"

"완벽하게, 찬란하게, 화려하게 멋지지! 하지만 나는 아가멤논으로 살고 싶어."

"저랑 같이 물고기가 되어주세요." 보니가 꼬드겼다. "물고기가 더 멋진데."

"아주 멋지지. 그럼 엄마는 아가멤논 물고기가 되겠어. 엄마는 다리로만 수영할 수 있단다. 보이지?"

"근데 어떻게 두 가지가 동시에 될 수 있어요?"

"그건 말이지, 우리 딸아. 엄마는 정말 엄청나게 똑똑하기 때문에 아빠보다 나은 사람으로 살아가는 삶이 마음에 들지 않으면 혼자만으로도 세상 전체가 될 수 있다고 믿고 있어서

란다."

"소금물에 뇌가 절여졌네, 앨라배마."

"하! 그렇다면 소금에 절인 아가멤논 물고기가 되어야겠네. 그게 훨씬 힘들겠어. 심지어는 다리도 없이 해내야 하니까." 앨라배마가 흡족한 듯 말했다.

"칵테일 한잔하면 훨씬 쉬워질 거라는 생각이 드네. 들어가자."

해변의 환한 빛에서 벗어나 들어온 방은 시원하고 어두웠다. 마른 소금물에서 풍기는 남성적인 향이 주름진 천들에 은은히 퍼져 있었다. 바에서는 바깥에서 점점 크게 파도치는 열기의 움직임만이 느껴졌는데, 마치 이곳 실내의 고요함이 활발히 불어대는 산들바람을 회피할 수 있는 일시적인 휴식처라도 되는 같았다.

"빗, 오늘 빗을 안 가져왔네." 앨라배마가 바 뒤에 있는 곰팡내 나는 거울에 제 모습을 비춰보며 노래하듯 말했다. 상쾌하면서도 미끈거리고 찝찌름한 기분이 들었다. 앨라배마는 자기 머리 모양은 한쪽이 다른 한쪽보다 낫다는 결론을 내렸다. 실내를 삭제하다시피 희끄무레하게 비추는 낡은 거울을 들여다보던 앨라배마의 눈에 빳빳한 하얀색 프랑스 공군 제복을 입은 널찍한 등이 들어왔다. 그가 라틴 사람 같은 정중한 관심을 보이며 처음에는 그녀를, 그다음에는 데이비드를 가리키며 손짓하는 무언극 같은 동작이 유리에 흐릿하게 비쳤다. 크리스마스 동전 같은 금빛 머리가 급하게 고개를 끄덕였고, 널찍한 구릿빛 두 손은 열대의 풍요로움에 혹여나 라틴다운 의미를 전달하는 적절한 영어 단어가 들어 있지 않으려나 싶은 헛된 희망 속에서 허공을 움켜쥐었다. 남자의 볼록한 어깨는 호리호리하고 강건하고 단단하면서도 소통을 위해 노력하다보니 슬쩍 굽어 있었다. 그가 주머니에서 조그만 빨간색 빗을 꺼내 앨라배마에게 유쾌하게 고개를 끄덕였다. 그 장교와 눈이 마주치자 앨라배마는 뜻밖에도 집주인에게서 뚫기 어려운 금고의 비밀번호 조합을 넘겨받은 도둑이 된 것 같은 감정을 경험했다. 마치 터무니없는 짓을 하다가 현행범으로 체포된 기분이었다.

"페르메테?"● 장교가 말했다.

앨라배마는 빤히 바라만 보았다.

"페르메테." 그가 또 말했다. "그게 영어로는 무슨 뜻이냐면, '페르메테'예요. 아시죠?"

장교가 알아들을 수 없는 프랑스어로 유창하게 말을 이었다.

"전혀 못 알아듣겠어요." 앨라배마가 말했다.

"우이,●● 이해합니다." 그가 거만하게 따라했다. "페르메테?" 그는 허리를 숙이고는 그녀의 손에 입을 맞췄다. 비극적인 진지함이 담긴 미소가 황금빛 얼굴을 비추었다. 그 사과하는 듯한 미소, 그의 얼굴에는 오랫동안 사적으로 연습하고

● '실례합니다'라는 뜻의 프랑스어.

●● '네'라는 뜻의 프랑스어.

익혀두었던 상황을 뜻밖에도 공개적인 장소에서 어쩔 수 없이 연기하게 된 청소년이 내보이는 매력이 있었다. 그들이 취하는 몸짓은 멀리 있는 다른 두 사람의 역할을 연기하기라도 하는 듯 과장되어 있어서 마치 그들 자신의 희미한 유령이 움직이는 것 같았다.

"나는 '세균'이 아니에요." 그가 놀라서 말했다.

"우이, 알겠어요. 제 말은, 당연히 세균이 아니라는 거죠." 그녀가 말했다.

"보세요!" 장교가 빗의 기능을 보여주기 위해 자기 머리를 멋들어지게 빗었다.

"저도 써보고 싶네요." 앨라배마가 데이비드에게 미심쩍은 시선을 던지며 말했다.

"마담, 이분은 프랑스 공군 소속 자크 셰브르 푀유 중위님이십니다." 므시외 장이 요란법석을 떨며 말했다. "정말로 무해한 분이죠. 이쪽은 중위님의 친구들입니다. 폴레트 중위님과 부인, 벨랑도 중위님, 몽타그 중위님, 이분은 코르스섬 출신이세요. 곧 알게 되실 겁니다. 그리고 저쪽 친구들은 생라파엘에서 온 르네와 보비죠. 아주 멋진 사내들이에요."

창살이 달린 붉은 램프, 햇빛을 차단하는 알제리산 양탄자, 소금물과 향의 냄새가 '장의 해변'에 아편굴 혹은 해적의 소굴처럼 비밀스러운 장소라는 인상을 부여했다. 벽에는 언월도가 줄줄이 걸려 있었고, 어둑한 구석에는 아프리카 북 가죽 위에 놓인 밝은 놋쇠 쟁반이 은은한 빛을 발했으며, 자개로

덮인 작은 테이블들에는 인공적인 황혼이 먼지가 쌓인 양 켜켜이 배어 있었다.

자크가 리더다운 맹렬한 자발성을 발휘하며 빈약한 몸을 움직였다. 그가 내뿜는 휘황한 광채 뒤로 그의 부대가 쭉 늘어서 있었다. 뚱뚱하고 유들유들한 벨랑도는 자크와 아파트를 같이 썼고 몬테네그로의 야단법석 속에서 성장했다. 자신의 절망에만 몰입하며 사는 울적한 낭만주의자인 코르스인은 자살을 하겠노라는 바람 속에서 해안을 따라 비행기를 하도 낮게 몰다보니 해변에 나온 사람들이 비행기 날개를 건드릴 수 있을 정도였다. 큰 키에 티끌 한 점 없는 폴레트의 뒤를 마리 로랑생•의 그림에서 빠져나온 것 같은 부인의 시선이 졸졸 따라다녔다. 르네와 보비는 살집이 비어져 나오는 하얀색 해변용 옷을 입은 채 아르튀르 랭보•• 같은 저음으로 대화를 나누었다. 보비는 눈썹을 죄다 뽑았고, 발은 평평하고 조용한 집사의 발이었다. 그는 나이가 많았고 전쟁에 참전했으며 두 눈은 베르됭••• 주변의 거칠게 휘저어진 공간만큼이나 잿빛으로 황량했다. 그해 여름 르네는 그 변화무쌍한 바다의 모든 빛 속에서 빗물에 씻겨 나간 광채를 그림으

• 프랑스의 화가 마리 로랑생(1883~1956).

•• 프랑스의 시인 아르튀르 랭보(1854~1891).

••• 프랑스 북동부의 도시. 제1차 세계대전 당시 대규모의 참호전이 벌어져 독일군과 프랑스군 양측에서 수많은 사상자가 나온 곳이다.

로 그려 넣었다. 르네는 프로방스 지역 변호사의 예술가 아들이었다. 그의 갈색 눈동자는 틴토레토●의 그림 속 소년처럼 차가운 불에 전소되어 있었다. 알자스 지역 초콜릿 제조업자의 부인은 싸구려 축음기에 대한 생각에 남몰래 푹 잠겨있었는데, 그녀는 자기 딸 라파엘의 취향에 요란스레 영합하면서 자신의 망각 불가능한 남부의 감상적인 근원을 뼛속까지 새까맣게 태워 없애버렸다. 하얗고 꼬불꼬불한 고수머리를 한, 미국인의 피가 절반이 섞인 20대 초반의 두 사람은 라틴 사람의 호기심과 앵글로색슨의 경계심 사이에서 갈등하며 르네상스 시대 띠 모양 벽 장식의 어두운 구석에 새겨져 있는 지품천사의 세공처럼 컴컴한 곳을 떠돌아다녔다.

데이비드의 그림 감각이 지중해식 아침의 병치가 불러일으키는 격렬한 자극을 받아 솟아올랐다.

"이제 제가 술을 사야 할 텐데, 보시다시피 돈이 없어서 포르투갈산 포도주로 참아주셔야겠습니다." 영어로 거창하게 말을 해보려고 했지만, 정작 자크의 욕망은 대범한 몸짓으로 자기가 지금 여기서 발견한 모든 극적인 가능성들을 표현할 때 제대로 드러났다.

"저 사람이 **실제로** 신이라고 생각해?" 앨라배마가 데이비드에게 말했다. "저 사람은 너랑 닮았어. 다만 저 사람은 태양으로 가득한 반면 당신은 달의 사람이라는 점만 다를 뿐이야."

● 이탈리아의 화가 틴토레토(1518?~1594).

중위는 앨라배마 옆에 서서 그녀가 건드렸던 물건들을 시험 삼아 만지작거리면서 마치 복잡한 퓨즈를 설치하는 전기 기술자처럼 두 사람 사이의 감정적 연결을 머뭇머뭇 만들어 보고 있었다. 그는 데이비드에게 번드르르한 몸짓을 하면서 앨라배마가 그 자리에 있다는 사실에는 둔감한 척했는데, 그녀에 대한 자신의 즉각적인 관심을 감추기 위해서였다.

"그럼 제가 선생님 댁에 비행기를 타고 가지요." 중위가 호기롭게 말했다. "매일 오후마다 여기서 수영을 하겠습니다."

"그러면 지금 이 오후에 저희와 한잔하셔야겠군요." 데이비드가 즐거이 말했다. "왜냐하면 저희가 이제 점심을 먹으러 돌아가봐야 해서 시간을 더 낼 수 없거든요."

낡아빠진 택시가 프로방스의 그늘이 섞인 반짝이는 좁은 길을 통과하며 사람들을 쏟아놓고 포도밭 사이 바싹 마른 땅에 그러모았다. 태양은 시골의 색깔을 흡수한 뒤 하늘에서 그 색조들을 찬란하게 끓이고 거품을 내 저녁놀이라는 혼합물을 양조하는 듯했고, 그러는 동안 하얗게 생기 없이 펼쳐져 있는 땅은 늦은 오후의 포도와 돌에 시원한 기운을 흩뿌려줄 사치스러운 혼합물을 기다리는 듯했다.

"부인, 아기 팔 좀 보세요. 양산이 있어야겠어요."

"오, 유모, 그냥 타게 놔둬요! 나는 이 아름다운 갈색 피부의 사람들이 좋아요. 비밀에서 해방된 것처럼 보이잖아요."

"하지만 너무 타면 안 되죠, 부인. 나중에는 피부가 상한대요. 우리는 늘 미래를 생각해야 한답니다, 부인."

"뭐, 개인적으로는." 데이비드가 말했다. "나는 고귀한 물라토●처럼 보일 때까지 내 피부를 구울 거야. 앨라배마, 내가 다리털을 밀면 사내답지 못할까? 그렇게 하면 다리가 더 빨리 탈 텐데."

"나 배 탈 수 있어요?" 보니의 눈이 수평선을 이리저리 돌아다녔다.

"아빠의 다음 작품이 끝나면 아퀴타니아호를 탈 수 있지. 네가 원한다면."

"그 배는 너무 낡았어." 앨라배마가 끼어들었다. "선창에 나폴리만이 잔뜩 있는 아름답고 멋진 이탈리아 여객선을 타고 싶어."

"너 다시 남부에 살던 시절의 모습으로 돌아갔더라." 데이비드가 말했다. "하지만 네가 저 젊은 디오니소스에게 눈길을 보내는 모습이 내 눈에 띄었다가는 저 녀석 목을 비틀어버릴 거야. 경고했어."

"전혀 위험할 일이 없어. 나는 저 사람이 알아듣게 말을 할 줄도 모른다고."

외로운 파리 한 마리가 불안정하게 흔들리는 점심 식사용 탁자에 놓인 조명에 머리를 부딪쳤다. 탁자는 당구대로 사용할 수도 있었는데, 펠트 상단의 구멍이 천을 뚫고 불쑥 튀어나와 있었다. '그라브 모노폴 세크' 와인은 떫고 미지근했으

● 흑인과 백인의 혼혈.

며 파란색 와인 잔 때문에 입맛이 떨어지는 색깔이 되었다. 점심으로는 올리브를 곁들여 구운 비둘기 고기가 나왔다. 더위 속에 놓인 음식에서는 헛간 냄새가 났다.

"어쩌면 정원에서 식사를 하는 게 나을지 모르겠는데." 데이비드가 제안했다.

"이러다 곤충한테 잡아먹히겠어요." 유모가 말했다.

"이 멋진 나라에서 굳이 불편하게 사는 건 어리석은 일 같아." 앨라배마가 동의했다. "우리가 처음 왔을 때는 정말 좋았는데."

"모든 게 점점 나빠지고 비싸져. 1킬로그램이 얼마인 줄은 알아?"

"2파운드 아닌가?"

"지금 우리보고 일주일에 버터 14킬로그램을 먹으란 소리야?" 데이비드가 버럭 화를 냈다.

"아마 **반 파운드**인가보다." 앨라배마가 변명하듯 말했다. "1킬로그램을 가지고 분위기를 망치지 말아줬으면 좋겠는데……."

"프랑스 사람들과 거래할 때는 주의하셔야 해요, 부인."

"이유를 모르겠어." 데이비드가 훈계하듯 말했다. "할 게 없다고 투덜거리면서 이 집을 제대로 흡족하게 관리하지도 못하잖아."

"나더러 뭘 어쩌라고? 요리사에게 말을 할 때마다 그 여자는 허둥지둥 지하실 계단으로 내려가서 계산서에 100프랑씩

추가해."

"어쨌거나, 내일도 비둘기 요리가 나오면 나는 점심 먹으러 안 올 거야." 데이비드가 을러댔다. "뭔가 조치를 취하라고."

"부인." 유모가 말했다. "저희가 여기 도착하고 난 뒤에 가정부가 새로 산 자전거 혹시 보셨어요?"

"메도 양." 데이비드가 갑자기 끼어들었다. "나이트 부인이 가계부를 작성할 때 도와주실 수 있을까요?"

앨라배마는 데이비드가 유모를 끌어들이지 않기를 바랐다. 그녀는 자기 다리가 갈색으로 얼마나 잘 그을릴지, 차게 먹는 와인 맛은 어떨지 같은 문제나 생각하고 싶었다.

"사회주의자들 때문이에요, 나이트 씨. 그자들이 이 나라를 망치고 있답니다. 그들이 자중하지 않으면 분명 또 전쟁이 일어날 거예요. 호터러 콜린스 씨가 자주 말씀하시길⋯⋯."

유모의 또랑또랑한 목소리가 계속 이어졌다. 발음이 하도 정확해서 한마디라도 놓치는 게 불가능했다.

"그건 감상적인 헛소리예요." 데이비드가 짜증스레 되받아쳤다. "사회주의자들의 힘이 센 것은 이 나라가 이미 엉망진창이라 그래요. 원인이 있으니까 결과가 있는 거죠."

"죄송합니다만, 선생님. 사회주의자들이 전쟁을 일으켰어요. 진짜로요. 그리고 지금은⋯⋯." 유모는 딱딱한 발음으로 본인의 정치적 의견을 제한 없이 피력했다.

두 사람이 쉬기로 되어 있는 시원한 침실에서 앨라배마가 데이비드에게 강하게 말했다.

"매일 이렇게는 못 살아." 그녀가 말했다. "식사 때마다 저 여자가 그런 말을 할 거라는 생각 안 들어?"

"밤에는 위층에서 식사할 수 있잖아. 내 생각에 유모는 외로운 거야. 매일 아침마다 해변에 그냥 혼자 앉아 있더라고."

"하지만 끔찍하다고, 데이비드!"

"알아. 하지만 불평해서는 안 돼. 이 와중에 네가 작품에 대해 생각해봐야 한다고 상상해보라고. 유모는 자기를 내려놓을 수 있는 사람을 찾게 될 거야. 그러면 훨씬 나아질 거라고. 외부인 때문에 우리 여름을 망쳐서는 안 되지."

집에 있던 앨라배마는 이 방에서 저 방으로 한가롭게 돌아다녔다. 보통 이 고독을 방해하는 것은 멀리 떨어진 가정집에서 나는 분주한 소음뿐이었는데, 지금 이 소음은 정말로 끔찍한 최악의 공포였다. 빌라가 무너지고 있는 게 틀림없었다.

그녀는 발코니로 달려갔다. 창가에 데이비드의 얼굴이 나타났다.

비행기 엔진이 요란하게 쿵쾅거리며 돌아가는 소리가 빌라 위에서 들렸다. 비행기가 무척이나 낮게 날아서 자크의 머리에 쓴 갈색 망사 사이로 금발이 반짝이는 것까지 보일 정도였다. 비행기는 맹금류처럼 악의적으로 급강하하다가 팽팽한 곡선을 그리며 위로 솟구쳐 푸른 하늘로 올라갔다. 그런 다음 햇빛에 반짝이는 날개를 재빨리 뒤로 젖히더니 보기만 해도 숨이 막히는 나선을 그리면서 지붕 타일에 닿을 정도까지 떨어졌다. 비행기가 동체를 똑바로 할 때 둘은 자크가 한 손을 흔들더니 정원에 작은 꾸러미를 떨어뜨리는 모습을 보았다.

"저 망할 놈의 멍청이는 제풀에 죽고 말 거야! 심장 떨어질 뻔했네." 데이비드가 항의하듯 말했다.

"정말 용감한 사람임에 분명해." 앨라배마가 꿈꾸듯 말했다.

"쓸데없이 우쭐댄다는 뜻이겠지." 데이비드가 훈계조로 말했다.

"보세요, 마담, 보세요! 보세요! 보세요!"

흥분한 하녀가 앨라배마에게 갈색 꾸러미 상자를 가져다주었다. 하녀의 프랑스적인 견고한 편견 속에는 고작 메시지 하나 남기자고 비행기가 그렇게 위험할 정도로 낮게 날았던 것이 그 가족의 남자 구성원을 위한 일일지도 모른다는 생각은 추호도 없었다.

앨라배마는 상자를 열었다. 사각형 노트 종이에 파란색 연필로 쓴 다음과 같은 문장이 비스듬한 필체로 적혀 있었다. "제 비행기 위에서 안부 전합니다(Toutes mes amitiés du haut de mon avion). 자크 셰브르 푀유."

"이게 무슨 뜻 같아?" 앨라배마가 물었다.

"그냥 인사지." 데이비드가 말했다. "프랑스어 사전 찾아보지 그래?"

그날 오후 앨라배마는 해변으로 가는 길에 도서관에 들렀다. 그녀는 프랑스어를 혼자 공부할 목적으로 노랗게 빛바랜 채 늘어선 종이책 중에서 프랑스어 사전과 《도르젤 백작의 무도회》•를 골랐다.

장의 술집은 사전에 합의해둔 대로 4시에 문을 열었다. 바다에 흠뻑 젖은 채 술집에 나타난 그림자들 사이로 산들바람이 푸른 길을 내면서 불어왔다. 재즈 밴드 음악의 삼인조 버전이 미국 대중음악의 우울한 정조를 앞세워 밀물의 급습에 저항했다. 〈네, 우리 가게에 바나나가 없어요〉의 의기양양한 편곡이 여러 커플을 자리에서 일으켜 세웠다. 벨랑도는 침울한 코르스인과 함께 짐짓 교태를 부리며 춤을 추었다. 폴레트와 부인은 본인들이 아메리칸 폭스트롯이라고 믿는 복잡한 스텝을 밟으며 격렬하게 좌충우돌했다.

"저 사람들 발놀림이 꼭 외줄 타기 훈련하는 것 같네." 데이비드가 한마디 했다.

"재미있어 보여. 저렇게 춤추는 법을 배워야겠어."

"담배와 커피를 끊어야 할걸."

"그럴지도 모르겠네. 저렇게 춤추는 법 가르쳐주시지 않겠어요, 므시외 자크?"

"저는 춤을 잘 못 춰요. 마르세유에서는 남자들하고만 춤을 췄죠. 진정한 남자들을 위한 게 아니에요. 춤을 잘 춘다는 건."

앨라배마는 자크가 구사하는 프랑스어를 잘 알아듣지 못했다. 아무려나 상관없었다. 밸브로 여닫는 것 같은 그의 황금빛 두 눈이 그녀를 앞뒤로, 위대한 공화국의 바나나 부족 사태를 뚫고 그녀를 앞뒤로 끌어당겼다.

● 프랑스의 작가 레몽 라디게(1903~1923)의 소설.

"프랑스를 좋아하시나요?"

"저는 프랑스를 사랑해요."

"당신은 프랑스를 사랑할 수 없어요." 그가 허세 부리듯 말했다. "프랑스를 사랑하기 위해서는 프랑스인을 사랑해야 하니까요."

자크의 영어는 다른 화제보다 사랑을 말할 때 훨씬 괜찮았다. 그는 '사랑'이라는 단어가 자기를 피해갈까봐 걱정스러운 양 그 단어를 '사하랑'이라고 발음하며 힘주어 강조했다.

"사전을 샀어요." 그가 말했다. "영어를 배울 겁니다."

앨라배마가 웃었다.

"나는 프랑스어를 공부하는 중이에요." 그녀가 말했다. "그러면 또박또박한 발음으로 프랑스를 사랑할 수 있겠죠."

"아를에 꼭 가보셔야겠군요. 제 어머니가 아를 사람이에요." 그가 털어놓았다. "아를 여자들은 무척 아름다워요."

그의 음성에 담긴 슬픈 낭만이 세상을 형언할 수 없는 불합리로 축소했다. 두 사람은 우렁우렁하는 푸른 바다를 함께 훑어보다가 푸른 수평선 끝 너머를 응시했다.

"분명 그래요." 앨라배마가 중얼거렸다. 뭐에 대해서인지는 잊어버린 채.

"당신 어머니는 어떤 분이죠?" 자크가 물었다.

"우리 어머니는 나이가 많아요. 무척 상냥하시고요. 제가 원하는 걸 전부 다 주셔서 저를 망쳤어요. 가질 수 없는 것을 달라고 울며 떼를 쓰는 게 제 특유의 성격이 되었죠."

"어린 시절에 어땠는지 말해줘요." 자크가 부드럽게 말했다.

음악이 멈췄다. 자크는 그녀의 몸에 자기 몸을 바싹 밀착했고, 앨라배마는 자기 뼈의 평평한 부분이 그의 뼈에 파고드는 걸 느꼈다. 그의 피부는 구릿빛이었고 몸에서는 모래와 태양 냄새가 났다. 그녀는 풀 먹인 리넨 천 밑에 있는 그의 벌거벗은 몸을 느꼈다. 앨라배마는 데이비드를 생각하지 않았다. 그가 이 광경을 보지 않았으면 싶었지만, 사실 상관없었다. 파리 개선문 맨 위에서 자크 셰브르 푀유와 키스하고 싶어지는 기분이었다. 하얀 리넨 천을 걸친 타인과 키스한다는 것은 마치 상실된 종교적 의식을 수용하는 것과 같았다.

데이비드와 앨라배마는 저녁 식사 후 밤마다 생라파엘로 차를 몰고 가곤 했다. 그들은 작은 르노 자동차를 한 대 샀다. 오직 정면만 조명으로 환히 빛나는 마을은 장면 전환을 가리기 위해 세운 얄팍한 무대장치 같았다. 달은 물에서 떨어져 있는 거대한 플라타너스 아래 무너지기 쉬운 동굴들을 파놓았다. 마을 악단이 바닷가의 둥그런 가설무대에서 〈파우스트〉와 회전목마용 왈츠를 연주했다. 거리의 순회 장터에서는 수많은 물건을 내놓았고 젊은 미국인들과 젊은 장교들은 끈 달린 그네 같은 회전목마를 타고 프랑스 남부의 하늘로 날아올랐다.

"이 광장은 백일해 양성소예요, 부인." 유모가 경고하듯 말했다.

유모와 보니는 세균을 피하기 위해 차에서 기다리거나 역

앞의 횅한 장소를 천천히 걸어 다녔다. 보니는 점점 다루기 힘들어지더니 급기야는 장터에서 보내는 밤이 싫다고 앵앵거리며 울부짖는 바람에 결국 앨라배마와 데이비드는 저녁마다 유모와 아이를 집에 놔두고 나와야 했다.

두 사람은 매일 밤마다 '카페 플로트'●에서 자크와 친구들을 만났다. 젊은이들은 시끌벅적했고 맥주를 많이 마셨으며 데이비드가 계산할 때는 샴페인까지 마셨다. 웨이터를 부를 때는 '장군님'이라고 요란하게 외쳐댔다. 르네는 노란색 시트로엥을 '호텔 콩티낭탈'의 계단까지 몰고 올라갔다. 비행사들은 왕당파였다. 몇몇은 화가였고 또 누구는 비행기를 몰지 않을 때는 글을 써보려고 했으며 다들 수비대 생활에는 아마추어였다. 그들은 야간 비행으로 추가 수당을 받았다. 자크와 폴레트는 무척 자주 공중에서 축제를 벌였고, 그들이 만들어내는 빨간색과 녹색 불빛이 바다 위를 휩쓸었다. 자크는 데이비드가 자기 술값을 내는 걸 싫어했지만 폴레트는 돈이 필요했다. 그와 그의 부인이 낳은 아기는 알제리에서 할아버지와 할머니가 키우고 있었다.

리비에라는 유혹적인 장소다. 세계 휘저은 듯한 푸른색의 광휘와 더위 아래서 가물가물 흔들리는 그 하얀 궁전들은 모든 것을 돋보이게 한다. 그 시절은 '트랭 블뢰'●●의 유력자들, 비아리츠 지역의 상류층들, 실내장식에 대한 최고의 실력자

● '선단', '함대', '해군'이라는 뜻의 프랑스어.

들이 푸른 수평선을 자신들의 예술적 기획에 묶어놓으려 들기 이전이었다. 적은 수의 패거리가 행복하게 허송세월하고, 진흙으로 지은 제방에 날카로운 발톱 자국을 내는 햇볕에 탄 야자와 덩굴 옆에서 빈둥거림으로써 행복을 허비했다.

앨라배마는 오후 내내 헨리 제임스의 소설을 읽었다. 그녀는 데이비드가 작업하는 동안 로버트 휴 벤슨과 이디스 워튼과 디킨스를 읽었다. 리비에라의 오후는 길고 정적이며 저녁이 저물기 훨씬 전부터 온 마음으로 밤을 의식하고 있다. 밝게 빛나는 몸뚱이들을 가득 실은 채 리드미컬하게 칙칙폭폭 소리를 내는 모터보트들이 여름을 물가로 견인한다.

'내가 혼자서 뭘 할 수 있을까.' 앨라배마는 초초하게 생각했다. 그녀는 드레스를 한 벌 지어보려 했지만 실패로 돌아갔다.

그녀는 유모에게 두서없이 억지를 쓰기도 했다. "보니가 먹는 음식에 탄수화물이 너무 많은 것 같아요." 그녀가 찍어 누르듯 말했다.

"**저는** 그렇게 생각하지 않아요, 부인." 유모가 무뚝뚝하게 대꾸했다. "20년 동안 제가 맡은 아이 중 탄수화물을 지나치게 섭취한 아이는 하나도 없답니다."

유모는 탄수화물 문제를 데이비드에게 들고 갔다.

"최소한 방해는 하지 말아줘야 하지 않겠어, 앨라배마?" 데

●● 부유층이 지중해로 향할 때 즐겨 이용하던 프랑스의 급행열차로, 낭만을 상징한다.

이비드가 말했다. "평화는 현재 내 작업에서 절대적으로 핵심적인 요소라고."

하루하루가 그게 그거인 따분한 방식으로 나른하게 흘러가던 어린 시절, 앨라배마는 자신의 삶이 원래 느릿하고 평온무사한 일련의 과정으로 이루어진 것이 아니라 판사가 그녀의 인생을 그런 식으로 배분해놓은 것이라고, 당연히 그녀의 몫이어야 할 짜릿함을 억누르고 있던 것으로 생각했다. 그녀는 이 단조로운 생활을 데이비드 탓으로 돌리기 시작했다.

"파티라도 여는 건 어때?" 데이비드가 제안했다.

"누굴 부를까?"

"나야 모르지. 그 지주 부인과 알자스 사람도 있겠고."

"그 사람들 끔찍해."

"네가 그 사람들을 마티스라고 생각하면 괜찮을 거야."

그 여자들은 참아주기에는 너무 부르주아적이었다. 파티의 나머지 참석자들은 나이트 부부 집의 정원에 모여 친차노 술을 마셨다. 폴레트 부인은 티크 나무로 만든 작은 피아노로 〈입술은 안 돼요〉의 리듬을 뚱땅거렸다. 프랑스인들은 데이비드와 앨라배마에게 페르낭 레제•와 르네 크르벨••의 작품을 유창하면서도 난해하게 설명했다. 그들은 말을 하는 동안 구부정한 자세를 취했고, 자기들이 여기 있다는 사실이 기묘

• 프랑스의 화가 페르낭 레제(1881~1955).

•• 프랑스의 초현실주의 화가 르네 크르벨(1900~1935).

하다는 걸 의식하면서 긴장되고 의례적인 태도를 보였다. 자크만 예외였다. 그는 데이비드의 부인을 향한 자신의 불행한 끌림을 극적으로 과장해 보였다.

"곡예비행을 할 때 두렵지 않으세요?" 앨라배마가 물었다.

"비행기에 탈 때마다 두렵죠. 그게 바로 제가 비행기를 좋아하는 이유입니다." 그가 도전적으로 대답했다.

주중에는 늘 부족했던 주방의 흑인 여자들이 특별 행사를 맞아 터지는 7월의 불꽃놀이처럼 튀어나왔다. 바닷가재는 독이 잔뜩 오른 채 셀러리로 만든 덫에서 몸부림을 쳤고 부활절 카드만큼이나 신선한 샐러드가 마요네즈의 벌판에서 싹을 틔웠다. 테이블에는 청미래덩굴이 끈덕지게 감겨 있었고, 앨라배마가 확인한 바로는 지하실 시멘트 바닥에는 얼음도 있었다.

파티에 있던 여자는 폴레트 부인과 앨라배마뿐이었다. 폴레트는 냉담한 태도로 아내를 경계했다. 그는 미국인들과 저녁 식사를 하는 것이 발 데 카자르츠•에 참석하는 것만큼이나 외설스러운 일이라고 생각하는 듯 보였다.

"아, 우이." 부인이 미소를 지으며 말했다. "아, 그래요. 하지만 그래요. 확실히 그렇죠. 그 이후에도 그래요." 마치 미스탱게트••가 부르는 노래의 후렴구 같았다.

1892년부터 1966년까지 파리에서 열린 무도회로, 파리의 보헤미안 예술 문화를 대표하는 행사 중 하나였다.

"하지만 몬테네그로에서는 말이지요. 몬테네그로는 당연히 아시겠지요?" 코르스인이 말했다. "거기 남자들은 **전부 다** 코르셋을 차고 있답니다."

누군가가 벨랑도의 옆구리를 쿡 찔렀다.

자크는 수심에 잠긴 얼굴로 앨라배마에게 시선을 계속 붙들어 맸다.

"프랑스 해군에서는 말이죠." 그가 열변을 토했다. "지휘관이 자기 배가 침몰하면 기뻐하고 뿌듯해합니다. **제가 바로** 그 프랑스 해군의 장교죠!"

파티는 앨라배마에게는 전혀 의미가 통하지 않는 프랑스 문장들로 왁자지껄 부풀어 올랐다. 그녀의 마음은 두서없이 떠돌았다.

"총독의 드레스를 한번 맛보게 해드릴까요?" 그녀가 건포도 젤리를 슬쩍 찌르며 말했다. "아니면 맛있는 렘브란트 한 스푼은 어때요?"

그들은 산들바람이 부는 발코니에 앉아 미국과 인도차이나와 프랑스에 대해 이야기했고 어둠 속에서 들리는 밤새들의 새된 소리와 신음에 귀를 기울였다. 달은 소금기 어린 공기와 어둡고 수다스러운 그림자 속에서 여름 내내 지나치게 사용되는 바람에 기가 꺾이고 빛이 바랬다. 고양이가 발코니를 기어올랐다. 날이 무척 더웠다.

●● 프랑스의 샹송 가수 미스탱게트(1875~1956).

르네와 보비는 모기를 쫓을 암모니아를 찾으러 갔다. 벨랑도는 자러 갔다. 폴레트는 프랑스식 예의범절에 신경을 쓰며 부인과 함께 집으로 돌아갔다. 식료품 저장실 바닥의 얼음은 녹아버렸다. 그들은 주방에 있던 까맣게 탄 철제 팬으로 달걀을 조리했다. 앨라배마와 데이비드와 자크는 구릿빛 새벽에 아게를 향해 차를 몰았고, 시원한 황금빛 아침이 소나무 위 크림색 태양이 만드는 무늬와 밤에 피는 꽃의 새하얀 향기 속으로 스미는 광경을 마주했다.

"저게 네안데르탈인이 살던 동굴이죠." 데이비드가 언덕에 패어 있는 보랏빛 공동을 가리키며 말했다.

"아닙니다." 자크가 말했다. "유물이 발견된 곳은 그르노블이었어요."

자크는 르노를 몰았다. 그는 자동차도 비행기처럼 엄청난 속도로, 마치 철새 떼처럼 새벽의 메아리를 흩뿌리는 집요하고 반항적인 긴장을 담아 몰았다.

"이게 제 차였으면 바다로 뛰어들었을 겁니다." 그가 말했다. 그들은 구겨진 침대보의 주름처럼 언덕에 나른하게 펼쳐진 도로를 따라 프로방스의 망각 같은 희미한 어둠을 뚫고 해변으로 달려갔다.

자크와 앨라배마가 수영을 하도록 가설무대 쪽에 내려주면서 데이비는 차를 수리하려면 500프랑은 들 거라고 생각했다.

데이비드는 집으로 돌아가 바깥의 빛이 바뀔 때까지 작업을 했다. 그는 프랑스 남쪽의 정오 햇살 아래에서는 외관 말고는 아무것도 그릴 수 없다는 주장을 고수했다. 데이비드는 해변으로 가 앨라배마와 합류해 점심 전까지 잠깐 다이빙을 했다. 그는 그녀와 자크가 마치 커플처럼 모래사장에 앉아 있다는 사실을 깨달았다. 그래, 아주 대단한 커플 나셨군. 그는 혐오감을 담아 중얼거렸다. 두 사람은 자기 몸을 핥는 두 마리 고양이처럼 축축하고 부드러웠다. 산책에서 돌아온 데이비드의 몸이 더워졌다. 땀이 맺힌 목에 내리쬐는 태양이 쐐기풀로 만든 옷깃처럼 따가웠다.

"나랑 같이 다시 들어갈래?" 데이비드는 뭐라도 말해야 한다고 느꼈다.

"오, 데이비드, 오늘 아침은 엄청 쌀쌀하네. 바람이 불 거야." 앨라배마는 마치 어린아이가 성가시게 방해하는 걸 참기라도 하듯 욕을 하는 듯한 어조로 말했다.

데이비드가 혼자라는 사실을 의식하면서 외롭게 수영을 하던 중 뒤를 돌아보니 두 사람은 태양 아래 나란히 반짝이고 있었다.

"저 둘은 내가 지금까지 만난 사람 중 가장 뻔뻔한 인간들이야." 데이비드는 화가 나서 중얼거렸다.

물은 바람 때문에 벌써 차가워져 있었다. 비스듬한 태양 빛이 지중해를 수없이 많은 은빛으로 부드럽게 갈라놓아 황량한 해변으로 올려보냈다. 옷을 입기 위해 두 사람을 놓아두고 자리를 뜰 때, 데이비드는 자크가 그해 처음으로 휘몰아치는 미스트랄•을 아랑곳 않고 앨라배마에게 몸을 기울여 속삭이는 모습을 보았다. 두 사람이 뭐라고 하는지는 들을 수 없었다.

"올 거죠?" 자크가 속삭였다.

"네…… 글쎄요. 아마도요." 앨라배마가 말했다.

데이비드가 오두막에서 나왔을 때 모래바람이 그의 눈을 찔렀다. 앨라배마의 두 뺨에 눈물이 쏟아졌고, 광대뼈를 덮은 짙은 황갈색 피부가 노랗게 타오를 정도로 긴장했다. 그녀는 그걸 바람 탓으로 돌리려 했다.

"너 정신 나갔어, 앨라배마. 미쳤다고. 그 남자와 더 만났다가는 널 여기 놔두고 나 혼자 미국으로 돌아갈 거야."

"그렇게는 못 할걸."

"어디 두고 보시지. 내가 못 하는지!" 그가 협박조로 말했다.

그녀는 쓰라린 바람을 맞으며 모래밭에 비참하게 드러누웠다.

"난 갈 거야. 그 남자보고 비행기에 태워서 집에 데려다달라고 하든가." 데이비드는 성큼성큼 걸어갔다. 앨라배마는 르노가 출발하는 소리를 들었다. 물은 싸늘한 하얀 구름 아래 금속 거울처럼 빛났다.

자크가 왔다. 그가 포르투 와인을 한잔 사주었다.

"당신을 태울 택시 잡으러 갔다 왔어요." 그가 말했다. "원하신다면 다시는 여기 나타나지 않겠습니다."

"남편이 모레 니스에 가요. 그때 내가 당신 아파트에 가지

● 프랑스 남부 지방에서 주로 겨울에 부는 춥고 거센 바람.

않는다면 다시는 나를 찾아오지 말아요."

"알겠어요." 자크가 그녀를 챙기려고 기다렸다. "당신 남편에게 뭐라고 말할 겁니까?"

"내가 그이에게 말해야겠죠."

"그건 현명한 일이 아닐 겁니다." 자크가 걱정스레 말했다. "우리는 우리가 가진 이점을 고수해야 해요."

그날 오후는 모질고 울적했다. 바람이 집 주위로 차가운 먼지 덩어리들을 이리저리 쓸어 날렸다. 문밖에서 누가 말을 해도 들을 수 없을 정도였다.

"점심 식사 후에 해변에 가지 말죠, 유모. 수영하기에는 너무 추워요."

"하지만 부인, 보니가 이 바람 때문에 무척 들떠 있어요. 제 생각에는 가야 할 것 같은데요, 부인, 부인께서 괜찮으시다면요. 수영할 필요는 없고요. 그냥 기분 전환이나 하자는 거죠. 나이트 씨께서 저희를 기꺼이 데려가고 싶어 하시던데요."

바닷가에는 아무도 없었다. 수정처럼 투명한 공기에 그녀의 입술이 바싹 말랐다. 앨라배마는 일광욕하려고 누웠지만 몸이 덥혀지기도 전에 바람이 태양을 몰아냈다. 우호적인 상황이 전혀 아니었다.

르네와 보비가 바에서 어슬렁어슬렁 걸어 나왔다.

"안녕하십니까." 데이비드가 툭 내뱉듯 말했다.

그들은 마치 나이트 가족과 관련된 비밀을 나누기라도 하겠다는 양 바닥에 앉았다.

"저 깃발 봤어요?" 르네가 말했다.

앨라배마가 비행장 쪽으로 몸을 돌렸다.

깃발은 금속 입방체 지붕 위 깃대의 절반 위치에 게양된 채 흐릿한 빛 속에서도 반짝이며 힘차게 휘날리고 있었다.

"누가 죽었거든요." 르네가 말을 이었다. "어떤 군인이 말하는데 죽은 사람이 자크래요. 이 미스트랄 속에서 비행을 하다가요."

앨라배마의 세상이 마치 멈춘 것처럼, 천체의 끔찍한 충돌이 임박한 것처럼 무척이나 고요해졌다.

앨라배마가 멍하니 자리에서 일어섰다. "가야겠어요." 그녀가 차분히 말했다. 한기가 찾아오고 배가 아팠다. 데이비드가 차까지 그녀를 따라갔다.

데이비드가 화가 난 듯 거칠게 기어를 넣었다. 이 차가 빨라질 일은 결코 없었다.

"들어가도 됩니까?" 데이비드가 보초에게 말했다.

"안 됩니다, 므시외."

"사고가 있었다던데요. 누가 사고를 당했는지 알려주시겠습니까?"

"그건 규정 위반입니다."

담 앞에 펼쳐진 하얀 모래사장의 광휘 속에서 협죽도가 심어진 길이 미스트랄 속에 서 있는 남자 뒤로 구부러져 있었다.

"사고를 당한 사람이 셰브르 푀유 중위인지 관심이 있어 그렇습니다."

보초가 앨라배마의 비참한 표정을 유심히 바라보았다.

"그건, 므시외…… 알아보겠습니다." 마침내 보초가 말했다.

그들은 악의적으로 몰아치는 돌풍 속에서 지루하리만치 오래 기다렸다.

보초가 돌아왔다. 그의 뒤를 따라 자크가 용감하게, 소유권이라도 주장하듯 몸을 흔들며 차를 향해 다가왔다. 태양의 일부이자 프랑스 공군의 일부이며 푸른색의 일부이고 해변의 하얀 퇴적암층의 일부인, 프로방스의 일부이자 반드시 필요한 엄격한 규율에 따라 사는 갈색 사람들의 일부, 삶 그 자체라는 압력의 일부인 자크가.

"봉주르."• 자크가 말했다. 그가 상처를 소독하듯 앨라배마의 손을 꼭 잡았다.

그 자리에서 앨라배마만이 울고 있었다.

"알기는 해야 했소." 데이비드가 차에 시동을 걸며 딱딱하게 말했다. "하지만 내 아내의 눈물은 나 때문에 흘리는 겁니다."

갑자기 데이비드가 평정심을 잃었다.

"빌어먹을!" 그가 소리쳤다. "어디 이 문제로 한판 싸워볼 테야?"

자크가 앨라배마의 얼굴을 보며 침착하게 말했다.

"저는 싸울 수 없어요." 그가 부드럽게 대답했다. "내가 저 사람보다 훨씬 강하니까."

● '안녕하십니까'라는 뜻의 프랑스어.

르노의 옆면을 붙들고 있는 그의 두 손이 마치 강철로 만든 글러브 같았다.

앨라배마는 자크를 바라보려 애썼다. 두 눈에 고인 눈물 때문에 그의 모습이 흐릿했다. 그의 황금빛 얼굴과, 황금빛 광채를 내뿜고 있는 몸에 헐렁하게 걸쳐져 있는 하얀 리넨 천이 흐릿한 황금빛으로 겹쳐 보였다.

"당신도 못 때려." 그녀가 사납게 울부짖었다. "당신도 저 사람 못 때린다고!"

앨라배마는 훌쩍이면서 데이비드의 어깨에 몸을 던졌다.

르노가 총알처럼 바람을 향해 맹렬히 출발했다. 데이비드가 장의 말뚝 울타리 앞에서 끽하는 소리와 함께 차를 급정거했다. 앨라배마가 비상 브레이크에 손을 뻗었다.

"머저리!" 데이비드가 화를 내며 그녀를 밀었다. "브레이크에서 손 떼!"

"널 늘씬하게 두들겨 맞도록 내버려두지 않은 게 후회스러워!" 앨라배마가 격노해 소리를 질렀다.

"내가 원했으면 그자를 죽일 수도 있었어." 데이비드가 경멸 조로 말했다.

"무슨 큰일이 있었나요, 부인?"

"그냥 사람 하나 죽은 거예요. 그게 다죠. 어떻게 그 사람들이 목숨을 부지하고 있는지 모르겠어요!"

데이비드는 '레 로시뇰'에 있는, 작업실로 개조한 방으로 곧장 들어갔다. 정원 맨 구석 나무에서 무화과를 따고 있는 두 아이의 부드러운 라틴계 음성이, 오르내리는 황혼 녘의 바람을 따라 크고 부드럽게 위무하는 낮은 흥얼거림처럼 공기 중을 떠다녔다.

한참 뒤 앨라배마는 데이비드가 창밖으로 외치는 고함을 들었다. "그 망할 나무에서 좀 꺼져줬으면 좋겠는데! 빌어먹을 라틴 인종 전부 다!"

그들은 저녁 식사 때 거의 대화를 나누지 않았다.

"그래도 이 바람은 꽤 유용하답니다." 유모는 말했다. "이 바람이 내륙의 모기들을 날려버리고 바람이 잦아들면 대기가 훨씬 깨끗해진다는 사실을 아시나요, 부인? 하지만 세상에나, 이 바람이 호터러 콜린스 씨를 어찌나 짜증 나게 했던지! 그분께서는 미스트랄이 시작되면 마치 성난 사자 같았답니다. 그래도 부인께서는 딱히 **크게** 짜증을 느끼지는 않으시죠, 네?"

이 난장판을 조용히 해결하겠다고 마음을 굳힌 데이비드는 저녁 식사 후 시내로 차를 몰고 가봐야겠다고 고집했다.

카페에는 르네와 보비 둘만 앉아 마편초 차를 마시고 있었다. 의자들은 미스트랄을 피해 테이블에 쌓여 있었다. 데이비드는 샴페인을 주문했다.

"샴페인은 바람 불 때는 좋지 않은데요." 르네는 그렇게 충고하면서도 본인도 샴페인을 한잔했다.

"셰브르 푀유를 봤습니까?"

"네, 제게 인도차이나로 간다고 말하더군요."

앨라배마는 자크를 발견하면 싸울 것처럼 말하는 데이비드의 말투에서 두려움을 느꼈다.

"언제 떠난답니까?"

"일주일인가 열흘이던가. 전출 허가가 떨어지면요."

생명과 여름으로 가득한 울창한 나무 아래 펼쳐진 무성한 산책로가 그 모든 사연을 쓸어버린 듯했다. 자크는 마치 진공청소기처럼 그들 인생의 대부분을 훑고 지나갔다. 싸구려 카페와 배수로의 낙엽과 이리저리 헤매는 개 한 마리, 그리고 사람들에게 신문을 팔려고 하는, 사브르에 베인 흉터가 뺨에 있는 '상바스'라는 이름의 흑인 말고는 아무것도 없었다. 7월과 8월에 남은 것이라고는 그것뿐이었다.

데이비드는 자크에게서 뭘 원하는지 말하지 않았다.

"아마 안에 있을 겁니다." 르네가 제안하듯 말했다.

데이비드는 길을 건너갔다.

"저기, 르네." 앨라배마가 서둘러 말했다. "자크를 만나서 제가 못 간다고 전해주세요. 그 말만 하면 돼요. 저를 위해 해주시겠어요?"

르네의 꿈꾸는 듯한 열정적인 얼굴에 동정이 반짝 어렸다. 그는 앨라배마의 손을 잡고 입을 맞췄다.

"무척 유감입니다. 자크는 좋은 남자예요."

"당신도 좋은 남자예요, 르네."

자크는 다음 날 아침 해변에 나타나지 않았다.

"부인." 므시외 장이 그들에게 인사했다. "즐거운 여름 보내셨는지요?"

"정말 멋졌어요." 유모가 대답했다. "하지만 제 생각에 마담과 므시외께서는 조만간 여기서 충분히 지내셨다고 생각할 것 같아요."

"뭐, 계절도 곧 끝날 거니까요." 므시외 장이 철학적으로 논평하듯 말했다.

점심으로는 비둘기와 고무처럼 질긴 치즈가 나왔다. 하녀가 장부를 흔들어댔다. 유모는 말이 너무 많았다.

"여기서 보낸 여름이 정말 즐거웠다는 얘기는 꼭 해야겠어요." 유모가 말했다.

"난 여기 생활이 싫어요. 내일까지 우리 짐을 싸주시면 파리로 갈 겁니다." 데이비드가 험악하게 말했다.

"하지만 프랑스에는 고용인들에게 열흘 전에 해고를 통지해야 한다는 법이 있어요, 나이트 씨. 꼭 지켜야 하는 법이죠." 유모가 가르치듯 말했다.

"돈을 주고 말지. 2프랑이면 대통령도 살 수 있을 거 아닙니까, 이 치사한 유대인들!"

유모가 데이비드의 폭력적인 언사에 당황해서 웃었다. "그 액수라면 확실히 과태료로는 충분하겠네요."

"오늘 밤에 짐을 쌀게요. 나 산책 좀 할게." 앨라배마가 말했다.

그들의 저항은 빠르게 턴을 도는 춤을 추는 와중에 서로를 지탱하고자 노력하는 두 사람의 팽팽한 긴장감과 만나서 달라붙었다.

"아냐, 약속해, 데이비드. 유모를 데리고 같이 갈게."

그녀는 소나무 숲과 빌라 뒤의 큰길을 돌아다녔다. 다른 빌라들은 여름을 맞아 모두 사람이 묵고 있었다. 플라타너스들이 낙엽으로 도로를 덮었다. 이교도의 묘지 앞에 놓인 옥으로 만든 신들은 마치 집 안에서 모시는 신처럼 보여서 보크사이트로 만든 테라스에는 어울리지 않았다. 길은 편했는데 영국인들이 겨울에 걷기 좋도록 새로 깔려 있었다. 그들은 포도밭사이에 난 모랫길을 따라 걸었다. 짐마차가 다니는 길이었다. 태양은 빨간색과 보라색 피를 흘리며 죽어갔다. 짙은 색의 동맥혈이 포도 잎을 물들였다. 검은 구름이 수평으로 꼬여 있었고 땅은 예언의 빛 속에서 성경 속 풍경처럼 펼쳐졌다.

"프랑스 사람은 아내의 입에 절대 키스하지 않아요." 유모가 은밀한 어조로 말했다. "아내를 지나칠 정도로 존중하거든요."

너무 멀리까지 산책하는 바람에 앨라배마는 보니를 등에 업어 아이의 짧은 다리를 쉬게 했다.

"이랴, 이랴. 엄마, 왜 안 뛰어요?" 아이가 칭얼거렸다.

"쉬, 쉬, 쉬. 엄마는 구제역에 걸린 늙고 지친 말이란다, 아가야."

더운 벌판에 있던 한 농부가 음탕한 손짓을 하며 여자들을 불렀다. 유모는 겁에 질렸다.

"저게 상상이나 가세요, 부인? 우린 애까지 같이 있는 여자들인데? 나이트 씨에게 이 일은 꼭 말씀드리겠어요. 전쟁 이후로 세상이 안전하지가 않아요."

해 질 녘에 세네갈인들의 야영지에서 톰톰 북소리가 들렸다. 괴물을 방어하고자 조성한 매장지에서 망자들을 위해 행하는 의식이었다.

갈색 피부에 잘생긴 양치기 한 명이 빌라로 통하는 그루터기투성이 길을 따라 빽빽이 밀집한 양 떼를 몰고 갔다. 양들은 앨라배마와 유모와 아이 주위를 휩쓸듯이 움직이며 또닥거리는 발로 먼지를 피어 올렸다.

"저 무서워요(J'ai peur)." 유모가 목동에게 소리쳤다.

"우이." 목동이 다정하게 말했다. "겁먹었군요(Vous avez peur)!" 양치기는 쯧쯧대며 양들을 길 아래로 몰았다.

그들은 그 주가 끝날 때까지 생라파엘을 벗어나지 못했다. 앨라배마는 빌라에 머물면서 유모, 보니와 함께 산책했다.

폴레트 부인이 전화를 했다. 오후에 혹시 저를 보러 와주실 수 있나요? 데이비드는 가서 작별 인사를 해도 된다고 했다.

폴레트 부인이 그녀에게 자크가 보낸 사진과 긴 편지를 주었다.

"정말 유감이에요." 폴레트 부인이 말했다. "우리는 두 사람이 그렇게 진지한 관계였으리라고는 생각하지 못했어요. 그저 불장난이었을 줄만 알았는데."

앨라배마는 편지를 읽을 수 없었다. 프랑스어로 적혀 있던 것이다. 그녀는 편지를 잘게 찢어서는 항구의 검은 물에, 상하이와 마드리드, 콜롬비아와 포르투갈에서 오는 수많은 어선의 돛대 아래 흩뿌렸다. 마음이 아팠지만 사진도 찢어버렸다. 그 사진은 그녀가 살면서 가졌던 것 중 가장 아름다웠다. 간직한다 한들 무엇에 쓸 것인가? 자크 셰브르 푀유는 중국으로 가버렸다. 여름을 버틸 방법도 없었고, 점점 커지는 불협화음을 현 상태로 막아낼 수 있는 프랑스어 구절도 없었으며, 싸구려 프랑스 사진에서 구제할 희망도 없었다. 앨라배마가 자크에게서 원했던 것이 무엇이었건 간에 자크는 그걸 들고 가 중국에서 헛되이 써버렸다. 인생에서 원하는 걸 얻었다면, 얻을 수 있었다면, 나머지는 깨끗이 버리는 법이었다.

해변의 모래는 6월 그때처럼 새하얀 색이었고, 레몬 나무와 태양의 땅에서 온 나이트 가족을 그곳에서 뜯어낸 기차의 창밖으로 보는 하늘은 더없이 푸르렀다. 그들은 파리로 가고 있었다. 그들은 여행에 딱히 큰 신뢰가 없었고, 무대를 교체하는 것이 영혼의 질병에 대한 만병통치약이라는 점 역시도 별로 믿지 않았다. 그들은 그저 떠난다는 게 기쁠 따름이었다. 보니도 좋아했다. 아이들은 늘 새로운 것에 즐거워하며, 그 자체로 완전하다면 무엇에든 모든 것이 존재한다는 사실을 깨닫지 못한다. 여름과 사랑과 아름다움은 칸에서건 코네티컷에서건 똑같다. 데이비드는 앨라배마보다 나이가 많았다. 그는 첫 성공 이후 정말로 즐거운 마음을 느껴본 적이 없었다.

아무도 이게 누가 여는 파티인지 몰랐다. 파티는 몇 주째 이어지는 중이었다. 오늘 밤은 버틸 수 없겠다고 느껴서 집으로 돌아가 한숨 자고 난 뒤 돌아와보면 새로운 사람들의 무리가 파티의 불씨를 계속 살리느라 노력하고 있었다. 이 파티는 1927년 처음 프랑스로 흘러든 다수의 불안한 사람들과 더불어 시작된 것이 분명했다. 앨라배마와 데이비드는 5월에 합류했다. 환기가 되지 않아 교회의 행정실 냄새가 나는 파리의 아파트에서 끔찍한 겨울을 보내고 난 뒤였다. 겨울비로부터 몸을 꽁꽁 싸매 피신했던 그 아파트는 리비에라에서 묻어온 괴로움이라는 세균이 번식하는 데 최적의 장소였다. 창밖에는 눈앞의 회색 지붕이 펜싱 검을 슬쩍 휘두르듯 뒤편 회색 지붕을 깎아냈다. 지평선을 두 사람의 근심 위에 거대한 배양기 튜브처럼 드리워진 첨탑과 뾰족지붕으로 나누는, 뒤집힌 천상의 고딕풍 굴뚝 사이로 회색 하늘이 내려앉았다. 샹젤리제의 발코니를 그린 동판화와 개선문 주변 인도에 떨어지는 빗줄기만이 붉은 조명에 금박을 입힌 그들의 응접실에서 볼 수 있는 것들이었다. 데이비드는 센강의 좌안 알마 다리 너머 구역에 작업실을 마련했는데, 그곳에는 로코코 양식의 아파트 건물과 긴 가로수길 사이로 무채색 입구들이 원근감이라고는 없이 죽 늘어서 있었다.

그 작업실에서 데이비드는 몇 달이라는 시간과도, 더위와도, 추위와도, 휴일과도 유리된 채 가을에 대한 회고에 몰두했고, 그가 만들어낸 자장가의 재현부는 군중 규모의 엄청난 전위대를 살롱 데 앵데팡당●에 끌어들였다. 프레스코화가 완성되었다. 이 작품은 새로우면서도 보다 개인적인, 전시된 데이비드였다. 사람들은 리츠 바와 은행 로비에서 그의 이름을 들었고, 이는 사람들이 다른 곳에서도 그의 작품을 논한다는 증거였다. 그의 작품이 지닌 강철 같은 간결함은 심지어 실내 장식의 선에서도 느껴졌다. 장식 미술관은 그가 그린 회색 아네모네 때문에 그의 실내장식 그림을 따라 식당을 꾸몄고, 발레 뤼스●●는 〈진화〉라는 발레 작품에서 세상의 시작을 표현하기 위해 생라파엘의 바닷가에서 반짝이던 빛의 환영을 무대 장식으로 차용했다.

데이비드 나이트 부부라는 떠오르는 유행으로 인해 디키 액스턴이 지평선을 넘어 두 사람에게 상징적으로 날아와 번영하는 그들의 담벼락에 바빌론에서 온 메시지를 긁적였는데, 그 내용이 두 사람이 읽기 거북하지 않았다. 당시 그들은 새벽녘에 생제르맹 대로를 따라 피어 있는 라일락 향기와 블루 아워●●●의 값비싼 신비에 베일처럼 싸여 있는 콩코드 광장의 풍경에 파묻혀 있었다.

● 1884년부터 파리에서 열린 연례 전시회.

●● 러시아 안무가 세르주 댜길레프(1872~1929)가 1909년에 창단한 발레단.

●●● 동틀 녘과 해 질 녘에 하늘이 푸르스름해지는 시간.

전화벨이 울리고 또 울리면서 그들의 꿈을 살랑살랑 흔들어 창백한 발할라로, 에름농빌●로, 푹신한 호텔들의 천국 같은 여명의 통로로 보냈다. 두 사람이 서정적인 침대 속에서 세계의 유언장이 공증되는 꿈을 꾸며 잠들어 있을 때, 전화벨 소리가 마치 멀리 있는 굴렁쇠처럼 그들의 의식 위로 쏟아져 내렸다. 데이비드가 수화기를 붙들었다.

"여보세요. 네, 나이트 부부 맞습니다."

전화선을 타고 나온 디키의 목소리는 독단적인 자신감에서 속삭이는 감언이설로 미끄러지듯 흘러내렸다.

"저희 집 저녁 식사에 오셨으면 좋겠어요." 잇새에서 나오는 그 목소리는 마치 서커스 천막 꼭대기에서 내려온 곡예사 같았다. 디키의 활동 한계는 오직 도덕적이고 사회적이며 낭만적인 독립이라는 경계 앞에서만 그어져 있었고, 따라서 그녀의 행동반경이 작지 않다는 것쯤은 쉽게 상상할 수 있었다. 디키에게는 수족처럼 부릴 수 있는 사람들의 명단이, 정서적인 캐스팅 에이전시가 있었다. 무솔리니의 시대에, 또한 지나가는 등산객마다 산에서 설교를 해대는 이런 시대에 그녀의 존재는 전혀 놀랍지 않았다. 그녀는 총 300달러를 들여 이탈리아 귀족들의 손톱 밑에서 몇 세기에 걸친 역사적 침전물을 긁어내고는 마치 철갑상어의 알인 양 캔자스의 사교계 데뷔 여성들에게 넘겨주었다. 거기에 몇백 달러를 더 들여 전후 미

●　프랑스 북부의 마을.

국의 번영에 블룸즈버리와 파르나소스의 문을, 샹티이●의 입구를, 《귀족 연감》의 페이지를 열어젖혔다. 그녀가 벌인 무형의 상거래는 큰 뿌리 셀러리 속 유럽의 경계를 매끄럽게 드나들도록 해주었다. 스페인 사람, 쿠바 사람, 남미 사람, 심지어는 가끔 흑인마저도 마치 송로버섯 조각처럼 사회적 마요네즈 위를 떠다녔다. 나이트 부부는 '유명인'의 위계에서 무척 높은 위치에 오른 덕에 디키가 써먹을 재료가 된 것이었다.

"그렇게 우쭐할 필요는 없잖아." 데이비드의 열의 없는 덤덤한 모습에 앨라배마가 따지듯 말했다. "사람들은 다 언젠가는 운 좋은 일이 생겨. 아니면 예전에 좋은 일이 있었거나."

"그럼 가도록 하죠." 데이비드가 수화기에 대고 말했다.

앨라배마는 경험에 의거한 자세로 몸을 비틀었다. 늦은 오후의 귀족적인 햇살이 그녀와 데이비드가 단정치 못하게 엉켜 있는 침대 위로 초연히 퍼졌다.

"누가 날 찾는 건 무척 으쓱한 일이지만." 앨라배마가 화장실로 나아가며 말했다. "내 생각에는 누군가를 찾는 게 더 선견지명이 있는 것 같아."

데이비드는 자리에 누워 난폭하게 흐르는 물소리와 유리잔의 흔들림에 귀를 기울이고 있었다.

"또 다른 술자리!" 그가 소리쳤다. "나는 내 기본적인 원칙 없이도 잘 지낼 수 있지만 내 약점을 희생할 수는 없다는 걸 알

● 프랑스 북동쪽의 도시. 레이스 직물과 도자기로 유명하다.

아. 그게 뭔고 하니, 술자리에 대한 끝없는 탐욕이라 이거야."

"웨일스 공이 아프다는 얘기가 정확히 뭐였지?" 앨라배마가 화장실에서 소리쳤다.

"왜 사람 말할 때는 듣지 않는지 모르겠네." 데이비드가 삐딱하게 대꾸했다.

"나는 칫솔을 집어 들었을 때 말을 시작하는 사람들이 싫더라." 그녀가 맞섰다.

"이 침대 시트가 진짜로 내 발을 태우고 있다고 말했어."

"하지만 여기 술에 잿물은 들어 있지 않을 텐데." 앨라배마가 미심쩍은 듯 말했다. "신경증인 게 확실해. 혹시 새로 생긴 증상 있어?" 그녀가 시샘하듯 다그쳤다.

"잠을 하도 오랫동안 못 잤으니 환각이 보이지 않을까 싶어. 현실과 환각을 구분이나 할 수 있다면 말이야."

"가엾은 데이비드. 이제 우리 어쩌지?"

"모르겠네. 근데 진지하게 하는 얘긴데, 앨라배마." 데이비드가 생각에 잠겨 담배에 불을 붙였다. "내 작업이 점점 진부해지고 있어. 새로운 정서적 자극이 필요해."

앨라배마가 그를 싸늘하게 쳐다보았다.

"알겠어." 그녀는 자기가 프로방스의 그 여름에 누린 기쁨을 대가로 상처받을 수 있는 권리를 영원히 희생하고 말았다는 사실을 깨달았다. "《파리 헤럴드》에 실린 칼럼을 통해 베리 월● 씨의 행적을 좇아보는 건 어떨까." 그녀가 제안했다.

"아니면 명암 대조법에 질식해 죽어버리거나."

"데이비드, 자기가 **진짜로** 진지하게 하는 얘기라면, 나는 우리가 각자에게 간섭하지 않기로 했다는 사실을 서로 항상 이해해왔다고 생각해."

"가끔 말이지, 당신 얼굴은 스코틀랜드의 황야에서 길을 잃어버린 영혼 같아 보여." 데이비드가 생뚱맞은 이야기를 했다.

"물론 질투심은 우리 계산에서 전혀 고려된 적이 없지만 말이야." 그녀가 처음의 화제를 계속 따라가며 말했다.

"잠깐만, 앨라배마." 데이비드가 말을 끊었다. "나 지금 기분이 좋지 않거든. 너는 우리가 그쪽 사람들 수준에 이를 수 있다고 생각해?"

"나는 새 드레스를 자랑하고 싶어." 그녀가 단호하게 말했다.

"그리고 나는 입고 싶은 옛날 정장이 있지. 우리가 가면 안된다는 걸 너도 알잖아. 우리는 인류에 대한 우리 의무에 대해 생각해야 해." 앨라배마에게 의무란 그녀의 행복을 함정에 빠뜨리고 불구로 만들며 시간의 발목을 잡기 위해 문명이 설치한 계획이자 함정이었다.

"지금 설교하는 거야?"

"아냐, 그 여자 파티가 어떤지 알고 싶은 거지. 디키가 주최한 지난번 파티는 수백 명이 문 앞에서 돌아갈 정도였는데도 자선기금에 쓸 수익이 하나도 안 났거든. 다크네 공작부인이 아주 적절하게 귀띔을 해준 덕에 디키는 미국에서 석 달을

● 뉴욕 사교계의 명사인 이밴더 베리 윌(1861~1940). '멋쟁이들의 왕'으로 통했다.

보냈고."

"그 사람들도 다른 사람들과 똑같아. 너는 그냥 자리에 앉아서 피할 수 없는 일을 기다리면 돼. 그거야말로 절대로 일어나지 않는 일이겠지만."

데이비드와 앨라배마를 비롯한 6만 명의 미국인들을 사냥개도 없이 토끼를 사냥하듯 유럽 전역을 돌아다니도록 만든 전후의 무절제는 그 정점에 달해 있었다. 무언가를 공짜로 얻으리라는 드높은 희망과 무언가를 지불한들 어떤 것도 얻지 못하리라는 의기소침한 전망으로 벼려진 다모클레스의 검●은 5월 3일까지 거의 벽에 걸려 있기만 했다.

밤에도 미국인이 있었고, 낮에도 미국인이 있었으며, 은행에는 죄다 물건을 사려고 돈을 찾으러 온 미국인들뿐이었다. 대리석 로비가 미국인들로 가득했다.

레스피오트사는 장사에 필요한 꽃을 충분히는 만들지 못했다. 그들은 가죽과 고무와 치자나무 왁스로 한련을 만들고 실과 철사로 전추라를 만들었다. 어깨끈이라는 빈약한 토양에서 자라는 다년생식물과 허리띠 아래 비옥한 토양이 깔린 응달에 뚫어서 맬 수 있는 긴 줄기 달린 꽃다발은 거의 제작하지 않았다. 모자 제작자들은 튀일리궁에 있던 장난감 배의 돛

● 디오니시우스 1세가 머리 위에 한 올의 말총으로 매달아놓은 칼 밑에 자신의 권력을 부러워하며 아첨하는 신하 다모클레스를 앉히고 권력자의 운명이 그만큼 위험하다는 것을 보여준 데서 유래한 표현이다.

으로 모자를 조립했고 대담한 양재사들은 여름을 한 다발씩 팔았다. 헬레나 루빈스타인•과 도로시 그레이••의 짙은 크롬색 환상에 푹 빠진 여인들은 아름다움을 주조하는 공장으로 가서 머리카락에 색조를 넣고 신발에 밑창을 반만 덧대었다. 그들은 메뉴판에 있는 묘사적인 형용사를 웨이터에게 줄줄 읽어주고 나서 서로에게 '이 음식은 어떠세요?'와 '이것도 정말 좋지 않아요?' 같은 말을 하다가 남자들을 쫓아내고 마치 보이지 않는 오케스트라가 조율하듯 흥얼거리는, 상대적으로 조용해진 파리의 거리에서 정신없이 시간을 보냈다. 다른 해에 온 미국인들은 뇌이쉬르센과 파시에 깃과 커프스가 달린 맵시 있는 집을 구입하고는 제방을 구하려는 네덜란드 소년처럼 바크 거리의 틈새에 스스로를 쑤셔 넣었다. 무책임한 미국인들은 토요일마다 하인들을 망가진 대관람차에 태우는 등 돈이 많이 드는 기이한 일에 매달렸고 그런 일에 대해 재조정을 하도 많이 하다보니 포탱사의 현금 출납기에서 울리는 쨍그랑 소리처럼 계속 추가 비용이 달라붙었다. 아는 사람만 아는 모피 판매업자들이 프티샹 거리에서 몰래 거래하는 고객들의 주머니를 털었다. 사람들은 멀리 떨어진 곳을 찾아 돈을 펑펑 쓰며 택시를 탔다.

● 동명의 화장품 회사 창립자인 헬레나 루빈스타인(1872~1965). "못생긴 여자는 없다. 다만 게으른 여자가 있을 뿐이다"라는 말로 유명하다.

●● 1916년 창립된 미국 화장품 회사.

"미안한데 오래는 못 있어요. 그냥 인사나 하려고 들른 거예요." 사람들은 서로에게 이렇게 말하며 식사 자리를 거절했다. 그들은 베르사유궁의 레이스 커튼 같은 잔디밭에서 베로나식 페이스트리를 주문했고 나무들이 흰 가발을 쓰고 있는 퐁텐블로에서는 닭고기와 헤이즐넛을 주문했다. 원반처럼 펼쳐진 우산들이 쇼팽 왈츠의 부드럽고도 둥그렇게 끓어넘치는 기운과 더불어 교외의 테라스 위로 쏟아져 내렸다. 사람들은 저 멀리 침울하게 물이 뚝뚝 듣는 느릅나무, 유럽 지도처럼 생긴 느릅나무, 연초록색 모직처럼 끝이 닳은 느릅나무, 신 포도만큼이나 묵직한 송이처럼 생긴 느릅나무 밑에 앉았다. 그들은 대륙풍의 식욕으로 날씨를 주문하고 발굽 가격에 대한 켄타우로스의 불평에 귀를 기울였다. 차림표에는 중산층의 꽃이 만발했고 마로니에 열매에는 껑충하고 건축적인 꽃이 피었으며 포르투 와인과 같이하기 좋은 설탕을 뿌린 장미 봉오리도 있었다. 미국인들은 자신들이 어떤 사람들인지 슬쩍 암시했지만 항상 제시부처럼, 상상의 거울에서 연주되는 음악의 악보 맨 앞에 놓인 음자리표처럼 시작만 하다 끝냈다. 미국인들은 프랑스 학생들이 검은 옷을 입고 다닌다는 이유로 그들이 모두 고아라고 생각했으며 '냉담하다'라는 단어의 뜻을 몰랐던 일부 미국인들은 프랑스인들이 자기들을 미친 사람으로 생각하는 줄 알았다. 미국인들은 죄다 술을 마셨다. 단춧구멍에 빨간 리본을 꽂은 미국인들은《에클레뢰르》라는 신문을 읽었고 길가에서 음주를 했다. 경마에 돈을 건 미국인들은 계단 난간에서 술을 마셨고, 100만 달러가 있으며 호텔 안마사와 약혼 상태에 있는 미국인들은 뫼리스와 크리용의 객실에서 술을 마셨다. 또 다른 미국인들은 '갈증 때문에', '더위를 이기려고', '소화 좀 시키려고', '마음을 다스리고자' 몽마르트르에서 술을 마셨다. 그들은 프랑스인들이 자기들을 미쳤다고 생각한다는 사실을 반가워했다.

그해 승리의 성모 대성당 제단 위에서는 5만 프랑 이상의 꽃이 성공적으로 시들었다.

"무슨 일이 일어날 것 같기는 해." 데이비드가 말했다.

앨라배마는 다시는 아무 일도 일어나지 않길 바랐지만 지금은 그녀가 동의할 차례였다. 두 사람은 각자의 감정을 기다리는 데 있어 암묵적인 합의를 발전시켜왔는데, 이 합의는 금고 비밀번호의 속임수 조합처럼 거의 수학적일 정도였으며, 아마도 그러하리라는 상호 간의 추측에 의해 작동했다.

"내 말은." 데이비드가 계속 말했다. "만약 누군가가 나타나서 우리가 어떤 일에 대해 느꼈던 감정을 그 일이 우리에게 상기시켜준 감정으로 새삼 또 느끼게 해준다면, 우리에게도 기분 전환이 되지 않겠느냐는 거야."

"무슨 말인지 알겠어. 인생이란 게 리드미컬한 춤에서 감상적인 몸부림을 치는 것만큼이나 괴롭게 보이기 시작했다는 거네."

"그렇지. 항의라도 하고 싶은 심정이야. 너무 바빠서 작업이 제대로 안 될 정도라니까."

"엄마는 좋다고 말했어. 아빠도 좋다고 말했어"라는 노래 가사가 프랑스의 축음기 소유자들에게 들렸다. '에어리얼'은 책의 제목에서 지붕 위에 걸린 전선 세 가닥으로 바뀌었다. 그게 무슨 상관이겠는가? 에어리얼은 이미 신에서 신화로, 신화에서 셰익스피어로 이동•했고, 아무도 그 점을 신경 쓰지 않는 듯했다. 사람들은 여전히 그 단어, '에어리얼'을 알아보았다. 데이비드와 앨라배마는 거의 변화를 알아차리지 못했다.

두 사람은 마른사의 택시를 타고 파리 구석구석을 샅샅이 돌아보며 사람들의 이목을 충분히 끈 다음 조지 5세 호텔의 문 앞에 내렸다. 바에는 명랑한 위협의 분위기가 감돌았다. 피카비아•• 그림의 정신 나간 모사품들, 광기를 상업적으로 소화하고자 하는 시도의 결과인 검은 선과 얼룩들이 배 모양의 구획을 꽉 채우고 있다보니 좁은 공간에서 코르셋을 찬 듯 폐쇄되어 있다는 감각이 전해졌다. 바텐더는 젠체하며 파티의 상황을 살펴보고 있었다. 액스턴 양은 단골이었고, 늘 새로운 사람을 데려왔다. 디키 액스턴 양이군. 그는 알아보았다. 그녀는 파리 동역에서 연인을 총으로 쏜 그날 밤 그의 바에서 술을 마시고 있었다. 앨라배마와 데이비드만이 바텐더

• 셰익스피어의 《템페스트》에는 인간적인 성격을 부여받은 에어리얼이 영혼으로 등장한다. '신적인 존재'에서 '신화적인 인물'로, 마지막에는 '문화적인 캐릭터'로 의미가 축소되었다는 의미다.

•• 프랑스의 화가 프랑시스 피카비아(1879~1953).

가 그날 처음 본 사람들이었다.

"마드무아젤 액스턴께서는 그 어리석기 짝이 없는 사고의 충격에서 완전히 회복되셨는지?"

액스턴 양은 사람을 끌어당기는 날카로운 목소리로 회복되었다고, 진으로 만든 하이볼이나 당장 내놓으라고 단호하게 말했다. 액스턴 양의 머리카락은 통화 중에 멍하니 연필을 긁적인 것처럼 자라 있었다. 긴 다리는 발가락으로 우주의 가속기를 조심스럽게 누르는 양 앞으로 힘차게 쭉 뻗어 있었다. 사람들은 그녀가 흑인과 잠자리를 했다고 말했다. 바텐더는 그 말을 믿지 않았다. 그는 액스턴 양이 어디서 백인 신사들과, 가끔은 프로 권투 선수들과도 시간을 보냈을지 전혀 몰랐다.

더글러스 양은 또 다른 상대였다. 그녀는 영국인이었다. 그녀가 누구와 잤는지는 알 수 없었다. 심지어 그녀는 신문에도 나오지 않았다. 물론 그녀는 돈이 많았고, 그 점 때문에 누군가와 자는 문제에 훨씬 더 신중했다.

"늘 마시던 대로시죠, 마드무아젤?" 바텐더가 아첨하듯 미소를 지었다.

더글러스 양이 반투명한 두 눈을 떴다. 그녀는 칠흑 같은 세련됨의 정수였기에 그저 어두운 기품을 뿜어낼 뿐이었다. 창백하면서도 투명한 그녀는 오로지 그녀 자신의 몽환적인 자제력만을 교의로 삼아 이 지상에 굳게 닻을 내린 사람이었다.

"아니에요, 나의 친구, 오늘은 스카치와 소다를 주세요. 셰리 플립을 마시기에는 뱃속이 감당이 되지 않네요."

"계획이 하나 있어요." 액스턴 양이 말했다. "배 위에 백과 사전 여섯 권을 올려놓고 구구단을 외우는 거예요. 몇 주만 지나면 배가 쏙 들어가서 등에 달라붙을 정도가 되겠죠. 그런 다음 예전 같은 삶을 다시 시작하는 거예요."

"당연하죠." 더글러스 양이 팬에서 갓 구운 롤처럼 거들● 위로 튀어나온 살결의 그늘진 부분을 툭툭 치며 맞장구를 치 더니 "확실한 건 말이죠……"라고 말하며 몸을 기울여 액스 턴 양의 귀에 대고 무언가 들뜨게 말했다. 두 여자가 자지러 지게 소리를 질러댔다.

"실례합니다." 디키가 명랑하게 대화를 끝내고 화제를 돌렸 다. "영국에서는 이걸 하이볼에 넣어 먹던데요."

"저는 절대 안 그래요." 헤이스팅스 씨가 열의 없이 당혹스 러워하며 또박또박 말했다. "궤양을 앓고 난 뒤로 시금치만 먹다보니 그런 식으로 건강해 보이는 일은 피하게 됐죠."

"침울하고 편협한 식사군요." 디키가 음침한 표정으로 결론 을 내렸다.

"시금치를 계란과 같이 먹기도 하고 크루통과 같이 먹기도 합니다. 또 가끔은……"

"저기요." 디키가 말을 끊었다. "너무 그렇게 흥분하지 말고 요." 그런 다음 그녀는 덤덤한 어조로 자세히 설명했다. "제가 헤이스팅스 씨를 돌봐야 하거든요. 이분은 정신병원에서 막

● 허리를 조이고 아랫배를 눌러 몸매를 날씬하게 하는 여성 속옷.

퇴원했는데 예민해질 때는 축음기를 틀고 옷을 입거나 면도를 해야 해요. 그런 일이 있을 때마다 이웃들이 이분을 가두는 바람에 제가 조용히 시켜야 하죠."

"그거 정말 불편하겠군요." 데이비드가 중얼거렸다.

"정말 겁나는 일이죠. 스위스까지 그 음반을 다 싸 들고 가면서 여행을 하고 서른일곱 가지 언어로 시금치를 주문한다는 건요."

"분명 나이트 씨가 우리에게 젊음을 유지하는 법을 알려주실 수 있겠네요." 더글러스 양이 말했다. "다섯 살은 어려 보이세요."

"이분은 권위자셔." 디키가 말했다. "확실한 권위자시지."

"무엇에 대해서요?" 헤이스팅스가 미심쩍은 듯 물었다.

"올해 권위자들의 관심은 모두 여성에 쏠려 있죠." 디키가 말했다.

"러시아인에게 관심이 있나요, 나이트 씨?"

"오, 굉장히요. 우린 러시아인을 사랑해요." 앨라배마가 말했다. 그녀는 자기가 몇 시간 동안 한마디도 하지 않았고 이제야 자신이 뭔가 기대를 받고 있다는 느낌이 들었다.

"아뇨, 관심 없습니다." 데이비드가 말했다. "우리는 음악에 대해서는 아무것도 몰라요."

"지미는 유명한 작곡가가 될 사람이었어요." 디키가 탐욕스럽게 화제를 움켜잡았다. "하지만 기력을 떨어뜨리지 않으려고 대위법으로 열여섯 마디를 작곡할 때마다 술을 마셔야 했고, 그러다 방광이 터져버렸죠."

"성공하겠다고 몇몇 사람들이 하는 것처럼 나 자신을 희생할 수는 없어요." 헤이스팅스가 흠을 잡듯 말했다. 그 말투에는 마치 데이비드가 어느 정도는 스스로를 팔아먹었다는 의미가 배어 있었다.

"당연하죠. 그나저나 다들 당신을 알더군요. 방광 없는 남자로요."

앨라배마는 자기가 이룬 것이 없어서 내쳐지고 있다는 느낌이 들었다. 액스턴 양의 우아함과 스스로를 비교하자 그녀는 자기 몸의 과묵한 견고함이, 야만적이고 성긴 기능이 싫어졌다. 자기 팔을 보면 시베리아의 지선 철도가 떠올랐다. 실밥을 깔끔하게 제거한 더글러스 양의 드레스에 비해 그녀가 입고 있는 파투● 드레스는 솔기가 너무 크게 느껴졌다. 더글러스 양을 보면 그녀는 자기 네크라인에 차가운 크림이 묻은 듯한 느낌이 들었다. 앨라배마는 소금을 친 견과류 접시에 손가락을 집어넣으며 바텐더에게 "당신 같은 직업을 가진 사람들은 죽을 때까지 술을 마시겠네요"라며 울적하게 말했다.

"아닙니다, 마담. 확실히 맛있는 사이드카●●를 좋아하기는 했습니다만 그건 제가 이렇게 유명해지기 전의 일이지요."

바에 있던 사람들이 원통에서 구르다 나온 주사위처럼 파

● 프랑스의 디자이너 장 파투(1887~1936)가 1914년에 설립한 패션 하우스.

●● 브랜디와 레몬주스를 섞은 칵테일.

리의 밤으로 쏟아져 나왔다. 가로등의 분홍 불꽃이 가리비 모양으로 우거진 나무 윗부분들을 맑은 청동색으로 물들였다. 이 가로등 불빛이야말로 프랑스에 대한 언급이 나올 때 미국인들의 심장이 발작적으로 뛰는 이유 중 하나다. 그 불빛들은 우리 어린 시절의 서커스 불꽃과 똑같기 때문이다.

택시가 센강을 따라 이어진 대로를 달렸다. 달리고 방향을 틀면서 노트르담이라는 부서지기 쉬운 덩어리를, 강을 떠받치는 다리를, 빵 굽는 지역에서 흘러나오는 톡 쏘는 냄새를, 국무부의 노르만 양식 탑을, 빵 굽는 지역에서 흘러나오는 톡 쏘는 냄새를, 강을 떠받치는 다리를, 노트르담이라는 부서지기 쉬운 덩어리를 반복 재생 되는 뉴스 릴 화면처럼 오갔다.

생루이섬은 곰팡내 나는 안뜰에 둘러싸여 있다. 그곳으로 통하는 입구들에는 시니스터 킹사의 흑백 다이아몬드가 깔려 있고 창살이 창문을 가르고 있다. 동인도제도와 조지아인들이 섬 깊숙한 곳에 위치한 아파트 통로에서 시중을 든다.

그들이 디키의 집에 도착했을 때는 늦은 시각이었다.

디키가 아파트 문을 열어주며 말했다. "당신 남편에게 같은 화가인 가브리엘 지브를 소개해주고 싶어요. 가끔은 당신이 해야 할 일이겠죠. 아는 사람들이 있다면요."

"가브리엘 지브." 앨라배마가 따라 했다. "그분 이름 들어봤어요."

"가브리엘은 얼뜨기랍니다." 디키가 차분히 말을 이었다. "하지만 말을 걸 생각만 하지 않는다면 무척이나 매력적이에요."

"정말 가장 아름다운 몸을 갖고 있어요." 헤이스팅스가 거들었다. "하얀 대리석 같죠."

아파트는 황량했다. 테이블 한가운데에는 다 굳어 딱딱해진 스크램블드에그를 담은 접시 하나가 달랑 놓여 있었으며, 산호색 저녁용 망토가 의자를 장식하고 있었다.

"여기서 뭘 하세요(Qu'est-ce tu fais ici)?" 앨라배마와 디키가 편안한 장소를 찾아 지나갈 때 지브 양이 화장실 바닥에서 힘없이 말했다.

"저는 프랑스어를 못해요." 앨라배마가 대답했다.

지브 양의 긴 금발이 깎아지른 조각 같은 얼굴 주위로 흘러내렸다. 화장실 변기에 백금색 머리칼이 둥둥 떠다녔다. 표정은 마치 박제사의 가게에서 막 배달된 것처럼 순진했다.

"참 안타깝네요(Quelle dommage)." 그녀가 간결하게 말했다. 다이아몬드 스무 개로 만든 팔찌가 변기에 부딪히며 짤랑거렸다.

"나 참." 디키가 철학적으로 말했다. "가브리엘은 술에 취하면 영어를 못해요. 술이 이분을 지성인으로 만든다니까요."

앨라배마는 지브 양을 자세히 살펴보았다. 그녀는 스스로를 통째로 구입한 모양이었다.

"그리스도." 그 주정뱅이가 시무룩하게 혼잣말을 했다. "그리스도는 서기 400년에 태어났어. 그건 정말 대단히 유감스러운 일이야(etait né en quatre cent Anno Domini. C'etait vraiment très dommage)." 그녀는 무대장치 담당자처럼 무심하면서도 정확하게 정신을 가다듬으며 앨라배마의 얼굴을 회의적으로, 우화를 소재로 한 회화의 배경만큼이나 속을 꿰뚫어 보기 어려운 시선으로 빤히 바라보았다.

"술 깨야겠어." 지브 양의 얼굴에 놀라운 생동감이 순식간에 떠올랐다.

"확실히 그래야겠어요." 디키가 명령하듯 말했다. "저 바깥에 당신이 한 번도 만난 적 없는 종류의 남자가 당신을 만날 수 있다는 기대감에 끌려서 와 있거든요."

'화장실에서는 무슨 일이건 해결될 수 있어.' 앨라배마는 속으로 생각했다. '전쟁 이후 여자들에게 화장실은 도심의 클럽과 동등한 가치를 지닌 장소가 됐지.' 그녀는 나중에 이 얘기를 식탁에서 해야겠다고 생각했다.

"저 그냥 놔두고 가시면 알아서 씻을게요." 지브 양이 위엄 있게 제안했다.

디키가 마치 바닥 먼지를 모으는 하녀처럼 앨라배마를 쓸어내듯 얼른 방으로 데려갔다.

"우리 생각에는." 방에서는 헤이스팅스가 단정적인 투로 말하고 있었다. "인간관계 때문에 일을 하는 건 아무 소용없는 짓입니다."

헤이스팅스가 앨라배마를 비난하듯 돌아보았다. "근데 이 가상의 '우리'는 누구일까요?"

앨라배마는 뭐라 설명할 말이 없었다. 그녀가 지금이 화장실에 대한 자기 생각을 써먹어도 될 때인지 생각하고 있는데 지브 양이 문간에 나타났다.

"우리 천사 여러분!" 지브 양이 방 안을 둘러보며 소리쳤다.

그녀는 도자기 인형처럼 섬세하고 세련된 모습이었다. 그녀가 철퍼덕 앉아서는 구걸을 했다. 그녀는 하찮은 사람인 양 연기를 하며 본인의 허식을 세심하게 웃음거리로 삼았는데 몸짓과 손짓 하나하나가 나중에 계속 진행해서 완벽하게 가다듬으려고 구상해둔 코믹한 춤을 구현한 것 같았다. 그녀가 춤꾼이라는 건 분명했다. 그녀가 입은 옷은 그 매끄러운 몸매의 일부가 되지 못했다. 가운데 달린 줄만 당기면 지브 양을 발가벗길 수 있을 것이었다.

"지브 양!" 데이비드가 재빨리 말했다. "1920년 당시 당신에게 연애편지를 줄기차게 썼던 남자를 혹시 기억하는지요?"

설레는 두 눈이 그때의 광경을 멍하니 회상했다. "그러니까." 그녀가 말했다. "이분이 제가 만나야 할 분이군요. 그런데 제가 듣기로 당신은 아내와 사랑에 빠지셨다던데요."

데이비드가 웃음을 터뜨렸다. "모함입니다. 그게 탐탁지 않으신가봐요?"

지브 양은 엘리자베스 아든 회사의 향수와 술 취한 사람들 공통의 국제적인 키득거림 뒤편으로 물러섰다. "요즘은 분위기가 사람이라도 잡아먹을 기세네요." 그녀의 어조가 과장된 진지함으로 바뀌었다. 그녀의 성격은 마치 산들바람 속에서 쉼 없이 펄럭이는 분홍색 모슬린 천 더미처럼 생생했다.

"저는 11시에 춤을 춰요. 그러니 여러분께서 의향이 있으시다면 지금 저녁을 먹어야 해요. 파리는 진짜!" 그녀가 한숨을 쉬었다. "지난주부터는 4시 30분에 택시를 타고 있답니다."

길쭉한 가대식 탁자에 보이는 백 개의 은제 나이프와 포크가 간결한 입체파적 수신호를 통해 수백만 달러의 존재를 암시했다. 멋지게 헝클어진 머리들과 복화술사의 인형처럼 벌어진 채 촛불의 빛을 꿀꺽 삼키는 여자들의 진홍색 입들이 정신 나간 중세적 군주의 만찬 같은 특성을 저녁 식사에 부여했다. 미국인들의 목소리는 가끔 외국어를 휘둘러대며 광란 상태에 빠져들었다.

데이비드는 가브리엘에게 찰싹 달라붙어 있었다. 앨라배마의 귀에 그녀가 하는 말이 들렸다. "있잖아요, 이 수프에는 오드콜로뉴가 조금 더 필요한 것 같아요."

앨라배마는 저녁 식사 내내 지브 양의 말이 들릴 수밖에 없는 상황이었고, 그 사실 때문에 그녀는 자기 말을 하는 데 심각한 훼방을 받았다.

"저기." 앨라배마가 용기를 내 입을 열었다. "여성들에게 화장실은요……."

"정말 분통 터지는 일이에요. 우리를 속이려는 음모라고요." 지브 양의 목소리가 말했다. "그 사람들이 최음제를 더 사용했으면 좋겠어요."

"가브리엘." 디키가 소리쳤다. "전쟁 이후에 그런 약이 얼마나 비싸졌는지 정말 전혀 모르고 있군요."

테이블 위에서 빠르게 오가는 대화가 만들어내는 균형은

마치 빠르게 달리는 기차 창밖에서 세상을 내다보는 것 같은 착각이 들 정도였다. 의심을 가득 품은 심란한 눈길 아래로 장식용 음식을 담은 거대한 접시가 지나갔다.

"이 음식은." 헤이스팅스가 심술궂게 말했다. "디키가 지질 학자의 동굴에서 발견한 것과 비슷하게 생겼군요."

앨라배마는 그가 딱 적절한 순간에 삐딱하게 군다는 사실을 믿기로 했다. 그는 늘 약간 삐딱한 인간이기도 했다. 그녀가 한마디 해야겠다고 거의 마음을 먹었을 때 데이비드의 목소리가 파도에 밀려온 부목처럼 둥실 떠올랐다.

"어떤 남자가 제게 얘기해줬는데." 그는 가브리엘에게 말하고 있었다. "당신 몸 전체에 퍼져 있는 푸른 정맥이 그렇게 아름답다더군요."

"헤이스팅스 씨." 앨라배마가 굴하지 않고 말했다. "저는 누가 제게 영적인 정조대를 채워줬으면 좋겠다는 생각을 하고 있었어요."

영국에서 자란 헤이스팅스는 자기 음식에 전념하던 중이었다.

"파란색 아이스크림이라니!" 그가 경멸 조로 씩씩거렸다. "아무래도 뉴잉글랜드의 얼어붙은 피는 상속받은 개념과 획득된 전통 위에 세워진 현대 문명의 압력에 의해 이 세계에서 추출된 모양이군요."

앨라배마는 헤이스팅스가 절망적으로 자기 생각에 몰두하는 중이라는 원래의 전제로 되돌아갔다.

"사람들이 저와 식사할 때 음식을 가지고 스스로를 채찍질하지 말았으면 좋겠어요." 디키가 기분 나쁜 듯 말했다.

"나는 역사적 감각이 전혀 없어요! 나는 신앙이 없는 사람이라고!" 헤이스팅스가 소리쳤다. "당신이 무슨 소리를 하는지 모르겠어요!"

"신부님이 아프리카에 계실 때 일인데요." 더글러스 양이 끼어들었다. "사람들이 코끼리 뱃속으로 들어가서 손으로 내장을 꺼내 먹었대요. 최소한 피그미족은 그랬다는 거예요. 신부님이 사진도 찍었어요."

"그리고 그 남자가 또 말하길." 데이비드가 신이 나서 말했다. "당신 가슴이 대리석 색깔의 디저트 같다더군요. 제 짐작에는 블라망제• 같은 걸 얘기한 게 아닌가 싶은데."

"그것참 굉장한 경험이겠어요." 액스턴 양이 나른하게 하품했다. "교회에서는 자극을 추구하고 섹스에서는 금욕주의를 추구하다니."

저녁 식사가 끝나자 모인 사람들이 흩어졌다. 사람들은 커다란 거실에서 스스로의 생각에 몰두하며 이리저리 움직였는데 그 모습이 수술실에서 마스크를 쓰고 돌아다니는 관계자들 같았다. 본능적인 여성스러움이 암갈색 빛 속으로 퍼져 나갔다.

창문 너머 밤의 조명이 사파이어 병에 새겨진 별 조각처럼

• 우유에 과일 향을 넣고 푸딩처럼 만들어 차게 먹는 디저트의 일종.

작고 정교하게 반짝였다. 파티에 참석한 사람들의 정적 위로 거리의 고요한 소리가 솟아올랐다. 데이비드는 마치 레이스 무늬의 패턴을 엮는 것처럼 사람들 사이를 지나가면서 가브리엘의 어깨에 가장 중요한 핵심을 걸쳐놓았다.

앨라배마는 그 두 사람에게서 눈을 뗄 수 없었다. 가브리엘은 일종의 중심이었고, 그녀에게는 중심에만 존재할 수 있는 특정 방향으로의 흐름이 있었다. 그녀는 눈을 들어 마치 사근사근한 하얀 털의 페르시아고양이처럼 데이비드에게 두 눈을 깜박였다.

"나는 당신이 지금 옷 밑에 깜짝 놀랄 만한 소년 같은 무언가를 걸치고 있다는 상상을 하고 있어요." 데이비드의 목소리가 단조롭게 이어졌다. "속바지나 뭐, 그런 거 말이죠."

앨라배마의 내면에서 분노가 타올랐다. 그가 그녀의 아이디어를 훔쳤다. 지난여름 내내 속바지를 입고 다닌 건 그녀였는데.

"당신 남편은 유명해지기에는 너무 잘생겼어요." 액스턴 양이 말했다. "그건 불공평한 이점이죠."

앨라배마는 배가 아프다고 느꼈다. 통제가 가능하기는 했지만 대꾸하기는 너무 아팠다. 샴페인은 불결한 음료였다.

데이비드는 육식성 해양식물의 촉수처럼 자기 성격을 지브 양에게 여닫았다. 벽난로에 몸을 기대고 있는 디키와 더글러스 양에게서는 북극의 토템 폴*에서 느껴지는 기묘한 외로움이 넌지시 비쳤다. 헤이스팅스는 피아노를 너무 시끄럽게 연주했다. 그 소음이 사람들을 제각각 갈라놓았다.

초인종이 계속 울려댔다.

"우리를 발레 공연장으로 데려갈 택시군요." 디키가 안도의 한숨을 쉬었다.

"스트라빈스키●●가 지휘를 해요." 헤이스팅스가 말을 얹었다. 그러고는 "그자는 표절꾼이죠"라고 우울하게 덧붙였다.

"디키." 지브 양이 명령조로 말했다. "가실 때 저한테 열쇠 줄래요? 나이트 씨가 저를 '아카시아'까지 데려다주신대요. 물론, 그쪽이 신경을 쓰지 않으신다면……." 그녀는 그렇게 말하며 앨라배마에게 환하게 웃어 보였다.

"신경 쓴다고요? 제가 왜요?" 앨라배마가 불쾌한 듯 대답했다. 설사 가브리엘이 매력적이지 않은 여자였다 해도 그녀는 아무 신경 쓰지 않았을 것이다.

"모르겠네요. 저는 당신 남편과 사랑에 빠졌거든요. 그쪽이 상관하지 않는다면 저 남자를 제 것으로 만들어볼까 생각했어요. 물론 어쨌거나 그렇게 해볼 거긴 하지만요. 저 사람 정말 천사예요." 그녀가 키득거렸다. 선수를 쳐서 사과부터 하며 예상치 못한 실패가 벌어져도 덮어두려 하는 속마음이 전해지는 키득거림이었다.

헤이스팅스는 앨라배마가 코트 입는 걸 도와주었다. 앨라

● 토템의 상을 그리거나 조각한 기둥.

●● 러시아 출신의 미국 작곡가 스트라빈스키(1882~1971).

배마는 가브리엘에게 화가 났다. 그녀는 앨라배마를 세련되지 못한 여자로 느끼게 했다. 파티 참석자들은 자기 포장지 속으로 파고들었다.

강을 따라 늘어선 전등들이 메이폴 기둥에 매인 리본처럼 부드럽게 흔들렸다. 길모퉁이에서는 봄이 저 혼자 킬킬거리며 조용히 웃었다.

"하지만 정말 '머헛진' 밤이네요!" 헤이스팅스가 익살맞게 말했다.

"아이들에게 좋은 날씨네요."

누군가가 달 얘기를 꺼냈다.

"달이요?" 앨라배마가 경멸 조로 말했다. "그거 '파이브 앤드 텐'•에서 두 개 값으로 다섯 개를 살 수 있어요. 보름달이건 초승달이건."

"하지만 그가 그린 달은 특히나 멋지던데요, 마담. 특히 사물을 바라보는 방식이 정말 세련되었어요!"

아주 깊은 불만에 빠진 앨라배마가 돌이켜 생각해보니 그 시기의 박자는 전반적으로 볼 때 〈라 샤트〉••의 일부를 흥얼거리려 애쓰는 양 단속적이고 삐걱거렸다. 그때 이후 그녀가 감정적으로 마음을 둘 수 있던 유일한 지점은 그들 모두가 사실 중요하지 않은 인간이었다는 느낌과 그 수많은 여자가

• 10센트 이하의 저렴한 상품들을 파는 가게.
•• 1927년 초연한 발레 레퍼토리.

꽃이었다고, 꽃이자 디저트이자 사랑이자 흥분이자 열정이자 명성이었다고 뇌까리는 데이비드에 대한 실망뿐이었다. 생라파엘 이후 그녀는 자신의 모호한 우주를 돌게 해줄 수 있는 명백한 구심점을 갖지 못했다. 그녀는 건물을 세울 필요성이 점점 더 커지는 상황을 조사하는 기계공이 그러하듯 잡념을 치워버렸다.

일행은 샤틀레 극장에 늦게 도착했다. 디키는 몰록•으로 향하는 행렬을 이끌기라도 하듯 사람들을 서둘러 대리석 계단으로 모아서 밀어 올렸다.

무대 장식이 토성의 고리 형태로 가득 차 있었다. 티 하나 없는 늘씬한 다리들과 의식적으로 드러낸 늑골, 반복되는 리듬이 만들어내는 급작스러운 충격에 촉발된 가녀린 몸들의 부유하는 진동, 바이올린의 히스테릭한 연주, 이 모든 것이 성에 대한 고통스러운 추상적 개념으로 진화했다. 복음을 전도하는 지점에까지 이르는 육체적 의지에 종속된 인간의 몸이 가진 통렬함에 대한 호소가 앨라배마를 흥분시켰다. 그녀의 손이 축축해지면서 전율에 떨렸다. 화가 난 새가 날개를 퍼덕거리듯 심장이 뛰었다.

공연은 고급스러운 세련미가 돋보이는 느릿한 야상곡이 흐르며 마무리되었다. 오케스트라가 내는 마지막 선율이 그녀를 땅에서 들어 올리는 듯했고, 그녀는 전도된 흥분에 사로잡

• 고대 셈족이 섬기던 화신. 어린애를 불 속에 던져 제사를 지냈다.

했다. 그건 마치 데이비드가 기쁠 때 내는 웃음소리 같았다.

수많은 여자가 계단을 내려가면서 대리석 난간에 있는 매력적인 백발의 중요 인사들을 돌아보았다. 그 영향력 있는 남자들은 주머니에 들어 있는 물건들, 즉 은밀한 사생활과 열쇠를 짤랑거리며 좌우를 두리번거렸다.

"저기 공주가 있어요." 디키가 말했다. "우리가 데려가야 할까요? 예전에는 무척 유명했던 사람인데."

머리카락을 모두 밀어버린, 가고일● 처럼 커다란 귀를 가진 여성이 머리카락이 없는 멕시코인과 함께 로비를 위풍당당하게 지나갔다.

"여기 이 마담께서는 예전에 발레단 소속이었는데 남편이 무릎을 하도 혹사시키는 바람에 춤을 출 수 없게 되었답니다." 디키가 그 여성을 소개하며 말을 이었다.

"무릎이 골화된 지가 한참 되었답니다." 그녀가 애처롭게 말했다.

"어떻게 해내신 거예요?" 앨라배마가 숨도 안 쉬고 질문했다. "발레에는 어떻게 입문하셨어요? 어떻게 하면 중요한 무용수가 될 수 있죠?"

그 여성은 앨라배마를 구두닦이 같은 눈으로 부드럽게 응시했는데, 그 눈길은 비록 본인의 존재감이 희박하기는 해도 세상더러 자기를 잊지 말아달라고 애원하고 있었다.

● 교회 등의 건물에서 홈통 주둥이로 쓰는 괴물 석상.

"하지만 저는 발레에서 태어났는걸요." 앨라배마는 그녀의 그 말을 마치 인생에 대한 설명인 양 받아들였다.

어디로 갈지에 대해 수많은 의견이 엇갈렸다. 결국 사람들은 공주에 대한 경의의 표시로 러시아인이 운영하는 카바레를 선택했다. 몰락한 귀족의 목소리가 집시 기타의 유연한 음에 맞춰 구슬프게 울어젖혔고, 샴페인을 담은 양동이에서 병끼리 부딪치며 작게 나는 쨍그랑 소리가 쾌락의 지하 동굴에서 들릴 법한 음색으로 유령의 쇠사슬로 만든 채찍처럼 울려댔다. 차갑게 보관된 목과 목구멍들이 독사의 송곳니처럼 심령체의 빛을 꿰뚫었다. 회오리 같은 머리카락이 밤의 여울에서 소용돌이쳤다.

"부탁이에요, 마담." 앨라배마가 열렬히 매달렸다. "발레 선생님 누구에게든 편지 한 장 써주시지 않겠어요? 발레를 배울 수 있다면 정말 뭐든 다 할게요."

머리를 민 여성이 앨라배마를 알쏭달쏭한 표정으로 훑어보았다.

"뭐 하려요?" 그녀가 말했다. "힘든 삶이에요. 고생한다고요. 당신 남편이라면 확실히 알아봐줄 수 있을……."

"하지만 대체 왜 발레를 해야겠다는 거죠?" 헤이스팅스가 끼어들었다. "제가 '블랙 보텀'*을 가르치는 선생 주소를 알려드리죠. 물론 그 친구는 유색인이지만 그런 건 더 이상 아

● 1920년대 미국에서 유행한 흑인 엉덩이춤.

무도 신경 안 써요."

"나도 신경 안 써요." 더글러스 양이 말했다. "지난번에 흑인하고 데이트를 했는데 수표를 지불하려고 급사장에게 돈을 빌려야 했어요. 그때 이후로 중국인들과는 확실히 선을 그었죠."

"마담, 제가 너무 나이 들었다고 생각하세요?" 앨라배마가 끈질기게 물었다.

"네." 공주가 간단명료하게 대답했다.

"어쨌거나 그 사람들은 코카인으로 먹고살아요." 더글러스 양이 말했다.

"그리고 러시아의 악마들에게 기도하죠." 헤이스팅스가 덧붙였다.

"하지만 어떤 사람들은 현실의 삶을 살고 있다고 생각해요." 디키가 말했다.

"섹스는 참 형편없는 대체물이에요." 더글러스 양이 한숨을 쉬었다.

"무엇에 대한 대체물인데요?"

"당연히 섹스죠, 멍청이."

"제 생각에는." 놀랍게도 디키가 역성을 들었다. "발레가 앨라배마에게 딱 맞는 일이 될 것 같아요. 이분이 좀 특이하다는 얘기는 늘 들었거든요. 특이하다는 게 정신 나갔다는 소리가 아니라 약간 까다롭다는 거죠. 예술이 설명하게 될 거예요. 저는 정말로 당신이 발레를 해야 한다고 생각해요." 그녀가 단호하게 말했다. "그건 거의 화가와 결혼한 것만큼이나 이국적인 일이 되겠죠."

"'이국적'이라니, 그게 무슨 뜻이죠?"

"만사를 신경 쓰며 바쁘게 돌아다닌다면, 물론 저는 당신에 대해 거의 모르지만, 만약 **어쨌거나** 신경을 쓰며 살 거라면 춤이 자산이 될 거라고 생각해요. 파티가 지루해지면 몇 번 빙글빙글 돌기라도 할 수 있잖아요." 디키는 포크로 테이블보에 구멍을 뚫으면서 자기가 한 말을 시각적으로 보여주었다. "이렇게요!" 그러더니 열정적으로 말을 맺었다. "당신 모습이 보이네요!"

앨라배마는 바이올린 활 끝에 맞추어 온화하게 몸을 흔드는 자신의 모습을, 바이올린의 은빛 줄감개 위에서 회전하는 자신의 모습을, 과거의 확실한 환멸이 미래의 불확실한 기대감으로 바뀌는 모습을 그려보았다. 그녀는 명함과 신문과 전보와 사진이 테두리에 붙어 있는 탈의실 거울에 형태 없는 구름처럼 비치는 자기 모습을 상상했다. 그 상상 속에서 그녀는 전기 스위치와 흡연 표시로 가득한 돌로 된 복도를 걸으며 냉수기와 백합 꽃다발 무더기와 기울어진 의자에 앉은 남자를 지나 스텐실로 인쇄된 별이 붙어 있는 회색 문으로 갔다.

디키는 타고난 흥행사였다. "나는 당신이 할 수 있으리라 확신해요. 확실히 발레에 딱 맞는 몸이라니까요!"

앨라배마는 몰래 자기 몸을 살펴보았다. 등대처럼 뻣뻣한 몸이었다. "그럴 수도 있겠네요." 그녀가 중얼거렸다. 그 말이

깊이 잠수했다 수면으로 올라오는 수영 선수처럼 의기양양
하게 솟아올랐다.

"그럴 수도?" 디키가 확신에 찬 채 그 말을 따라 했다. "당신
몸을 카르티에에 팔면 황금 망사 스웨터를 살 수 있어요!"

"발레를 배우는 데 필요한 사람에게 보낼 편지를 누가 써
주실 수 있을까요?"

"내가 해줄게요, 자기야. 내가 파리에서 손에 넣을 수 없는
가입 자격은 없거든. 하지만 경고를 해둬야만 공정하겠죠. 천
국의 황금으로 된 거리는 발에 무리가 가요. 여행을 계획 중이
라면 크레이프 밑창이 있는 신발을 챙기는 게 좋을 거예요."

"알겠어요." 앨라배마가 주저 없이 동의했다. "밑창은 갈색
이겠네요. 배수로 때문에요. 제가 늘 듣기로는 별 가루가 하
얀 표면에 나타난대요."

"어리석은 약속이에요." 헤이스팅스가 불쑥 끼어들었다.
"남편 말로는 이분이 음치라던데!"

이 남자가 이렇게 투덜대게 된 사연이 분명 있을 것이었다.
아니면 아무 일도 없었을지 몰랐다. 여기 있는 사람들 모두
거의 앨라배마 본인만큼이나 불평이 많았다. 신경질을 부리
는 것과 돈 자랑 말고는 할 일이 없는 게 분명했다. 파리에는
제대로 된 터키풍 목욕탕조차도 없었으니까.

"**혼자서** 지금까지 뭘 하고 계셨나요?" 앨라배마가 말했다.

"전쟁에서 받은 메달을 권총 사격 연습용 표적으로 다 써버
리고 있었죠." 그가 신랄하게 대꾸했다.

헤이스팅스는 쭉 뽑아낸 당밀 사탕만큼이나 매끈한 몸에 피부는 갈색이었다. 그는 사람들을 실망시키고 도덕적 해적처럼 살아가는 애매모호한 무뢰한이었다. 수 세대에 걸친 아름다운 어머니들이 그에게 결코 소진되지 않는 성질머리를 부여해주었다. 그는 데이비드의 절반에도 못 미치는 사람이었다.

"알겠어요." 앨라배마가 말했다. "투우장은 오늘 문을 닫았어요. 투우사가 집에 앉아 회고록을 써야 했거든요. 삼천 명의 관중은 그 대신 영화관에 갈 수 있죠."

헤이스팅스는 앨라배마의 말투에 있는 신랄함 때문에 짜증이 났다.

"가브리엘이 데이비드를 빌렸다고 날 비난하면 안 되죠." 그가 말했다. 그녀의 얼굴에 떠오른 진지한 표정을 본 그가 유익한 말을 이어갔다. "내가 당신과 사랑을 나누기를 원하는 것 같지는 않네요?"

"오, 아니에요, 저는 괜찮아요. 순교하는 거 좋아하거든요."

작은 방이 연기로 숨이 막힐 듯했다. 힘찬 드럼 소리가 졸음에 빠진 새벽을 둘러싸고 공격했다. 다른 카바레에서 온 기도들이 아침 식사를 하러 흘러들었다.

앨라배마는 자리에 앉아 조용히 흥얼거렸다. "말들, 말들, 말들." 그 목소리는 마치 안개에 잠긴 바다로 나아가는 보트에서 흘러나오는 호각 소리 같았다.

"이건 내가 연 파티예요." 수표가 나오자 앨라배마가 고집을 부렸다. "오랫동안 돈을 내왔다고요."

"그런데 남편은 왜 초대하지 않았죠?" 헤이스팅스가 심술 궂게 말했다.

"빌어먹을." 앨라배마가 성을 냈다. "했어요. 그이가 오는 걸 오래전에 까먹은 거죠."

"당신을 보살필 사람이 필요하겠어요." 헤이스팅스가 진지 하게 말했다. "당신은 남자에게 속한 여자고 누구에게 지배를 당해야 하니까요. 아뇨, 진담이에요." 앨라배마가 웃기 시작 하자 그가 고집스럽게 말했다.

그가 지닌 태도의 근간에는 여자들이 업적처럼 심어놓은 허황된 기대, 스스로를 동화 속 인물처럼 여기도록 허용해주 는 바람에 양육된 그런 기대가 있었지만, 앨라배마는 그럼에 도 헤이스팅스가 왕자는 아니라는 결론을 내렸다.

"저는 그냥 제가 알아서 발레를 시작할 거예요." 앨라배마 가 키득거렸다. "미래를 준비하기 위해 공주와 디키하고 약속 도 잡았죠. 그사이 방향 없는 삶에 방향을 부여하는 일이 정 말 어렵네요."

"아이가 있죠. 그렇죠?" 그가 떠보듯 말했다.

"네." 그녀가 대답했다. "아기예요. 인생은 계속되는 거죠."

"이 파티 있잖아요." 디키가 말했다. "영원토록 이어진 파티 예요. 사람들이 전쟁 박물관 건립을 위해 수표에 앞다퉈 서명 을 하고 있죠."

"우리에게 필요한 건 파티에 새로운 피를 수혈하는 거예요."

"우리에게 필요한 것은요." 앨라배마가 서둘러 말했다. "좋은⋯⋯."

정박한 비행선의 느릿한 은빛 우아함을 담아 새벽이 방돔 광장에 내려앉았다. 아침이 되자 앨라배마와 헤이스팅스는 나이트 부부의 회색 아파트 안으로 지난밤 망토 주름에서 탈탈 떨어진 색종이 조각처럼 쏟아질 듯 들어갔다.

"데이비드가 집에 있을 줄 알았는데." 앨라배마가 침실을 살피며 말했다.

"난 그렇게 생각 안 했는데요." 헤이스팅스가 놀리듯 말했다. "왜냐하면 나, 그대의 신은, 유대인의 신이고 침례교의 신이며 가톨릭이 신이고⋯⋯."

'아주 오래오래 울고 싶어.' 앨라배마가 불현듯 깨달았다. 그녀는 응접실의 피로하고 답답한 분위기 속에서 무너지듯 주저앉았다. 훌쩍이며 몸을 떨던 그녀는 마침내 데이비드가 덥고 건조한 방 안으로 비틀비틀 들어올 때에도 고개를 들지 않았다. 앨라배마는 축축하게 젖은 수건처럼, 화려한 곤충이 남긴 투명하게 비치는 사체처럼 창틀 위에 널브러져 있었다.

"너 무섭게 화낼 줄 알았는데." 그가 말했다.

앨라배마는 아무 말도 하지 않았다.

"파티에서 밤새 놀다 들어온 거야." 데이비드가 활기차게 설명했다.

그녀는 데이비드가 더 번듯하게 보이도록 자기가 도울 수 있길 바랐다. 모든 것이 그렇게 품위 없어 보이지 않도록 뭐라도 할 수 있기를 바랐다. 삶이 쓸데없이 사치스러워 보였다.

"오, 데이비드." 앨라배마가 훌쩍였다. "나는 자기를 챙기기에는 너무 자존심이 강해. 자존심 때문에 내가 해야 할 일을 절반도 못 하는 것 같아."

"챙기긴 뭘 챙겨? 잘 놀다 온 거 아니었어?" 데이비드가 달래듯 웅얼거렸다.

"아무래도 앨라배마가 화를 내는 건 제가 저분을 다정하게 대해주지 않아서인 듯하군요." 헤이스팅스가 서둘러 빠져나가려고 하며 말했다. "어쨌든 괜찮으시다면 저는 이만 서둘러 가보겠습니다. 많이 늦었거든요."

아침 햇살이 창문을 뚫고 밝게 비추었다.

앨라배마는 아주 오랫동안 누운 채 흐느꼈다. 데이비드가 그녀의 어깨를 안아주었다. 그의 품에서는 농부의 산장에서 조용히 타오르는 모닥불의 연기처럼 따뜻하고 깨끗한 냄새가 났다.

"설명하려고 해봐야 소용없어." 그가 말했다.

"전혀 없지."

그녀는 일찍 찾아온 어스름 속에서 그를 바라보려 애썼다.

"자기야!" 그녀가 말했다. "나 그냥 네 주머니 속에서 살 수 있으면 좋겠어."

"자기야." 데이비드가 노곤하게 대답했다. "그러다 깜빡하고 꿰매지 않은 구멍으로 미끄러져 나가버려서 마을 이발사가 집까지 데려다주는 일이 생길 수도 있어. 적어도 내가 주머니에 여자들을 넣고 다니다가 겪은 바에 따르면 그래."

앨라배마는 데이비드의 코골이를 방지하는 데에는 그의 머리 아래에 베개를 놓는 편이 더 낫겠다고 생각했다. 그녀는 그가 마치 몇 분 전에 유모가 씻기고 빗질해준 작은 소년처럼 보인다고 생각했다. 남자들은, 그녀는 생각했다. 여자들처럼 행동이 곧 존재가 되는 게 아니라 자신들의 행동에 대한 저 나름의 철학적 해석에 매여 있는 듯했다.

"관심 없어." 앨라배마가 스스로를 설득하듯, 가장 솜씨 좋은 외과의가 감염된 맹장에 해줄 것으로 기대되는 수준으로 삶의 조직을 절개하는 것처럼 깔끔하게 말했다. 그녀는 유언장을 작성하는 사람처럼 머릿속 생각을 정리하면서, 그 와중에 스쳐 가는 감각들을 찰나에 쌓았다가 무너지며 채워지고 비워지는 자아의 범람 상태, 즉 현재에 넘겨주었다.

가볍게 죄를 저지르기에는 너무 늦은 아침이다. 태양은 티푸스균이 가득한 센강의 물속에 가라앉은 간밤의 송장들과 같이 몸을 씻는다. 시장의 수레는 퐁텐블로와 생클루로 돌아간 지 오래다. 병원에서는 일찍부터 수술이 이루어진다. 시테섬의 거주민들은 큰 그릇에, 야간 운전사들은 '유리컵'에 카페오레를 담아 마셨다. 파리의 요리사들은 쓰레기를 밖으로 내보내고 석탄을 안으로 들이며, 결핵에 걸린 수많은 사람이 축축한 땅 밑에서 지하철을 기다린다. 아이들은 에펠탑 주변 잔디밭에서 뛰어놀고 샹젤리제 거리에서는 둥실둥실 떠다니는 영국인 유모들의 하얀 베일과 프랑스인 유모들의 파란 베일이 모든 게 다 잘되고 있다는 소식을 펄럭펄럭 휘날린다. 나무 아래에서 세련된 여자들이 포르투 글라스에 얼굴을 비추며 화장을 고치는 동안, 파빌리옹 도핀 호텔은 러시아제 가죽 승마화의 삐걱거리는 소음들을 향해 이제 막 입구를 열어주고 있다. 나이트 집안의 하녀가 불로뉴 숲에서의 점심 식사에 늦지 않도록 주인 내외를 깨운다.

일어나려고 하자 앨라배마는 초조해지고, 소름이 끼쳤고, 불쾌한 기분을 느꼈다.

"더는 못 견디겠어." 그녀가 멍한 얼굴의 데이비드에게 비명을 질러댔다. "남자랑 자고 싶지도 않고 여자를 모방하고 싶지도 않아. 못 견디겠다고!"

"조심 좀 해, 앨라배마. 나 두통 있다고." 데이비드가 항변했다.

"조심 안 해! 점심 먹으러 안 나갈 거야! 작업실 가는 시간까지 계속 자겠어."

그녀의 두 눈이 광적인 단호함을 드러내는 불안정한 빛으로 반짝였다. 턱뼈 아래 하얀 삼각형 모양의 점들이 있었고 목 주변으로는 푸른 고리 모양의 자국이 있었다. 피부에서는 지난밤에 묻혀 온 지저분한 가루 냄새가 났다.

"앉아 있는 상태로 잘 수는 없잖아." 데이비드가 말했다.

"나는 내가 하고 싶은 대로 할 수 있어." 그녀가 말했다. "뭐든지! 내가 원한다면 깨어 있는 상태에서도 잘 수 있다고!"

단순함에 대해 느끼는 데이비드의 기쁨은 단순한 사람이라

면 결코 이해할 수 없을 정도로 복잡했다. 그 덕에 데이비드
는 수많은 논쟁에서 벗어나기도 했다.

"좋아." 그가 말했다. "내가 도와줄게."

전쟁을 겪어 죽음의 기운이 어린 사람들이 즐겨 하는 이야
기가 있다. 베르됭 주변의 벌판에서 외인부대 병사들이 무도
회를 열어 시체들과 춤을 추었다는 것이다. 반쯤 혼미한 상태
의 연회석에서 앨라배마가 유독한 필터를 계속해서 여과하
는 것이나, 절단된 다리가 욱신거리는 듯한 맥박을 이미 느끼
고 있을 때조차도 삶의 마법과 화려함을 고집스럽게 추구하
는 것이나 사악한 성격을 지니고 있기는 매한가지였다.

때로 여자들은 조용하고도 변함없는 박해의 교리를 공유하
고 있는 듯 보이는데, 이 교리는 심지어 여자 중 가장 세련된
이들에게조차 농부가 드러낼 법한 어물거리는 신랄함을 부
여한다. 데이비드의 세속적 지혜는 앨라배마에 비한다면 참
으로 심오해서 이 시대의 혼란 속에서도 강렬하고 조화롭게
빛이 났다.

"가엾은 여자 같으니라고." 데이비드가 말했다. "다 이해해.
영원히 빈둥거리며 기다리기만 하는 건 정말로 끔찍한 일이
겠지."

"아, 닥쳐!" 앨라배마가 불쾌해져서 대꾸했다. 그녀는 오랫
동안 침묵한 채 누워 있었다. "데이비드." 그녀가 날카롭게 말
했다.

"응."

"나는 지브 양의 하얀 대리석 피부에 흐르는 푸른 정맥만큼 이나 유명한 무용수가 되겠어."

"그래, 자기야." 데이비드는 자기 입장을 분명히 밝히지 않은 채 거기에 동조했다.

제3부

1

    슈만의 높은 포물선이 벽돌로 된 좁은 안뜰로 떨어지더니
붉은 벽에 부딪혀 튀어 오르며 크레센도로 짤랑거렸다. 앨라
배마는 올랭피아 음악당 무대 뒤의 우중충한 통로를 지나갔
다. 회색빛 어둠 속에서 금박이 벗겨지는 별이 달린 문 너머
로 라켈 메예르•의 이름이 어렴풋이 보였다. 곡예사들이 사
용하는 물품이 계단을 가로막고 있었다. 그녀는 무용수들이
수 세대 동안 통로로 사용하면서 약해지고 쪼개져 불안정해
진 계단을 일곱 단 걸어 올라가 연습실 문을 열었다. 벽의 푸
른 수국색과 북북 문질러 닦은 바닥이 에테르에 매달려 있는
풍선 바구니처럼 채광창에 걸려 있었다. 노력과 열망, 흥분,

• 스페인의 배우이자 가수 라켈 메예르(1888~1962).

단련, 그리고 압도적인 진지함이 널찍한 실내에 넘쳐흘렀다. 이 분위기의 정중앙에 근육질의 소녀 한 명이 쭉 뻗은 강인한 허벅지로 공간의 끝부분까지 휘감으며 서 있었다. 돌고 또 돌던 소녀가 짜릿한 나선의 전율을 낮고 정확한 체계를 가진 자장가 같은 분위기로 낮추더니 흥분이 가라앉지 않은 상태로 동작을 멈췄다. 소녀가 앨라배마에게 어색한 걸음으로 다가왔다.

"3시에 마담께 레슨을 받기로 했는데요." 앨라배마가 소녀에게 프랑스어로 말했다. "친구가 약속을 잡아줬어요."

"오고 계세요." 무용수의 어조에 비웃음이 슬쩍 배어 있었다. "준비는 되셨겠죠?"

앨라배마는 이 소녀가 평소에 세상 전체를 비웃고 지내는지 아니면 지금 앨라배마에게만 그러는지 판단이 서지 않았다. 어쩌면 스스로를 조롱하고 있는지도 몰랐다.

"춤은 오래 추셨나요?" 무용수가 물었다.

"아뇨, 이번이 첫 수업이에요."

"뭐, 우리 모두 한때는 초보였죠." 소녀가 관대하게 말했다.

소녀는 몸을 서너 번 눈부시게 회전하고는 대화를 끝냈다.

"이쪽으로 오세요." 소녀가 초보자에게는 관심이 없다는 티를 내며 말했다. 그녀는 앨라배마를 대기실로 데려갔다.

탈의실 벽을 따라 땀으로 빚어낸 긴 다리와 단단한 발과 검정 타이츠가 프로코피예프*와 소게,** 풀랑크***와 파아****의 압도적인 템포를 시각적으로 이미지화한 듯 줄줄이 걸려 있었다. 세안용 수건의 가장자리 아래 밝고 폭발적인 카네이션 색깔의 발레 스커트가 내던져져 있었다. 구석에는 마담의 하얀 블라우스와 주름진 스커트가 빛바랜 회색 커튼 뒤에 걸려 있었다. 방에서는 고된 노동의 냄새가 풀풀 풍겼다.

구리 선으로 짠 행주 같은 머리카락에 장난꾸러기 같은 자줏빛 얼굴을 한 폴란드 소녀가 밀짚으로 만든 상자에 허리를 굽혀 찢어진 악보를 분류하고 버려진 튜닉 더미를 정리하고 있었다. 불빛을 받은 토슈즈가 묘하게 흔들렸다. 폴란드 소녀가 누덕누덕한 베토벤 악보의 페이지를 넘기다가 빛바랜 사진 한 장을 발굴했다.

"이분 마담의 어머니 같은데." 폴란드 소녀가 앨라배마를 데리고 온 무용수에게 말했다.

무용수가 사진을 자기 것인 양 자세히 살폈다. 사진 속 여자도 발레리나였다.

"스텔라, 이분은 선생님 같은데. 젊었을 때 마담 말이야. 내가 가져야지!" 그녀가 독단적이고 제멋대로 웃었다. 그녀가 바로 이 연습실의 중심이었다.

"안 돼, 아리엔 잔례. 이 사진을 가질 사람은 나야."

● 러시아의 작곡가 세르주 프로코피예프(1891~1953).

●● 프랑스 작곡가 앙리 소게(1901~1989).

●●● 프랑스의 작곡가이자 피아니스트 프랑시스 풀랑크(1899~1963).

●●●● 스페인의 작곡가 마누엘 데 파야(1876~1946).

"사진 좀 봐도 될까요?" 앨라배마가 물었다.

"마담 본인이 확실해요."

아리엔이 앨라배마의 생각을 묵살하듯 어깨를 으쓱하며 사진을 건넸다. 그녀의 동작에는 연속성이 없었으며, 자기 몸을 세상을 놀라게 할 자세에서 또 다른, 마찬가지로 세상을 놀라게 할 자세로 몰아붙이는 발작적인 전기적 진동 사이에서 좀체 움직이지 못했다.

사진 속 두 눈은 둥글고 슬프고 러시아적이었으며, 본인 얼굴의 새하얗고 극적인 아름다움을 스스로가 몽환적으로 인식하고 있다는 사실이 그 얼굴에 무게감을, 또한 마치 영적인 의지에 따라 이목구비가 조립된 것 같은 목적의식을 부여했다. 이마에는 로마 전차병의 패션을 따르기라도 하는지 널찍한 금속 띠가 둘러져 있었다. 양손이 어깨 위에서 실험적인 자세를 취하고 있었다.

"아름답지 않은가요?" 스텔라가 물었다.

"미국적이지 않은 분은 아니네요." 앨라배마가 말했다.

그 여성을 보자 앨라배마는 조앤이 어렴풋이 떠올랐다. 러시아 겨울의 눈부신 광채처럼 빛나는 사진 속 얼굴에서 언니와 똑같은 투명한 분위기가 느껴졌던 것이다. 조앤이 맥없는 광채를 발하도록 소진시킨 것도 이와 비슷한 강렬한 열기였는지도 몰랐다.

소녀가 얼른 몸을 돌렸다. 누군가의 피곤한 발소리가 연습실을 주춤거리며 가로지르는 소리를 들었던 것이다.

"이 옛날 사진 어디서 찾았지?" 마담의 목소리가 민감하게 흔들렸다. 모르는 사람이 들었으면 사과라도 하는 줄 알 정도였다. 마담이 미소를 지었다. 그녀는 유머가 없지는 않았지만 새하얗고 신비로운 얼굴에 침투한 감정을 숨기는 사람도 아니었다.

"베토벤 악보에서요."

"예전에 저는 아파트에서 불을 끄고 베토벤을 연주했죠." 마담이 간결하게 말했다. "페트로그라드●에 있던 제 거실은 노란색이었고 늘 꽃으로 가득했답니다. 그때 저는 이렇게 중얼거렸어요. '너무 행복해. 이런 게 오래갈 리 없어.'" 그녀가 체념하듯 손을 내젓고는 앨라배마를 향해 도전적으로 눈을 치켜떴다.

"제 친구 말로는 춤을 추고 싶어 한다던데요. 왜죠? 친구도 있고 돈도 이미 있잖아요." 검은 눈동자가 어린아이처럼 솔직한 시선으로 움직이며 오케스트라의 은빛 트라이앵글만큼이나 헐겁고 각진 앨라배마의 몸을, 넓적한 견갑골과 길쭉하지만 거의 알아차리지 못할 정도의 오다리가 굵은 목에서 나오는 탄력 있는 힘에 의해 융합되고 제어되는 모습을 자세히 살폈다. 앨라배마의 몸은 마치 깃대 같았다.

"러시아 발레단 공연을 보러 갔는데요." 앨라배마가 자기 생각을 설명하려 했다. "그 공연이 제게…… 오, 모르겠어요!

● 러시아의 도시 '상트페테르부르크'의 옛 이름이다.

마치 제가 항상 다른 것에서 찾으려고 했던 모든 것을 담고 있는 공연 같았어요."

"무슨 공연을 보셨는데요?"

"〈라 샤트〉였어요, 마담. 저도 언젠가는 그 춤을 **반드시** 춰야겠어요!" 앨라배마가 충동적으로 말했다.

그녀의 검은 눈동자에 어려 있던 흥미로움이 희미하게 깜박이며 뒤로 멀어졌다. 그러더니 얼굴에서 표정이 사라졌다. 마담의 눈을 들여다본다는 것은 마치 반대편 끝에 회색 불빛이 반짝이고 있는 돌로 된 긴 터널을 걷는 것 같았고, 습기 찬 곡선 바닥 위로 뚝뚝 듣는 축축한 흙 사이를 맹목적으로 철벅거리며 지나가는 것 같았다.

"당신은 나이가 너무 많아요. 〈라 샤트〉는 아름다운 발레 작품이죠. 왜 이렇게 늦게 찾아왔나요?"

"전에는 몰랐거든요. 사느라 바빴어요."

"이제는 살 만큼 살았고요?"

"지겨울 정도로 충분히요." 앨라배마가 웃었다.

마담이 발레 용품들 사이를 조용히 돌아다녔다.

"어디 한번 보죠." 그녀가 말했다. "준비하세요."

앨라배마는 서둘러 옷을 갈아입었다. 스텔라가 앨라배마에게 토슈즈 끈을 발목 뒤쪽으로 묶어서 리본 매듭을 틈새로 감추는 법을 보여주었다.

"〈라 샤트〉 말인데요." 러시아인이 말했다.

"네?"

"당신은 그 춤을 출 수 없어요. 너무 큰 희망은 품지 말아야 해요."

마담의 머리 위에는 "거울에 손대지 마시오"라는 말이 프랑스어, 영어, 이탈리아어, 러시아어로 적힌 표지판이 있었다. 마담은 커다란 거울 쪽으로 등을 보인 채 서서 연습실 먼 구석자리까지 응시했다. 시작할 때 음악은 전혀 나오지 않았다.

"근육을 통제하는 법을 배우면 피아노 반주에 맞출 거예요." 마담이 설명했다. "지금 시작이 무척 늦었기 때문에 유일한 방법은 발을 놓는 걸 계속 생각하는 거예요. 언제나 이렇게 서 있어야 해요." 마담이 끝이 갈라진 새틴 토슈즈를 수평으로 벌렸다. "저녁마다 스트레칭을 오십 번 하셔야 하고요."

그녀가 바를 따라 긴 다리를 당기고 비틀었다. 애쓰는 앨라배마의 얼굴이 점점 빨개졌다. 마담은 앨라배마의 허벅지 근육을 문자 그대로 벗겨내고 있었다. 앨라배마는 고통으로 울부짖을 수도 있었다. 마담의 연기처럼 뿌연 눈빛과 입가의 붉은 흉터를 보면서 앨라배마는 그녀의 얼굴에 악의가 보인다고 생각했다. 그녀는 마담이 잔인한 여자라고 생각했다. 마담이 미웠고 심술궂다고 생각했다.

"쉬면 안 돼요." 마담이 말했다. "계속하세요."

앨라배마는 고통스럽게 팔다리를 찢었다. 러시아 여자는 앨라배마 혼자 지독히 힘들게 연습하도록 놔두고 갔다. 그러다 다시 나타나서는 거울 앞에 서서 무심한 태도로 분무기를 사용해 스스로에게 무언가를 뿌렸다.

"지쳤어요?" 그녀가 어깨 너머를 보며 냉담하게 말했다.

"네."

"하지만 멈추면 안 돼요."

잠시 뒤 마담이 바를 향해 다가왔다.

"어릴 때 러시아에서 이 동작을 매일 밤 사백 번씩 했어요." 그녀가 태연하게 말했다.

눈에 보이는 탱크에서 휘발유가 콸콸 흐르듯 앨라배마의 내면에서 분노가 솟아올랐다. 그녀는 이 경멸스러운 여자가 얼마나 자기에게 미움을 사고 있는지 알기를 바랐다. "저도 사백 번 할 거예요."

"다행인 건 미국인들은 운동을 잘한다는 사실이죠. 러시아 사람들보다 훨씬 소질이 있어요." 마담이 말했다. "하지만 안락함과 돈과 수많은 남편 때문에 자기 재능을 망치고 말아요. 오늘은 이 정도로 하죠. 오드콜로뉴 갖고 왔나요?"

앨라배마는 마담의 분무기에서 나오는 뿌연 액체로 몸을 문질렀다. 그녀는 탈의실로 들어온 수강생들의 혼란스러워하는 놀란 눈과 알몸 사이에서 옷을 갈아입었다. 소녀들이 러시아어로 즐겁게 재잘거렸다. 마담이 앨라배마에게 기다렸다가 발레 작품을 보고 가라고 권했다.

한 남자가 망가진 철제 의자에 앉아 스케치를 하고 있었다. 턱수염을 덥수룩하게 기른 극중 인물 두 명이 소녀 중 한 명을, 그러고는 다른 소녀를 손으로 가리켰다. 머리에 반다나를 두르고 검정 타이즈를 입은, 신화 속 해적 같은 얼굴을 한 소년이 발목으로 박자를 맞춰가며 공기를 가루처럼 빻았다.

발레 단원들이 신비스럽게 한데 모여들었다. 그들은 유혹적이리만치 오만하게 뒤쪽으로 즈테*를 펼치고, 무심히 파드샤를 하고, 자유분방한 수많은 피루엣**으로 소리 없는 아우성을 펼치고, 봄을 맞아 펼쳐진 러시아식 스트차이 속에서 격렬한 분노를 표출하다가, 부드럽게 쓸어가는 듯한 샤세로 평안을 찾았다. 아무도 입을 열지 않았다. 실내는 태풍의 눈처럼 차분했다.

"마음에 드나요?" 마담이 냉혹하게 물었다.

앨라배마의 얼굴이 뜨겁게 솟구쳐 오르는 부끄러움으로 새빨개졌다. 그녀는 수업 때문에 무척이나 피곤했다. 몸이 쑤시고 후들거렸다. 예술로서의 춤을 처음으로 엿본 경험이 새로운 세계를 열어젖혔다. "신성모독이야!" 그녀는 10년 전에 췄던 〈시간의 춤〉을 수치스러운 경험이었다고 생각했던 과거에, 겉멋을 부리며 낭비하고 만 과거에 대고 그렇게 소리치고 싶은 심정이었다. 문득 어린 시절 몸을 흔들며 도로 가장자리를 걷다가 공중으로 폴짝 뛰며 뒤꿈치를 딱 하고 부딪칠 때 느꼈던 고양감이 기억에 떠올랐다. 지금 이 기분은 그 오래전 잊힌 그 감정, 자기가 더는 이 지구에 머물 수 없다고 느꼈던 그 감정에 가까웠다.

● 발레에서 한 발로 뛰어올라 다른 발로 내려서는 동작.

●● 발레에서 한 발을 축으로 팽이처럼 도는 동작.

"**정말** 좋아요. 이게 뭐죠?"

마담이 돌아보았다. "제가 만든 발레예요. 서커스에 끼고
싶어 했던 아마추어에 대한 작품이죠." 그녀가 말했다. 앨라
배마는 자기가 저 흐릿한 호박색 눈동자를 어떻게 부드럽다
고 생각했는지 알 수 없었다. 두 눈이 그녀를 지독하게 비웃
고 있는 것 같았다. 마담이 계속 말했다. "내일 3시에 다시 연
습할 거예요."

앨라배마는 밤마다 엘리자베스 아든 회사의 근육 오일로
다리를 문질렀다. 무릎 위쪽 근육이 찢어진 곳에는 항상 푸른
멍이 들어 있었다. 목이 너무 말라서 처음에는 열이라도 있
나 싶어 체온을 재봤다가 열 따위 전혀 없다는 걸 알고 실망
하기도 했다. 그녀는 수영복 차림으로 루이 카토르즈 소파의
높은 등받이를 이용해 스트레칭을 해보려 했다. 몸이 늘 뻣뻣
했고, 고통 때문에 금박 꽃을 움켜쥐기도 했다. 잠을 잘 때 몇
주 동안 철제 침대의 바에 발을 고정하고 발가락을 바깥쪽으
로 고정했다. 레슨은 고생스러웠다.

한 달쯤 되자 앨라배마는 발레 자세로 혼자 서 있을 수 있
게 되었다. 까치발을 들어 몸무게를 지탱하고 척추의 곡선을
경주마의 고삐처럼 팽팽히 잡아당겼으며 어깨를 엉덩이에
납작하게 닿게 한다는 느낌이 들 때까지 아래로 눌렀다. 시간
은 학교 시계처럼 발작적으로 툭툭 끊어지듯 움직였다. 데이
비드는 그녀가 연습실에서 발레에 몰두한다는 사실을 기뻐
했다. 그 덕에 두 사람 모두 여가 시간을 파티로 낭비하는 일

이 줄었다. 앨라배마의 여가 시간은 삐걱거리는 근육통으로 점철되었기에 집에서 보내는 편이 나았다. 데이비드 역시 작업을 더 자유롭게 할 수 있었다. 그녀가 바빠지면서 시간을 내달라는 요구가 적어졌던 것이다.

밤이면 앨라배마는 지쳐서 꼼짝도 못 한 채 창가에 앉아 무용수로 성공하겠다는 열망에 사로잡히곤 했다. 그 목표에 도달하면 자기를 몰아붙이던 악마를 몰아낼 것 같았고, 스스로를 입증함으로써 오로지 자신에 대한 확신 속에서나 상상할 수 있던 평화를 얻을 것 같았고, 춤이라는 수단을 통해 감정을 통제하고 사랑이나 연민이나 행복을 뜻대로 불러낼 수 있으며 그러한 감정들이 흐를 통로를 마련할 수 있을 것 같았다. 앨라배마는 스스로를 무자비하게 몰아붙였고, 여름은 질질 끌듯이 이어졌다.

7월의 열기가 연습실의 채광창을 때렸고 마담은 공기 중에 소독제를 뿌렸다. 앨라배마가 입은 오건디 스커트에 먹여놓은 풀이 손에 달라붙었고 땀이 눈으로 흘러내려 앞이 보이지 않을 정도였다. 먼지가 숨이 막힐 정도로 자욱하게 바닥에서 솟아올랐고 눈부시게 강렬한 빛 때문에 검은색 거즈가 눈앞에 던져졌다. 이렇게 더위에 허덕일 때 마담이 제자의 발목에 손을 대는 건 무척이나 굴욕적인 일이었다. 인간의 몸은 무척이나 뻣뻣했다. 앨라배마는 스스로 훈련할 수 없는 자신의 무능이 미웠다. 어떻게든 해내는 법을 배우는 건 스스로와 필사적으로 게임을 하는 것과 같았다. "내 몸과 나 사이의 게임이지." 그녀는 그렇게 혼잣말을 하며 자기가 끔찍하게 패배했다고 생각했다. 일이 진행된 건 그런 식이었다. 어떤 무용수들은 목에 목욕용 수건을 둘러 핀으로 고정한 채 연습을 했다. 달궈진 지붕 아래가 정말 더워서 땀을 흡수할 수단이 필요했던 것이다. 태양이 곧장 머리 위 유리로 떨어지는 시간에 앨라배마의 레슨이 진행될 때는 거울이 붉은 폭염 속에서 헤엄치기도 했다. 음악도 없이 바트망●을 끝없이 하는 동안 앨라배마는 발을 움직이는 게 지겨워 죽을 지경이었다. 그녀는 대체 왜 자기가 레슨을 받으러 온 건지 궁금했다. 데이비드가 오후에 코른비슈에서 수영을 하자고 했는데. 남편과 같이 시원한 곳으로 떠나지 못했다는 사실 때문에 그녀는 마담에게 막연히 화가 났다. 앨라배마는 신혼 초의 그 태평스러운 행복이 되풀이되리라고는 믿지 않았고, 설사 그게 되풀이된다 해도 그들이 즐기는 건 이미 다 겪어서 단물이 빠진 경험이겠지만, 그럼에도 앨라배마가 행복에 대해 생각할 때 시각적으로 떠올릴 수 있는 최고의 견고한 즐거움은 그들이 누린 그 경험이었다.

"여기 집중해주세요." 마담이 말했다. "당신을 위한 춤이에요." 마담이 플로어를 가로지르며 간단한 아다지오●●의 동선을 그려 보였다.

● 발레에서 발을 힘차게 뻗었다가 다시 돌아오는 기초 동작.

●● 느리게 추는 발레 춤.

"못해요." 앨라배마가 말했다. 그녀는 되는대로 몸을 움직이기 시작하더니 러시아인이 움직인 길을 따라가보았다. 그러다 갑자기 동작을 멈췄다. "오, 하지만 아름다워요!" 앨라배마가 열광적으로 말했다.

발레의 여왕은 뒤를 돌아보지 않았다. "발레에는 아름다운 춤이 수없이 많죠." 그녀가 간단명료하게 말했다. "하지만 당신은 출 수 없어요. 아직은 말이죠."

레슨이 끝난 뒤 앨라배마는 흠뻑 젖은 옷을 접어 작은 여행 가방에 넣었다. 아리엔이 타이츠를 꽉 쥐어짜자 땀이 바닥에 비 오듯 쏟아졌다. 앨라배마는 양쪽 끝을 붙잡고 옷을 잡아 비틀었다. 춤을 배우려면 수없이 많은 땀을 흘려야 했다.

"한 달 정도 자리를 비울 거예요." 어느 토요일에 마담이 말했다. "그동안 여기서 잔레 양과 같이 계속 연습하세요. 제가 돌아올 때쯤에는 음악에 맞춰서 춤을 출 수 있는 실력이 되었으면 좋겠네요."

"그러면 월요일에는 레슨이 없나요?" 그녀는 연습실에 정말 많은 시간을 투자해서 이제는 연습실 없는 삶이 마치 갑자기 허공에 빠지는 것 같은 기분이 들 정도였다.

"잔레 양과 같이하세요."

앨라배마는 먼지 낀 안개 속으로 사라지는 선생님의 피곤해 보이는 모습을 보며 얼굴에 뜨겁기 그지없는 눈물이 주체할 수 없이 흘러내리는 걸 느꼈다. 그녀는 휴식을 얻을 수 있어 기뻐해야 했고, 자기도 당연히 기쁠 줄 알았다.

"울지 않아도 돼요." 잔레가 다정하게 말했다. "마담께서는 심장 문제 때문에 루아야•에 가보셔야 하거든요." 그녀가 앨라배마에게 부드럽게 미소를 지었다. "스텔라에게 당신 레슨 때 피아노를 연주하도록 바로 조치할게요." 그녀가 음모라도 꾸미는 듯 말했다.

그들은 8월의 더위를 뚫고 연습에 매진했다. 생쉴피스 성당의 작은 연못에서는 나뭇잎이 마르고 부식되었다. 샹젤리제는 휘발유 냄새 속에서 뭉근히 끓었다. 파리에는 아무도 없었다. 다들 그렇게 말했다. 튀일리궁의 분수는 더운 김을 내뿜었다. 여점원들은 소매를 걷어 올렸다. 앨라배마는 일주일에 두 번 연습실에 갔다. 보니는 유모의 친구들을 방문하러 브르타뉴에 가 있었다. 데이비드는 리츠 바에서 수많은 사람과 술을 마시며 도시가 텅 비었다는 사실을 그들과 함께 축하했다.

"왜 나랑 외출을 안 하려는 거야?" 그가 말했다.

"그랬다간 다음 날 연습을 못 하니까."

"발레를 잘하게 될 거라는 환상이라도 품은 거야?"

"그렇게는 생각 안 해. 하지만 이게 내가 유일하게 시도해볼 수 있는 길이야."

"우리에게 더 이상 가정생활이라는 게 없다고."

"어차피 너는 집에 들어오지도 않잖아. 나도 혼자 할 일이

● 온천으로 유명한 프랑스 중부의 소도시.

있어야지."

"흔해빠진 여자들의 징징거림이네. 나도 내 작업을 해야 한
다고."

"너 하자는 대로 할게."

"오늘 오후에 같이 안 나갈래?"

그들은 르부르제로 가서 비행기를 한 대 여대했다. 데이비
드는 떠나기 전에 브랜디를 하도 많이 마셔서 포르트 생드니
상공을 지날 때쯤에는 조종사에게 마르세유로 데려다달라고
부탁하고 있었다. 파리로 돌아왔을 때 데이비드는 앨라배마
에게 카페 릴라에서 나가자고 졸라댔다. "누구 아는 사람 찾
아서 저녁 먹자." 그가 말했다.

"데이비드, 솔직히 나 이제 못 하겠어. 술 마시면 몸이 아파.
이러다가는 저번처럼 모르핀을 맞아야 할 거야."

"어디 가?"

"연습실 가."

"나랑은 못 있겠다는 거냐고! 이럴 거면 아내가 있어봤자
뭐 해? 그냥 잠만 자고 말 여자라면 널리고 널렸는데……."

"남편이나 뭐 그런 건 있어봤자 뭐 해? 너는 갑자기 다 그
게 그거라는 걸 깨달았을 뿐이야. 그럼 된 거지."

택시가 캉봉 거리를 쌩하니 달렸다. 앨라배마는 울적한 기
분으로 계단을 올랐다. 아리엔이 기다리고 있었다.

"표정이 너무 슬퍼 보여요!" 그녀가 말했다.

"인생이란 슬픈 일이에요, 그렇죠? 가여운 앨라배마." 스텔

라가 말했다.

바에서 늘 하는 준비운동을 끝낸 뒤 앨라배마와 아리엔은 플로어 중앙으로 이동했다.

"뱅,• 스텔라."

슬픈 교태를 부리는 쇼팽의 마주르카가 건조한 공기 위로 납작하게 떨어졌다. 앨라배마는 아리엔이 마담의 정신 작용을 추적하는 모습을 지켜보았다. 그녀는 무척 땅딸막하고 지저분해 보였다. 그녀는 파리 오페라의 수석 무용수였고, 거의 최정상급이었다. 앨라배마는 남들에게 들리지 않게 훌쩍이기 시작했다.

"인생도 이쪽 분야만큼 힘들지는 않아요." 앨라배마가 헐떡이며 말했다.

"나 참." 아리엔이 무척 화가 난 듯 불쾌하게 웃었다. "여긴 '여학생 기숙사(pension de jeunes fille)'가 아니에요! 내 방식이 마음에 들지 않으면 본인 방식대로 스텝을 밟아보든가요." 그녀는 엉덩이에 두 손을 얹은 채 위압적이면서도 무덤덤하게 서 있었는데, 그 모습은 앨라배마가 스텝이라는 것이 존재한다는 걸 알고 있으면 그걸 해야 하는 의무도 부과된다는 사실을 넌지시 암시하는 듯했다. 누군가는 그 기술을 익혀야 한다는 분위기가 공기 중에 감돌았다. 아리엔이 그런 분위기를 만들었으니 아리엔이 하면 될 일인데.

• '좋아요'라는 뜻의 프랑스어.

"우리가 지금 이러는 건 당신을 위해서예요." 아리엔이 모질게 말했다.

"발이 아파요." 앨라배마가 뾰로통하게 말했다. "발톱이 나갔다고요."

"그럼 발톱을 더 단단하게 길러야죠. 시작할까요? 스텔라, 둘!"

파드부레●로 수 킬로미터를 움직이는 동안 앨라배마의 발가락이 수많은 암탉의 부리처럼 바닥을 쪼아댔다. 그렇게 수만 킬로미터를 움직이고 난 뒤에도 가슴을 흔들지 말고 나아가야 했다. 아리엔에게는 젖은 양털 냄새가 났다. 앨라배마는 몇 번이고 다시 시도했다. 그녀의 발목이 자꾸 돌아갔다. 머릿속이 발보다 빨리 움직이다보니 균형이 무너진 것이다. 앨라배마는 속임수를 하나 궁리했다. 앞서가는 몸의 움직임을 정신으로 끌어당겨야 했다. 그래야 스타일이라는 말로 알려져있는 어두운 품위와 노력의 경제성을 획득하는 것이었다.

"당신은 '베트'●●예요. **구제 불능**이라고요!" 아리엔이 날카롭게 말했다. "몸으로 할 수 있기 전에 머리로 이해부터 하려고 하잖아요."

마침내 앨라배마는 상반신을 바꿔 달린 흉상처럼 움직인다는 게 어떤 느낌인지 스스로 터득했다. 그녀의 파드부레는 마

● 발레에서 모이를 쪼는 새처럼 가볍고 잘게 발을 옮기는 동작.

●● '바보'라는 뜻의 프랑스어.

치 날아가는 새처럼 나아갔다. 그 동작을 하는 동안 그녀는 숨을 참을 필요가 거의 없었다.

데이비드가 춤에 대해 물었을 때 앨라배마는 우월한 태도를 취했다. 그녀는 자기가 파드부레를 설명하려 해도 그가 이해할 수 없을 거라는 느낌이 들었다. 그래도 해보기는 했다. 그녀의 설명은 죄다 "내 말 무슨 뜻인지 알겠지?"와 "이해 못하겠어?"로 가득했고, 데이비드는 짜증이 나서 그녀보고 신비주의자라고 했다.

"말로 표현이 안 되는 건 존재하지 않아." 데이비드가 화가 나 말했다.

"네게는 막연하겠지. 내겐 아주 분명해."

데이비드는 앨라배마가 자기 그림을 정말로 이해한 적은 있었는지 궁금해졌다. 예술이란 표현할 수 없는 것을 표현하는 게 아닌가? 표현할 수 없는 것이란, 설사 다양하다 할지라도 물리학의 미지수 X처럼 늘 동일한 것이 아닌가? 무엇이건 간에 나타낼 수야 있겠지만 동시에 실제로는 늘 X에 불과한 것이다.

마담은 9월의 가뭄이 이어질 때 돌아왔다.

"상당한 발전을 이루었네요." 그녀가 말했다. "하지만 당신에게 있는 미국적인 비속함을 제거해야 해요. 잠을 너무 많이 자는 게 분명하네요. 네 시간이면 충분해요."

"치료받고 좋아지셨나요?"

"그 사람들 저를 캐비닛에 집어넣더군요." 마담이 웃었다.

"누가 제 손을 잡고 있어줘야 그 안에서 버틸 수 있었죠. 휴식은 피곤한 사람에게 '코모드'●하지 않아요. 예술가에게는 좋지 않죠."

"여기도 여름 내내 캐비닛이었어요." 앨라배마가 사납게 말했다.

"아직도 〈라 샤트〉를 추고 싶나요, 가엾은 분?"

앨라배마가 웃었다. "선생님이 아시겠죠." 그녀가 말했다. "제가 언제쯤 되면 제 튀튀●●를 사도 충분할 정도로 실력이 늘까요?"

마담이 어깨를 으쓱했다. "지금이라고 안 될 건 또 뭐예요?"

"우선은 좋은 무용수가 되고 싶어요."

"열심히 연습하셔야 해요."

"하루에 네 시간 춰요."

"그건 과한데."

"그럼 어떻게 해야 무용수가 될 수 있죠?"

"누가 어떻게 해야 무엇이 될 수 있는지 나는 몰라요." 러시아 여성이 말했다.

"생조제프 성당에 촛불을 켤게요."

"그것도 도움이 될지 모르겠네요. 이왕이면 러시아 성자가

● '적합하다'라는 뜻의 프랑스어.

●● 발레를 할 때 입는 주름이 많이 잡힌 스커트.

낫겠어요."

더운 날씨가 마지막으로 기승을 부리던 며칠간 데이비드
와 앨라배마는 센강 좌안으로 이사를 했다. 잘게 나뉜 노란
색 문직• 비단으로 태피스트리 장식을 해놓은 그들의 새 아
파트에서는 생쉴피스 성당의 돔 지붕이 보였다. 나이 든 여자
들이 대성당 모퉁이의 응달에 모여 음모를 꾸몄고 장례식 종
이 끊임없이 울렸다. 광장에서 먹이를 먹는 비둘기들이 창턱
에 앉아 제 몸을 헝클어뜨렸다. 앨라배마는 밤바람을 맞으며
물기 어린 하늘을 향해 고개를 든 채 곰곰 생각에 잠겨 앉아
있었다. 피로가 쌓이면서 맥박이 어린 시절의 템포까지 느려
졌다. 그녀는 아버지 곁에 있던 어린 시절을 떠올렸다. 그 초
연한 거리감을 통해 그녀의 아버지는 스스로를 오류 없는 지
혜의 원천으로, 확신의 보금자리로 내보였다. 앨라배마는 아
버지를 신뢰할 수 있었다. 그녀는 데이비드가 겪는 불안이 꽤
싫었고, 데이비드의 안에서 자기 자신의 불안을 발견하는 것
도 싫었다. 그들이 겪은 공통된 경험이 두 사람으로 하여금
상호 간에 불행한 타협을 형성토록 이끌었다. 그게 문제였다.
그들은 서로에 대한 이해의 폭이 넓어지는 동안 이를 조정해
야 한다고 생각하지 않았기 때문에 자신들에게 필요했던 것
들을 변화가 아닌 타협의 형태로 마지못해 수용했다. 그들은
자신들이 완벽하다고 생각했고, 자만심에는 마음을 열었지만

• 무늬가 돋아 나오게 짠 피륙.

변화에는 그러지 못했다.

공기가 축축해지며 혼란스러운 가을이 찾아왔다. 그들은 이곳저곳을 방문하며 수족관 속에서 비늘을 반짝이는 물고기처럼 눈부시게 보석을 치장한 여자들 사이에서 저녁을 먹었다. 그들은 산책을 하러 나가고 택시를 타러 나갔다. 두 사람의 관계에 대한 불안감이 커지면서 앨라배마의 마음속에서는 발레를 계속해야겠다는 결심이 굳어졌다. '애티튜드와 아라베스크'●라는 베틀 위에서 자신의 골격을 잡아당기며, 그녀는 아버지의 힘과 데이비드와 함께했던 첫사랑 당시의 젊은 아름다움, 10대 시절의 행복한 망각과 따뜻이 보호받던 어린 시절로 마법의 망토를 엮어내고자 했다. 앨라배마는 많이 외로웠다.

데이비드는 사교적인 사람이었다. 그는 뻔질나게 외출했다. 두 사람의 삶은 최면적인 박동을 따라 움직였고 살인이라도 벌어지지 않는 이상 중요한 게 아무것도 없어 보였다. 그녀는 자기들이 누굴 죽일 일은 없으리라고 생각했다. 그랬다간 당국에 끌려갈 테니까. 그 외의 모든 건, 자크와 가브리엘이 그랬던 것처럼 죄다 허튼소리였다. 앨라배마는 신경 쓰지 않았다. 솔직히 말하면 외로움도 빌어먹게 알 바 아니었다. 세월이 지난 뒤, 그녀는 사람이 그 시절의 자기처럼 그토록

● 발레에서 '애티튜드'는 한 다리를 뒤로 구부린 자세, '아라베스크'는 한쪽 다리로 균형을 잡은 채 서 있는 동작이다.

피로할 수도 있었다는 사실에 놀라움을 금치 못했다.

보니의 프랑스인 입주 가정교사는 식사에 "그렇죠, 선생님 (N'est-ce pas, Monsieur)?"과 "적어도 저는 그렇게 생각했어요 (Du moins, j'aurais pensée)" 같은 독을 푸는 사람이었다. 그녀는 입을 벌린 채 음식을 씹었고, 앨라배마는 그때 보이는 충치에 낀 정어리 조각이 역겨워 죽을 지경이었다. 앨라배마는 황량해진 가을 안뜰을 내다보며 식사를 했다. 다른 가정교사를 구할 수도 있었지만 이런 긴장 상태에서 그랬다가는 무슨 일이 벌어질 게 분명했으므로 기다리기로 했다.

보니는 빠르게 커갔고 조제트와 클로딘과 학교 소녀들에 대한 일화로 가득 채워졌다. 어린이용 출판물을 구독했고 손가락 인형 놀이를 그만뒀으며 영어를 잊어버리기 시작했다. 부모와의 관계에서도 모종의 신중함이 또렷이 드러났다. 보니는 영어로 말하는 늙은 유모에게 무척이나 잘난 듯 굴었는데, 유모는 가정교사가 '소르티'● 하는 날이면 보니를 데리고 나갔다. 아파트에 코티의 로리강 향수 냄새가 진동하고 보니가 룸펠마이어 제과점의 스콘을 먹고 나서 얼굴에 뾰루지가 나던 신나는 나날이었다. 앨라배마는 보니가 스콘을 먹었다는 사실을 유모가 털어놓게 만들 수 없었다. 유모는 그 뾰루지는 원래 핏속에 있던 것이고 밖으로 나오는 편이 훨씬 낫다고, 그건 조상 대대로 물려받은 사악한 영을 퇴치했다는 점

● '외출'이라는 뜻의 프랑스어.

을 암시하는 것이라고 우겼다.

데이비드가 앨라배마에게 개 한 마리를 사줬다. 가족들은 녀석에게 '아다주'라는 이름을 붙였다. 하녀는 아다주를 '므시외'라고 불렀고 개가 얻어맞을 때마다 우는 바람에 아무도 그 짐승에게 대소변을 가리는 교육을 시킬 수 없었다. 가족들은 아다주를 아파트 주인의 직계가족을 사진처럼 빼다 박게 그린 초상화가 개의 배설물에서 나오는 유독한 연기를 통해 어렴풋이 보이는 손님방에 가두었다.

앨라배마는 데이비드가 안쓰러웠다. 그와 그녀는 마치 부유하던 시절 샀던 낡은 의복을 이리저리 고르며 역경의 겨울을 보내는 사람들 같았다. 그들은 서로에게 했던 말을 또 했다. 그녀는 그가 지겨워할 게 분명하다는 사실을 알면서도 예전에 했던 말을 거듭 되풀이했고, 그는 그녀가 벌이는 작은 쇼에 예의 그 기계적인 감상을 늘어놓으며 지겨워했다. 앨라배마는 스스로가 안쓰러웠다. 자기가 좋은 무대감독이라는 사실에 늘 자부심을 느꼈는데 말이다.

11월이 아침의 빛을 금빛 가루로 걸러내 파리에 드리우자 시간이 안정되면서 매일매일 종일 아침 같은 상태에 머물렀다. 앨라배마는 연습실의 회색빛 어둠 속에서 연습했고, 난방이 되지 않아 불편한 장소에서 무척이나 전문적인 무용수가 된 기분을 느꼈다. 소녀들은 앨라배마가 마담에게 사서 선물한 석유난로 곁에서 옷을 갈아입었다. 탈의실에서는 미약한 불길에 따스해진 토슈즈에서 풍기는 풀 냄새, 텁텁한 오드콜로뉴 냄새, 가난의 냄새가 났다. 마담이 늦자 무용수들은 베를렌●의 시 구절을 암송하며 를베●●를 백 번씩 하면서 제 몸을 덥혔다. 러시아인들 때문에 창문은 절대 열 수 없었는데 파블로바와 같이 연습하던 낭시와 메가 냄새 때문에 역겨워 죽겠다고 말했다. 메는 Y. W. C. A.에 살았으며 앨라배마가 차를 마시러 찾아와주길 바랐다. 같이 계단을 내려가는 동안 메가 앨라배마에게 자기는 더 이상 춤을 못 추겠다고, 정말 욕지기가 나온다고 했다.

"마담의 귀가 정말 불결해요." 그녀가 말했다. "진짜 역겹다고요."

마담은 메를 다른 사람들의 뒤에서 춤을 추도록 했다. 앨라배마는 메의 음흉함을 비웃었다.

마담의 연습실에는 하얀색 옷을 입고 나오는 마르그리트, 지저분한 고무줄이 달린 속옷을 입은 파니아, 백만장자와 살면서 벨벳 튜닉을 걸치고 다니는 아니스와 아나, 회색과 진홍색 옷을 입은 세자(사람들은 그녀가 유대인이라고 말했다)와 파란색 오건디를 입은 여러 사람, 접힌 피부 같은 살구색 천을 두른 깡마른 소녀들, 타냐(Tanya)라는 이름을 가진 다른 러시아인들과 다를 바 없는 타니아(Tanya) 세 사람, 하얀 옷을 입은 몸이 적나라하게 드러나 수영하는 소년처럼 보이는 소녀

● 프랑스의 시인 폴 베를렌(1844~1896).

●● 제자리에서 발끝으로 섰다가 내려오는 발레 동작.

들, 검은색 옷을 입은 성인 여성처럼 보이는 소녀들, 담자색 옷을 입은 미신을 믿는 소녀, 그 맥동하는 자이로스코프에서 모두의 눈을 부시게 하려고 체리색 옷을 입고 다니는 어머니가 옷을 입혀주는 소녀, 오페라 코미크에서 춤을 추고 수업이 끝나면 남편과 함께 호전적으로 사방을 휩쓸고 다니는 애처롭고 여성스럽게 여윈 체구의 마르트가 있었다.

아리엔 잔례가 대기실을 지배했다. 그녀는 벽 쪽으로 얼굴을 돌린 채 옷을 갈아입었고 몸을 닦기 전에 엄청나게 준비를 했으며 발가락 슬리퍼를 한꺼번에 오십 켤레씩 산 다음 일주일씩 신고 난 뒤 스텔라에게 줬다. 마담이 레슨을 할 때면 그녀가 소녀들을 조용히 시켰다. 그녀의 저속한 엉덩이가 앨라배마에게 불쾌감을 주었음에도 두 사람은 친한 친구였다. 앨라배마가 레슨이 끝난 뒤 올랭피아 아래 카페에 앉아 카프 코르스 와인을 탄산수에 섞어 매일 같이 마시는 사람도 바로 아리엔이었다. 아리엔은 앨라배마를 오페라 극장 무대 뒤로 데려갔는데 거기서는 무용수들이 무척 존중을 받았다. 아리엔은 점심을 먹으러 앨라배마를 찾아오기도 했다. 데이비드는 아리엔의 배짱을 싫어했는데, 그녀가 데이비드의 의견과 음주 습관에 대해 도덕적인 훈계를 하려 들었기 때문이다. 하지만 아리엔은 부르주아가 아니었다. 그녀는 소년 같은 말괄량이로 소방관과 군인에 대한 야한 농담과 성직자와 농부와 오쟁이 진 남편들을 소재로 한 몽마르트르의 노래에 통달한 사람이었다. 그녀는 거의 요정이나 다름없었지만 신고 있는 스타킹은 늘 구겨져 있었으며 말투는 설교 조였다.

아리엔이 앨라배마를 파블로바의 최신 공연에 데려갔다. 비어봄•의 만화에 나올 것처럼 생긴 남자 둘이 그들을 집으로 데려가주겠다고 제안했다. 아리엔은 거절했다.

"저 사람들 누구예요?" 앨라배마가 물었다.

"몰라요. 오페라 극장 후원자겠죠."

"만난 적도 없는 사람들하고 왜 얘기를 나눠요?"

"국립 오페라 극장 맨 앞 세 줄에 앉아 있는 후원자들은 만날 일이 없어요. 그 좌석은 전부 남성 전용이죠." 아리엔이 말했다. 그녀는 불로뉴의 숲 근처에서 남자 형제와 같이 살았다. 가끔은 탈의실에서 울기도 했다.

"참벨리••가 계속 〈코펠리아〉를 춰요!" 그녀는 그렇게 말하곤 했다. "당신은 인생이 얼마나 힘든지 모르죠, 앨라배마. 남편도 아이도 있으니까." 아리엔은 울고 나면 속눈썹에서 검은색 화장이 떨어져 나와 수채 물감처럼 덩어리로 말라붙었다. 그녀의 회색 눈동자 사이에는 탁 트인 데이지 평원만큼이나 순수해 보이는 영적인 공간이 열려 있었다.

"오, **아리엔!**" 마담이 열성적으로 말했다. "진짜 무용수가 나타났네! 아리엔이 울 때는 그냥 우는 게 아니지." 앨라배마의 얼굴은 피로로 창백해졌고 두 눈은 가을의 불에서 나는

● 영국의 작가이자 캐리커처 화가 맥스 비어봄(1872~1956).

●● 이탈리아의 발레리나 카를로타 참벨리(1875~1968).

연기처럼 머릿속으로 푹 꺼져 있었다.

아리엔은 앨라배마가 앙트르샤•를 익히도록 도와주었다.

"도약해서 내려온 다음에 쉬면 안 돼요." 그녀가 말했다. "다시 곧장 몸을 움직여야 해요. 그래야 첫 번째 도약에서 얻은 추진력으로 다음 도약까지 가는 거예요. 공이 튀는 것처럼."

"다, 다, 다!" 마담이 말했다. "아직 충분치 않아요." 마담을 충분히 기쁘게 하는 일이란 결코 없었다.

일요일이면 앨라배마와 데이비드는 늦잠을 잔 뒤 포요••나 집 근처 다른 곳에서 식사를 하곤 했다.

"우리 크리스마스에 찾아뵙겠다고 장모님과 약속했는데." 데이비드가 식사 중에 여러 번 그 얘기를 했다.

"그렇긴 한데 어떻게 해야 갈 수 있을지 모르겠어. 비용이 무척 많이 들고 파리에서의 너의 그림도 아직 안 끝났잖아."

"네가 너무 실망하지 않아서 다행이네. 나는 봄까지 작업하기로 결정했거든."

"보니 학교 문제도 있고. 지금 전학을 하면 창피한 일이 될 거야."

"그럼 부활절에 가자."

"그래."

앨라배마는 두 사람이 이렇게도 불행하게 지내는 파리를

● 발레에서 뛰어올랐을 때 발뒤축을 여러 번 교차하는 동작.

●● 당시 파리에 있던 고급 레스토랑.

떠나고 싶지 않았다. 스트차이와 피루엣 속에서 그녀의 영혼이 팽창하면서 그녀의 가족은 점점 더 멀게 느껴졌다.

스텔라가 연습실에 크리스마스 케이크를 들고 왔다. 마담에게는 노르망디의 삼촌에게서 받은 닭 두 마리를 선물했다. 스텔라의 삼촌은 더 이상 돈을 보낼 수 없다고 그녀에게 편지를 썼다. 1달러당 40프랑까지 하락했다는 것이었다. 스텔라는 악보를 베끼는 일로 먹고살았는데, 그 일 때문에 눈이 나빠졌고 굶주림도 나아지지 않았다. 그녀는 다락방에 살았고 외풍 때문에 부비강에 문제가 생겼지만 연습실에서 허송세월하는 일을 포기하지 않았다.

"폴란드인이 파리에서 뭘 할 수 있을까요?" 스텔라가 앨라배마에게 물었다. 누군들 파리에서 뭘 할 수 있을까? 주머니 사정이 나빠지면 국적은 크게 중요하지 않다.

마담이 스텔라에게 콘서트에서 음악가의 악보를 넘겨주는 일을 주선해줬고, 앨라배마는 토슈즈가 미끄러지지 않도록 끝부분을 실로 꿰매주는 대가로 10프랑을 줬다.

크리스마스에 마담은 모두에게 양쪽 볼에 입맞춤을 해주었고, 사람들은 스텔라가 가져온 케이크를 먹었다. 자신의 아파트에서 크리스마스를 보냈어도 딱 이랬겠지만 앨라배마는 아무 느낌도 들지 않았다. 집에서 보내는 크리스마스에 전혀 관심이 없어서였다.

아리엔은 보니에게 값비싼 주방 용품을 선물로 보냈다. 앨라배마는 자기 친구가 이걸 사려고 돈이 얼마나 필요했을지 생각하자 감동을 받았다. 다들 돈이라고는 한 푼도 없었다.

"레슨 포기해야 할까봐요." 아리엔이 말했다. "오페라 극장의 그 돼지들은 우리에게 한 달에 1000프랑을 줘요. 그 돈으로는 못 살죠."

앨라배마는 마담을 저녁 식사에 초대하고 같이 발레 공연을 보러 갔다. 창백한 녹색 이브닝드레스를 입은 마담은 무척이나 하얗고 연약했다. 그녀의 눈은 무대에 고정되어 있었다. 자기 학생들이 〈백조의 호수〉를 추고 있었다. 앨라배마는 마담이 체로 친 듯 새하얗게 흐르는 발레의 물결을 바라보는 동안 그녀의 그 유교적인 노란색 눈동자 뒤로 무슨 생각이 지나갔는지 궁금했다.

"요즘은 동작이 너무 작아요." 마담이 말했다. "내가 춤을 췄을 때는 규모가 달랐죠."

앨라배마는 믿을 수 없다는 표정이었다. "그 무용수, 푸에테●를 스물네 번 했잖아요." 그녀가 말했다. "그 이상 뭘 할 수 있다는 거죠?" 그 광기 어린 복잡한 회전 동작 속에서 무용수가 가진 강철 같은 천상의 육체가 격렬하게 꺾이고 확 비틀리는 광경을 보는 건 앨라배마에게는 신체적인 아픔을 가져오는 일이었다.

"그 사람들이 뭘 할 수 있을지는 모르죠. 그저 저는 다르게

● 발레에서 한 발로 다른 다리를 차는 듯한 느낌이 들게 빠르게 움직이며 도는 동작.

했다는 걸 알고 있을 뿐이에요." 예술가가 말했다. "훨씬 더 낫게요."

마담은 공연이 끝난 뒤 소녀들에게 축하의 말을 해주러 분장실에 가지 않았다. 그녀와 앨라배마와 데이비드는 러시아 카바레로 갔다. 그들이 앉은 옆 테이블에서는 에르낭다라가 샴페인 잔으로 만든 피라미드 맨 위 잔에 술을 부어 잔들을 가득 채우려 하고 있었다. 데이비드가 거기에 합류했다. 두 남자는 노래를 부르고 댄스 플로어 위에서 섀도복싱을 했다. 앨라배마는 창피했고 마담의 기분이 상할까봐 두려웠다.

하지만 마담은 다른 러시아인들이 다 그렇듯 공주였다.

"강아지들이 노는 것 같네요." 마담이 말했다. "놔두세요. 귀엽네."

"귀여운 건 작업하는 모습뿐이죠." 앨라배마가 말했다. "그거 말고 다른 귀여운 게 있어도 최소한 저는 다 잊어버렸어요."

"여유가 있을 때 스스로를 즐겁게 해주는 건 좋은 일이에요." 마담이 추억에 잠긴 말투로 말했다. "스페인에 있을 때는 발레 공연이 끝나면 레드 와인을 마셨죠. 러시아에서는 늘 샴페인이었고요."

카바레의 푸른 조명과 철제 그릴 속 붉은 램프에 비친 마담의 피부는 얼음 궁전 위에 떠오른 북극의 태양 같은 빛을 발했다. 그녀는 술을 많이 마시지는 않았지만 캐비아를 주문했고 줄담배를 피웠다. 마담의 드레스는 싸구려였다. 그 사실이 앨라배마를 슬프게 했다. 전성기에는 그렇게도 위대한 무용수였는데. 전쟁이 끝난 뒤 그녀는 발레를 그만두고 싶었지만 돈이 한 푼도 없었고 아들은 소르본 대학에 진학했다. 그녀의 남편은 시동 부대● 시절의 꿈을 먹고 살면서 씁쓸한 귀족의 환영 말고는 아무것도 남지 않을 때까지 추억으로 자신의 갈증을 달랬다. 러시아인들! 호연지기를 젖 삼아 빨아먹고 혁명의 빵으로 젖을 뗀 그들이 파리에 출몰하고 있다! 파리에는 온갖 것이 출몰한다. 파리는 시달리고 있다.

유모가 보니의 크리스마스트리를 보러 왔고, 데이비드의 몇몇 친구도 그렇게 했다. 앨라배마는 미국에서의 크리스마스를 무덤덤하게 떠올렸다. 앨라배마주에서는 크리스마스트리에 달 수 있는 조그만 설탕 집 같은 걸 팔지 않았다. 파리에서는 꽃집에 크리스마스용 라일락이 넘쳐났고 비도 내렸다. 앨라배마는 꽃을 연습실에 가져갔다.

마담은 좋아서 어쩔 줄을 몰랐다.

"어릴 때는 꽃을 사는 데 무척 인색했어요." 마담이 말했다. "저는 들꽃을 좋아했고 그걸 모아서 꽃다발과 부토니에르●●를 만들어서 아버지의 집에 오시는 손님들께 드렸죠." 이 위대한 무용수의 과거 속 그런 사소한 일이 앨라배마에게는 매혹적이고 가슴 저미게 느껴졌다.

봄이 될 무렵 앨라배마는 목재 조각 속 선박처럼 볼록 튀어

● 제정 러시아 시절의 귀족 사관학교.

●● 단춧구멍에 꽂는 꽃.

나온 흑인 같은 자기 엉덩이가 가지고 있는 힘에 대해 기꺼이, 흉포하게 자부심을 품었다. 육체를 완전히 통제할 수 있게 되자 그녀는 자기 몸에 대한 온갖 악취 나는 자의식에서 해방되었다.

소녀들은 지저분한 옷을 밖으로 가지고 나가 빨았다. 카퓌신 거리에서는 다시 열기가 배양되고 있었고 올랭피아에서는 또 다른 곡예단이 공연을 했다. 엷은 햇살이 연습실 바닥에 창백한 기념패를 내려놓았고 앨라배마는 베토벤의 곡을 하는 수준까지 올라갔다. 그녀와 아리엔은 바람 부는 거리에서 장난을 쳤고 연습실에서 야단법석을 떨었으며, 앨라배마는 무아지경으로 연습에 빠져들었다. 밖에서 그녀가 취하고 있는 자세는 마치 전날 밤에 꾼 꿈을 아침에 기억하려 애쓰는 듯했다.

2

"오십일, 오십이, 오십삼…… 그런데 제가 말씀드리잖아요. 므시외, 전할 말이 있으면 제게 주셔야 한다고요. 제가 마담의 고문 역할을 하고 있다니까요. 오십사, 오십오……."

헤이스팅스는 숨을 헐떡이고 있는 그 몸을 싸늘한 시선으로 바라보았다. 스텔라는 기술적으로 매혹적인 자세에 빠져들었다. 그녀는 마담이 바로 이렇게 하는 모습을 자주 보았다. 그녀는 마치 자신이 치명적인 비밀을 쥐고 있기라도 한 듯 그의 얼굴을 바라보며 수수께끼에 대한 실마리를 얻기 위해 그가 무슨 신청을 넣을지 기다렸다. 바트망을 섬세하고 훌륭하게 성공했다. 그날 오후 그녀는 일찍부터 무척이나 '레쇼페'• 상태에 도달해 있었다.

"제가 만나고 싶은 분은 데이비드 나이트 씨의 부인입니다." 헤이스팅스가 말했다.

"우리 앨라배마 말씀이군요! 조금 있다 확실히 올 거예요. 아주 사랑스러운 사람이죠. 앨라배마는." 스텔라가 정답게 말했다.

"나이트 씨 아파트에는 아무도 없었어요. 사람들이 여기로 가보라더군요." 헤이스팅스의 두 눈이 무슨 착오라도 있는 게 분명하다는 듯 미심쩍게 여기저기를 둘러보았다.

"오, 앨라배마!" 스텔라가 말했다. "앨라배마는 늘 여기 있어요. 그냥 기다리기만 하시면 돼요. 그럼 므시외, 실례가 안 된다면……."

오십칠, 오십팔, 오십구. 삼백팔십 번째 바트망에서 헤이스팅스는 자리를 뜨려고 일어섰다. 스텔라는 돌고래처럼 땀을 뻘뻘 흘리고 숨을 몰아쉬며 자기가 스스로에게 부과한 이 바 연습이 너무 어려워서 싫어 죽겠다는 듯 굴었다. 그녀는 마치 헤이스팅스가 구입하고 싶어 할 만한 미모의 갤리선 노예인

● '고양된'이란 뜻의 프랑스어.

척했다.

"제가 왔었다고만 전해주세요. 그래주시겠어요?" 그가 말했다.

"그럼요, 왔다가 가셨다는 얘기도 전할게요. 제가 줄 수 있는 춤이 므시외에게는 그다지 흥미롭지 않다는 사실이 유감이네요. 5시에 수업이 있는데 므시외가 생각이 있으시면……."

"그래요, 제가 갔다는 말도 꼭 해주세요." 그가 주위를 불쾌한 듯 둘러보았다. "어쨌든 앨라배마가 파티에 낼 시간은 없을 것 같네요."

스텔라는 연습실에 무척 오래 있었기 때문에 마담의 다른 학생들과 마찬가지로 자신의 춤에 대한 절대적인 자신감이 몸에 배 있었다. 만약 사람들이 자기 춤에 매혹되지 않는다면 그건 그들에게 미적인 감식안이 부족해서인 게 틀림없었다.

마담은 스텔라가 돈을 내지 않고 연습할 수 있도록 허락해주었다. 돈 없는 많은 무용수도 다들 스텔라처럼 했다. 돈이 생기면 그때 냈다. 그게 러시아식 체계였다.

여행 가방을 계단에 올리는 쿵 하는 소리가 학생이 도착했음을 알렸다.

"친구가 들렀다 갔어요." 스텔라가 중요한 일인 듯 말했다. 외롭게 사는 스텔라에게는 방문이 아무 성과를 내지 못했다는 사실은 상상할 수도 없는 일이었으니까. 앨라배마 역시 방만하게 살던 예전의 생활 방식을 잊어버리고 있었다. '투르 즈테'*의 폭력적인 비틀림과 부딪침 앞에서 버틸 수 있는 것은 오로지 가장 가혹하고, 가장 엉터리 같은 사건뿐이었다.

"무슨 용무로?"

"제가 어떻게 알겠어요?"

모호하고 터무니없는 두려움이 앨라배마를 휘감았다. 연습실과 삶을 분리해야 한다. 그러지 않았다가는 둘 중 한쪽이 다른 한쪽보다 불만족스러워질 것이고, 목적도 없고 방향도 보이지 않는 흐름 속에서 길을 잃고 말 것이다.

"스텔라." 앨라배마가 말했다. "혹시 누가 또 오거든요. 그러니까 누가 나를 보러 여기 오면요. 그냥 나에 대해서는 전혀 모른다고, 나 여기 안 다닌다고, 그렇게만 말해주세요."

"아니, 왜요? 친구들의 감탄을 받으려고 춤을 추는 거잖아요."

"아니에요, 아니에요!" 앨라배마가 반박했다. "저는 두 가지를 동시에 할 수 없어요. 파드샤로 교통경찰을 뛰어넘으면서 오페라 거리를 지나가지 않을 거고, 내 친구들이 내가 구석에서 춤을 추는 동안 브리지 게임을 하는 것도 싫어요."

스텔라는 삶에 대한 각자의 별의별 반응들, 다락방에 갇히고 집주인에게 질책을 받는 본인의 공허한 일상 반대편에 있는 그 반응들을 기꺼이 함께 나누는 사람이었다.

"좋아요! 인생이 우리 예술가들을 훼방 놓아서야 되겠어요?" 그녀가 젠체하며 동의했다.

● 한 발로 점프해서 공중에서 반회전하고 다른 발로 착지하는 발레 동작.

"지난번에 제 남편이 왔는데, 그때 그이가 연습실에서 담배를 피우더라고요." 앨라배마는 자신의 은밀한 저항을 정당화하고자 계속 말했다.

"어머나." 스텔라는 분개했다. "무슨 말인지 알겠어요. 제가 그때 여기 있었으면 연습할 때 냄새가 나는 게 아주 끔찍한 일이라고 말해줬을 거예요."

스텔라는 다른 무용수들이 입던 해진 발레 스커트와 라파예트 백화점에서 산 분홍색 거즈 천 셔츠를 입었다. 그녀는 큼지막한 안전핀으로 스커트의 요크 위에 셔츠를 고정해서 몸에 꼭 끼게 만들었다. 낮에는 연습실에서 살다시피 하면서 학생들이 마담에게 선물한 꽃의 줄기를 자르며 꽃을 시들지 않게 유지했고 대형 거울을 윤이 나게 닦았으며 접착테이프로 악보를 수선했고 피아노 연주자가 자리에 없을 때는 레슨 반주를 했다. 그녀는 자기를 마담의 고문관으로 생각했다. 마담은 스텔라를 귀찮은 존재로 여겼다.

스텔라는 정말 성실하게 레슨을 받았다. 다른 사람이 마담을 위해 아주 작은 일이라도 했다가는 스텔라가 부루퉁해지며 훌쩍이는 광경이 초래되었다. 꿈꾸는 듯한 폴란드인의 눈동자는 굶주림과 치열함이라는 불꽃에 의해 고인 물 위에 떠 있는 녹조처럼 누리끼리한 노란색으로 빛이 바래고 말았다. 소녀들은 정오에 스텔라에게 크루아상과 카페오레를 사주었고, 그녀를 '사랑스러운 당신(ma chère)'이라 불렀다. 앨라배마와 아리엔은 이런저런 핑계를 대며 스텔라에게 돈을 주었다.

마담은 낡은 옷가지와 케이크를 주었다. 스텔라는 그 보답으로 다른 사람보다 실력이 훨씬 나아지고 있다고 마담이 말했다는 얘기를 각자에게 따로따로 해주었으며 마담의 작은 수첩에 적힌 근무시간을 효율적으로 조정해 가끔 하루 여덟 시간을 쭉 일하는 대신 한 시간짜리 근무를 아홉 번 혹은 열 번씩 했다. 그러다보니 스텔라는 대체적으로 이런저런 음모를 꾸미는 분위기를 풍기고 다녔다.

마담은 스텔라에게 모질게 굴었다. "너도 네가 절대 춤을 출 수 없는 거 알잖아. 왜 직업을 갖지 않는 거니?" 그녀는 그렇게 꾸짖었다. "너는 늙을 거고, 나도 늙을 거야. 그때 너는 뭐가 돼 있을 것 같니?"

"다음 주에 콘서트가 있어요. 악보를 넘겨주고 20프랑을 받는다고요. 오, 마담, 제발 절 여기 있게 해주세요!"

스텔라는 20프랑을 벌자마자 앨라배마에게 접근했다. "나머지 돈을 보태주시면요." 그녀가 설득력 있게 간청했다. "연습실에 약장을 사서 들여놓을 수 있어요. 바로 지난주만 해도 누가 발목을 삐었잖아요. 물집을 소독할 방법이 있어야 해요." 어느 날 아침 앨라배마가 그녀와 같이 약장을 사러 갈 때까지 스텔라는 내내 그 얘기를 했다. 두 사람은 금빛 햇살이 프랭탕 백화점의 금박을 바른 정문을 또렷이 비추는 동안 그 앞에서 문이 열리기를 기다렸다. 약장은 100프랑이었고 마담에게 주는 깜짝 선물이 되어야 했다.

"당신이 마담께 드려요, 스텔라." 앨라배마가 말했다. "그래도 돈은 제가 낼게요. 당신 이런 사치품에 돈을 쓸 여유가 없잖아요."

"싫어요." 스텔라가 슬퍼하며 말했다. "나는 돈을 내줄 남편도 없어! 슬퍼!"

"저는 그 대신 다른 걸 포기하는걸요." 앨라배마가 짓궂게 대꾸했다. 그녀는 이 꼴불견이고 징얼거리는 폴란드 여자에게 나쁜 마음을 먹을 수가 없었다.

마담은 불쾌해했다.

"이건 웃기는 일이야." 마담이 말했다. "탈의실에 이렇게 턱없이 큰 물건을 놓을 데가 어디 있다고." 그러다가 스텔라의 필사적인 두 눈에 실망이 덕지덕지 달라붙는 걸 보자 다른 말을 덧붙였다. "하지만 무척 편리하긴 하겠네. 그냥 놔둬. 단, 나한테만 돈을 쓰면 안 돼."

마담은 앨라배마에게 스텔라가 더는 선물을 사지 못하도록 감시하는 임무를 맡겼다.

마담은 스텔라가 구입해 마담의 테이블에 놓아둔 건포도와 감초 사탕 때문에, 소포장으로 챙겨 온 러시아식 빵 때문에 계속 잔소리를 했다. 스텔라가 사 온 러시아식 빵에는 구운 치즈가 안에 들어간 빵, 설탕 알갱이를 뿌린 빵, 캐러웨이 빵과 찰진 검정색의 비극적인 빵, 오븐에서 갓 나와 본연의 냄새가 나는 따끈한 빵, 이디시 유대인의 빵집에서 사 온 곰팡내 나는 미식가 취향의 빵이 있었다. 스텔라는 돈으로 살 수 있는 물건이면 뭐든 사서 마담에게 갖다 바쳤다.

앨라배마는 스텔라에게 재갈을 물려 구속하는 대신 그 소녀의 헛된 사치스러움을 받아들였다. 앨라배마는 새 신발을 신을 수 없었다. 발이 너무 쓰렸다. 새 드레스를 사놓고는 종일 연습실 벽에 걸어놓고 오드콜로뉴 냄새를 배게 하는 게 범죄처럼 보였다. 자기가 가난하다고 느껴야 연습을 더 잘할 수 있을 것 같았다. 앨라배마는 자신을 위해 행사할 수 있는 수많은 기회를 포기하고 지갑에 있는 100프랑 수표를 몽땅 꽃에다 써버리고는, 상황이 달랐다면 아마도 구입했을 물건들이 안겨주는 기분, 이를테면 새로 산 모자가 주는 짜릿함이나 새 드레스가 주는 안도감을 모두 꽃에다 부여했다.

앨라배마의 돈으로 산 노란 장미는 제국의 양단 같았고, 하얀 라일락과 분홍 튤립은 틀에 넣어 만든 제과용 당의 같았으며, 진한 붉은색 장미는 비용•의 시 같았다. 곤충의 날개처럼 검고 부드러운, 차가운 파란색 수국은 새로 칼시민••을 바른 벽처럼 깨끗했고, 은방울꽃은 수정으로 만든 물방울 같았으며, 그릇에 담은 한련은 두드려서 편 놋쇠 같았다. 도료로 이어 붙인 아네모네, 까끌까끌한 가시로 공기를 긁는 못된 패럿튤립, 풍만한 곡면이 무성하게 뒤섞여 있는 향내 제비꽃도 있었다. 앨라배마는 딱딱한 사탕 맛 같은 향이 나는 레몬빛 노란색 카네이션과 라즈베리 푸딩 같은 자주색 정원 장미, 꽃

● 프랑스의 시인 프랑수아 비용(1431~?).

●● 천장이나 석고 벽을 칠할 때 쓰는 흰색 빛깔의 도료.

집에서 키울 수 있는 모든 종류의 하얀 꽃을 샀다. 그녀는 마담에게 하얀색 아이 장갑 같은 치자나무 꽃과 마들렌 가판대에서 산 물망초, 위협적으로 씨를 뿌려대는 글라디올러스, 부드럽고 균일하게 가르랑거리는 검은 튤립을 주었다. 그녀는 샐러드 같은 꽃과 과일 같은 꽃, 노랑수선화와 수선화, 양귀비와 가는동자꽃, 반 고흐의 그림에 나올 법한 화사한 식충식물 같은 꽃을 샀다. 그녀는 창문이 금속 공으로 가득하고 선인장 정원이 있는 평화의 거리 근처의 꽃집에서, 보통은 농작물과 보라색 붓꽃을 파는 도시 위쪽의 꽃집에서, 철사로 프레임을 짜 디자인한 무늬가 잔뜩 있는 센강 좌안의 꽃집에서, 농민들이 장미를 밝은 살구색으로 염색하고 말린 모란의 송이를 철사에 쭉 매달아놓는 노천 시장에서 꽃을 골랐다.

발레를 하며 물질적 소유에 대한 필요성을 상실하고 나자 앨라배마의 삶에서는 돈을 쓰는 행위가 큰 부분을 차지하지 못하게 되었다.

연습실의 유일한 부자는 노르디카였다. 노르디카는 롤스로이스를 타고 레슨을 받으러 왔고 레슨 시간에는 앨러샤와 어울렸는데, 앨러샤 역시 노르디카처럼 더할 나위 없는 브린마 대학 졸업생이라 사람이 무척 실용적이었다. 노르디카에게서 '전하'를 빼앗아 간 사람은 앨러샤였지만 노르디카는 돈에 집착하는 성격이었고, 그래서 둘은 어찌어찌 잘 어울려 다녔다. 노르디카는 갑자기 빽 소리를 지르는 금발 미녀처럼 생긴 어여쁜 여자였고 앨러샤는 귀족 나리의 연민을 불러일으키는 사람이었다. 노르디카는 흥분을 억누를 때면 유리처럼 몸을 부르르 떨었는데, 사람들은 노르디카가 발레를 하던 중 그 흥분 때문에 의상을 다 망쳐버렸다고 말했다. 노르디카가 허공에서 몸을 떨며 돌아다닐 수는 없는 노릇이었기 때문에 앨러샤는 그녀의 발을 땅에 고정해 차를 지켜냈다. 두 사람이 마담에게 연습실을 그만두겠다고 으름장을 놓았던 적이 있었는데, 스텔라가 그들이 쓰는 거울 뒤에 숨겨두었던 먹다 남은 새우 통조림이 천천히 쉬어버린 일 때문이었다. 스텔라는 그들에게 냄새가 나는 건 더러운 옷 때문이라고 설명했다. 그러다 진상을 밝혀내자 둘은 가엾은 스텔라에게 인정사정없이 굴었다. 스텔라는 멋진 노르디카와 앨러샤가 수업에 있는 걸 좋아했는데, 그들은 사실상 관객이나 다름없었기 때문이다.

"폴란드 애야!" 그들이 스텔라에게 말했다. "그 냄새 나는 폭탄 같은 새우를 여기까지 들고 오지 않고 그냥 집에서 먹는 것도 충분히 나쁜 짓이란 말이야."

스텔라가 사는 방은 너무 작아서 다락방 창문을 열고 트렁크를 밖으로 반쯤 빼내야 할 정도였다. 그 좁은 공간에서 새우를 먹었다가는 냄새에 질식할 것이었다.

"신경 쓰지 말아요." 앨라배마가 말했다. "프뤼니에● 데려가서 새우 사줄게요."

마담은 앨라배마에게 스텔라를 프뤼니에에 데려가 새우를

● 파리의 해산물 요리 전문 레스토랑.

사주기로 한 건 바보짓이라고 했다. 마담은 뒤포 거리의 도축장에서 나는 냄새를 맡으며 남편과 함께 캐비아를 먹었던 기억을 아직도 간직하고 있었다. 마담에게 재앙의 예감이란 그녀 머릿속 굴 요릿집의 이미지 속에 언제까지고 담겨 있을 것이고, 혁명은 거의 확실히 프뤼니에로의 방문, 가난, 고난에 따라붙어 있을 것이었다. 마담은 미신을 믿었다. 절대 핀을 빌리지 않았고 보라색 옷을 입고 춤을 추지 않았으며, 경제적으로 여유 있던 시절 그토록 좋아했던 물고기와 현재의 고생 사이에 어쩐지 관계가 있는 것 같다고 생각했다. 마담은 어떤 종류의 사치이건 몹시 두려워했다.

부야베스•에 들어 있는 사프란 때문에 앨라배마는 눈 밑에서 땀이 났고 바르사크 와인 맛도 느낄 수 없었다. 점심 식사를 하는 동안 스텔라는 테이블 맞은편에서 안절부절못하며 냅킨을 접어 무언가를 썼다. 스텔라는 프뤼니에에 그렇게 감동받지 못했다. 앨라배마라면 더 좋아했을 것이었다.

"바르사크는 수도사들의 와인이에요." 앨라배마가 무심히 말했다.

스텔라가 바닥이 아직 안 드러난 수프에서 뭔가를 건져냈다. 그녀는 너무 몰입해 있어서 앨라배마의 말에 대꾸를 하지 않았다. 시체라도 찾는 사람처럼 넋이 나가 있었다.

"대체 뭐 하는 거예요?" 앨라배마는 스텔라가 더 열심히 먹

● 지중해식 생선 스튜.

지 않는다는 사실에 짜증이 났다. 그녀는 앞으로는 절대 가난한 사람을 부자들이 가는 장소에 데려오지 않겠다고 다짐했다. 이건 돈 낭비였다.

"쉿, 쉿, 쉿! 앨라배마, 내가 진주를 찾았어요. 큰 것으로, 세 개씩이나요! 웨이터가 알기라도 하면 자기네 식당 거라고 주장할 게 뻔하니까 냅킨에 숨겨두고 있는 거예요."

"정말요?" 앨라배마가 말했다. "보여줘요!"

"길에 나가면요. 진짜라고 장담해요. 우린 부자가 될 거고, 당신이 발레단을 하나 창단하면 제가 거기서 춤을 추겠죠."

두 사람은 숨도 안 쉬고 점심을 해치웠다. 스텔라는 너무 흥분해서 수표로 계산을 하는 것에 대해 평소에 하던 무의미한 항의조차 하지 못할 정도였다.

창백하게 여과된 거리에서 두 사람은 조심스럽게 냅킨을 폈다.

"우리 마담에게 선물 사드려요." 스텔라가 의기양양하게 말했다.

앨라배마는 그 공 모양의 노란 침전물을 자세히 살펴보았다.

"이건 바닷가재 눈이에요." 그녀가 단호하게 선언했다.

"제가 그걸 어떻게 알겠어요? 바닷가재를 먹어본 적이 없는데." 스텔라가 맥이 빠져 말했다.

부야베스 한가운데서 진주와 행운과 사람 마음을 애태우는 의외의 것을 찾고 싶다는 희망만으로 살아가는 삶을 상상해보시길. 그건 마치 어린아이가 되어 땅바닥에 눈을 딱 붙인 채 누군가가 잃어버린 동전을 찾고 있는 것과 같다. 다만 아이들은 길에서 주운 돈으로 빵과 건포도와 약장을 살 필요가 없을 뿐이다.

그날 앨라배마의 레슨이 연습실에서 시작되었다.

추운 막사 같은 건물 안에서 하녀가 바닥을 북북 닦으며 기침을 했다. 하녀는 무심하게 손가락을 문지르며 석유난로의 불꽃 속에 손가락을 넣어 심지를 비틀었다.

"가엾은 여자!" 스텔라가 말했다. "저 여자 매일 밤 남편에게 맞아요. 저한테 맞은 곳을 보여줬다니까요. 남편은 전쟁에서 턱뼈를 잃고 돌아왔고요. 우리가 저분께 뭐라도 줘야 하지 않을까요?"

"그런 얘기는 **꺼내지도** 말아요, 스텔라! 우리가 모두를 불쌍히 여길 수는 없어요."

너무 늦었다. 앨라배마의 눈에 이미 하녀의 손톱 밑에 굳어있는 거무죽죽한 핏자국이 보였다. 손톱은 싸늘한 표백제 통에 집어넣었던 뻣뻣한 솔 때문에 쪼개져 있었다. 앨라배마는 하녀에게 10프랑을 주었다. 자기를 미안하게 만드는 그 여자가 미웠다. 하녀 따위 전혀 몰라도, 이미 천식이라도 일으킬 것 같은 차가운 먼지 속에서 연습을 하는 것으로도 충분히 나쁜 일이었다.

스텔라가 장미 줄기에서 가시를 꺾고 바닥에 흩어져 있는 꽃잎을 모았다. 그녀와 앨라배마는 부들부들 떠는 와중에도 몸을 덥히기 위해 서둘러 연습을 했다.

"마담이 개인 레슨 때 보여주신 걸 제게 다시 한번 보여주세요." 스텔라가 조르듯 말했다.

앨라배마는 더 높이 뛰어오르기 위해 필요한, 숨을 참은 채 근육을 수축시키고 자유분방하게 근육을 움직이는 동작을 그녀 앞에서 거듭 연습했다. 같은 동작을 몇 년씩 하다보면 3년쯤 뒤에는 몇 센티미터라도 더 높이 뛸 수 있을지 모른다. 물론 그러지 못할 가능성도 늘 있지만.

"열심히 몸을 위로 띄운 다음에는 몸이 공중에서 떨어지도록 해야 한대요. 이렇게." 앨라배마는 엄청나게 부풀어 오른 몸을 바닥에서 띄웠다가 바람 빠진 풍선처럼 흐느적거리며 내려오며 동작을 멈췄다.

"오, 하지만 당신은 무용수가 될 거예요!" 스텔라가 기분 좋게 한숨을 쉬며 말했다. "하지만 왜 되고 싶어 하는지는 모르겠어요. 이미 남편도 있잖아요."

"제가 뭔가를 얻으려고 하는 게 아니라(적어도 저는 그렇다고 생각해요) 나 자신의 일부를 제거하려고 한다는 사실이 이해되지 않는 거죠?"

"왜 그러려고 하는데요?"

"이렇게 앉아 제 레슨을 기다리면서 느끼고 싶어서요. 내가 여기 오지 않았다면 내게 주어진 시간은 텅 빈 채로 나를 기다리고 있었겠구나, 하는 사실을."

"이렇게 자주 집을 비운다고 남편이 화 안 내요?"

"내죠. 하도 화를 내니까 이 문제로 싸우기 싫어서 집을 더 많이 비울 수밖에 없어요."

"남편은 무용을 좋아하지 않나요?"

"아무도 무용을 좋아하지 않아요. 무용수와 사디스트만 빼고."

"구제 불능이군요! 제게 즈테를 다시 가르쳐주세요."

"당신 그거 못 해요. 너무 뚱뚱하다고요."

"제게 즈테를 가르쳐주시면 제가 레슨 때 피아노로 반주해드릴 수 있어요."

아다지오에서 문제가 생기자 앨라배마는 조용하고 통제된 분노로 스텔라를 나무랐다.

"너무 멀리서 듣네요." 마담이 의미심장하게 말했다.

앨라배마는 자신의 몸 선으로 듣고 있는 것을 전달해낼 수 없었다. 엉덩이로 듣는다는 게 창피하기 그지없었다.

"제 귀에 들리는 건 스텔라가 치는 불협화음뿐이에요." 그녀가 화가 나 속삭이듯 말했다. "박자를 못 맞추고 있다고요."

마담은 제자가 불평하자 한발 물러섰다.

"무용수가 음악을 이끌어야지요." 그녀가 간결하게 말했다. "발레에는 선율이 없으니까."

어느 날 오후 데이비드가 옛 친구들을 데리고 찾아왔다.

앨라배마는 연습실에서 데이비드를 보자 스텔라에게 화를 냈다.

"내 레슨은 서커스가 아니에요. 왜 들여보냈어요?"

"당신 **남편**이잖아요! 제가 무슨 용이라도 된 것처럼 문 앞을 지킬 수는 없다고요."

"파이,• 카브리올,•• 카브리올, 파이, 수브르소,••• 파이, 쿠프,•••• 발로네,••••• 발로네, 발로네, 파드바스크,•••••• 두 번 돌고."

"저거 〈빈 숲속의 이야기〉••••••• 아니에요?" 키 크고 멋진 디키가 자기 몸을 쓸면서 물었다.

"앨라배마가 왜 네드 웨이번••••••••에게 레슨을 안 받았는지 모르겠어요." 반암으로 만든 묘비 같은 머리를 한 우아한 더글러스 양이 말했다.

오후의 노란 햇살이 창문에 따뜻한 바닐라 소스를 부었다. "파이, 카브리올." 앨라배마가 혀를 씹었다.

그녀는 얼른 창문으로 달려가 피를 뱉었다. 자기 뒤에 서 있는 여자들이 신경 쓰여 견딜 수 없었다. 피가 턱을 따라 흘러내렸다.

"무슨 일이에요?"

● 두 발로 점프해서 한 발을 뒷발에 댄 다음 앞으로 미끄러져 들어가는 동작.

●● 도약 중에 수평으로 올린 발을 다른 발로 치는 동작.

●●● 두 발을 붙이고 짧게 뛰어오르는 동작.

●●●● 다른 스텝의 준비나 추진력으로 행해지는 작은 중간 동작.

●●●●● 한 발로 뛰어오르며 다른 발로 올라오는 다리를 마주치는 스텝.

●●●●●● 한 발을 옆으로 흔들면서 도약하고, 다른 한쪽 발을 그에 맞추는 스텝.

●●●●●●● 오스트리아의 작곡가 요한 슈트라우스 2세(1825~1899)의 왈츠.

●●●●●●●● 미국의 안무가 네드 웨이번(1874~1942).

"아무것도 아니에요."

더글러스 양이 분개해서 말했다. "이렇게 연습하는 건 말도 안 된다고 생각해요. 입에 저렇게 거품을 물면서 하는데 무슨 재미가 있겠어요!"

디키가 말했다. "혐오스러운 일이죠! 응접실에 서서 저런 걸 할 수는 없는 거잖아요! 저걸 어디다 써먹어요?"

앨라배마는 그 순간만큼 목적에 가까이 다가갔다고 느낀 적이 없었다. "카브리올, 파이." '왜'라는 질문은 마담이 이해하는 것이자 앨라배마가 거의 이해하는 것이었다. 앨라배마는 팔로 듣고 발로 보는 때를 자기가 알게 되리라 느꼈다. 그녀의 친구들이 듣는 데는 귀만 있으면 충분하다고 느끼는 점이야말로 이해하기 어려웠다. 그것이야말로 '왜'였다. 자신의 발레에 대한 격렬한 충성심이 앨라배마의 내면에서 부풀어 올랐다. 왜 굳이 설명해야겠는가?

"카페 구석 자리에서 만나." 데이비드가 쪽지를 남겼다.

"친구들에게 합류할 건가요?" 앨라배마가 쪽지를 읽는데 마담이 무심히 물었다.

"아뇨." 앨라배마가 무뚝뚝하게 말했다.

러시아인이 한숨을 쉬었다. "왜 안 가요?"

"인생이 너무 슬프고, 레슨을 하고 나면 너무 지저분해질 테니까요."

"집에서 혼자 뭘 하려고요?"

"푸에테 예순 번요."

"파드부레도 잊지 말아요."

"왜 저는 아리엔과 똑같은 스텝을 밟으면 안 되죠?" 앨라배마가 화를 벌컥 내며 말했다. "아니면 최소한 노르디카 정도라도요! 스텔라는 저도 거의 그 정도는 춤을 춘다던데요."

그 말을 들은 마담은 앨라배마에게 〈아르미드의 별장〉●에 나오는 복잡한 왈츠를 춰보도록 했고, 앨라배마는 자기가 줄넘기를 하는 아이처럼 그 왈츠를 췄다는 사실을 알았다.

"알겠죠?" 마담이 말했다. "아직은 안 돼요! 댜길레프 앞에서 춤을 추기는 어려워요."

댜길레프는 아침 8시에 리허설을 소집했다. 그의 발레단 소속 무용수들은 새벽 1시에 극장을 떠났다. 그들은 발레 단장과 반드시 해야 하는 연습을 마치고 나면 곧장 연습실로 왔다. 댜길레프는 무용수들이 항상 엄청나게 신경을 긴장시킨 채 생활해야 한다고, 그렇게 해야 그들에게 동작이, 다시 말해 무용이 마약처럼 필수적인 것이 된다고 주장했다. 그들은 끊임없이 노력했다.

어느 날 댜길레프의 발레단에서 결혼식이 있었다. 앨라배마는 소녀들이 길거리에서 입는 모피와 섀도 레이스 차림으로 연습실에 모이자 놀랐다. 그렇게 입자 소녀들은 나이가 들어 보였다. 그들에게는 그런 싸구려 옷을 입고 있어도 자기들

● 알렉상드르 부느아(1870~1960)가 대본을 쓰고 니콜라이 체레프닌(1873~1945)이 음악을 붙여 미하일 포킨(1880~1942)이 1907년 초연한 발레 작품.

의 아름다운 육체를 의식하고 있다는 분위기가 뚜렷이 풍겼다. 댜길레프는 소녀들의 몸무게가 50킬로그램을 넘으면 높고 찢어지는 목소리로 야단을 쳤다. "너는 살을 빼야 해. 아다지오를 추기에 어울리는 몸을 만들자고 내 무용수들을 체육관에 보낼 수는 없단 말이야." 그는 스타를 제외하고는 여성을 절대 무용수라고 생각하지 않았다. 그의 천재성에 대한, 사이비 종교만큼이나 강력한 무용수들의 충성심이 모든 의견을 결정했다. 댜길레프의 무용수들을 다른 이들과 두드러지게 구분하는 특징은 그가 만드는 발레 작품의 핵심적인 목적을 위해 무용수들의 자아를 말소해야 한다는 그의 고집에서 기인했다. 그가 올리는 작품에도, 누덕누덕한 러시아 말라깽이 중에서 몇 명 골라 만든 무용수 중에도 **작은 계집** 따위는 없었다. 그들은 춤과 주인을 위해 살았다.

"얼굴로 뭘 하고 있는 거죠?" 마담은 종종 냉혹하게 말하곤 했다. "우린 지금 영화를 찍고 있는 게 아니에요. 할 수 있는 한 무표정을 유지해주면 고맙겠어요."

"라스, 드바, 트리, 라스, 드바, 트리⋯⋯."●

"제게 시범 좀 보여주세요, 앨라배마." 스텔라가 절망해서 말했다.

"제가 어떻게 보여줘요? 나도 제대로 못 하는데." 앨라배마가 짜증스럽게 대답했다. 그녀는 스텔라가 자기와 같은 수업

● '하나, 둘, 셋'이라는 뜻의 러시아어.

에 들어오는 바람에 화가 나 있었다. 앨라배마는 스텔라에게 더는 돈을 주지 말아야겠다고, 자기 주제를 가르쳐줘야겠다고 중얼거렸다. 하지만 스텔라가 눈물이 그렁그렁한 채 버터 냄새와 인생을 야바위로 사는 것 같은 냄새를 풍기면서 다가와 앨라배마를 위해 산 사과 한 개나 민트 잎을 채운 자루를 주면 앨라배마는 어쨌거나 사과값으로 10프랑을 줬다.

"당신이 여기 없었으면 저는 어떻게 살아야 했을까요?" 스텔라가 말했다. "삼촌이 더는 제게 돈을 보내주지 못하거든요."

"내가 미국으로 돌아가면 어떻게 살 거예요?"

"다른 사람이 오겠죠. 아마도 미국에서요." 스텔라가 앞날이야 모르겠다는 듯 미소 지었다. 스텔라는 미래에 닥칠 어려움에 대해 늘 수다스럽게 이야기를 했지만 정작 하루 앞의 일을 생각하는 것도 그녀에게는 불가능한 일이었다.

말리나가 스텔라에게 돈을 주러 왔다. 그녀는 자기 연습실을 따로 차리고 싶어 했는데, 스텔라가 마담의 수업에서 학생들을 많이 끌어오면 피아니스트 자리를 주겠다고 제안했다. 부정직한 짓을 하려고 드는 사람은 말리나의 어머니였는데, 본인도 한때 무용수였지만 스타는 아니었다.

말리나의 어머니는 그녀의 목숨을 부지해주는 델리 소시지처럼 부푼 몸을 한 사람으로, 인생의 부침을 겪은 끝에 눈이 반쯤 멀어 있었다. 그녀가 두툼하고 기름진 손으로 안경을 든 채 자기 딸을 바라보았다. "저거 봐요." 말리나의 어머니가 스텔라에게 말했다. "파블로바는 저렇게 '발끝으로 도약하기

(sauts sur les pointes)'를 못 하잖아! 우리 말리나 같은 무용수는 어디에도 없다고. 친구들을 우리 연습실에 데려오지 않을래?"

말리나는 새가슴이었다. 그녀는 마치 속눈썹을 채찍처럼 휘두르는 사람처럼 춤을 추었다.

"말리나는 꽃 같은 아이지." 그녀의 어머니가 말했다. 말리나는 땀을 흘리면 양파 냄새를 풍겼다. 그녀는 마담을 사랑하는 척했다. 수업을 오래 받았고, 그녀의 어머니는 마담이 자기 딸을 러시아 발레단에 넣어줘야 한다고 생각했다.

수업 전 바닥을 적시는 데 쓰는 물뿌리개가 스텔라의 손에서 미끄러져 말리나가 줄을 서 있는 쪽 나무 마루를 흠뻑 적셨다. 말리나는 자기가 품고 있는 적개심을 마담에게 들킬까봐 이 일에 대해 감히 불평하지 못했다.

"파이, 카브리올, 카브리올, 파이……."

물웅덩이를 밟고 미끄러져 말리나의 슬개골에 금이 갔다.

"우리 가슴이 쓸모 있을 줄 알았다니까." 스텔라가 말했다. "붕대 감는 거 도와주세요, 앨라배마."

"라스, 드바, 트리!"

"장미가 다 시들었어요." 스텔라가 마치 책망하듯 앨라배마에게 그 사실을 일깨워줬다. 스텔라는 자기 등을 덮지도 못하고 지저분한 타이츠 위로 민망하다시피 헐렁하게 벌어질 게 뻔한 낡은 오건디 스커트를 달라고 애걸했다. 앨라배마는 그 스커트의 엉덩이를 묶어주는 넓은 밴드 위에 주름 장식 네

개를 달았다. 프랑스 세탁소에서 장식을 다림질해 붙이는 데 5프랑이 들었다. 스커트는 노르망디의 날씨 같은 빨간색과 하얀색 체크무늬도 있었고, 퇴폐적인 날을 위한 연두색도 있었으며, 정오 레슨을 위한 분홍색도, 늦은 오후를 위한 하늘색도 있었다. 아침이면 앨라배마는 채광창에 반사되는 무채색과 가장 잘 어울리는 하얀 스커트를 즐겨 입곤 했다.

앨라배마는 허리에 두를 면 자전거 셔츠를 산 다음 햇빛을 쬐어 파스텔 색조를 만들었다. 분홍색 위에 걸칠 것으로는 그을린 오렌지색을, 연두색에 덮을 것으로는 녹색을 샀다. 이것은 새로운 조합을 발견하려고 앨라배마가 벌이는 게임이었다. 그녀가 길에서 입는 옷으로 과시하는 습관적 화려함은 이덜 제한된 조건에서 꽃을 피웠다. 그녀는 기분마다 어울리는 색깔의 옷을 골라 입었다.

데이비드는 앨라배마의 방에서 오드콜로뉴 냄새가 난다고 불평했다. 연습실에서 들고 온 더러운 옷가지가 방구석에 늘 쌓여 있었다. 스커트에 달린 풍성한 주름 장식은 옷장이나 서랍에 들어가질 못했다. 그녀는 기진맥진한 채 옷을 입었고 방 상태를 알아채지 못했다.

어느 날 보니가 방으로 들어와 아침 인사를 했다. 앨라배마는 레슨에 늦을 판이었다. 아침 7시 30분이었고, 지난밤의 습기 때문에 스커트가 빳빳해졌다. 그녀가 보니에게 삐딱하게 고개를 돌리며 짜증스럽게 말했다. "오늘 아침에 양치질 안 했구나."

"했는데요!" 보니가 어머니의 의심에 화가 나 반항적으로 대답했다. "아침에 뭘 하기 전에 늘 양치질부터 하라고 하셨잖아요."

"그렇게 말했지. 그래서 오늘은 안 했겠다고 생각한 거잖아. 앞니에 아직도 브리오슈가 끼어 있는 게 보이는데." 앨라배마가 추궁했다.

"진짜로 양치질했다고요."

"엄마한테 거짓말하지 마라, 보니." 앨라배마가 화가 나 말했다.

"거짓말하는 사람은 엄마예요!" 발끈한 보니가 버릇없이 말했다.

"어디서 감히 엄마한테 그렇게 말해!" 앨라배마는 딸의 작은 팔을 붙들고 허벅지를 소리 나게 찰싹 때렸다. 그때 터진 짧은 폭발음이 의도보다 훨씬 더 힘을 주고 딸을 때렸다는 경고를 그녀에게 날렸다. 앨라배마와 그녀의 딸은 새빨개진 얼굴로 서로를 책망하듯 빤히 바라보았다.

"미안해." 앨라배마가 애처롭게 사과했다. "아프게 할 생각은 아니었어."

"그럼 왜 저를 때렸어요?" 아이가 원망에 가득 차 항변했다.

"잘못된 짓을 하면 대가를 치러야 한다는 점을 충분히 단호하게 알려주고 싶었을 뿐이란다." 그녀도 자기가 하는 말을 믿지 않았지만 뭐라도 설명을 하기는 해야 했다.

앨라배마는 서둘러 아파트를 떠났다. 보니의 방문 앞을 지나 복도를 걷던 중 그녀가 잠시 걸음을 멈췄다.

"유모?"

"네, 마담?"

"오늘 아침에 보니가 양치질을 했나요?"

"당연하죠! 마담께서 아침에 일어나자마자 그것부터 제일 먼저 하라고 지시하셨잖아요. 저 개인적으로는 그러면 치아 법랑질을 망친다고 생각하지만……."

"젠장." 앨라배마가 과격하게 중얼거렸다. "그런데도 이빨에 찌꺼기가 끼어 있었어요. 걔가 분명히 느꼈을 부당한 기분을 보상해주려면 제가 보니에게 뭐라고 해야 할까요?"

어느 오후 가정교사가 외출했을 때 유모가 보니를 연습실로 데려왔다. 무용수들은 아이의 버릇을 망쳐놓았다. 스텔라가 사탕과 단 과자를 주자 보니는 먹다가 목이 메어 음식물 조각을 내뱉으며 입에 달라붙은 녹은 초콜릿을 손으로 벅벅 문질러 닦았는데, 앨라배마가 시끄러운 소리를 내지 말라고 무섭게 다그치는 바람에 아이는 기침을 하지 않으려고 애썼다. 스텔라가 얼굴이 벌게진 채 숨을 헐떡이는 아이의 등을 토닥이며 대기실로 데려갔다.

"너도 크면 춤을 출 거니?" 스텔라가 말했다.

"아뇨." 보니가 힘주어 대답했다. "엄마처럼 사는 건 너무 '세리외즈'●해요. 엄마는 예전이 훨씬 좋았어요."

● '진지한'이라는 뜻의 프랑스어.

"마담." 유모가 말했다. "마담께서 춤을 추는 걸 보고 정말 놀랐어요. 정말 잘 추시네요. 다른 사람들만큼 잘하세요. 제가 이걸 좋아해야 할지는 모르겠지만, 마담께는 정말로 좋은 일임에 분명해요."

"세상에나." 앨라배매는 화가 잔뜩 난 채 말했다.

"누구나 할 일이 있긴 해야 하잖아요. 마담은 브리지 게임 같은 건 안 하시고요." 유모가 끈덕지게 말했다.

"우리가 해야 할 일이 있긴 해요. 우리가 그 일에 매달리자마자 그 일도 우리에게 매달리는 법이죠." 앨라배마가 정말 하고 싶었던 말은 '닥쳐!'였다.

"항상 이런 식이어야 해?"

데이비드가 연습실에 다시 가겠다고 하자 앨라배마가 반발하며 말했다.

"안 될 게 뭔데?" 그가 말했다. "난 네가 나한테 연습하는 모습을 보여주고 싶어 하는 줄 알았는데."

"너는 이해 못 할걸." 그녀가 자기 본위적으로 말했다. "그러다가 내가 내 능력 밖의 일만 하다가 낙담하는 꼴을 보게 되겠지."

무용수들은 늘 자기가 가진 힘 이상으로 연습했다.

"데불레●는 왜 하겠다는 거예요?" 마담이 타이르듯 말했다. "이미 했잖아요. 그럭저럭 잘."

● 발끝을 축으로 두고 연속 회전하는 동작.

"당신 너무 깡말랐어." 데이비드가 잘난 체하듯 말했다. "자기를 죽일 필요까지는 없다고. 나는 예술에서 아마추어와 프로의 차이가 이 세상에서 가장 큰 차이라는 사실을 네가 깨달았으면 좋겠어."

"네가 하고 싶은 말은 자기하고 내가……." 앨라배마가 생각에 잠겨 말했다.

데이비드는 앨라배마를 마치 자기가 그린 그림인 양 친구들에게 전시했다.

"이 근육 좀 느껴봐요." 그는 그렇게 말했다. 앨라배마의 몸이 두 사람의 거의 유일한 접점이었다.

앨라배마의 깡마른 몸에서 돌출한 부위들은 그녀의 내면을 비추며 쌓여가는 절망적인 피로감으로 반짝였다.

데이비드의 성공은 본인이 일궈낸 것이었다. 그는 비판적일 권리가 있었다. 앨라배마는 자기가 세상에 내보일 게 아무것도 없으며 자기가 들고 온 것을 치울 방법도 없다고 느꼈다.

댜길레프의 발레단에 들어갈 수도 있다는 희망이 그녀를 지켜주는 대성당처럼 앨라배마 앞에 어른거렸다.

"무용을 해보려고 한 사람이 네가 처음은 아니잖아." 데이비드가 말했다. "너무 그렇게 비장한 척할 필요 없어."

앨라배마는 의기소침해 있다가도 스텔라의 자의적인 아첨이라는 수상쩍은 식사를 섭취하며 허영심에 자양분을 주곤 했다.

스텔라는 연습실의 천덕꾸러기였다. 화로 가득하고 서로를 질투하던 소녀들은 자신들의 악의와 못된 성질을 서투르고 덩치 큰 폴란드 소녀에게 풀었다. 스텔라는 사람들의 비위를 맞추려고 지나치게 노력하다 도리어 늘 모두에게 방해가 되었다. 그녀는 모두에게 아첨을 떨었다.

"새 타이츠를 못 찾겠어. 400프랑짜리라고." 아리엔이 화가 나 말했다. "내가 400프랑을 창밖으로 내던지겠냐고! 예전에는 연습실에 도둑 따위 없었는데." 그녀는 이글거리는 눈으로 무용수들을 바라보다 스텔라에게 시선을 고정했다.

심해지는 모욕을 진정시키기 위해 마담이 불려 나왔다. 스텔라가 노르디카의 소지품 상자에 그 타이츠를 집어넣었던 것이다. 노르디카는 화가 나서 스텔라가 자기 튜닉을 드라이클리닝 해줘야 한다고 말했지만 스텔라는 아리엔의 타이츠는 흠 하나 없이 깨끗하니 드라이클리닝은 필요 없다고 했다.

뛰어난 실력자를 모방하다보면 더 잘 배울 거라면서 키라를 아리엔 뒤에 세워놓은 사람도 스텔라였다. 키라는 긴 갈색 머리칼을 가진 아름다운 소녀로 큰 키에 몸의 곡선은 관능적이었다. 키라는 누군가의 후배였는데 그 누군가가 누구인지 아무도 몰랐고, 다른 사람의 지도 없이는 몸을 움직이지 못했다.

"키라가 내 춤을 망칠 거야!" 아리엔이 새된 소리로 말했다. "걔는 바에서도 자고 바닥에서도 자. 발레가 무슨 안정요법인 줄 아는 거냐고!"

"아리엔." 키라가 목쉰 소리로 꼬드기듯 말했다. "제가 바트리(batterie)●를 할 수 있게 좀 도와주시지 않을래요?"

"너는 바트리 아예 할 줄 모르잖아." 아리엔이 버럭했다. "너한테 있는 바트리가 '주방 용품(batterie de cuisine)' 말고 뭐가 있겠냐고. 나는 내가 직접 후배를 고른다는 걸 스텔라에게 알려줬어야 했는데."

스텔라가 키라에게 바에서 더 아래쪽으로 몸을 내리고 움직여야 한다고 말하자 키라는 울면서 마담에게 달려갔다.

"제 자리에 스텔라가 같이 있어야 할 이유가 뭐죠?"

"이유는 없어요." 마담이 대답했다. "하지만 스텔라는 여기 살고 있기 때문에 당신이 스텔라를 그냥 벽이나 다름없이 여겨야 할 거예요."

마담은 결코 말이 많은 편이 아니었다. 그녀는 소녀들이 서로 말싸움을 벌이기를 기대하는 눈치였다. 때때로 마담은 멘델스존 음악에 담겨 있는 노란색 혹은 선홍빛 색조에 대해 이야기하기도 했다. 앨라배마에게 그녀가 하는 말의 의미는 필연적으로 사라졌고 마르마라해의 파도에서 거둔 음울하고 슬픈 수확, 다시 말해 러시아어를 향해 떠내려갔다.

마담의 갈색 눈동자는 가을 너도밤나무 숲, 곰팡이가 안개에 푹 젖어 있고 맑고 신선한 샘물이 양토에서 발 주위로 솟아오르는 그런 숲을 통과하는 진홍색의 청동 보도 같았다. 발레 수업은 조류에 정박한 부표처럼 그녀 팔의 움직임을 따라 흔들렸다. 그 무시무시한 동유럽 언어를 거의 사용하지 않는

● 도약하는 중에 발이나 장딴지를 서로 치는 동작.

소녀들은 모두 음악적 재능으로 충만했고, 그들은 피아니스트가 〈클레오파트라〉 막간에 나오는 애처로운 자장가를 연주하기 시작할 때는 마담이 자기들의 주제넘는 짓거리에 진력이 났다는 사실을, 피아니스트가 브람스를 연주하면 레슨이 흥미로워지고 힘들어지리라는 사실을 잘 알았다. 마담은 발레 외의 인생은 없는 듯했고, 안무를 구성할 때만 오로지 존재하는 듯했다.

"마담은 어디 살아요, 스텔라?" 앨라배마가 궁금해서 물었다.

"연습실이 그분의 집인걸요." 스텔라가 말했다. "우리를 위해서죠."

어느 날 앨라배마가 레슨을 받고 있는데 줄자를 든 남자들이 찾아오는 바람에 레슨이 중단되었다. 남자들은 바닥을 왔다 갔다 하며 열심히 치수를 재고 계산했다. 그런 다음 주말에 다시 찾아왔다.

"무슨 일이에요?" 소녀들이 말했다.

"우리 이사를 해야 해요, 여러분." 마담이 슬픈 듯 말했다. "여기 내 연습실에다가 영화 촬영 스튜디오를 짓는대요."

그 연습실에서의 레슨 마지막 날 앨라배마는 부서진 거울 조각들 뒤에서 잃어버린 피루엣들을, 천 개의 아라베스크 마무리 동작을 수색했다.

거기에는 먼지 더께 말고는 아무것도 없었고, 거대한 액자가 걸려 있던 벽에는 머리핀이 녹슨 흔적이 남아 있었다.

"뭐라도 찾을 수 있을까 싶어서요." 마담이 호기심 어린 표정으로 바라보자 앨라배마가 부끄러운 듯 해명했다.

"그리고 아무것도 없다는 사실을 알았군요!" 마담이 그렇게 말하며 두 손을 폈다. "하지만 새 연습실에서는 튀튀를 한 벌 얻을 수도 있겠죠." 그녀가 덧붙였다. "저한테 말해달라고 부탁했죠. 어쩌면 그 옷의 주름에서 뭐라도 찾을지 누가 알겠어요."

이 훌륭한 여성은 자신의 노력이 깊이 배어 있는 이 빛바랜 벽을 떠난다는 사실에 무척이나 슬퍼했다.

앨라배마는 땀을 흘리며 이 닳은 마룻바닥을 무르게 만들었고, 겨울에는 기관지염 때문에 열이 나면서도 열심히 연습해서 외풍을 누그러뜨렸으며, 생쉴피스 성당에는 그녀가 켠 초가 타고 있었다. 앨라배마도 여길 떠나는 게 싫었다.

앨라배마와 스텔라와 아리엔은 마담을 도와 낡아빠진 스커트, 닳아빠진 토슈즈, 버려진 트렁크 더미를 옮겼다. 그녀와 아리엔과 스텔라가 이 물건들을, 인공적인 아름다움을 위해 벌인 투쟁을 상기시키는 이 물건들을 솎아내고 정리하는 동안 앨라배마는 러시아 여자를 빤히 처다보았다.

"왜요?" 마담이 말했다. "그래요, 정말 슬프네요." 그녀가 준엄히 말했다.

3

러시아 음악원에 입주한 새 연습실의 높은 천장 모서리들
이 다이아몬드의 절단면에 빛을 새겼다.

앨라배마는 비정한 영역에 오롯이 자신의 몸과 함께, 자기
자신과 손에 잡힐 듯 명백한 생각과 더불어, 마치 과거에 속
한 수많은 물건에 둘러싸인 과부처럼 홀로 서 있었다. 그녀의
긴 다리가 달을 타고 있는 작은 조각상처럼 튀튀를 가르고
있었다.

"호로쇼."● 발레의 여왕이 스텝 초원에 울리는 천둥 소리와
번개 같은 후두음으로 말했다. 그 러시아 여자의 얼굴은 수정
으로 만든 블록에 반사되어 희미하게 빛나는 태양처럼 하얗
게, 프리즘을 통과한 듯 빛났다. 이마에는 심장병이 있는 사
람처럼 푸른 정맥이 보였지만 자주 딴 데 정신을 판다는 점
만 제외하면 아픈 곳은 없었다. 마담은 힘든 생활을 했다. 치
즈와 사과, 차가운 차를 채운 서모스 보온병을 넣은 작은 손
가방을 연습실로 들고 와 점심을 먹었다. 그녀는 단상 계단
에 앉아 아다지오의 침울한 동작 사이로 생겨나는 허공을 응
시했다. 앨라배마는 공상에 빠진 그 인물에게 접근했다. 그녀
의 어깨뼈 뒤쪽으로 다가가 창을 두 손에 단단히 쥐는 것처
럼 그녀의 몸을 꼭 붙들었다. 긴장된 웃음이 그녀의 이목구비

● '좋아요'라는 뜻의 러시아어.

에 떠올랐다. 춤에서 즐거움을 얻으려면 힘든 과정을 겪게 마련이다. 그녀의 목과 가슴은 뜨겁고 새빨갰다. 어깨 뒤는 튼튼하고 두꺼웠으며, 가느다란 팔에 커다란 멍에처럼 얹혀 있었다. 마담이 백인 여성을 부드러운 눈길로 바라보았다.

"그렇게 허공을 보면서 뭘 찾으시나요?"

그 러시아 여성의 주위에는 광활한 다정함과 극기의 분위기가 감돌았다.

"형태요. 사물의 모양."

"형태는 아름다운가요?"

"아름답죠."

"제가 형태를 춤출게요."

"그렇다면 의도에 주의를 기울이세요. 당신은 스텝은 잘 밟지만 전체적인 배치를 따르지 않아요. 배치가 없으면 표현할 수 없어요."

"제가 할 수 있을지 봐주세요."

"그렇다면 해봐요! 이게 내 첫 번째 역할이군요."

앨라배마는 무욕의 의례가 가진 겸허한 기품에, 러시아 단조 음악의 관능적인 채찍질에 자신을 맡겼다. 그녀는 〈백조의 호수〉의 단호한 아다지오를 향해 천천히 움직였다.

"잠깐 기다려요."

앨라배마의 눈길이 유리에 비친 하얗고 투명한 얼굴에 닿았다. 두 사람의 미소가 만났다가 갈라졌다.

"하지만 제 다리가 부러져도 저는 이걸 할 거예요." 그녀는 그렇게 말하며 다시 시작했다.

마담이 어깨에 숄을 둘렀다. 그녀는 정확히 설명할 수 없는 모호한 생각에 사로잡힌 채 머뭇거리며 확신 없이 말했다. "그 춤이 그런 고생을 감수할 만한 가치는 없어요. 그러다가는 아예 춤을 출 수 없을지도 몰라요."

"아뇨." 앨라배마가 말했다. "고생을 감수할 만한 가치가 있어요."

"그렇다면야." 늙어가는 발레리나가 한숨을 쉬었다. "해야 겠죠. 제대로."

"같이 노력해요."

새 연습실은 이전과 많이 달랐다. 마담이 쓸 여유 공간이 부족해졌고, 무료 레슨도 줄었다. 탈의실에는 '샹주망 드피에'●를 연습할 공간이 없어졌다. 튜닉은 더 깨끗해졌는데, 벗어놓고 그냥 말릴 장소가 없어서였다. 수업에 영국 소녀들이 많이 들어왔다. 그들은 인생과 무용을 둘 다 잡는 게 가능하다고 여전히 믿고 있었으며 대기실을 센강의 보트 타기와 몽파르나스에서 열리는 파티에 대한 가십으로 가득 채웠다.

오후 수업은 끔찍했다. 기차역에서 날아온 검은 안개가 연습실 채광창에 드리웠고, 남자가 너무 많았다. 폴리베르제르●●출신의 흑인 고전주의자가 바에 나타났다. 그는 환상적인 몸

● 도약하면서 두 다리 위치를 바꾸는 동작.

●● 파리에 있는 음악당.

을 가지고 있었지만 소녀들은 웃어댔다. 소녀들은 지적인 얼굴에 안경을 끼고 있는 알렉상드르도 비웃었다. 그는 모스크바에서 군 복무를 하던 시절 발레단에 특별석이 있던 사람이었다. 소녀들은 보리스도 비웃었는데, 그는 레슨 시작 전에 연습실 옆 카페에 들러 길초근●이 든 액체 열 방울을 마시고 오는 사람이었다. 소녀들이 실러를 비웃은 이유는 늙기도 했거니와 바텐더나 광대 같은 화장을 오랫동안 하는 바람에 얼굴이 부어서였다. 소녀들은 당통이 토 댄스●●를 출 수 있다는 이유로 그를 비웃었지만, 정작 그는 자기가 굉장히 멋져 보일 수 있다는 점을 감추고자 애썼다. 소녀들은 로렌츠를 빼고는 모두를 비웃었다. 누구도 로렌츠를 비웃을 수 없었다. 그는 18세기 회화 속 목신의 얼굴을 한 남자였다. 굽이치는 근육은 자랑스러우리만치 완벽했다. 그의 갈색 몸이 쇼팽 마주르카의 선율을 아낌없이 퍼주는 모습을 보고 있자면 인생에서 무슨 의미를 발견했건 간에 그것이 마치 성유인 양 부름을 당하는 느낌이 들었다. 세계 최고의 무용수였음에도 수줍음이 많고 상냥했으며, 가끔 수업이 끝나면 소녀들과 같이 앉아 유리잔에 든 커피를 마시고 양귀비 씨를 넣은 덜 구워진 러시아식 롤빵을 우적우적 씹어 먹기도 했다. 그는 모차르트의 우아한 지적 방종을 이해했고, 현실에 뛰어들려는 사람

● 쥐오줌풀의 뿌리를 말린 신경안정제.

●● 발레에서 발끝으로 추는 춤.

들을 위해 경쟁의식이 일찍부터 준비해놓는 백신에 담긴 광기를 감지했다. 베토벤의 쾌감이 로렌츠에게는 참으로 편안했기에, 그는 현대 음악가들의 들끓는 혁명을 중요하게 여길 필요가 없었다. 그는 자신은 슈만에 맞춰서 춤을 출 수 없다고 말했고, 실제로 그랬다. 머릿속 생각과는 별개로 낭만적인 리듬을 휘두르는 박자에 늘 빠르거나 뒤처졌던 것이다. 앨라배마에게 그는 완벽한 존재였다.

아리엔은 변덕스러운 독기와 완벽한 기술을 통해 비웃음에서 벗어나는 방법을 찾아냈다.

"이게 무슨 바람이람!" 누군가 이렇게 소리치곤 했다.

그러면 "아리엔이 돌고 있는 거야"라는 대답이 나왔다. 그녀가 좋아하는 음악가는 리스트였다. 아리엔은 자기 몸이 실로폰이고 마담에게 꼭 필요한 존재가 되겠다는 양 제 몸을 이용했다. 마담이 열 걸음 정도 연속으로 움직이라고 외치면 오직 아리엔만이 그걸 한꺼번에 해낼 수 있었다. 그녀의 단단한 발등과 토슈즈 끝은 마치 조각가의 칼처럼 공기를 갈랐지만 두 팔은 너무 짧아 무한에 도달할 수 없었으며, 강인한 힘이 담긴 무게와 지나치게 많은 근육으로 선이 망가졌다는 사실에 좌절해야 했다. 그녀는 자기가 수술을 받았을 때 의사들이 자기 등 근육을 해부학적으로 살펴보려고 왔다는 이야기를 즐겨 했다.

"하지만 실력이 정말 많이 늘었어요." 소녀들이 앨라배마를 보러 교실 앞으로 몰려온 다음 말했다.

"앨라배마가 연습하게 비켜줘야죠." 마담이 꾸짖었다.

그녀는 밤마다 바트망을 사백 번씩 연습했다.

아리엔과 앨라배마는 콩코르드 광장까지 가는 택시비를 매일 반씩 나눠 부담했다. 아리엔이 앨라배마에게 자기 아파트에 와서 점심을 먹자고 강권했다.

"제가 당신과 너무 많이 어울려 다니잖아요." 그녀가 말했다. "빚지는 건 싫어요."

각자가 서로에게 질투할 부분을 찾아내려는 열망이 두 사람을 한데 묶어주었다. 두 사람의 내면에는 모두 규율에 대한 무시가 저변처럼 흘렀고 그 점이 둘을 말괄량이 같은 동지애로 연결해주었다.

"와서 제 개들을 봐야 한다니까요." 아리엔이 말했다. "한 애는 시인이고 다른 애는 훈련이 정말 잘 됐어요."

작은 테이블들 위에 햇빛 속에서 은빛으로 반짝이는 양치식물들이 놓여 있었고 아리엔 본인의 모습을 찍은 사진들도 많았다.

"마담 사진은 없어요."

"아마 나중에 우리에게 한 장 주시겠죠."

"작년에 마담이 발레에서 춤을 췄을 때 증거 남기려고 사진을 찍었잖아요. 그 사진을 찍은 사진사에게 한 장 살 수도 있어요." 아리엔이 불법이라도 저지르자는 듯 제안했다.

마담은 두 사람이 그 사진을 연습실로 가져오자 기뻐하면서 화를 냈다.

"더 잘 나온 걸 줄게요." 그녀가 말했다.

마담은 앨라배마에게 카니발에서 찍힌 자기 사진을 주었다. 사진 속에서 마담은 낙낙한 물방울무늬 드레스를 손가락으로 잡아 나비 날개처럼 펼치고 있었다. 마담의 손은 늘 앨라배마를 놀라게 했다. 길지도 가늘지도 않은 뭉툭한 손이었다. 아리엔은 마담의 사진을 얻지 못했고, 그래서 사진을 가진 앨라배마를 시샘했으며 그 어느 때보다도 질투심을 키웠다.

마담이 새 연습실에서 집들이 행사를 열었다. 사람들은 마담이 제공한 단맛의 샴페인을 잔뜩 들이켰고, 끈적거리는 러시아식 케이크를 먹었다. 앨라배마는 대용량 폴 로제 브뤼 샴페인 두 병을 기부했지만 마담의 남편이자 파리에서 교육을 받은 대공이 그 샴페인을 집에서 혼자 마시려고 따로 챙겼다.

앨라배마는 끈끈한 페이스트리 때문에 속이 메스꺼웠다. 대공이 그녀를 택시에 태우고 데려다주는 임무를 위임받았다.

"사방에서 은방울꽃 냄새가 나요." 그녀가 말했다. 그녀의 머리는 열기와 와인으로 꽉 차 있었다. 그녀는 구토가 나오는 걸 막으려고 택시에 달린 끈을 붙잡으며 버텼다.

"연습을 너무 열심히 하시는군요." 대공이 말했다.

차를 스쳐 지나가는 가로등 불빛에 비친 그의 얼굴은 수척했다. 사람들은 그가 마담이 벌어 온 돈으로 정부를 두고 있다고 말했다. 피아니스트는 남편의 수발을 들었다. 남편이 아파서였다. 거의 모두가 누군가의 수발을 들었다. 앨라배마는 그런 사실 때문에 화가 난 게 언제였는지 좀체 생각나지 않았다. 그런 일은 그저 삶이 절박하다는 소리일 뿐이었다.

데이비드는 앨라배마가 훌륭한 무용수가 될 수 있도록 돕겠다고 말했지만 그녀가 정말 그렇게 되리라고는 믿지 않았다. 그는 파리에 친구가 많았다. 작업실에서 집으로 돌아올 때면 거의 항상 누군가를 데려왔다. 그들은 밖으로 나가 몽타뉴의 판화들 사이에서, 포요의 가죽 의자와 스테인드글라스 사이에서, 파리 오페라 극장 주변 레스토랑의 플러시 천과 꽃다발 사이에서 식사했다. 앨라배마가 데이비드에게 집에 일찍 들어가자고 권유하면 그는 화를 냈다.

"너한테 무슨 불평할 권리가 있어? 너는 그 망할 놈의 발레한다고 네 친구들과 연락을 다 끊었잖아."

두 사람은 데이비드의 친구들과 함께 대로변에서 장밋빛 석영 램프 아래 샤르트뢰즈•를 마셨다. 밤이 되면 나무들은 순종적인 창부들이 부치는 깃털 부채처럼 거리에서 흔들렸다.

앨라배마의 연습은 점점 더 힘들어졌다. 능수능란하게 펼쳐야 하는 푸에테의 미로에서 그녀의 다리는 마치 햄처럼 흔들거리는 듯했고, 날렵하게 솟아야 하는 앙트르샤 생크에서는 가슴이 마치 늙은 영국 여자의 젖처럼 매달려 있는 듯했다. 그런 느낌은 거울로는 보이지 않았다. 그녀는 오로지 힘줄이었다. 성공에 대한 강박은 집착이 되었다. 그녀는 투우장에서 내장을 질질 끌고 다니는 피투성이 말이 된 것 같은 기

• 증류주에 약초를 넣어 숙성시킨 리큐어.

분이 들 때까지 연습을 했다.

집 안의 가사는 엄청나게 불만족스러운 상태로 떨어졌고 구성원들을 조율해줄 권위 따위도 없었다. 앨라배마는 아침에 아파트를 나서기 전 점심 식사로 요리사가 절대 귀찮게 준비할 필요가 없는 요리 목록을 놔두고 갔다. 요리사 여자는 석탄 통에 버터를 보관했고 개 아다주에게는 매일 토끼 고기 스튜를 먹였으며 식구들에게는 자기가 좋아하는 음식을 냈다. 다른 아파트를 구해봤자 소용없었다. 아파트 자체가 쓸모없었다. 집에서의 생활이란 그저 개인들이 가까이 모여 있는 것에 불과했다. 공통의 관심사라고는 하나도 없었다.

보니는 자기 부모가 산타클로스처럼 유쾌하면서도 알 수 없는 무언가, 자기 삶에 아무런 실제적인 영향을 미치지 않는 사람들이라 생각했다. 그들은 가정교사가 내뱉는 저주 바깥에 있는 존재였다.

가정교사는 보니를 데리고 뤽상부르 공원으로 산책을 나섰고, 짧은 하얀 장갑을 낀 채 금속 느낌이 나는 백일초와 제라늄 화단 사이에서 굴렁쇠를 굴리고 있는 보니는 정말 프랑스인 같아 보였다. 아이는 빨리 자라고 있었다. 앨라배마는 딸이 발레 훈련을 시작하길 바랐고, 마담도 자기가 시간이 나면 아이에게 첫 레슨을 시켜주겠다고 약속했다. 보니는 앨라배마에 대한 설명하기 어려운 반감을 느끼며 춤을 추고 싶지 않다고 말했다. 보니는 가정교사가 튀일리궁에서 운전기사와 같이 걷고 있더라고 고자질을 했다. 가정교사는 추측만으로 말싸움하는 건 자기 품위를 깎는 짓이라고 말했다. 요리사는 수 프에 떨어진 털은 하녀 마르그리트의 검은 콧수염이라고 해 명했다. 아다주는 실크 소파를 먹어치웠다. 데이비드는 아파 트가 역병의 소굴 같다고 말했다. 위층에 사는 사람들이 아침 9시에 축음기로 〈풀치넬라〉•를 틀어대며 그의 잠을 중간에 깨웠다. 앨라배마는 연습실에서 점점 더 많은 시간을 보냈다.

마침내 마담이 보니를 제자로 받았다. 어머니에게는 자기 딸의 작은 팔다리가 곡선을 그리는 무용수의 동작을 진지하 게 따라 하는 광경을 보는 것이 정말 감격적인 일이었다. 새 로 고용한 가정교사는 영국 공작 가문에서 일했던 여성이었 다. 그녀는 연습실의 분위기가 아이에게는 적합하지 않다고 불평했다. 그녀가 그런 말을 한 건 본인이 러시아어를 하지 못해서였다. 그녀는 연습실의 소녀들이 이상한 언어로 불협 화음 같은 말을 지껄여대고 거울 앞에서 상스러운 자세를 취 하는 지옥의 악귀들이라고 생각했다. 새 가정교사는 신경쇠 약에 시달리는 여성이었다. 마담은 보니에게 재능이 있어 보 이지는 않지만 판단하기에는 너무 이르다고 말했다.

어느 날 아침 앨라배마는 레슨에 늦었다. 9시 이전의 파리 는 펜으로 그린 그림 같다. 앨라배마는 바티뇰 대로의 교통 혼잡을 피하려고 지하철을 탔다. 지하철에서는 튀긴 감자 냄

• 스트라빈스키가 작곡한 발레 음악. 18세기 이탈리아의 작은 마을을 배경으로, 연인들의 사랑을 코믹하게 담았다.

새가 났고, 그녀는 축축한 계단에서 누가 뱉어놓은 침에 미끄러졌다. 앨라배마는 군중 속에 있다가 발이 짓밟힐까봐 두려웠다. 대기실에서는 스텔라가 눈물이 그렁그렁한 채 그녀를 기다리고 있었다.

"제 편 들어줘야 해요." 그녀가 말했다. "아리엔은 저를 이용해먹기만 해요. 저는 아리엔의 신발을 닦아주고 음악을 챙겨주잖아요. 그런데 마담이 레슨 때 음악을 반주해주는 대가로 제게 돈을 주면 어떻겠냐고 걔한테 제안했는데 걔는 싫대요."

아리엔은 어둠 속에서 밀짚 상자에 몸을 숙인 채 짐을 싸고 있었다.

"다시는 춤을 추지 않겠어요." 아리엔이 말했다. "마담은 아이들에게 낼 시간은 있고, 아마추어에게 낼 시간도 있고, 세상 사람 모두에게 낼 시간이 있지만 아리엔 잔레는 제대로 반주해줄 피아니스트 하나 없이 몇 시간이고 연습해야 하니까."

"난 최선을 다한다고. 그런 얘기는 나한테만 해야지." 스텔라가 훌쩍였다.

"너한테 얘기하고 있잖아. 너는 좋은 애야. 하지만 돼지처럼 피아노를 연주한다고!"

"네가 원하는 걸 나한테 제대로만 말해줬어도 됐잖아." 스텔라가 애걸하듯 말했다. 그 왜소한 얼굴이 공포와 눈물로 붉게 부어오른 모습은 보기에도 끔찍했다.

"지금 이 순간에도 설명하고 있잖아. 나는 예술가야. 피아노 선생이 아니라고. 그래서 아리엔이 나가겠다는 거야. 그럼 마담이 계속 유치원을 운영할 수 있을 테니까." 아리엔도 화가 나서 울고 있었다.

"아리엔, 누가 나가야 한다면 그건 나일 거야." 앨라배마가 말했다. "그러면 너도 다시 네 시간을 확보할 수 있을 테니까."

아리엔이 훌쩍이며 앨라배마에게 고개를 돌렸다.

"마담에게 설명을 했어요. 리허설 끝나고 밤에 연습을 할 수는 없다고요. 저는 레슨비를 내요. 돈을 낼 여유가 없어도요. 저는 여기 있을 때 실력을 향상해야 해요. 저도 당신과 똑같이 돈을 낸다고요." 아리엔이 훌쩍였다.

그녀가 앨라배마를 반항적으로 쳐다보았다.

"**저는** 제 발레에 인생을 걸었다고요." 그녀가 업신여기는 듯한 말투로 말했다.

"아이들도 시작은 해야 해요." 앨라배마가 말했다. "누구든 한때는 초보였다고 말한 사람이 당신이잖아요. 우리 처음 만났을 때 그랬죠."

"분명 그랬죠. 그럼 다른 아이들처럼 시작하게 해야죠. 덜 괜찮은 조건에서."

"제 레슨 시간을 보니와 나눌게요." 결국 앨라배마가 그렇게 말했다. "당신은 여기 계속 다녀야 하니까."

"당신은 정말 좋은 분이에요." 아리엔이 갑자기 웃음을 터뜨렸다. "마담은 늘 새로운 것에 약한 분이죠. 아무튼 지금은 여기 남아 있겠어요."

아리엔이 앨라배마의 코에 충동적으로 입을 맞췄다.

보니는 레슨에 저항했다. 아이는 일주일에 세 시간 마담의 지도를 받았다. 마담은 보니에게 푹 빠졌다. 다른 레슨도 쉴 새 없이 이어졌기 때문에 마담의 개인적인 감정은 레슨 틈틈이 끼어들어야 했다. 그녀는 보니에게 과일과 초콜릿 랑그드샤●를 사줬고 아이의 발 자세를 제대로 잡아주려고 엄청나게 고생했다. 보니는 마담의 애정을 배출하는 통로가 되었다. 춤으로 전하는 감정은 감상적인 애착보다 훨씬 더 엄했다. 아이는 아파트를 계속 뛰어다니며 도약과 파드부레를 연습했다.

"맙소사." 데이비드가 말했다. "집안에 춤꾼은 하나면 충분해. 못 견디겠군."

데이비드와 앨라배마는 곰팡내 나는 복도에서 서둘러 서로를 지나치고 식사 시간에는 마치 상대의 적대적인 몸짓을 대비하는 사람들처럼 거리를 둔 채 마주 앉았다.

"앨라배마, 그 흥얼거림 그만두지 않으면 나 미쳐버릴지도 몰라." 그가 불평했다.

앨라배마는 **진짜로** 짜증 나는 건 그날 레슨에서 들었던 음악이 계속 머릿속을 맴도는 것이라고 생각했다. 머릿속에 음악 말고는 아무것도 없었다. 마담은 앨라배마가 음악적인 사람은 아니라고 말했다. 앨라배마는 음악을 시각적으로, 건축적으로 생각했다. 때로 음악은 그녀를 자신 외의 어떤 생명체도 뚫고 들어올 수 없는 어슴푸레한 공간 속 목신으로 탈바

● 고양이 혀 모양을 닮은 납작하고 긴 과자.

꿈시키기도 했고, 또 때로는 황량한 해안에서 파도에 씻겨나가는 잊힌 신의 외로운 동상, 프로메테우스 동상으로 변모시키기도 했다.

연습실에 승승장구하는 행운의 기운이 감돌았다. 아리엔은 자기 주변 사람 중 가장 먼저 오페라 극장 심사를 통과했다. 그녀는 자신의 성공을 통해 그 장소에 스며들었다. 그녀는 수업에 프랑스인 몇을 데려왔는데, 긴 발레 스커트와 허리까지 팬 발레복을 입은 모습이 드가•의 그림에 나오는 듯한 요염함을 풍겼다. 그들은 향수를 잔뜩 뿌리고 와서는 러시아인들의 냄새 때문에 욕지기가 난다고 말했다. 러시아인 제자들은 마담에게 가 프랑스인들이 풍기는 사향 냄새가 코를 찔러대서 숨을 쉴 수 없다고 불평했다. 마담은 모두를 진정시키기 위해 바닥에 레몬 오일과 물을 뿌렸다.

"저 프랑스 대통령 앞에서 춤을 추게 됐어요." 어느 날 아리엔이 환희에 차 말했다. "앨라배마, 드디어 세상 사람들이 이 잔레를 알아보기 시작했다고요!"

앨라배마는 치밀어 오르는 질투심을 억누를 수 없었다. 아리엔이 잘된 건 기뻤다. 아리엔은 열심히 노력했고 춤만 아는 인생을 살았다. 그럼에도 앨라배마는 그 자리에 자기가 있기를 바랐다.

● 프랑스의 화가 에드가르 드가(1834~1917). 대표작으로 〈발레 수업〉, 〈발레 연습〉 등이 있다.

"그래서 앞으로 삼 주 동안은 케이크와 카프 코르스 와인도 포기하고 성자처럼 살아야 해요. 그 일정을 시작하기 전에 파티를 열고 싶은데 마담은 오지 않으시겠대요. 당신과는 저녁 식사를 하러 나가면서 아리엔과는 같이 안 먹겠다는 거예요. 이유를 물어보니까 이렇게 말씀하시는 거예요. '경우가 다르지. 너는 돈이 없잖아'라고요. 저도 언젠가는 돈을 벌 텐데."

아리엔은 마치 자기 말에 반박이라도 해달라는 듯 앨라배마를 쳐다보았다. 앨라배마는 이 문제에 대해 뭐라고 말해야 할지 확신이 없었다.

아리엔이 공연을 하기 일주일 전 오페라 극장에서 그녀에게 리허설을 요청했는데 마담의 레슨과 시간이 겹쳤다.

"그럼 제가 앨라배마의 레슨 시간에 연습할게요." 아리엔이 제안했다.

"앨라배마가 너와 바꿔줄 수 있다면." 마담이 말했다. "일주일 동안."

앨라배마는 오후 6시에 레슨을 받을 수 없었다. 그건 데이비드가 혼자 저녁 식사를 해야 한다는 뜻이었고 그녀가 8시가 넘어서 집에 들어간다는 의미였다. 그렇지 않아도 종일 연습실에 있는 상황이었다.

"그럼 안 되겠네." 마담이 말했다.

아리엔은 잔뜩 화가 났다. 그녀는 오페라 극장과 연습실 사이에서 인내심을 쪼개 쓰며 극도로 날을 세운 채 지내고 있었다.

"이번에는 진짜 떠날 거예요! 나를 위대한 무용수로 만들어줄 사람을 찾겠어요." 아리엔이 올러댔다.

마담은 미소만 지었다.

앨라배마는 아리엔에게 레슨 시간을 양보하지 않았다. 두 사람은 우호적인 적대감을 품은 채 연습을 했다.

직업상의 우정이란 엄격한 점검을 감당할 수 없다고, 앨라배마는 생각했다. 모두를 앞지르려 하고 모든 상황을 제 본위대로 해석하려는 게 훤히 보이니까.

아리엔은 고집불통이었다. 본인이 잘하는 분야를 벗어나는 것에는 수업 시간에도 연습을 거부했다. 눈물을 줄줄 흘리는 얼굴로 단상 계단에 앉아 거울만 빤히 바라보았다. 무용수란 예민하고, 야만적이다시피 한 사람들이다. 그녀는 연습실의 분위기를 흐려놓았다.

수업은 평소 마담에게 레슨을 받던 사람들이 아닌 다른 무용수로 북적였다. 루빈시테인 발레단이 리허설을 하고 있었고 무용수들은 마담에게 다시 레슨을 받을 만큼 충분히 돈을 벌고 있었다. 남아메리카로 떠났던 소녀들은 파블로바의 발레단이 해단하면서 파리로 떠밀리듯 돌아왔다. 발레의 스텝들이 언제나 아리엔이 편하게 소화할 수 있는 힘과 기술 시험이 될 수는 없었다. 아리엔이 끔찍이도 싫어하는 슈만과 글린카●의 설교 조 테너 음역에 조금씩 형태를 빚어내 제공하

● 제정 러시아의 작곡가 미하일 글린카(1804~1857).

는 것은 바로 그녀가 추는 스텝들이었다. 그녀가 정신없이 빠져들 수 있는 음악은 리스트의 난장판 같은 울림과 레온카발로●의 멜로드라마였다.

"다음 주에 이곳을 떠날 거예요." 아리엔이 앨라배마에게 말했다. 아리엔의 입가는 딱딱하게 굳어 있었다. "마담은 바보예요. 그 여자는 내 경력을 헛되이 희생시킬 거라고요. 하지만 다른 사람들도 있으니까!"

"아리엔, 위대한 무용수가 된다는 건 그런 게 아니야." 마담이 말했다. "너는 쉬어야 해."

"여기서 제가 할 수 있는 건 이제 없어요. 떠나는 편이 나아요." 아리엔이 말했다.

소녀들은 아침 수업 전에 프레즐만 겨우 먹었다. 연습실이 집에서 너무 멀어 제때 아침을 챙겨 먹지 못했기 때문이다. 다들 짜증을 냈다. 겨울 햇살이 안개를 뚫고 칙칙한 사각형 모양으로 떨어졌고 공화국 광장 주변의 회색 건물들은 차가운 막사 같은 분위기를 풍겼다.

마담이 앨라배마에게 다른 사람들과 같이 춤을 추기 전에 아리엔과 함께 가장 어려운 스텝을 혼자 해보라고 요구했다. 아리엔은 완성된 발레리나였다. 앨라배마는 자신의 춤이 그 프랑스 소녀의 발레를 특징짓는 세련된 간결함에 절대 미치지 못한다는 점을 분명히 의식했다. 두 사람이 함께 춘 춤은

● 이탈리아의 오페라 작곡가 루지에로 레온카발로(1857~1919).

결국 앨라배마가 잘하는 서정적인 표현보다는 아리엔의 스텝이 전부이다시피 두드러졌지만, 그럼에도 아리엔은 항상 이 스텝이 자기에게 맞지 않는다고 소리쳤다. 그녀는 다른 사람들에게 앨라배마가 방해꾼이라고 주장하고 다녔다.

앨라배마가 마담에게 사준 꽃은 연습실의 과도한 열기 속에서 시들고 쪼그라들었다. 공간이 쾌적해지자 더 많은 구경꾼이 수업에 몰려왔다. 황실 발레 학교 소속 비평가가 앨라배마의 레슨을 참관했다. 엄숙한 인상에 과거의 격식을 티나게 드러내던 그는 러시아어를 홍수처럼 쏟아내면서 자리를 떴다.

"그 사람 뭐라고 한 거예요?" 마담과 단둘이 있을 때 앨라배마가 물었다. "저 형편없이 춤췄어요. 그 사람 아마 선생님을 형편없이 가르치는 사람이라고 생각할 거예요." 앨라배마는 마담의 열의 부족이 비참했다. 그 남자는 유럽 제일의 비평가였다.

마담이 앨라배마를 몽롱한 눈길로 바라보았다. "그분은 내가 어떤 선생인지 알아요." 그녀는 그렇게만 말했다.

며칠 뒤 짧은 편지가 한 장 왔다.

평론가 선생님의 조언을 받고 보냅니다. 나폴리 산카를로 오페라단에서 공연할 오페라 〈파우스트〉에서의 솔로 데뷔를 제안하고자 합니다. 작은 역할이지만 나중에 다른 기회가 생길 겁니다. 나폴리에는 일주일에 30리라로 무척이나 편안히 지낼 수 있는 하숙집들이 있습니다.

앨라배마는 데이비드와 보니와 가정교사가 일주일에 30리라짜리 하숙집에서 살 수 없으리라는 점을 알았다. 데이비드는 나폴리에서는 아예 살지 못할 것이다. 그는 그곳을 엽서에나 나오는 도시라고 말한 적이 있었다. 나폴리에 보니가 다닐 수 있는 프랑스 학교가 있을 리도 없었다. 산호 목걸이, 열병, 더러운 아파트, 발레 말고는 아무것도 없을 것이었다.

"들뜨면 안 돼." 앨라배마가 중얼거렸다. "연습해야 해."

"갈 건가요?" 마담이 기대감 어린 목소리로 물었다.

"아뇨, 남을 거예요. 선생님은 제가 〈라 샤트〉 추는 걸 도와주셔야죠."

마담이 애매한 얼굴을 했다. 앨라배마는 마담의 두 눈에서 모종의 암시를 찾으려 했지만 바닥을 알 수 없는 그녀의 눈빛을 들여다보는 건 마치 나무도 그늘도 없는 8월에 뜨겁게 달궈진 자갈길을 걷는 것 같았다.

"데뷔를 주선하는 건 어려운 일이에요." 마담이 말했다. "거절하면 안 돼요."

데이비드는 그 편지가 마치 무슨 우발적인 일이라도 되는 듯 느꼈다.

"너는 이 일 하면 안 돼." 그가 말했다. "이번 봄에는 집에 가야지. 우리 부모님은 늙었고, 작년에 이미 약속한 일이잖아."

"나도 늙었어."

"우린 지켜야 할 도리가 있어." 그가 고집스레 말했다.

앨라배마는 더 이상 도리 같은 건 신경 쓰지 않았다. 사람들에게 상처를 줄까봐 신경을 쓴다는 점에서, 그녀는 데이비드가 자기보다 진심으로 나은 사람이라고 생각했다.

"나는 미국에 가고 싶지 않아." 앨라배마가 말했다.

아리엔과 앨라배마는 서로를 무자비하게 놀려댔다. 그들은 다른 사람들보다 훨씬 열심히, 꾸준히 연습했다. 수업이 끝나고 옷을 갈아입지 못할 정도로 녹초가 되면 두 사람은 대기실 바닥에 주저앉아 히스테릭하게 웃으며 오드콜로뉴나 마담이 뿌린 레몬 오일에 흠뻑 젖은 수건으로 서로의 뺨을 때리기도 했다.

"내 생각에는……." 앨라배마가 말을 하면 아리엔이 새된 소리로 말을 끊었다.

"당신 생각이라고! '몽 앙팡'●이 생각이란 걸 하기 시작했네. 아! '마 피유',●● 그거 실수예요. 생각 말고는 하는 게 없잖아. 그냥 집에 가서 남편 양말이나 꿰매지 그래요?"

"메샹."●●● 앨라배마가 대답했다. "연장자를 비판하는 법을 가르쳐주겠어요!" 젖은 수건이 철썩하는 소리를 내며 아리엔의 단단한 엉덩이를 후려쳤다.

● '우리 아이'라는 뜻의 프랑스어.

●● '아가씨'라는 뜻의 프랑스어.

●●● '심술궂네요'라는 뜻의 프랑스어.

"공간이 더 필요해요. 이 개구쟁이 여자랑 너무 가까워서 옷을 갈아입을 수가 없다고요." 아리엔이 쏘아붙이듯 말했다. 그녀는 진지한 얼굴로 앨라배마에게 몸을 돌리더니 그녀를 미심쩍은 눈길로 바라보았다. "근데 이거 농담 아니고 진짜예요. 당신이 탈의실을 멋진 튀튀로 꽉 채운 뒤로 저는 여기 뭘 놓을 데가 없다고요. 내 후진 모직 옷을 걸어둘 데가 없다니까요."

"여기 당신에게 주려고 산 새 튀튀예요! 선물하는 거예요!"

"나는 녹색 안 입어요. 녹색은 프랑스에서는 불운을 가져오는 색이라고요." 아리엔은 기분이 상했다.

"돈 내주는 남편이 있었으면 나도 내 손으로 옷을 살 수 있었는데." 아리엔이 불쾌한 듯 계속 말했다.

"돈을 누가 내는지가 무슨 상관이죠? 혹시 극장 맨 앞 세 줄에 앉은 후원자들이 당신한테 하는 말이 죄다 그런 얘기인가?"

아리엔이 벌거벗은 소녀 무리 속으로 앨라배마를 떠밀었다. 그중 누군가가 얼른 앨라배마를 소용돌이 모양 같은 아리엔의 몸 쪽으로 밀었다. 오드콜로뉴가 바닥에 쏟아지자 사람들이 입을 다물었다. 수건 끝이 앨라배마의 눈 부위를 때렸다. 그녀는 더듬거리며 움직이다가 아리엔의 뜨겁고 매끌매끌한 몸과 부딪쳤다.

"자!" 아리엔이 찢어질 듯한 목소리로 말했다. "당신이 해놓은 짓을 봐요! 당장 치안판사한테 달려가서 이 일을 '콩스타테'●할 거야!" 그녀는 훌쩍이면서 아파치족 같은 저주를 목청이 터져라 내뱉었다. "내 눈에 오늘이 아니라 내일이 보여! 나는 암에 걸릴 거야! 당신이 못된 영혼으로 내 가슴을 후려쳤으니까! 나는 이 일을 '콩스타테'할 거고, 내 암이 악화하면 당신이 치료비를 아주 많이 내게 될 거야! 당신이 지구 끝에 있더라도 그럴 거야! 당신이 치료비를 낼 거라고!" 연습실 전체가 귀를 기울이고 있었다. 아리엔이 질러대는 소리가 너무 커서 밖에서 진행되던 마담의 레슨도 중지됐다. 러시아 제자들은 프랑스인과 미국인 중 한쪽을 택해 갈라졌다.

"살 라스!"●● 소녀들이 닥치는 대로 새되게 소리쳤다.

"미국인은 절대 신뢰해서는 안 돼!"

"프랑스인을 절대 믿으면 안 되지!"

"미국인이고 프랑스인이고 둘 다 너무 날이 서 있어."

러시아 소녀들은 오랫동안 우쭐대는 미소를 지었는데, 마치 왜 미소를 짓고 있는지는 한참 전에 잊어버린 미소이자 이 상황에서 자기들이 우위에 있다는 점을 표나게 드러내는 미소였다. 소녀들이 만들어내는 소음은 귀청이 떨어질 듯 시끄러우면서도 어딘지 모르게 은밀했다. 마담이 이 일을 따지러 왔다. 그녀는 두 사람에게 화를 냈다.

앨라배마는 할 수 있는 한 빨리 옷을 갈아입었다. 밖으로

● '증명하다'라는 뜻의 프랑스어.

●● '더러운 놈들!'이라는 뜻의 프랑스어.

나와 신선한 공기를 마시며 택시를 기다리는 동안 그녀의 무릎이 떨렸다. 앨라배마는 모자 아래 젖은 머리 때문에 감기에 걸리는 건 아닐까 싶었다.

윗입술에 흐르던 땀이 마르자 춥고 얼얼해졌다. 그녀는 자기 것이 아닌 스타킹을 신고 있었다. "대체 이게 다 뭐지." 그녀는 혼잣말했다. 주방 하녀들처럼 싸우다가 육체적 자원을 거의 다 써버려서 간신히 버티고 있는 이 꼴이, 다 뭐지?

'맙소사!' 앨라배마가 생각했다. '천박해! 정말 지독하게 천박해!'

그녀는 시원한 양치식물 화단 위 멋지고 서정적인 장소에서 잠을 자고 싶었다.

앨라배마는 오후 수업에 가지 않았다. 아파트는 황량했다. 아다주가 밖으로 나오려고 문을 발톱으로 긁어대는 소리가 들렸다. 방들이 공허를 흥얼거렸다. 보니의 방으로 간 앨라배마는 마멀레이드 단지에서 시들어가는, 식당에서 선물로 주는 빨간 카네이션을 발견했다.

"왜 **애한테** 꽃 하나도 선물을 안 해주는 거지, 나는?" 앨라배마가 중얼거렸다.

아이의 침대 위에는 인형의 튀튀를 만들어주려다 실패한 흔적이 남아 있었고 문 옆에 놓인 신발은 발가락 부분이 닳아 있었다. 앨라배마는 탁자 위에 펼쳐진 채 놓여 있던 스케치북을 집어 들었다. 스케치북에는 노란 더벅머리를 한 공격적인 느낌의 인물이 보니의 서툰 솜씨로 그려져 있었는데 그 아래에는 설명이 적혀 있었다. "우리 어머니는 세상에서 가장 아름다운 여성이다." 반대쪽 페이지에는 두 사람이 서로 격려하듯 손을 잡고 있었다. 두 사람 뒤에는 보니가 머릿속으로 구상한 개가 꼬리를 끌며 걷고 있었다. "이것은 어머니와 아버지가 산책할 때의 모습입니다." 페이지에는 그렇게 적혀 있었다. "정말 멋지다. 우리 부모님이 함께 있는 모습(C'est très chic, mes parents ensemble)!"

'세상에!' 앨라배마가 생각했다. 그녀는 보니의 정신이 점점 자라고 있다는 사실을 거의 까맣게 잊고 있었다. 보니는 앨라배마가 어렸을 때 제 부모에 대해 가졌던 것과 똑같은 자부심을 자기 부모에게 느끼고 있었고, 앨라배마가 그랬듯 자신이 믿고 싶은 완벽함을 부모에게 상상해 투영하고 있었다. 보니는 자신의 삶에 어여쁘게 양식화된 것이 존재하기를, 그것을 실현하기에 적절한 계획이 떠오르기를 지독히 갈망하는 것이 분명했다. 다른 아이들의 부모는 아이들에게 저 멀리 떨어져 있는 '멋진' 존재에 그치지 않았는데. 앨라배마는 스스로를 통렬하게 질책했다.

앨라배마는 오후 내내 잤다. 잠재의식에서 구타당한 아이가 느낄 법한 감정이 솟아났다. 자는 동안 뼈가 욱신거렸고 목구멍은 물집이 터진 살처럼 바짝 말랐다. 잠에서 깼을 때 앨라배마는 몇 시간 동안 운 것 같은 기분이 들었다.

별빛이 그녀만을 위해 침대를 비추고 있었다. 앨라배마는 몇 시간을 침대에 누워 거리에서 들리는 소리에 귀를 기울였다.

앨라배마는 아리엔을 피해 개인 레슨에만 나갔다. 연습하는 동안 앨라배마는 이제 막 도착한 학생들에게 맞장구를 쳐달라고 호소하고자 깔깔거리는 아리엔의 웃음소리를 들을 수 있었다. 소녀들은 앨라배마를 호기심 어린 눈길로 바라보았다. 마담은 그녀에게 아리엔은 신경 쓰지 말라고 말했다.

서둘러 옷을 갈아입은 앨라배마는 먼지투성이 커튼 사이로 무용수들을 엿보았다. 스텔라의 불완전함, 아리엔의 기교, 호의를 구걸하는 모습, 전선을 두고 다투는 광경이 유리 지붕을 통과해 떨어지는 해자를 두른 듯한 햇빛 속에서 앨라배마의 눈앞에 드러났다. 마치 기어다니고, 사방을 휘젓는 유리병 속 곤충들을 병 옆에서 관찰하는 듯했다.

"애벌레들!" 앨라배마는 우울한 기분으로 경멸하듯 말했다.

그녀는 자기가 차라리 발레단에서 태어났거나 아예 완전히 그만둘 수 있거나, 둘 중 하나였다면 좋았겠다고 생각했다.

발레를 포기할 생각을 하자 앨라배마는 몸이 아파왔고 중년이 되어버렸다. 끝도 없이 췄던 파드부레는 분명 어딘가로 필연적으로 이어지는 길을 뚫어놓았으리라.

댜길레프가 죽었다. 발레 뤼스의 위대한 운동을 가능케 했던 것들은 프랑스 법정에서 썩어가고 있었다. 댜길레프는 돈을 제대로 벌어본 적이 없었다.

댜길레프의 무용수 중 일부는 여름에 리도•의 수영장에서

• 베네치아의 리도섬.

공연하며 술에 취한 미국인들을 즐겁게 해주었다. 어떤 무용수들은 보드빌 극장에서 춤을 췄다. 영국인들은 영국으로 돌아갔다. 파리, 몬테카를로, 런던, 베를린의 스포트라이트 속에서 관객들을 은빛 검으로 찔러댔던 〈라 샤트〉의 투명한 셀룰로이드 무대장치는 센강 변의 축축하고 쥐가 들끓는 창고 속에서 '금연'이라고 적힌 채, 강에서 흘러온 잿빛이 어둡고 물이 뚝뚝 듣는 땅과 축축하고 구불구불한 밑바닥에서 철벅거리는 돌로 된 터널 속에 갇히는 신세가 되었다.

"이게 다 무슨 소용이지?" 앨라배마가 말했다.

"그 시간과 노력과 돈을 들였는데 그냥 포기해버리면 안 돼." 데이비드가 말했다. "미국에서 일을 한번 알아보자고."

데이비드는 상냥했다. 하지만 앨라배마는 자신이 미국에서는 결코 춤을 추지 못하리라는 사실을 알았다.

마지막 레슨을 마칠 때쯤 구름 사이로 간간이 비추던 태양이 채광창 너머로 사라졌다.

"당신이 하던 아다지오를 잊지는 않을 거죠?" 마담이 말했다. "미국에 가면 내게 제자를 보내주겠어요?"

"마담." 앨라배마가 불쑥 물었다. "제가 여전히 나폴리에 갈 수 있다고 생각하세요? 당장 그 비평가를 만나서 제가 바로 출발할 거라고 말씀드려주실 수 있나요?"

마담의 두 눈을 들여다보는 것은 마치 여섯 개, 때로는 일곱 개의 사각형이 있는 흑백 피라미드 블록을 바라보는 것과 같았다. 그녀의 눈을 들여다본다는 것은 착시를 경험하는 일과 같았다.

"그런 생각이라면." 마담이 말했다. "아직 기회는 열려 있다고 확신해요. 내일 떠나겠어요? 낭비할 시간이 없어요."

"네." 앨라배마가 말했다. "갈게요."

제4부

1

    기차역 꽃 가판대의 녹색 깡통에는 마치 팝콘 포장에 딸린 종이부채처럼 달리아가 불쑥 튀어나와 있고, 늘어선 신문 판매대를 따라 오렌지가 미니식 총탄처럼 쌓여 있었다. 뷔페 드 라 가르 레스토랑의 창문에는 미국산 자몽 세 개가 미식의 전당포를 상징하는 공이라도 되는 듯 자랑스레 내걸렸다. 열차 창문과 파리 사이에는 포화된 공기가 무거운 담요처럼 축 늘어져 있었다.

    데이비드와 앨라배마는 기차 이등 침대칸을 담배 연기로 뻔뻔스레 가득 채웠다. 그가 벨을 울려 여분의 베개를 요청했다.

    "필요한 게 있으면 언제든 연락해." 그가 말했다.

    앨라배마는 울고 나서 노란색 진정제 한 스푼을 꿀꺽 삼켰다. "너는 내가 어떻게 떠나는지 사람들에게 말하고 다니는 게 지겨워질 거야……."

"할 수 있는 한 빨리 아파트를 처분하고 스위스로 갈게. 네가 그쪽에서 애를 만날 준비가 되면 보니를 보내고."

객차 창문에 놓아둔 단맛이 없는 페리에 탄산수에서 자글거리는 소리가 났다. 데이비드는 퀴퀴한 곰팡내에 숨이 막혔다.

"이등칸으로 여행하는 건 바보짓이야. 내가 일등칸으로 바꾸게 그냥 놔둘 생각 없어?" 데이비드가 말했다.

"처음에는 돈을 아낀다는 기분을 느끼고 싶어."

각자의 반응이 짊어지고 있는 무게가 두 사람을 둑처럼 갈라놓았다. 미처 깨닫지 못한 안도감이 이별 앞에서도 슬픔을 참도록 비끄러맸고, 헤아릴 수 없는 무의식적인 연상 작용이 플라토닉한 절망 속에서도 작별 인사를 어물거리며 넘기게 했다.

"돈을 좀 보낼게. 나는 이제 내려야겠다."

"안녕, 아, 잠깐, 데이비드!" 기차가 떠날 때 앨라배마가 소리쳤다. "보니 속옷 '올드 잉글랜드'에서 챙겨 오라고 가정교사한테 확인 좀 시켜줘."

"말해둘게. 안녕, 자기야!"

앨라배마는 영매 집회 모임에서처럼 희미하게 반짝이는 기차 백열등 안으로 머리를 파묻었다. 그녀의 얼굴이 거울에 비친 돌조각처럼 평평해졌다. 입고 있는 정장은 이등칸에는 어울리지 않는 것이었다. 이본 데이비드슨이 종전 기념일 행진에서 영감을 받아 만든 옷으로, 헬멧의 호라이즌 블루색 선들과 망토의 굴곡은 잘 긁히는 재질의 레이스 커버를 씌운 좌석의 압박감을 감당하기에는 지나치게 물렀다. 앨라배마는 불만투성이 아이를 달래는 어머니의 심정으로 자기 계획을 검토했다. 그녀는 나폴리에 도착하고 이틀 뒤에야 발레단의 총책임자인 여성을 만날 예정이었다. 가정교사가 친절하게도 마게이 옷감 한 다발을 줬는데, 집 벽난로 선반에 깜박하고 놔두고 온 게 유감스러웠다. 세탁소에 맡겨놓은 빨랫감도 있었다. 가정교사가 리넨 천으로 포장해서 이사 때 챙겨 갈 수 있을 것이다. 앨라배마는 데이비드가 리넨 천 소포를 아메리칸 익스프레스●에 맡겨놓을 것으로 생각했다. 이삿짐을 싸는 건 어렵지 않을 것이다. 불필요한 잡동사니는 거의 없었다. 깨진 다기 세트, 생라파엘의 발란스로 순례 여행을 떠났을 때 산 기념품, 사진 몇 장(코네티컷의 포치에 앉아 있는 데이비드를 찍은 사진을 가져오지 못한 게 아쉬웠다)에 책 몇 권, 상자에 담아 놓은 데이비드의 그림 정도가 다였다.

저 멀리 파리의 전광판 불빛이 도자기 가마의 불꽃처럼 빛을 발했다. 성긴 재질의 빨간 담요를 덮은 두 손에 땀이 배었다. 객차에서는 어린 소년의 주머니에서 나는 것 같은 냄새가 났다. 그녀의 머릿속 생각이 기차 바퀴의 덜컹거리는 소리에 맞춰 프랑스어로 두서없이 횡설수설하고 있었다.

● 금융회사로 유명하지만 처음에는 화물 운송업으로 시작했다.

어여쁜 왼손은 치밀한 에테르

아름다운 공기 속으로 몸을 쭉 뻗고

드높은 리듬을 순수하게 유지하는

슬픈 새의 날갯짓

앨라배마가 자리에서 일어나 연필을 찾았다.

"천 마리의 참새가 끊임없이 울어대는 소리(Le bruit constant de mille moineaux)." 그녀가 덧붙였다. 앨라배마는 자기가 편지를 잃어버렸나 싶었지만 편지는 큐텍스 상표가 붙은 양철 상자 안에 들어 있었다.

아무래도 깜빡 잠이 들었던 모양이다. 기차에서는 그게 분간이 잘 가지 않았다. 앨라배마는 복도에서 들리는 발소리에 정신이 들었다. 여기가 국경인가보네. 그녀가 벨을 눌렀다. 한동안 아무도 오지 않았다. 그러다 마침내 서커스의 동물 조련사 같은 녹색 제복을 입은 남자가 나타났다.

"물 좀 주시겠어요?" 앨라배마가 애교 있게 청했다.

남자는 바퀴 달린 식기대를 멍하니 바라볼 뿐이었다. 남자의 부드러운 수수께끼 같은 매혹적인 표정에서는 어떠한 반응도 나오지 않았다.

"'아콰',• '드 로',•• 무**흘을**요." 앨라배마가 재차 말했다.

● '물'이라는 뜻의 이탈리아어.

●● '물'이라는 뜻의 프랑스어.

"'프로일라인'●께서 벨을 누르셔서 왔습니다." 남자가 말했다.

"저기요." 앨라배마가 말했다. 그녀는 팔을 들어 오스트레일리아식 영법으로 헤엄치는 흉내를 내고는 과장되게 물을 꿀꺽 삼키는 것과 입을 헹구는 것 사이에 있는 동작으로 타협을 보며 끝을 냈다. 그런 다음 기대에 찬 눈으로 승무원을 빤히 마주 보았다.

"안 돼요, 안 돼, 안 돼요!" 승무원이 놀라 소리치고는 객실에서 사라졌다.

앨라배마는 이탈리아어 회화 책을 꺼낸 다음 다시 벨을 눌렀다.

"벤젠은 어디서 살 수 있나요(Do'-veh pos'-so com-prar'-eh ben-ze'-no)?" 책에는 그렇게 적혀 있었다. 승무원이 재미있다는 듯 웃었다. 그녀가 잘못된 부분을 찾아 읽은 게 분명했다.

"됐어요." 앨라배마는 승무원에게 마지못해 그렇게 말하고는 다시 시 창작으로 돌아갔다. 승무원이 그녀의 머릿속에서 운율을 몰아내버렸다. 스위스를 지나고 있는 듯했다. 마차 커튼을 내리고 알프스를 지나간 사람이 바이런●●이었는지 아니었는지 앨라배마는 기억이 나지 않았다. 그녀는 창밖을 내다보려고 했다. 어둠 속에서 우유 통 몇 개가 반짝였다. 보니

● '여자', '아가씨'라는 뜻의 독일어.

●● 영국의 낭만파 시인 조지 고든 바이런(1788~1824).

의 속옷은 재봉사에게 만들도록 지시했어야 했는데. 가정교사가 잘 알아서 하겠지. 앨라배마는 자리에서 일어나 미닫이문을 붙든 채 몸을 쭉 폈다.

아까 그 승무원이 이등칸에서는 문을 열어놓을 수 없으며 침대 찻간에서 아침 식사를 할 수도 없다고 깔보듯 알려주었다.

다음 날 식당칸 창문 밖으로 보이는 이탈리아는 마치 바다가 물러난 듯 평평한 땅이었다. 깃털 총채처럼 생긴 나무들이 드문드문 퍼진 채 밝은 하늘을 간지럽히고 있었다. 고요한 분위기 위로 조그만 구름이 맥주 통의 거품처럼 정처 없이 떠 있었으며, 둥근 언덕 위로는 왕관 같은 성들이 넘어질 듯 삐딱하게 서 있었다. 아무도 〈오 솔레 미오〉•를 부르지 않았다.

아침 식사로는 꿀과 돌망치 같은 빵이 나왔다. 그녀는 데이비드 없이 로마에서 변화에 도전하는 것이 두려웠다. 로마역은 야자수로 가득했고, 분수에서 나오는 햇살 섞인 물보라가 종점 맞은편 카라칼라 욕탕을 씻어내고 있었다. 이탈리아의 개방적인 친근함이 섞인 공기를 느끼자 그녀의 영혼이 고양되었다.

"발로네, 두 바퀴." 그녀가 중얼거렸다. 새로 탄 기차는 지저분했다. 바닥에는 카펫도 깔려 있지 않았고 파시스트, 즉 총냄새가 났다. 메뉴판에는 호칭 기도문 같은 발음의 말들이 적

● 이탈리아 나폴리의 민요. '오, 나의 태양'이라는 뜻의 제목처럼 밝은 햇살을 찬양하는 내용이다.

혀 있었다. 아스티 스푸만테,• 라그리마 크리스티,•• 스푸모
니,••• 토르토니.•••• 그녀는 자기가 뭘 잃어버렸는지 알 수
없었다. 편지는 여전히 큐텍스 상자 안에 있었다. 앨라배마는
두 손으로 반딧불을 잡아 가둔 채 정원을 걷고 있는 소년처
럼 마음을 다잡았다.

"오 분 안에 식사 마치세요(Cinque minuti mangiare)." 식당
직원이 말했다.

"알았어요." 앨라배마는 그렇게 말하며 손가락으로 수를 셌
다. "우나, 두에, 트레,••••• 알아듣는다고요." 그녀가 직원을
안심시켰다.

기차는 나폴리의 무질서를 피하고자 이리저리 방향을 틀었
다. 마부들은 자기 마차를 레일에서 빼내 출발시키는 것을 잊
었고, 졸던 사람들은 길 한가운데서 자기들이 어디로 가야 할
지를 잊었으며, 아이들은 입과 가볍게 다친 눈을 벌린 채로
소리 지르고 싶은 감정을 잊었다. 하얀 먼지가 도시에 흩날
렸고 식료품점에서는 톡 쏘는 냄새를, 입방체와 삼각형과 고
리버들로 엮은 구체의 향을 팔았다. 나폴리는 광장의 램프 빛

●   이탈리아 아스티 지방의 스파클링 와인.

●●   이탈리아 캄파니아주 베수비오산 비탈에서 만들어진 나폴리식 와인.

●●●   캄파리의 고향인 이탈리아에서 탄생한 칵테일. 혹은 여러 종류의 과일을
        층 지어 넣은 아이스크림.

●●●●   버찌와 아몬드를 넣은 아이스크림.

●●●●●   '하나, 둘, 셋'이라는 뜻의 이탈리아어.

속에서 움츠러든 채 규율이라는 커다란 허울에 제지되고 검은 석조 외관에 억눌려 있었다.

"벤티• 리라!" 마부가 가르치듯 말했다.

"이 편지에는 나폴리에서 일주일에 30리라면 살 수 있다던데요." 앨라배마가 도도하게 대꾸했다.

"벤티, 벤티, 벤티." 이탈리아인 마부는 몸을 돌리지 않은 채 지저귀듯 말했다.

'의사소통을 할 수 없으면 무척 힘들어지겠어.' 앨라배마가 생각했다.

앨라배마는 마부에게 발레단 총책임자가 보낸 주소를 건넸다. 마부가 과장되게 채찍을 휘두르며 재촉하자 말발굽이 밤의 호의를 등에 업고 덜컹덜컹 나아갔다. 앨라배마가 차비를 줄 때 마부의 갈색 눈동자가 귀한 나무 수액을 받으려고 설치한 컵처럼 그녀의 눈을 향해 흔들렸다. 그녀는 마부가 계속 자기를 쳐다볼 것 같다는 생각이 들었다.

"시뇨리나•• 께서는 나폴리가 마음에 드실 겁니다." 그가 놀라운 말을 했다. "이 도시의 목소리는 고독처럼 부드럽거든요."

마차는 만의 가장자리를 따라 르네상스 시대의 독 잔에 세공된 돌처럼 늘어서 있는 빨간색과 녹색 불빛을 뚫고 덜컹거리며 사라졌다. 얼룩이 점점이 묻은 남쪽 지방의 시럽 같은

● '20'이라는 뜻의 이탈리아어.

●● '아가씨'라는 뜻의 이탈리아어.

물방울이 산들바람에 배어들면서 광활한 청록색 반투명 공기를 소멸된 감정에 불어넣었다.

하숙집 입구의 조명이 앨라배마의 손톱에 반사되어 둥근 방울처럼 빛났다. 등 뒤의 고요에 어떤 흔적도 남기지 않고 들어가는 그녀의 동작이 소소한 공기의 떨림을 한데 그러모았다.

"뭐, 이제는 여기서 살아야 하는 거야." 앨라배마가 말했다. "그게 다지."

주인 여자는 앨라배마의 방에 발코니가 있다고 했다. 확실히 있기는 했지만 발코니에 바닥이 깔려 있지 않았다. 칠이 벗겨진 분홍색 외벽과 철제 난간이 연결되어 있을 뿐이었다. 그렇지만 세면대는 있었는데, 거기 달린 주둥이 같은 커다란 관은 세면대 바깥까지 튀어나와 그 아래 깔린 사각형의 기름 먹인 천에 물을 뚝뚝 떨어뜨리고 있었다. 창밖으로 보이는 방파제가 푸른 밤하늘에 뜬 공 주변을 빙 둘러싸고 있었다. 항구에서는 방수제 냄새가 올라왔다.

앨라배마의 30리라는 분명 예전에는 녹색이었을 하얀색 철제 침대와 이탈리아의 태양을 단백석으로 반사하는 비뚜름한 거울이 달린 단풍나무 옷장, 브뤼셀 카펫 천으로 만든 흔들의자에 들어갔다. 여기에 하루 세 번 나오는 양배추, 아말피 와인 한 잔, 일요일마다 나오는 뇨키, 밤중에 발코니 아래에서 한량들이 불러젖히는 〈여자의 마음〉●까지 하숙비에 포함되었다. 방은 컸지만 뚜렷한 형태가 없었는데, 사방에 퇴

창과 귀퉁이가 있어서 아파트 한 채를 몽땅 빌려 사는 느낌이 들 정도였다. 나폴리에서는 모든 것에 금박을 입혔다던데, 앨라배마는 방에서 금박의 흔적을 찾지 못했지만 천장이 금박으로 뒤덮인 것 같은 느낌은 어느 정도 받았다. 아래 도로에서 들려오는 발소리들이 호화롭고 따뜻했던 추억을 상기시켰다. 고전문학에서 빠져나온 것 같은 밤이었다. 사람들이 있다는 기미만이, 행복한 존재의 환상적인 생성물이 둥실 떠서 시아에 들어왔다. 선인장이 여름을 퍼뜨렸다. 창 아래 보이는 갑판 없는 작은 배 아래에서는 물고기의 등이 운모 조각처럼 반짝였다.

발레단 총책임자인 시르제바 부인은 오페라 극장 무대에서 수업을 진행했다. 그녀는 조명 가격에 대해 끊임없이 불평을 늘어놓았다. 빅토리아 양식 건물의 틈새에서 나는 피아노 소리는 무척 비효율적으로 들렸다. 무대의 양옆에 드리운 어둠과 그녀가 머리 위에서 계속 태우듯 켜놓고 있는 세 개의 구체형 조명 사이에 자리 잡은 희미한 그늘이 무대를 작고 친밀한 구획으로 나누었다. 시르제바는 탈러턴●●의 흔들림, 토슈즈의 갈라짐, 소녀들의 억눌린 헐떡임 사이로 자기의 유령들을 행진시켰다.

● 이탈리아의 오페라 작곡가 주세페 베르디(1813~1901)의 오페라 〈리골레토〉 속 아리아.
●● 무용복으로 입는 얇은 모슬린.

"소리 내지 말아요. 소리 줄여요." 그녀가 되풀이해 말했다. 시르제바의 피부는 가난으로 인해 마치 산성용액에 푹 젖은 것처럼 창백하고 변색되고 주름지고 뒤틀려 있었다. 베개에 채워 넣는 속처럼 거칠고 조악한 머리카락에서 검은 염색약을 발랐던 부분이 그 부분을 따라 노랗게 변해 있었다. 그녀는 소매를 부풀린 블라우스와 주름치마를 입고 학생들을 가르쳤는데 나중에는 길에서도 코트 아래 그 옷을 입고 다녔다.

앨라배마는 마치 글씨 연습을 하듯 빙글빙글 돌면서 조명이 떨어지는 지점을 따라 실을 꿰듯 움직였다.

"마담처럼 춤을 추네요!" 시르제바 부인이 말했다. "우리는 러시아에서 황실 발레 학교를 같이 다녔어요. 그녀에게 앙트르샤를 가르친 게 저랍니다. 하지만 그녀는 그걸 결코 제대로 해내지 못했죠. 메 앙팡!• 네 박은 네 번을 세라는 소리야. 제발 좀 알아들으렴. 제에에에에발!"

앨라배마는 기계 피아노에 악보를 떨어뜨리듯 발레 동작 하나하나에 자신의 인격을 떨어뜨렸다.

이탈리아 소녀들은 러시아인들과 달랐다. 목은 지저분했고 두툼한 샌드위치를 종이 가방에 넣어 극장에 들고 왔다. 마늘을 먹었으며 러시아 소녀들보다 뚱뚱했고 다리도 짧았다. 무릎을 굽힌 채 춤을 추면 이탈리아산 실크 타이츠가 오목하게 주름졌다.

• '얘들아!'라는 뜻의 프랑스어.

"아, 세상에나!" 시르제바가 새된 소리로 말했다. "한 발짝도 안 움직이는 애는 모이라구나. 발레 공연이 삼 주 뒤에 열리는데."

"오, 선생님!" 모이라가 이의를 제기했다. "정말 아름다우세요!"

"하." 마담이 숨을 참고는 앨라배마에게 몸을 돌렸다. "봤죠? 나는 쟤들의 게으른 발을 지탱해줄 강철 신발을 주는데 내가 등만 돌렸다 하면 평발로 춤을 춰요. 나는 이 모든 일에 대한 대가로 고작 1600리라를 받고요! 그나마 다행인 건 러시아 발레 학교 출신이 하나 있다는 사실이죠!" 시르제바는 거세게 휘젓는 피스톤 봉처럼 계속 말했다. 그녀는 어깨에 망토를 두르고 축축하고 밀폐된 오페라 극장에 앉아 본인의 머리카락처럼 빛바래고 변색된 모습으로 손수건에 기침을 해댔다.

"성모님이시여." 소녀들이 한숨을 쉬었다. "성모 마리아시여!" 그들은 어둠 속에서 두려워하며 한데 모여 있었다. 그들은 앨라배마가 입고 있는 옷 때문에 그녀를 미심쩍어했다. 앨라배마는 음침한 탈의실에 놓인 캔버스 천 의자 뒤편으로 자기 물건들을 던졌다. 200달러짜리 검정색 튈●인 '아디외 사제스', 이끼 장미가 딸기 얼음에 박힌 씨앗처럼 떠다니는 100달러짜리 분무제와 200달러짜리 또 다른 비싼 분무제, 우스꽝

● 실크나 나일론을 이용해 망사처럼 짠 천. 드레스 등을 만드는 데 쓰인다.

스러운 노란색 술 장식, 후드가 달린 연두색 망토, 하얀색 신발, 파란색 신발, 보비 섀프토 버클, 은색 버클, 강철 버클, 모자와 빨간 샌들, 황도대 표식이 그려진 신발, 고성의 지붕만큼이나 물렁물렁한 벨벳 어깨 망토, 꿩 깃털로 만든 챙 달린 모자. 파리에 있을 때는 옷이 이렇게 많다는 사실을 깨닫지 못했다. 이제 한 달에 600리라로 살아야 하니 이 옷들을 전부 다 입고 다녀야 할 것이다. 그녀는 데이비드가 사준 이 옷들이 정말로 마음에 들었다. 수업이 끝난 뒤 앨라배마는 아이의 장난감을 살피는 아빠 같은 목적의식을 품고 이 고급품들 사이에서 옷을 골라 입었다.

"세상에나." 소녀들이 앨라배마의 란제리를 손가락으로 만지며 수줍게 속삭였다. 앨라배마는 그들이 그런 짓을 하자 언짢아졌다. 시폰 속옷에 소시지 기름을 묻히는 게 싫었던 것이다.

앨라배마는 일주일에 두 번 데이비드에게 편지를 썼다. 그들이 살았던 아파트는 무척이나 멀고 희미하게 느껴졌다. 리허설이 다가오고 있었고, 그에 비하면 다른 삶은 죄다 따분해 보였다. 보니가 프랑스 자장가가 상단에 인쇄된 작은 종이에 답장을 써 보냈다.

사랑하는 엄마
아빠가 손님들을 맞으려고 소매 단추를 매는 동안 제가 안주인 역할을 했어요. 제 생활은 아주 잘 돌아가요. 가정교사와 하녀는 엄마가 보낸 것처럼 예쁜 물감 상자를 본 적이 없대요. 저는 물감 상자를 보고 기뻐서 폴짝 뛰었고 바다에 사는 사람들(des gens à la mer)과 크로케를 치는 우리 모습(nous qui jouons au croquet)과 꽃이 꽂힌 꽃병을 그린 사생화(une vase avec des fleurs dedans d'après nature)를 그렸어요. 파리에서 일요일을 맞으면 저는 교리문답을 받으러 가서 예수 그리스도가 겪은 끔찍한 고통에 대해 배운답니다.

사랑하는 딸
보니 나이트

앨라배마는 보니가 보낸 편지를 잊으려고 밤에 노란 진정제를 복용했다. 그녀는 마치 열풍처럼 발레를 추는 가무잡잡한 러시아 소녀와 친구가 되었다. 두 사람은 함께 갈레리아●에 갔다. 둘은 발소리가 계속 내리는 비처럼 울리는 텅 빈 돌담 안에 앉아 맥주를 마셨다. 소녀는 앨라배마가 결혼했다는 사실을 믿으려 들지 않았다. 소녀는 자기 친구에게 많은 돈을 준 남자를 만나고 싶다는, 그 남자를 훔치고 싶다는 희망을 놓지 않은 채 살았다. 팔짱을 낀 채 지나가는 수많은 남자가 그들에게 냉담하고 경멸스러운 시선을 보냈다. 마치 자기들은 밤중에 갈레리아에 혼자 오는 여자들을 선택하지 않겠다고 말하는 듯했다. 앨라배마는 친구에게 보니의 사진을 보

● 나폴리에 있는 아케이드 쇼핑몰.

여주었다.

"행복한 분이군요." 소녀가 말했다. "결혼하지 않으면 더 행복하죠." 그녀의 눈동자는 약간의 알코올에 들뜨면 바이올린의 로진처럼 붉고 깨끗하게 빛나는 짙은 갈색이었다. 특별한 때에는 라벤더색 리본이 달린 검은 망사 테디를 입었는데, 댜길레프가 죽기 전 발레 뤼스의 코러스에서 일하던 시절 가져온 옷이었다.

크고 텅 빈 극장에서 리허설을 하는 동안 단원들은 계속해서 〈파우스트〉 발레를 연습했다. 오케스트라의 지휘자가 앨라배마의 삼 분짜리 솔로 부분을 번개처럼 지휘했다. 시르제바 부인은 감히 지휘자에게 항의하지 못했다. 마침내 그녀는 눈물을 흘리며 연습을 중단시켰다.

"당신 지금 우리 단원들을 죽이고 있어요." 그녀가 훌쩍였다. "비인간적이라고요!"

지휘자가 던진 지휘봉이 피아노를 지나 날아갔다. 그의 머리에 난 머리카락이 점토로 된 머리 가죽에서 자란 풀처럼 솟아올랐다.

"사프리스티!"● 그가 소리를 질렀다. "음악이 이렇게 작곡됐잖아!"

지휘자는 심란한 마음으로 오페라 극장을 뛰쳐나갔고 남은 사람들은 음악 없이 리허설을 마쳤다. 다음 날 오후 지휘자는

● '이런!', '제기랄!'이라는 뜻의 프랑스어.

더 단호한 태도를 보였고, 음악은 훨씬 더 빨라졌다. 원본 악보의 사본을 찾아보았는데 그가 실수한 대목이 하나도 없었던 것이다. 바이올린 주자들의 팔이 메뚜기 다리처럼 겹게 구부러진 채 무대 위로 솟아올랐다. 지휘자는 고무 새총처럼 등뼈를 뒤로 꺾으며 쫓아가기 불가능한 속도의 빠른 화음을 무대를 향해 날렸다.

앨라배마는 경사진 무대에 익숙하지 않았다. 그녀는 무대를 몸에 익히고자 아침 수업 후 점심시간에 혼자 남아서 돌고 또 돌았다. 경사 때문에 턴할 때면 균형을 잃었다. 연습 후 바닥에 주저앉아 옷을 갈아입다보면 저 멀리 북유럽 어느 나라의 난롯가에 앉아 있는 늙은 여자가 된 기분이 들 정도였다. 열심히 연습한 탓이었다. 집으로 터덜터덜 돌아가는 길에는 짧고 굵은 휴가철의 푸른색과 나폴리만의 더 밝은 파랑이 눈부시게 빛나고 있었다. 침대에 쓰러지면 발에서는 피가 났다.

마침내 첫 공연이 끝나고 나서 앨라배마는 장식용 못이 점점이 박힌 오페라 극장 분장실 문밖에 놓인 밀로의 비너스상 받침대에 앉았다. 팔라스 아테나가 곰팡내 나는 복도 저편에서 그녀를 응시했다. 앨라배마의 눈은 뛰는 맥박 때문에 욱신거렸고, 머리카락은 어린이 공작용 점토로 감싼 듯 머리에 딱 붙어 있었다. 그녀의 발레에 쏟아진 '브라보'와 '베니시모'●라는 환성이 모기처럼 끈질기게 귓가에 윙윙거렸다. "그래, 해

● '최고다'라는 뜻의 이탈리아어.

냈어." 그녀가 말했다.

앨라배마는 탈의실에 가서 소녀들을 볼 엄두를 내지 못하고 지금 이 마법 같은 순간을 오래 붙들고 있으려 애를 썼다. 그녀는 자신의 두 눈이 8월의 말라붙은 조롱박처럼 처진 가슴을 보게 되리라는 것을, 조지아 오키프●의 그림 속 선정적인 과일 같은 불룩한 엉덩이를 보고 상처 입으리라는 것을 알았다.

데이비드가 칼라 백합 꽃다발을 전보를 이용해 보냈다. 꽃다발에 놓인 카드 문구는 분명 '당신을 사랑하는(sweethearts) 두 사람으로부터'라고 적혀 있었겠지만 나폴리의 꽃집을 통과하면서 '두 개의 땀 흘리는 심장(sweat-hearts)으로부터'로 바뀌었다. 앨라배마는 그간 삼 주 동안이나 데이비드에게 편지를 쓰지 않았다. 그녀는 얼굴에 콜드크림을 바르고 작은 여행 가방에 챙겨 온 레몬 반쪽을 빨아 먹었다. 앨라배마의 러시아인 친구가 그녀를 포옹했다. 발레리나들은 그 이상의 일이 벌어지기를 기다리는 눈치였다. 오페라 극장의 문가 그늘에서 그녀들을 기다리는 남자들은 아무도 없었다. 소녀들은 대부분 못생겼고, 몇몇은 나이가 많았다. 표정은 얼이 빠져 있고 얼굴은 피로에 찌들어서 수년간의 고된 호흡으로 발달한 끈 같은 근육이 없다면 무너져 내릴 것만 같았다. 피골이 상접할 때 그들의 목은 더러운 매듭으로 수선한 것처럼 여위

● 미국의 화가 조지아 오키프(1887~1986).

고 뒤틀려 있었고 뚱뚱해졌을 때는 부풀어 종이 상자 양옆으로 튀어나온 페이스트리처럼 뼈에 매달려 있었다. 머리카락은 뉘앙스라고는 하나도 없는 검은색이라서 피곤한 감각을 즐겁게 일깨워줄 수 없었다.

"세상에, 예수님이시여!" 소녀들이 경탄 어린 목소리로 말했다. "백합이야! 이거 얼마치예요? 성당에 정말 잘 어울려요!"

시르제바 부인이 앨라배마에게 감사의 입맞춤을 했다.

"정말 잘 해냈어요! 연간 발레 프로그램을 짤 때 당신에게 주역을 맡기겠어요. 저 애들은 너무 못났어. 쟤들 가지고는 뭘 할 수가 없다고요. 예전에 이곳은 발레에 흥미가 없었는데 이제 두고 봐야죠! 걱정 말아요. 제가 마담에게 편지를 쓸테니까! 꽃 너무 아름다워요, '피콜라'● 발레리나 씨." 그녀가 다정하게 말을 끝냈다.

앨라배마는 창가에 앉아 밤에 울려 퍼지는 〈여자의 마음〉을 들었다.

"뭐." 그녀는 심란한 마음으로 한숨을 쉬었다. "성공 후에도 할 일은 있게 마련이지."

그녀는 옷장을 정리하며 파리에 있는 친구들을 생각했다. 새틴 천으로 만든 옷을 걸친 아내들을 대동하고 와서 외국의 바닷가에 떠 있는 태양 아래 흠잡을 데 없는 억양으로 건

● '작은', '아기'라는 뜻의 이탈리아어.

배를 하는 일요일의 친구들, 고급 와인을 마시며 모던 재즈로 편곡한 쇼팽에 흠뻑 빠진 소란스러운 친구들, 장남에게 모이는 친인척들처럼 데이비드에게 매달려 있는 교양 있는 친구들. 그들이 그녀를 다른 곳에 데려갔을 수도 있었다. 칼라 백합은 파리에서였다면 하얀색 틀 매듭에 묶여 있지 않았을 수도 있었다.

앨라배마는 신문에서 오려낸 기사를 데이비드에게 보냈다. 두 기사 모두 발레 공연이 성공적이었고, 시르제바 부인의 발레단에 합류한 무용수가 아주 유능한 사람이라는 점에 동의했다. 신문에는 앨라배마가 장래가 유망하며 더 큰 역할을 맡아야 한다고 적혀 있었다. 이탈리아인들은 금발 여자를 좋아했다. 그들은 앨라배마가 프라 안젤리코●의 천사처럼 천상에 속한 존재라고 말했는데, 그건 그녀가 다른 사람들보다 날씬해서였다.

시르제바 부인은 이런 비평을 무척 자랑스러워했다. 이제 앨라배마에게는 밀라노에서 최신식 토슈즈, 공기처럼 부드러운 신발을 찾아냈어야 했다는 사실이 훨씬 더 중요하게 다가왔다. 앨라배마는 토슈즈 백 켤레를 주문했다. 돈은 데이비드가 보내주었다. 데이비드는 보니와 같이 스위스에 살고 있었다. 앨라배마는 그가 보니에게 모직으로 된 블루머를 사줬길 바랐다. 소녀들은 열 살까지는 배를 보호해야 했으니까. 크

● 초기 르네상스 시대 이탈리아의 화가 프라 안젤리코(1395~1455).

리스마스에 데이비드는 보니에게 파란색 스키복을 사줬다는 편지와 함께 눈이 쌓인 광경과 두 사람이 언덕을 함께 내려오는 모습이 담긴 코닥 즉석 사진을 보내주었다.

천식에라도 걸린 것 같은 크리스마스 종소리가 나폴리에 울렸다. 지붕을 덮을 때 사용하는 도르래가 움직일 때 나는 것 같은 납작한 금속성이었다. 공공장소 주변의 계단은 노랑 수선화와 오렌지색으로 염색이 되어 붉은 물을 뚝뚝 떨어뜨리는 장미로 가득했다. 앨라배마는 밀랍으로 만든 예수 탄생 장면을 보러 축복기도 미사에 참석했다. 사방에 칼라 백합이 있었고, 가느다란 초와 지치고 덤덤했던 얼굴에 크리스마스 시즌 내내 경련처럼 미소를 짓는 사람들이 있었다. 금박에 비친 깜박이는 촛불 덕에, 인류 탄생 이전 무정형의 해안에서 철썩거리는 파도 소리처럼 다가왔다 멀어지는 성가 덕에, 레이스 달린 베일로 머리를 묶은 여인들의 타닥거리는 발걸음 소리 덕에, 앨라배마는 영적 조직이 연주하는 의로운 음악에 맞춰 행진하는 듯한 고양감에 빠져들었다. 나폴리 성직자들이 입고 있는 중백의는 하얀 새틴 천으로 만든 것으로, 시계꽃과 석류로 무성했다. 미사가 진행되는 동안 앨라배마는 부르봉가의 왕자들, 혈우병, 지금까지 즉위한 교황의 수, 마라스키노 체리에 대해 생각했다. 성찬대를 덮은 금빛 다마스크 천에서 나오는 빛은 그것이 나타내는 의미만큼이나 따스하고 풍요로웠다. 앨라배마의 생각은 동물원 우리에 갇힌 표범처럼 내면의 성찰 주위를 배회했다. 그녀의 몸은 연습이라는 채찍질을 끊임없이 당하다보니 그에 고정되어버려서 자기 자신과 분명한 의사소통을 할 수 없었다.

앨라배마는 인간에게는 실패할 권리가 없다고 혼잣말을 했다. 그녀는 실패가 무엇인지 실감을 하지 못했다. 그녀는 보니의 나무를 떠올렸다. 가정교사도 앨라배마만큼이나 잘 해낼 수 있었다.

앨라배마는 새삼 웃음을 터뜨리며 자신의 정신을 피아노를 조율하듯 시험 삼아 두드렸다.

"종교에는 많은 것이 들어 있어요." 그녀가 러시아 친구에게 말했다. "그런데 의미도 너무 많아요."

러시아 소녀는 앨라배마에게 고해성사 때 들은 이야기에 정말 자극받은 나머지 성찬식 때 취해버린 신부에 대한 이야기를 해주었다. 그는 주중에도 술을 많이 마셨고, 그래서 주일에 회개하고자 오는 사람들, 신부와 마찬가지로 주중에 술을 마셔대는 바람에 기운을 회복해야 하는 사람들에게 영성체를 베풀지 못했다. 소녀의 말에 따르면 그 신부의 교회는 유대교 회당에서 보혈을 빌린 형편없는 쓰레기장이 되어버렸고, 그녀를 포함한 상당수의 신자를 잃고 말았다고 했다.

"저는요, 옛날에 정말 신앙심이 깊었어요." 소녀가 주절거렸다. "근데 러시아에 갔을 때 제가 탄 마차를 백마가 끄는 걸 보고• 마차에서 내려 눈을 헤치고 5킬로미터를 걸어서 극장

• 〈요한계시록〉에 따르면 흰말을 타고 있는 자는 적그리스도라고 한다.

에 갔다가 폐렴에 걸렸어요. 그 뒤로는 신에 대해 신경을 덜 써요. 신부님과 백마 사이 정도라고나 할까."

오페라 극장에서는 겨울 동안 〈파우스트〉를 세 번 공연했고, 처음에는 얼어붙은 분수처럼 솟구쳤던 앨라배마의 월계화색 탈러턴은 줄무늬가 생기면서 망가져버렸다. 그녀는 공연 다음 날 아침에 하는 레슨이 무척 좋았다. 흥분 뒤 따라오는, 꽃이 만개한 과수원의 고요 같은 맥없고 정적이며 꽃향기가 감도는 차분함이 느껴졌고, 얼굴은 파리한 상태였으며, 땀 때문에 눈꼬리에서 씻긴 화장의 흔적이 남아 있었다.

"〈십자가의 길〉●이구나!" 소녀들이 끙끙거렸다. "하지만 다리가 쑤시고 잠도 와! 어젯밤에 어머니가 늦게 왔다고 날 때렸어. 아버지는 나한테 벨파에게 치즈를 주지 않겠대. 염소 치즈 먹고는 연습 못 하는데!"

"아." 뚱뚱한 어머니들은 기가 꺾였다. "어여쁜 우리 딸. 걔는 발레리나가 되어야 하는데. 하지만 미국인이 모든 걸 다 손에 쥐고 있어. 그래도 무솔리니가 그자들에게 뭔가 보여줄 거야. 신께 맹세코!"

사순절이 끝날 무렵 오페라 극장이 발레 프로그램 전체를 짜달라고 요구했다. 앨라배마는 마침내 〈백조의 호수〉의 발레리나로 춤을 추게 되었다.

● 예수가 십자가를 지고 골고다로 향하는 모습을 그린 열네 개의 그림. 여기서는 고난을 뜻한다.

발레 리허설에 돌입했을 때 데이비드가 편지를 보내 보니와 이 주 동안 같이 있어도 좋겠냐고 물었다. 앨라배마는 아침 연습을 빠져도 좋다는 허락을 받은 뒤 아이를 마중하러 기차역으로 갔다. 맵시 있는 군인이 나폴리의 소리와 색깔이 진하게 담긴 방언을 구사하면서 보니와 가정교사가 기차에서 내리는 걸 도왔다.

"엄마!" 보니가 흥분해서 소리쳤다. "엄마!" 아이는 앨라배마의 무릎에 사랑스럽게 달라붙었다. 온화한 바람이 아이의 앞머리를 슬쩍 뒤로 넘겼다. 보니의 둥근 얼굴은 도착한 날 바르고 온 광택제만큼이나 맑고 발그레했다. 코에 뼈가 올라오기 시작했고 손도 제 꼴을 갖추고 있었다. 아이의 손가락 끝은 스페인 원시인들처럼 넓고 뭉툭해질 것이었다. 마치 데이비드처럼. 아이는 아빠를 정말 많이 닮아 있었다.

"보니는 여행자들에게 훌륭한 본보기를 보여줬답니다." 가정교사가 머릿결을 곧게 펴면서 말했다.

보니는 가정교사가 이 자리를 독점하려는 기색에 발끈해 제 어머니에게 달라붙었다. 아이는 일곱 살이었고, 이제 막 세상 속 자신의 위치에 대한 감을 잡기 시작했으며, 그래서 처음으로 내리는 사회적 판단에 수반되게 마련인 비판적이면서도 유치한 자제력으로 가득했다.

"엄마 차는 밖에 있어요?" 아이가 신나게 물었다.

"엄마는 차가 없단다, 애야. 벼룩투성이 마차가 있는데 우리를 하숙집까지 데려가는 데는 그걸 타는 게 훨씬 낫단다."

보니의 얼굴에 실망을 티 내지 않겠노라는 결의가 드러났다.

"아빠는 차 있는데요." 아이가 흠을 잡듯 말했다.

"뭐, 우린 여기서 멋진 마차로 여행을 할 거란다." 앨라배마는 말이 끄는 수레의 구겨진 리넨 좌석 덮개 위에 몸을 얹었다.

"엄마와 아빠는 무척 '멋진' 분들이에요." 보니가 생각에 잠긴 채 계속 말했다. "엄마도 차가 하나 있어야……."

"선생님, 보니에게 차 얘기 했어요?"

"물론이죠, 사모님. 저도 보니 양 같은 환경에서 살고 싶네요." 가정교사가 힘주어 말했다.

"아무래도 저 큰 부자가 되어야 할 것 같아요." 보니가 말했다.

"세상에나, 아냐! 그런 생각은 머릿속에서 몰아내야 해. 너는 원하는 것을 얻기 위해 열심히 노력해야 하는 사람이 될 거야. 그래서 네가 무용을 하길 바랐는데, 무용을 관뒀다니 유감이야."

"저는 춤추는 거 좋아하지 않았어요. 선물은 좋았지만. 마지막 레슨 때 마담이 제게 작은 은빛 야회용 핸드백을 주셨어요. 그 안에 거울과 빗, 그리고 진짜 파우더가 들어 있더라고요. 그게 정말 좋았어요. 보실래요?"

보니는 작은 여행 가방에서 이가 빠진 카드 팩, 해진 종이 인형 여러 개, 빈 성냥갑, 작은 병, 기념 부채 두 개, 공책을 꺼냈다.

"정리정돈을 더 잘해놓도록 가르치곤 했는데." 앨라배마가 눈앞의 어수선한 혼란상을 바라보며 한마디 했다.

보니가 웃었다. "이제는 제 마음대로 더 많이 해요." 그러고는 말했다. "이게 마담이 주신 가방이에요."

그 작은 가방을 넘겨받자 뜻밖에도 앨라배마의 목이 울컥하고 메었다. 오드콜로뉴의 희미한 향이 마담이 걸던 수정 목걸이의 광채를 떠오르게 했다. 납작한 은 쟁반에 오후를 두드리는 것 같던 음악, 식사를 기다리던 데이비드와 보니의 모습이 유리 문진 안에 내리는 눈송이처럼 머릿속을 휘저었다.

"가방 정말 예쁘다." 그녀가 말했다.

"왜 울어요? 나중에 한번 들고 나가게 해줄게요."

"가방에서 눈에 물을 생기게 하는 냄새가 나서 그래. 여행 가방에 뭘 넣었길래 이런 냄새가 나는 거니?"

"하지만 사모님." 가정교사가 가르치듯 말했다. "이건 웨일스 공을 위해 만든 물과 똑같은 배합이에요. 레몬 약간과 오드콜로뉴 약간과 코티사의 재스민을 약간 넣은 다음에……."

앨라배마가 웃음을 터뜨렸다. "그렇게 섞은 걸 흔들고, 그런 다음 에테르를 두 배 더 넣고 죽은 고양이 반쪽을 넣었나봐요!"

보니가 혐오스럽다는 듯 눈을 크게 떴다.

"기차에서 손이 더러워질 때를 대비해서 들고 다니는 거예요." 아이가 항변했다. "아니면 '베르티주'● 가 생길 경우에도

● '어지럼증'이란 뜻의 프랑스어.

사용하고요."

"알겠다. 엔진에 연료가 다 될 경우에도 쓸 수 있겠네. 여기
서 내리면 된단다."

마차는 분홍색 하숙집 앞에서 덜컹거리며 어정쩡하게 멈춰
섰다. 보니의 눈이 벗겨진 페인트와 휑한 입구 주위를 미심쩍
게 돌아다녔다. 문간에서는 눅눅한 냄새와 오줌 냄새가 났다.
돌계단은 닳고 닳은 중앙에 몇백 년의 세월을 품고 있었다.

"사모님께서는 실수를 저지르는 분이 아니시지 않나요?"
가정교사가 따지듯 말했다.

"아니죠." 앨라배마가 유쾌하게 말했다. "선생님과 보니 두
사람만 쓰는 방이에요. 나폴리 **정말 마음에 들지** 않니?"

"이탈리아 싫어요." 보니가 또박또박 말했다. "프랑스에 있
는 게 훨씬 좋아요."

"어떻게 그렇게 장담하니? 이제 막 왔잖아."

"이탈리아 사람들 무척 지저분하지 않아요?" 가정교사는
뭐라고 분류할 수 없는 표정을 지으며 내키지 않는다는 듯
자리를 떴다.

"아." 하숙집 주인이 크고 불룩한 몸으로 보니를 숨도 못 쉴
정도로 꼭 끌어안았다. "세상에나, 성모 마리아시여, 정말 예
쁜 아이구나!" 그녀의 가슴이 놀라서 굳어버린 아이 위에 샌
드백처럼 매달려 있었다.

"디외!"● 가정교사가 한숨을 쉬었다. "이탈리아인들은 신심
이 깊은 사람들이군요!"

부활절 식탁은 말린 팔메토 야자나무 잎으로 만든 애처로운 느낌의 십자가들로 꾸며져 있었다. 식사로는 뇨키와 카프리 와인이 나왔고, 국가 훈장 모양을 닮은 금빛 방사선 중앙에 큐피드 그림을 붙인 보라색 카드도 있었다. 오후에 그들은 하얀 가루를 뿌린 길을 따라 걷다가 햇볕에 말리려고 밝은색 헝겊들을 널어놓은 가파른 골목길을 올랐다. 보니는 앨라배마가 리허설을 준비하는 동안 어머니의 방에서 기다렸다. 아이는 흔들의자에 앉아 스케치하며 즐거워했다.

"저는 똑같이 닮게는 잘 그리지 못해요." 아이가 선언하듯 말했다. "그래서 캐리커처를 그리는 걸로 바꿨어요. 이건 젊은 시절의 아빠예요."

"네 아버지는 겨우 서른두 살인데." 앨라배마가 말했다.

"뭐, 그 정도면 많이 늙은 거죠. 그렇지 않아요?"

"일곱 살만큼 늙지는 않았지, 애야."

"오, 물론이에요. 숫자를 거꾸로 센다면 그렇겠죠." 보니가 동의했다.

"평균에서 시작한다면 우리 가족은 어느 모로 봐도 젊단다."

"저는 스무 살을 아이 여섯 명으로 시작하고 싶어요."

"남편은 몇 명이니?"

"남편은 없어요. 아마 남편들은, 어, 그때는 떠나야 할 거예요." 보니가 애매하게 말했다. "영화에서 그러는 걸 봤어요."

● '하나님!'이란 뜻의 프랑스어.

"그 훌륭한 영화가 대체 뭘까?"

"무용에 대한 영화예요. 아빠가 데려가서 보여줬어요. 러시아 발레단에 있는 여자가 나와요. 여자한테는 아이가 없고 남자만 있는데 여자와 남자 둘 다 많이 울었어요."

"정말 흥미로운 영화였겠네."

"네, 그 여자가 가브리엘 지브였어요. 엄마 그 사람 좋아하시죠?"

"현실에서만 만나봐서 뭐라 말을 못 하겠네."

"그 사람 제가 좋아하는 배우예요. 정말 예쁜 여자예요."

"그 영화 꼭 봐야겠구나."

"우리가 파리에 있었으면 같이 볼 수 있었는데. 저는 제 은색 '파티용 가방(sac de soirée)'도 챙겨 갈 수 있었을 거고요."

매일 리허설이 진행되는 동안 보니는 가정교사와 함께 추운 극장 안, 시가에 두르는 장미색과 금색 띠 같은 흐릿한 장식 아래 앉아 시르제바 부인의 진지함과 공허함에 겁을 먹은 채 넋 놓고 구경을 했다. 앨라배마는 계속해서 아다지오를 췄다.

"푸른 악마 같군요." 총책임자가 숨을 몰아쉬었다. "턴을 두 번 돌면서 그런 동작을 해낸 사람은 아무도 없었어요! 친애하는 앨라배마, 오케스트라와 같이 할 때는 그 동작이 불가능하다는 사실을 알게 될 거예요!"

집으로 가는 길에 그들은 개구리들을 천천히 삼키는 사람을 지나쳤다. 개구리의 다리는 끈으로 묶여 있었는데, 남자는 뱃속으로 들어간 개구리들을 끈을 잡아당겨 꺼냈다. 한 번에

네 마리씩. 보니는 혐오스러운 즐거움을 느끼며 히죽 웃었다. 아이는 보는 것만으로도 구역질이 나는 광경에 매혹되었다.

하숙집에서 나오는 풀 반죽 같은 음식 때문에 보니에게 발진이 생겼다.

"지저분한 걸 먹어서 생긴 백선이에요." 가정교사가 말했다. "사모님, 여기 계속 머물다가는 단독●으로 번질 거예요." 그녀가 협박하듯 말했다. "게다가 욕실도 더럽다고요!"

"묽은 수프 같아요. 양고기 수프요." 보니가 싫은 티를 분명히 내며 못을 박았다. "콩만 없지 그거랑 똑같아요."

"보니에게 파티를 열어주고 싶었었는데." 앨라배마가 말했다.

"온도계를 어디서 구할 수 있는지 말씀 좀 해주시겠어요?" 가정교사가 급히 끼어들었다.

앨라배마의 러시아 친구 나디야가 보니의 파티에서 놀아줄 남자아이를 발굴했다. 시르제바 부인은 조카뻘인 아이에게 헤아릴 수 없이 많은 것을 선물했다. 나폴리 전역이 아네모네와 밤에 피는 스톡을 담아놓은 바구니, 법랑을 입힌 브로치 같은 창백한 제비꽃, 밀짚꽃과 수레국화, 둘러싸듯 탐스럽게 개화한 진달래로 뒤덮여 있었는데도 하숙집 주인은 아이들 식탁을 유독한 분홍색과 노란색 종이꽃으로 장식하자고 우겨댔다. 주인은 파티에 참석할 아이 두 명을 데려왔는데 한명은 코밑에 염증이 있었고 다른 한 명은 최근에 머리카락을

● 피부나 점막 따위의 헌데나 다친 곳으로 세균이 들어가 생기는 급성 전염병.

전부 밀어야 했다. 아이들은 엉덩이 부분이 죄수의 머리처럼 닳아 있는 코듀로이 바지를 입고 도착했다. 식탁은 '록 케이크'●와 꿀과 따뜻한 분홍색 레모네이드로 가득했다.

러시아 소년은 원숭이 한 마리를 데려왔는데 녀석은 식탁 주위를 뛰어다니며 모든 잼을 맛보고 사방에 마구 스푼을 던져댔다. 앨라배마는 자기 방의 낮은 창턱에 드리워진 삐죽삐죽한 야자수 잎 아래에 앉아 그 모습을 지켜보았다. 프랑스인 가정교사는 아이들의 행동반경 주위를 무력하게 이리저리 뛰어다닐 뿐이었다.

"어머나, 보니! 그리고 너, 아, 애야, 좀(Tiens, Bonnie! Et toi, ah, mon pauvre chou-chou)!" 그녀는 한시도 쉬지 못하고 언성을 높였다.

가정교사의 프랑스어는 마법의 주문이었다. 저 여자는 지나간 세월에 취하기 위해 어떤 마법의 미약을 빚어내고 있는 걸까? 앨라배마의 감각은 꿈 위를 떠돌았다. 보니의 비명이 앨라배마를 놀라게 해 현실로 되돌려놓았다.

"아, 이 더러운 짐승(quelle sale bête)!"

"이리 오렴, 애야, 상처에 요오드 바르자." 앨라배마가 여닫이창 쪽에서 아이를 불렀다.

"세르주가 원숭이를 잡더니." 보니가 더듬거리며 말했다. "걔가 그걸 나, 나한테 던, 던졌어요. 끔찍한 애예요. 나폴리

───────────
● 표면이 까칠까칠하고 딱딱한 쿠키.

애들 정말 싫어!"

앨라배마가 아이를 무릎에 앉혔다. 아이의 몸이 무척 작은 것처럼, 어머니 앞에서 무력한 듯 느껴졌다.

"원숭이도 **먹을** 건 있어야 하잖니." 앨라배마가 놀리듯 말했다.

"운 좋은 줄 알아. 얘가 네 코를 먹지는 않았잖아." 세르주가 무심하게 한마디 했다. 두 이탈리아 어린이들은 동물에게만 관심을 기울이며 원숭이를 다정히 쓰다듬고 사랑 노래처럼 들리는 몽환적인 이탈리아어 기도문을 읊으며 원숭이를 달랬다.

"케, 케, 케." 앵무새가 지저귀었다.

"이리 오렴," 앨라배마가 말했다. "너희들에게 이야기를 하나 들려줄게."

어린 눈동자들이 울타리 난간에 맺힌 빗방울처럼 앨라배마의 말에 매달렸다. 작은 얼굴들이 달 아래 엷은 구름처럼 그녀의 말을 좇았다.

"나는 말이죠." 세르주가 항의하듯 말했다. "키안티 와인이 안 나온다는 사실을 알았으면 여기 절대 안 왔을 거예요!"

"저도 안 왔을 거예요. 성모 마리아께 맹세코!" 이탈리아 아이들이 따라 했다.

"온통 환한 빨간색과 파란색으로 칠해진 그리스 신전 얘기 듣고 싶지 않니?" 앨라배마가 인내심 있게 권했다.

"시 시뇨라."•

"그리스 신전은 지금은 모두 하얀색이야. 왜냐하면 세월이 흐르는 동안 원래의 눈부신 색깔이 벗겨졌기 때문인데……."

"엄마, 저 콩포트•• 먹어도 돼요?"

"신전 얘기 듣고 싶은 거니, 아닌 거니?" 앨라배마가 언짢아하며 말했다. 기대가 식어버리면서 식탁에 침묵이 찾아왔다.

"사실 그게 내가 아는 전부란다." 앨라배마가 힘없이 말을 맺었다.

"그럼 이제 콩포트 먹어도 되는 거죠?" 보니는 입고 있던 제일 좋은 드레스의 주름진 부분에 보라색 얼룩을 떨어뜨렸다.

"사모님께서는 이만하면 오늘 오후에 충분히 잘 놀았다고 생각지 않으세요?" 가정교사가 진이 빠진 채 말했다.

"저 좀 아파요." 보니가 그제야 털어놓았다. 아이는 핼쑥하고 창백했다.

의사는 기후 때문이라고 했다. 앨라배마는 그가 처방해준 구토제를 약국에서 사 오는 걸 깜빡했고 보니는 일주일 동안 침대에 누워 어머니가 왈츠를 연습하는 동안 라임을 넣은 물과 양고기 수프로 연명했다. 앨라배마는 심란했다. 시르제바 부인의 말이 옳았다. 오케스트라가 연주 속도를 늦추지 않으면 턴을 두 번 할 수 없었다. 지휘자는 그 점에 있어 단호했다.

"성모 마리아시여." 소녀들이 어두운 구석에서 숨을 몰아쉬

• '네, 부인'이라는 뜻의 이탈리아어.

•• 설탕에 졸여 차게 식힌 과일 디저트.

었다. "저러다가 등이 부러질 거야!"

앨라배마는 어찌어찌 보니가 기차를 탈 수 있을 정도로 회복을 시켰다. 그녀는 보니와 가정교사에게 여행에 사용할 알코올램프를 사주었다.

"이걸로 뭘 하면 되나요, 사모님?" 가정교사가 미심쩍은 듯 물었다.

"영국 사람들은 늘 알코올램프를 가지고 다녀요." 앨라배마가 설명했다. "그래서 아기가 크루프●에 걸릴 경우 대처할 수가 있죠. 우리는 아무것도 안 들고 다니다보니 수많은 병원의 내부 모습을 알게 되고요. 아기는 다 처음에 똑같이 태어나요. 다만 훗날 살면서 알코올램프를 선호하는 쪽과 병원을 선호하는 쪽으로 나뉠 뿐이죠."

"보니는 크루프에 걸린 적이 없는데요, 사모님." 가정교사가 발끈하며 책망하듯 말했다. "아이의 병은 순전히 우리가 여길 방문한 결과예요." 가정교사는 기차가 자신과 보니를 나폴리에서의 혼란에서 탈출시켜주기를 바랐다. 앨라배마 역시 자기가 구출되길 바랐다.

"우리 '트랭 드 뤽스'●●를 잡았어야 했어요." 보니가 말했다. "파리에 가려고 좀 서두르고 있거든요."

"이게 트랭 드 뤽스란다. 속물 같으니!"

● 위막성 후두염. 심한 기침을 수반하는 소아병이다.

●● '고급 열차'라는 뜻의 프랑스어.

보니가 어머니를 무심하고 회의적인 시선으로 빤히 보았다.

"엄마, 세상에는 엄마가 모르는 게 많아요."

"그건 정말 가능할 법하지 않은 일이구나."

"아." 가정교사가 즐거이 설레며 말했다. "오 르부아르• 사모님, 오 르부아르! 행운을 빌어요!"

"안녕, 엄마. 춤 너무 열심히 추지 말아요!" 기차가 떠날 때 보니가 건성으로 소리쳤다.

기차역 앞 포플러 꼭대기가 은화를 가득 채운 주머니처럼 흔들렸다. 기차는 굽이굽이 돌아가며 서글프게 경적을 울렸다.

"5리라 드릴게요." 앨라배마가 개와 비슷한 귀를 가진 마부에게 말했다. "오페라 극장까지 데려다주세요."

그날 밤 앨라배마는 보니 없이 혼자 앉아 있었다. 보니가 있을 때 삶이 정말 풍성했다는 걸 그녀는 그제야 깨달았다. 아이가 아팠을 때 더 같이 있지 못했던 게 후회스러웠다. 그랬다가는 리허설을 놓쳤을 수도 있었겠지만. 앨라배마는 자기가 춤추는 모습을 아이가 봐주길 바랐다. 일주일만 더 리허설을 하면 발레리나로 데뷔할 텐데!

앨라배마는 보니가 남기고 간 망가진 부채와 그림엽서 한 벌을 쓰레기통에 던져 넣었다. 굳이 파리까지 보내줄 가치는 없어 보였던 것이다. 그녀는 자리에 앉아 밀라노제 타이츠를 수선했다. 이탈리아제 토슈즈는 훌륭했지만 이탈리아산 타이

• '안녕히 계세요', '다시 만나요'라는 뜻의 프랑스어.

츠는 너무 무거워서 아라베스크 크루아제를 할 때 허벅지가 찢어질 것 같았다.

2

"잘 지내다 왔니?"

데이비드와 보니는 곡예처럼 물결치는 산줄기 아래 그물처럼 펼쳐져 있는 제네바 호숫가에 서 있는, 분홍색이 폭발하는 사과나무 아래서 만났다. 브베역 맞은편에는 연필로 쓱 그린 듯한 다리가 강 위를 상쾌하게 가르고 있었고, 도러시 퍼킨스 장미 줄기와 보라색 클레마티스 무리 위로 보이는 산들은 물 밖으로 우뚝 서 있었다. 자연은 금이 간 곳과 틈새를 모두 꽃으로 채웠고, 수선화는 은하수처럼 산을 감쌌으며, 집들은 어린잎을 먹는 소들과 제라늄 화분과 더불어 제 몸을 땅에 비끄러맸다. 레이스가 달린 옷을 입고 파라솔을 든 여인들, 리넨 옷을 입고 하얀 신발을 신은 여인들, 귤빛 비소를 짓고 있는 여인들은 역 광장의 시설들을 애용했다. 수없이 많은 여름 동안 잔인한 광채에 두들겨 맞았던 제네바 호수는 스위스 공화국의 안보를 수호하고자 저 높은 천국을 향해 주먹을 흔들고 신에게 욕설을 퍼부으며 누워 있었다.

"좋았어요." 보니가 간단명료하게 답했다.

"엄마는 어떻게 지내고 있었니?" 데이비드가 캐물었다.

여름 카탈로그에 나온 옷들을 입고 있는 보니조차도 데이비드가 입은 옷이 조금 놀랍다는 사실을 알아차렸는데, 이는 그가 신중히 의상을 골랐다는 점을 암시하는 것이었다. 진주빛이 감도는 회색 옷을 입고 있는 데이비드의 모습은 앙고라 스웨터와 플란넬 바지 안에 아주 정확하게 발을 들여놓음으로써 그 의상들이 독립적으로 가지고 있는 장식적 목적을 해치지 않았다. 만약 데이비드가 잘생기지 않았다면 그렇게 사색적이면서도 잠정적인 효과를 획득해낼 수 없었을 것이다. 보니는 아버지가 자랑스러웠다.

"엄마는 춤을 추고 있던데요." 보니가 말했다.

짙은 그림자가 게으른 여름 취객처럼 브베의 거리에 쭉 뻗어 있었다. 습기 가득한 구름이 하늘의 빛나는 웅덩이 속에 핀 백합처럼 떠다녔다.

두 사람은 호텔 버스에 올랐다.

"왕자님." 슬퍼 보이는 인상의 온화한 호텔 직원이 말했다. "객실 가격은 하루 8달러입니다. 축제가 있어서요."

호텔 보이가 하얀색과 금색으로 장식된 객실까지 그들의 짐을 날라주었다.

"객실이 정말 멋져요!" 보니가 소리쳤다. "심지어 전화도 있어. 정말 '엘레강스'●해요!"

아이는 빙빙 돌면서 요란한 색깔의 플로어 스탠드를 켰다.

● '우아함'이라는 뜻의 프랑스어.

"저만 쓰는 방도 있고, 저만 쓰는 욕실도 있네요." 보니가 흥얼거리듯 말했다. "선생님께 '바캉스'를 주시다니, 정말 자상하세요, 아빠!"

"귀하신 방문자께서 어떻게 해야 욕실을 좋아하시려나?" 데이비드가 말했다.

"어, 나폴리보다 깨끗하게요. 제발 그렇게 해주세요."

"나폴리 욕실은 지저분했니?"

"엄마는 아니랬지만." 보니가 머뭇거렸다. "선생님은 그렇대요. 다들 저한테 너무 앞뒤가 안 맞는 조언을 해요." 아이가 고백이라도 하듯 말했다.

"엄마가 지금 네 욕실을 봤어야 했는데." 데이비드가 말했다.

데이비드의 귀에 욕조에서 가느다란 고음으로 노래하는 소리가 들렸다. "양배추 심는 법을 아나요(Savez-vous planter les choux)?" 물을 철벅대는 소리는 들리지 않았다.

"무릎 씻고 있니?"

"아직 무릎까지는 안 씻었어요. '우리 집에서는 어떻게 심느냐 하면요(à la manière de chez-nous, à la manière de chez-nous).'"

"보니, **정말로** 서둘러야 해."

"오늘 밤에는 10시에 자면 안 돼요? '코로 심어요(on les plante avec le nez).'"

보니는 신이 나서 키들거리며 객실을 돌아다녔다.

태양이 금색의 장식용 수술에서 반짝였고, 은밀히 부는 바람에 커튼이 부드럽게 휘날렸으며, 램프는 분홍빛 기운이 감도는 웅달 아래 버려진 한낮의 모닥불처럼 은은히 빛을 발했다. 객실의 꽃들은 예뻤다. 시계가 있는 것이 분명했다. 아이의 뇌가 만족스러워하며 빙글빙글 돌았으니까. 객실 밖 나무의 우듬지가 푸르게 빛났다.

"엄마가 아무 말도 **전혀** 안 했니?" 데이비드가 물었다.

"아, 맞다." 보니가 말했다. "엄마가 파티를 열어줬어요."

"그거 멋졌겠네. 파티 얘기해줘."

"에." 보니가 말했다. "원숭이가 있었고요, 저는 아팠고요, 선생님은 제 드레스에 잼이 묻어서 울었어요."

"알겠다. 엄마는 뭐라고 했니?"

"엄마는 오케스트라만 아니었어도 턴을 두 번 할 수 있었다고 말했어요."

"굉장히 흥미로운 파티였겠구나." 데이비드가 말했다.

"네, 맞아요." 보니가 적당히 얼버무리며 말했다. "아주 흥미로웠어요. 근데 아빠."

"응, 왜?"

"사랑해요, 아빠."

데이비드는 문신을 새기는 사람처럼 얼굴을 슬쩍 일그러뜨리며 피식 웃었다.

"그래, 그래야지."

"저도 그렇게 생각해요. 오늘 밤에 아빠 침대에서 같이 자도 돼요?"

"그건 당연히 안 되지!"

"아빠 침대에서 자면 정말 포근할 텐데요."

"네 침대에서 자도 똑같아."

아이의 말투가 갑자기 현실적으로 변했다. "아빠 가까이에 있으면 훨씬 더 안전해요. 엄마가 아빠 침대에서 자는 걸 좋아한 게 하나도 이상하지 않다니까요."

"말하는 것 좀 보게!"

"저는 나중에 결혼하면 가족 모두를 큰 침대에서 같이 재울 거예요. 그러면 저도 가족들에 대해 안심할 거고, 가족들도 어둠이 안 무서울 거니까요." 아이가 계속 말했다. "아빠도 엄마랑 결혼하기 전에는 부모님과 같이 있는 게 좋지 않았어요?"

"우리도 부모님이 있었지. 그런 다음에 우리가 널 가졌고. 지금 현재의 세대란 항상 기댈 수 있는 편한 사람이 없는 세대란다."

"왜요?"

"왜냐하면 말이지, 보니, 위안이란 회상과 기대로 이루어진 일이기 때문이란다. 너도 서두르지 않으면 우리 친구들이 네가 옷을 입기도 전에 여기 찾아올 거란다."

"아이들도 와요?"

"그래, 내 친구 중 한 명에게 가족을 데리고 와달라고 했어. 널 만나게 해주려고." 데이비드가 말했다. "우리는 몽트뢰에 무용 공연을 보러 갈 거야. 그런데 하늘에 구름이 끼었구나. 비가 올 것 같네."

"비 안 왔으면 좋겠어요, 아빠!"

"나도 그래. 파티를 망치는 것이 늘 있게 마련이지. 원숭이건 비이건. 저기 우리 친구들이 왔네."

데이비드의 친구 집 가정교사의 뒤로 금발 아이 셋이 호텔 정원을 지나 다가오고 있었다. 아이들을 비추는 엷은 햇살이 전나무 줄기를 슬쩍 분홍색으로 물들였다.

"봉주르." 보니가 그렇게 말하면서 어린아이의 관점에서 해석한 귀부인다운 태도로 서투르게 손을 뻗었다. 그래놓고는 채신머리없이 소녀에게 폴짝 뛰어가서는 소리를 질렀다. "오, 근데 너 '이상한 나라의 앨리스'처럼 입었네!"

아이는 보니보다 몇 살 위였다.

"그뤼스 고트.● 여자아이가 얌전히 대답했다. "너도 예쁜 드레스 입었네."

"봉주르, 선생님!" 두 남자애는 누나보다 어렸다. 그 아이들은 스위스 학교 학생다운 뻣뻣한 군대식 격식을 갖추며 보니의 위로 기어올랐다.

가지를 친 플라타너스가 늘어선 풍경 아래 있는 아이들은 마치 그 풍경을 장식하는 듯했다. 녹색 언덕은 전설의 어슴푸레한 구석까지 파고든 캔버스 속 바다 그림처럼 멀리까지 펼쳐져 있었다. 호텔 정면 위로는 기분 좋게 느긋이 배회하고픈 마음이 드는 산천초목이 파란색과 연보라색의 덩어리로 흔

● '안녕'이라는 뜻의 독일어. 주로 남부 독일과 오스트리아에서 사용한다.

들리듯 드리워져 있었다. 돌출한 알프스산맥이 전해주는 호젓한 분위기 속에서 산의 투명함을 뚫고 흘러나오는 아이들의 친밀한 대화가 웅웅거리는 소리로 들렸다.

"신문에서 내가 본 '그것'이 무슨 뜻이야?" 여덟 살짜리의 목소리가 말했다.

"바보같이 굴지 마. 그거 성적 매력 얘기잖아." 열 살의 목소리가 대꾸했다.

"아름다운 여자들만 영화에서 그걸 가질 수 있어." 보니가 말했다.

"하지만 가끔은 남자도 가지고 있지 않아?" 작은 남자애가 실망해서 말했다.

"아버지 말씀으로는 다들 갖고 있는 거래." 연장자인 소녀가 말했다.

"아니, 어머니 말로는 몇 명 없다던데. 네 부모님께선 뭐라고 하셔, 보니?"

"우리 부모님은 그런 말 전혀 안 하셨어. 내가 신문에서 그거 안 읽었거든."

"너도 나이 먹으면 갖게 될걸." 연장자 소녀, 준브라가 말했다. "그때도 그게 있다면."

"나 샤워실에서 우리 아버지 몸을 봤어." 가장 어린 남자애가 기대에 차 말을 꺼냈다.

"그건 별것 아냐." 보니가 콧방귀를 뀌었다.

"왜 그게 별것이 아냐?" 가장 어린 작은 남자애가 따졌다.

"왜 그게 별것이어야 해?" 보니가 말했다.

"나는 발가벗고 아버지랑 수영한 적 있어."

"얘들아, 이제 그만해라!" 데이비드가 나무라며 말했다.

물 위로 검은 그림자가 떨어졌고, 아무것도 없는 메아리가 언덕에 쏟아지며 호수에 김을 피워 올렸다. 비가 내리기 시작했다. 스위스의 호우가 대지를 흠뻑 적셨다. 호텔 창문 주변의 둥글납작한 덩굴에서 난간으로 물이 마구 쏟아졌다. 달리아 꽃송이가 폭풍에 꺾였다.

"이 비에 어떻게 축제가 열려?" 아이들이 상심해서 울었다.

"아마 발레단도 우리가 한 것처럼 고무 밑창을 댈 거야." 보니가 말했다.

"그냥 훈련받은 물개가 나오는 게 나을 텐데." 작은 남자애가 낙천적으로 말했다.

비는 울보 같은 태양에서 천천히 반짝이며 새어 나왔다. 무대를 둘러싸고 있는 목재 층계참은 젖은 종이테이프와 엄청나게 많은 끈끈한 색종이에서 흘러나온 염료에 푹 젖어 있었다. 붉은색과 오렌지색 버섯처럼 윤이 나는 우산들에서 반사된 물기 어린 생동감 넘치는 빛이 전등 가게의 진열대처럼 반짝거렸다. 밝은 색깔의 셀로판 재질 슬리커●를 입은 멋진 관객들에게서도 빛이 났다.

"저 사람 호른에 비가 들어가면 어쩌지?" 오케스트라가 비

● 길고 헐거운 비옷.

에 씻겨 내려가 친칠라 모피처럼 변한 산 아래 자리를 잡는 모습을 보던 보니가 말했다.

"예쁜 소리가 날 수도 있어." 남자애가 반박하듯 말했다. "가끔 나 욕조에 받아놓은 물 아래로 잠수해서 입으로 정말 멋진 소리를 불거든."

"내 동생이 입으로 소리를 내면 진짜 황홀하긴 해." 준브라가 단언했다.

눅눅한 공기가 음악을 스펀지처럼 납작하게 만들었다. 여자들은 모자에서 빗물을 털어냈다. 타르를 칠한 캔버스 천이 뒤로 말려 올라가면서 미끄럽고 위험한 판자가 드러났다.

"이제 〈프로메테우스〉를 공연할 거란다." 데이비드가 연주회 프로그램을 읽으며 말했다. "프로메테우스 이야기는 나중에 해주마."

횡 하는 소리와 함께 회전 도약을 할 때 로렌츠는 자신이 가진 갈색의 장엄한 아름다움을 한데 모아 공중에 주먹을 치켜들고 산과 하늘이 함께하는 풍경의 신비에 턱을 갖다 댔다. 비에 젖어 반들거리는 그의 맨몸이 얽히고설킨 자세로 스스로를 고문하다가 곧게 펴진 뒤 공중을 느릿느릿 부유하다 떨어지는 종이처럼 무대에 착지했다.

"보니야, 봐라." 데이비드가 소리쳤다. "저기 네 옛날 친구가 있네!"

아리엔은 거만한 턴과 오만한 트위스트로 미로처럼 복잡한 기교를 정복하며 분홍색 큐피드를 표현했다. 축축한 공기에 부실한 상황 속에서도, 그녀는 자신의 배역이 가진 초인적인 요구를 집요하게 소화해냈다. 아리엔의 아래에 있는 작업자가 그녀가 어렵게 해내는 해석을 뒷받침해주었다.

데이비드는 관람객들이 비에 계속 젖고 있어서 불편해 죽겠다는 생각을 하고 있는 동안 필사적으로 춤을 춰내고 있는 여자에 대한 뜻밖의 연민이 압도하듯 밀려오는 걸 느꼈다. 다른 무용수들 역시 내리는 비를 의식했고, 피날레의 폭발할 듯한 크레셴도를 소화하는 동안 몸을 슬쩍 떨었다.

"저는 자기 자신과 싸우던 검은 옷 무용수들이 제일 좋았어요." 보니가 말했다.

"저도요." 남자애가 말했다. "특히 자기들끼리 막 들이받을 때가 최고였어요."

"몽트뢰에 머물면서 저녁을 먹는 게 좋겠다. 길이 너무 젖어서 지금은 차를 몰고 돌아가기 어렵겠어." 데이비드가 제안했다.

호텔 로비에는 많은 사람이 삼삼오오 모여 앉아 전문적인 대기자의 분위기를 풍기고 있었다. 커피와 프렌치 페이스트리 냄새가 반쯤 어둑한 공간에 퍼졌다. 현관에 걸린 비옷에서는 물이 뚝뚝 떨어졌다.

"봉주르!" 보니가 별안간 소리를 질렀다. "춤 정말 잘 추시던데요. 심지어 파리에 있을 때보다 더요!"

날렵한 체구에 잘 차려입은 아리엔이 로비를 가로질러 왔다. 그녀는 마네킹처럼 몸을 틀며 자기 모습을 보여주었다.

그녀의 두 눈 사이에 있는 잿빛의 순수한 초원이 당혹감으로 슬쩍 덮였다.

"몸이 너무 '데구탕'●이라서 민망하네." 그녀가 코트를 터는 척하며 말했다. "아직도 파투에서 파는 이 낡은 옷을 입고 있으니! 그나저나 너 정말 많이 컸구나!" 그녀가 짐짓 꾸민 듯한 태도로 보니를 쓰다듬었다. "근데 네 어머니는 잘 지내시니?"

"엄마도 춤을 추고 있어요." 보니가 말했다.

"그건 알아."

아리엔은 할 수 있는 한 빠르게 그 자리를 벗어났다. 그녀는 이미 자기가 거둔 성공의 드라마를 보니에게 보여주었다. 파투는 발레계의 스타들이 선택한 의상이었으니까. 오로지 파투만이 최고급 삼베옷을 재봉했다. 아리엔은 '파투'라고 말했다. "파투 옷이야." 그녀는 힘주어 강조했다.

"내 객실에 가봐야겠다. 우리의 '에투알'●●이 거기서 나를 기다리고 있거든. 잘 있어요, 데이비드. 안녕, 우리 귀여운 보니(Au 'voir, cher David! Au 'voir, ma petite Bonnie)!"

아이들은 식탁에서 무척 우아하게 처신했고, 어쩐지 오늘 밤의 그런 태도는 전쟁 전에는 음악이 흘렀던 이 장소에서는 시대착오적으로 보이지 않았다. 와인은 황옥으로 만든 가로

● '물이 뚝뚝 떨어지는'이라는 뜻의 프랑스어.

●● '별'이라는 뜻의 프랑스어로, 극단의 스타 무용수에게 붙이는 칭호.

대로 테이블에 빗장을 질렀고, 맥주는 은제 머그잔의 냉담한 제지에 항의했으며, 아이들은 스튜 냄비 뚜껑을 덜거덕 흔들어대는 끓는 물 같은 부모의 훈육을 받으며 왕성하게 키들거렸다.

"전채 요리(hors d'oeuvre)가 먹고 싶어요." 보니가 말했다.

"아니, 딸아! 그건 밤에 먹으면 소화가 되지 않아."

"하지만 저도 먹고 싶어요!" 남자애가 울부짖었다.

"명령은 연장자가 어린 사람들에게 내리는 법이야." 데이비드가 선언하듯 말했다. "너희들에게 〈프로메테우스〉에 대해 알려줘야겠구나. 그래야 너희들이 자기가 원하는 걸 얻지 못하고 있다는 사실을 눈치채지 못할 테니까. 프로메테우스는 거대한 바위에 묶여 있었는데……."

"살구 잼 먹어도 돼요?" 준브라가 끼어들었다.

"프로메테우스 얘기 들을 거냐, 말 거냐?" 보니의 아버지가 초조한 듯 말했다.

"네, 듣고 싶어요. 그럼요, 당연하죠."

"그러면." 데이비드가 다시 이야기를 시작했다. "그는 그 바위에서 아주 오랫동안 몸부림치며 괴로워했고……."

"이 얘기 내《신화》에 나오는데." 보니가 우쭐하며 말했다.

"그래서 어떻게 됐어요?" 가장 어린 남자애가 물었다. "괴로워서 몸부림치다가요."

"어떻게 됐냐고? 그게……." 데이비드는 자기가 매력을 발휘하고 있다는 사실에 기분이 들떠 얼굴이 상기된 채, 마치 자신에게 감탄하는 시종들이 보라고 비싼 셔츠 더미를 늘어놓듯 아이들에게 자신의 멋진 면들을 펼쳐 보였다. "**정확히 무슨 일이 벌어졌는지 기억하니?**" 그가 보니에게 긴가민가하며 말했다.

"아뇨, 한참 전에 잊어버렸어요."

"얘기가 그게 다라면 콩포트를 먹어도 될까요?" 준브라가 예의 바르게 졸라댔다.

불빛이 깜박이는 밤을 달리며 차를 몰아 집으로 향하는 동안, 이 나라는 반짝거리는 마을들과 길쭉한 해바라기 줄기로 통행을 막는 별장 정원들의 환영 속에서 스쳐 지나갔다. 보니 아버지의 자동차라는 환한 갑옷에 감싸인 아이들은 펠트 천을 씌운 등받이에 머리를 기대 졸고 있었다. 아이들이 탄 이 번쩍거리는 자동차, 원하는 대로 쓸 수 있는 자동차, 신비의 자동차, 인도 왕족의 자동차, 죽음의 자동차, 일등 상을 수상한 자동차, 아낌없이 베푸는 영주처럼 여름 공기 속으로 돈의 힘을 내뿜고 있는 이 차는 안전했다. 밤하늘이 호수에 반사되는 곳에서 차는 마치 수은을 집어넣고 용접한 지구본을 뚫고 솟아오르는 거품처럼 달렸다. 차는 뚫을 수 없는 검은 그림자가 연금술사의 연구실에서 나오는 연무처럼 깔려 있는 길을 지나며 탁 트인 산 정상의 빛을 가로지르며 속도를 냈다.

"저는요, 예술가가 되고 싶지 않아요." 작은 남자애가 졸면서 말하다 조건을 하나 달았다. "훈련받은 물개가 될 수 없다면요. 진짜로요."

"난 되고 싶은데." 보니가 말했다. "우리가 벌써 자고 있는 시간에 그 사람들은 저녁 식사를 하겠지."

"하지만 우리도 저녁은 먹었잖아." 준브라가 이치에 맞게 반박했다.

"그렇긴 해." 보니가 동의했다. "하지만 저녁 식사는 할 때 마다 즐거운 거잖아."

"배가 부르면 안 즐겁지." 준브라가 말했다.

"배가 부르면 저녁이 즐겁든 말든 신경도 안 쓸걸."

"너는 왜 맨날 그렇게 말싸움만 해?" 준브라가 추워서 몸을 웅크리며 창문에 기댔다.

"뭘 하면 즐거울지 생각하고 있는데 끼어들었잖아."

"우리 곧장 호텔로 갈 거다." 데이비드가 말했다. "너희들 피곤해 보이네."

"우리 아버지는 갈등이 인격을 성장시킨다고 말씀하세요." 큰 남자애가 말했다.

"내 생각엔 갈등이 오늘 저녁을 망치고 있는 것 같은데." 데 이비드가 말했다.

"우리 엄마는 갈등하면 성격을 버린대요." 준브라가 거들 었다.

데이비드와 단둘이 호텔 객실을 돌아다니던 보니가 아버지에게 다가갔다.

"제가 걔들에게 더 다정하게 대해야 했을까요?"

"응, 너도 가끔은 이겨서 시원하다는 기분보다는 사람이 훨씬 더 중요하다는 걸 깨달아야 하지 않을까 싶네."

"하지만 아까는 걔들이 제가 다정하게 행동할 **마음이 들도록** 해야 하지 않았나요? 그 애들이 한편이잖아요."

"아이들은 늘 무리를 짓고 다녀." 데이비드가 말했다. "사람들은 연감과 같단다, 보니. 네가 찾는 정보는 결코 얻을 수 없지만 가볍게 읽는 수고를 들일 가치는 있지."

"이 방들 무척 멋져요." 보니가 생각에 잠겨 말했다. "욕실에 있는 저거요. 물이 호스처럼 뿜어져 나오는 저건 뭐죠?"

"그건 만지지 말라고 수천 번 얘기했는데. 소화기 같은 거란다."

"사람들은 늘 욕실에서 불이 날 거라고 생각하나봐요?"

"아주 드문 일이기는 하지."

"당연히 그렇겠죠." 보니가 말했다. "불이 나면 사람들에게는 아주 나쁜 일이겠지만 그걸 구경하는 건 아주 재미있을 거예요."

"잘 준비됐니? 네가 엄마에게 편지를 써주면 좋겠구나."

"네, 아빠."

보니는 세피아색 광장을 마주하고 있는 아주 크고 웅장한 창문이 달린 조용한 응접실에 앉아 편지를 쓰기 시작했다.

　사랑하는 엄마에게
　이 편지를 읽으면 아시겠지만 저희 스위스로 돌아왔어요.

방은 무척 크고 조용했다.

스위스 구경 무척 재미있어요! 호텔 직원이 아빠보고 왕자님
이래요!

커튼이 산들바람에 부드럽게 흔들리다가 멈췄다.

생각해보세요(Figurez-vous), 엄마. 그럼 제가 공주라는 얘기
잖아요. 그런 바보 같은 상상을 한다고 생각해보면…….

객실에는 충분한 숫자의 램프가 있었다. 심지어 이렇게 크
고 '멋진' 방에도.

마드무아젤 아리엔이 파투 드레스를 입었더라고요. 자기 성
공에 기뻐하고 있었어요.

심지어 사람들은 보니의 아버지가 묵는 호텔을 더 예쁘게
만들기 위해 꽃을 심을 생각까지 했다.

만약 제가 진짜 공주였다면 늘 제 마음대로 했겠죠. 엄마를
스위스로 데려올 거고요.

방석은 단단했지만 의자 다리까지 늘어져 있는 금술이 달

려 있어서 무척 예뻤다.

엄마가 집에 오면 저는 무척 기쁠 거예요.

그림자들이 움직이는 듯했다. 밤중에 보이는 그림자나 움직이는 것에 겁을 먹는 건 아기들뿐이었다.

애기할 만한 경험은 많이 없어요. 최선을 다해 버릇없이 지내고 있고요…….

그림자 속에 뭔가 숨어 있을 리는 없었다. 그냥 움직이는 것처럼 보일 뿐이었다. 저 문 혹시 지금 열리고 있는 걸까?

"오, 오, 오." 보니가 겁에 질려 새된 소리를 냈다.

"쉬, 쉬, 쉬." 데이비드가 아이를 안심시키며 딸에게 따스함과 편안함을 약속했다.

"아빠가 너 무섭게 한 거니?"

"아뇨, 그림자였어요. 혼자 있으면 가끔 바보처럼 굴 때가 있어요."

"무슨 말인지 안다." 데이비드가 달랬다. "어른들도 그래. 자주 그러지."

호텔의 조명이 맞은편 공원에 나른하게 떨어졌다. 무언가를 기다리는 듯한 분위기가 바람 한 점 없이 깃대에 달린 깃발처럼 거리에 걸려 있었다.

"아빠, 불을 다 켜놓고 자고 싶어요."

"좋은 생각이구나! 무서워할 거 아무것도 없어. 아빠와 엄마가 있잖아."

"엄마는 나폴리에 있잖아요." 보니가 말했다. "그리고 제가 잠들고 나면 아빠는 분명 외출할 거고요!"

"그건 말도 안 되는 소리야!"

몇 시간 뒤 데이비드가 까치발로 보니의 방에 들어가보니 방은 어두웠다. 아이는 잠에 빠지기에는 너무 눈을 꽉 감고 있었고, 거실로 통하는 문을 슬쩍 열어두는 것으로 어둠에 대한 타협을 보고 있었다.

"왜 계속 깨어 있니?" 데이비드가 말했다.

"생각 중이었어요." 보니가 웅얼거렸다. "엄마가 이탈리아에서 성공하는 것보다 지금 여기 있는 게 낫지 않나 하고요."

"하지만 아빠도 성공을 해서 여기 있는 거야." 데이비드가 말했다. "네가 태어나기 전에 성공을 했기 때문에 네게는 이게 자연의 질서처럼 당연해 보이는 것일 뿐이지."

조용한 객실 옆 나무들에서 벌레 울음소리가 들렸다.

"나폴리에서 그렇게 끔찍했니?" 데이비드가 물었다.

"저기." 보니가 머뭇거렸다. "물론 엄마한테는 어땠을지 모르겠지만……."

"엄마가 아빠에 대해서는 아무 말도 안 했어?"

"엄마가요, 글쎄요. 엄마가 뭐라고 말했는지는 몰라요, 아빠. 엄마가 제게 해준 충고는 뒷좌석에 앉아서 인생에 대해 떠들지 말라는 거였어요."

"무슨 말인지 이해했니?"

"아뇨." 보니가 지금에 감사하고 만족한다는 듯 한숨을 쉬었다.

여름은 로잔에서 제네바까지 내려오는 동안 도자기 접시의 섬세한 테두리 같은 호숫가를 다듬으며 파르르 떨었다. 벌판이 더위에 노래졌다. 창문 너머 산들은 가장 화창한 날에도 더는 세부가 전부 다 보이지 않았다.

놀고 있던 보니는 쥐라산맥이 물가의 골풀들 사이에 어두운 그림자를 끼워 넣는 모습을 지켜보며 신비로운 초연함에 사로잡혔다. 뒤집힌 곡절 부호 같은 곡선을 그리며 날아가는 하얀 새들은 무한에도 경계가 있다는 무채색 암시를 강조하는 듯했다.

"우리 꼬마는 잘 잤니?" 정원에서 그림을 그리고 있던, 오랜 병에서 회복 중인 사람들이 보니에게 물었다.

"네." 보니가 예의 바르게 대답했다. "하지만 저를 방해하시면 안 돼요. 저는 파수꾼이거든요. 적이 다가오면 알려야 해요."

"그렇다면 나는 이 성의 왕인 셈인가?" 데이비드가 창문에서 소리쳤다. "네가 실수를 저지르면 목을 벨 수도 있겠네?"

"아빠는 죄수예요." 보니가 말했다. "제가 혀를 뽑아버렸기 때문에 불평을 할 수 없죠. 하지만 잘 대해드릴게요." 아이가 달래듯 말했다. "그러니 불행하다고 느끼지 않아도 돼요, 아빠. 아빠가 군이 원하지 않는다면요! 물론 어쩌면 불행한 기분을 느끼는 편이 **더 나을지도** 모르겠지만요!"

"알았다." 데이비드가 말했다. "나는 지금 세상에서 가장 불행한 사람 중 하나야! 세탁소에 맡겼던 내 분홍색 셔츠가 물이 빠져버렸지 뭐냐. 방금 결혼식 초대를 받았는데."

"결혼식 참석을 허락하지 않겠어요." 보니가 엄하게 말했다.

"그렇다면 나는 이제 절반만 불행하네."

"그런 식으로 행동하면 더는 놀게 놔두지 않겠어요. 아빠는 슬픔에 잠겨 부인을 그리워하고 있어야 한다고요."

"아빠가 눈물에 녹아내리는 모습을 보렴!" 데이비드는 창문 난간에 널어 말리고 있는 젖은 수영복 위로 꼭두각시 인형처럼 축 늘어졌다.

전보를 들고 찾아온 벨보이는 '므시외 미국인 왕자'가 그런 이상한 자세를 취한 광경을 보고는 놀란 듯했다. 데이비드가 전보를 열었다.

"아버지 병으로 쓰러짐." 그가 전보를 읽었다. "회복 어려움. 당장 올 것. 앨라배마가 충격받지 않게 해주길. 밀리 베그스."

데이비드는 구부러진 가지가 무심히 땅을 짚고 있는 나무 아래서 펄럭이며 날아다니는 하얀 나비를 홀린 듯 멍하니 바라보았다. 그는 자신의 감정이 마치 유리 홈통으로 떨어진 편지처럼 지금 현재를 미끄러져 지나가는 광경을 바라보았다. 이 전보가 그들의 삶을 단두대에서 떨어진 칼날처럼 가차 없이 갈라놓았다. 데이비드는 연필을 잡고 앨라배마에게 전보를 보내려다가 전화를 걸어야겠다고 생각했는데, 그때 오페라 극장은 오후에 문을 닫는다는 사실을 떠올렸다. 그는 하숙집에 전보를 보냈다.

"무슨 일이에요, 아빠? 더 안 놀아요?"

"그래, 애야. 안으로 들어오는 게 좋겠다, 보니. 안 좋은 소식이 있어."

"무슨 일이에요?"

"할아버지가 위독하셔. 그래서 미국에 가야 할 것 같다. 가정교사 선생님을 불러서 너와 같이 있도록 해야겠어. 엄마는 아마 곧장 파리로 와서 아빠를 만날 수 있을 거다. 아빠가 이탈리아에서 배로 출발할 수도 있겠지만."

"저라면 안 그래요." 보니가 충고했다. "저라면 확실히 프랑스에서 미국으로 갈 거예요."

부녀는 심란한 상태로 나폴리에서 올 소식을 기다렸다.

앨라배마의 답장이 별똥별처럼, 하늘에서 온 차가운 납덩이처럼 떨어졌다. 수다스럽고 히스테릭한 이탈리아어를 붙들고 씨름하던 데이비드가 마침내 메시지를 해독해냈다.

"부인은 이틀 전부터 아파서 병원에 입원해 있습니다. 여기 오셔서 부인을 구해주셔야 합니다. 부인께서는 주소를 알려달라는 우리 요청도 거절하고 여전히 혼자서도 잘 지낼 거라고 하지만 돌봐줄 사람이 아무도 없습니다. 상황이 심각합니다. 우리는 선생님과 예수님 말고는 기댈 사람이 없습니다."

"보니." 데이비드가 신음했다. "아빠가 가정교사 선생님 주소를 대체 어디다 적어뒀지?"

"몰라요, 아빠."

"그럼 네가 직접 짐을 싸야겠다. 서두르렴."

"오, 아빠." 보니가 훌쩍였다. "저 나폴리에서 이제 막 왔어요. 거기 가기 싫어요!"

"엄마에게 우리가 필요해." 데이비드는 그 말만 했다. 둘은 심야 급행열차를 탔다.

이탈리아 병원에서는 종교재판 분위기가 좀 났다. 부녀는 앨라배마의 하숙집 여주인, 시르제바 부인과 같이 오후 2시에 병원 문이 열릴 때까지 밖에서 기다려야 했다.

"정말 앞날이 밝았는데." 시르제바 부인이 한탄했다. "조만간 정말 훌륭한 무용수가 될 수도 있었는데……."

"성스러운 천사님들이여, 그렇게 젊은데!" 하숙집 주인이 웅얼거렸다.

"물론 시간이 많지 않기는 했어요." 시르제바가 슬프게 덧붙였다. "무용수로는 나이가 너무 많았으니까."

"게다가 항상 혼자였고요. 신이시여, 도와주세요." 하숙집 주인이 경건히 한숨을 쉬었다.

거리는 기하학적으로 계산한 것 같은 작은 잔디밭들 주위로 길이 이리저리 나 있었다. 어찌 보면 학식 있는 의사가 석판 위에 그려놓은, 반쯤 지워진 설명도 같기도 했다. 청소부 여자가 병원 문을 열었다.

데이비드는 에테르 냄새에 개의치 않았다. 의사 두 명이 대기실에서 골프 점수 얘기를 나누고 있었다. 종교재판소 분위기를 내는 건 제복, 그리고 녹색 비누 냄새였다.

데이비드는 보니에게 무척 미안해졌다.

데이비드는 영국인 인턴이 홀인원을 기록했다는 말을 믿을 수 없었다.

의사들은 토슈즈 상자에 바른 풀이 감염의 원인이라고 데이비드에게 말했다. 균이 물집으로 들어갔다는 것이었다. 그들은 여러 번 '절개'라는 단어를 사용했는데, 그게 마치 '성모 마리아시여'라고 말하는 것 같았다.

"시간을 다투는 문제입니다." 의사들이 차례로 같은 말을 했다.

"소독만 했어도." 시르제바가 말했다. "들어가 있는 동안 제가 보니를 돌볼게요."

수술실에서의 절망적인 마지막 순간에, 데이비드는 천장을 올려다보았다.

"내 발에는 아무 문제가 없단 말이에요!" 앨라배마가 소리를 질렀다. "문제는 배라고. 배가 아파 죽겠다고요!"

어째서 의사는 그녀와 다른 세상에 살고 있는 걸까? 어째서 그녀가 하는 말을 듣지 못하고 얼음주머니 얘기나 하면서 서 있는 걸까?

"이제 두고 보도록 하죠." 의사가 무심하게 창밖을 바라보며 말했다.

"나 물 마셔야 해요! **제발** 물 좀 달라고요!"

간호사는 바퀴 달린 테이블에 놓인 드레싱을 계속 체계적으로 정리했다.

"물이 없어요(Non c'è acqua)." 앨라배마가 속삭였다.

그녀는 그렇게 비밀스럽게 말할 필요가 없었다.

병원 담장이 열리고 닫혔다. 앨라배마의 병실에서는 끔찍한 냄새가 났다. 병상 밖으로 나온 그녀의 발은 노란 액체에 담겨 있었는데, 액체는 얼마 안 가 하얗게 변했다. 앨라배마는 끔찍한 요통에 시달렸다. 마치 무거운 들보로 얻어맞은 것 같았다.

"오렌지 주스를 마셔야 해." 앨라배마는 자기가 그 말을 했다고 생각했다. 아니었다. 그 말을 한 사람은 보니였다. '데이비드가 초콜릿 아이스크림을 가져다주면 토하겠지. 소다수 같은 냄새가 나는데 당연히 토하지.' 그녀는 그렇게 생각했다. 발목에는 줄기 같은, 중국 황후의 머리 장식 같은 유리관들이 달려 있었다. 그 관들이 자기 발에 영원토록 파동을 보내고 있는 것 같다고 그녀는 생각했다.

병실의 벽이 조용히 미끄러지면서 묵직한 앨범의 낱장처럼 하나둘 떨어졌다. 벽에는 잿빛과 장밋빛과 엷은 자줏빛 색조가 감돌았다. 벽이 떨어져 나갈 때 아무 소리도 들리지 않았다.

의사 두 명이 들어와 이야기를 나눴다. 살로니카●가 요통과 무슨 관계가 있지?

● 그리스 북동쪽에 있는 항구 도시. 정식 명칭은 '테살로니키'다.

"베개가 필요해요." 그녀가 힘없이 말했다. "뭔가가 내 목을 부러뜨렸다고요!"

의사들은 병상 끝에 매정하게 서 있었다. 창문이 눈부신 하얀 동굴처럼, 병상 위에 천막처럼 설치된 하얀 깔때기로 통하는 입구처럼 열렸다. 그 천막처럼 덮인 광휘 안에서는 숨쉬기가 정말 쉬웠다. 자기 몸을 느낄 수 없을 정도였고, 공기는 참으로 가벼웠다.

"그럼 오늘 오후 3시로 합시다." 의사 중 한 명이 그렇게 말하고는 자리를 떴다. 남은 사람은 계속 혼잣말을 했다.

"나는 수술 못 해. 왜냐하면 나는 오늘 여기 서서 하얀 나비를 세어야 하니까." 앨라배마는 그가 그렇게 말했다고 생각했다.

"그래서 그 소녀가 칼라 백합에게 강간을 당한 거야." 그가 말했다. "그게 아니면, 아니야, 아무래도 샤워실에서 물을 뿌린 게 효과가 있었던 것 같군!" 그가 의기양양하게 말했다.

의사가 기괴하게 웃어댔다. 어떻게 〈풀치넬라〉를 두고 그렇게 많이 웃을 수 있지? 성냥개비처럼 깡마르고 에펠탑처럼 키가 큰데! 간호사가 다른 간호사와 같이 웃음을 터뜨렸다.

"그건 〈풀치넬라〉가 아니에요." 앨라배마는 자기가 간호사에게 그렇게 말했다고 생각했다. "그건 〈뮤즈를 거느린 아폴로〉•라고요."

● 〈풀치넬라〉와 마찬가지로 스트라빈스키가 작곡한 발레 음악.

"당신들은 모르겠지. 당신들이 그걸 이해할 거라고 내가 어떻게 기대하겠어?" 앨라배마가 경멸스럽게 소리를 질러댔다.

간호사들은 자기들끼리 의미심장하게 웃더니 병실을 떠났다. 벽이 다시 시작되었다. 앨라배마는 여기 그대로 눕겠다고, 만약 벽들이 그녀를 결혼식 꽃다발의 꽃봉오리처럼 납작하게 누를 수 있다고 생각한다면 자기가 벽들을 좌절시키겠다고 결심했다. 앨라배마는 몇 주 동안 병실에서 누워 지냈다. 그릇에 담긴 약에서 나는 독한 냄새 때문에 목구멍 껍질이 벗겨졌고, 그녀는 벌건 점액을 뱉어냈다.

그 괴롭던 몇 주 동안 데이비드는 거리를 걸으면서도 울고 밤에도 울었다. 삶이 무의미하고 다 끝난 것 같았다. 그는 지쳐 나가떨어질 때까지 마음속에 좌절과 살의와 폭력을 키웠다.

데이비드는 하루에 두 번 병원을 찾아 의사들이 패혈증에 대해 이야기하는 걸 들었다.

마침내 의사들이 데이비드에게 앨라배마를 만나도록 해주었다. 그는 병상 이불에 머리를 묻고는 그녀의 망가진 몸 아래로 팔을 넣어 받친 채 아기처럼 울었다. 그녀의 다리는 치과의사의 도구처럼 도르래 위에 얹혀 있었다. 그 도르래 무게가 중세 시대의 고문대처럼 그녀의 목과 등을 아프게 하고 잡아 늘렸다.

데이비드는 계속 흐느끼며 앨라배마를 꼭 안았다. 그는 앨라배마와는 다른 세상을 느꼈다. 그의 속도는 병원의 메마르고 쇠약한 리듬과는 달랐다. 그는 어쩐지 자기가 혈기 왕성한 노동자처럼 정력적이고 무정한 사람이라는 기분이 들었다. 앨라배마는 데이비드가 모르는 사람처럼 느껴졌다.

데이비드의 눈길이 그녀의 얼굴에 끈질기게 달라붙었다. 감히 병상 아래쪽을 바라볼 엄두가 나지 않았다.

"자기야, 별일 아냐." 그가 덤덤한 척하며 말했다. "금방 좋아질 거야." 어쨌거나 앨라배마는 안심이 되지 않았다. 그는 중요한 문제를 회피하고 있는 듯했다. 어머니의 편지에도 앨라배마의 발에 대한 얘기가 없었고 보니도 병원에 찾아오지 않았다.

'나 분명 많이 여위었겠지.' 앨라배마가 생각했다. 요강이 그녀의 등뼈에 가로놓여 있었고 두 손은 새 발톱 같았다. 그녀의 두 손은 횟대에 걸린 발톱처럼 허공에 매달린 채 발판을 향해 뻗은 오른발과 마찬가지로 창공을 낚으려 하고 있었다. 손은 깃털이 다 빠진 새처럼 길고 연약했으며 손가락 마디는 푸르스름했다.

때때로 발이 너무 아프면 앨라배마는 눈을 감고 오후의 파도 위로 떠오르곤 했다. 그럴 때면 그녀는 변함없이 늘 같은 망상의 장소를 방문했다. 그곳의 호수는 정말로 맑아서 수면과 밑바닥을 구분할 수 없을 정도였으며, 뾰족한 섬이 버려진 낙뢰처럼 물 위에 무겁게 놓여 있었다. 남근 모양의 포플러와 활짝 핀 분홍 제라늄, 이파리들이 하늘에서 흐르듯 떨어지는 하얀 나무등치로 이루어진 숲이 땅을 뒤덮고 있었다. 흐릿한 형태의 수초가 물살에 흔들렸다. 보라색 줄기에 뚱뚱한 동물 모양의 이파리가 달린 수초도 있었고 이파리는 하나도 없이 길쭉한 촉수처럼 생긴 수초도 있었으며, 아이오딘처럼 뭉쳐져 만들어진 날렵한 공과 고인 물에서 기묘한 화학작용을 통해 성장한 식물도 있었다. 까마귀들이 짙은 안개 사이에서 울어댔다. '아프다'는 단어는 독기 어린 공기 앞에서 모습을 감추고는 섬의 이쪽 끝에서 저쪽 끝까지 절뚝거리며 초조하게 움직이다가 섬의 한가운데를 관통하는 하얀 길에서 멈췄다. '아프다'는 단어는 좁은 띠처럼 생긴 길 주위를 꼬챙이에 꿰인 구운 돼지처럼 뒤틀린 채 돌았고, 글자의 뾰족한 끝으로 앨라배마의 눈동자를 찔러 그녀를 잠에서 깨웠다.

가끔 눈을 감으면 어머니가 시원한 레모네이드를 가져다주기도 했지만, 그런 일은 아프지 않을 때만 일어났다.

데이비드는 걸음마를 배우는 아이를 지켜보는 부모처럼 뭔가 일이 생길 때마다 찾아왔다.

"너도 언젠가는 알아야 할 일이야, 앨라배마." 마침내 그가 그렇게 말했다. 앨라배마의 뱃속이 덜컥 내려앉았다. 일이 다 틀렸다는 심정이 들었다.

"나도 오래전부터 알고 있었어." 그녀가 병약한 모습으로 침착하게 말했다.

"가엾은 자기, 발을 잃지는 않아. 그건 아니야." 그가 동정하듯 말했다. "하지만 춤은 다시는 출 수 없을 거야. 네게는 그게 정말 괴롭겠지?"

"목발을 짚어야 해?" 그녀가 물었다.

"아니, 절대 아냐. 힘줄이 끊어져서 동맥을 통해 긁어내야 했지만 조금 절뚝거리긴 해도 네 힘으로 걸을 수 있을 거야. 그건 걱정하지 마."

"오, 내 몸." 그녀가 말했다. "그 노력이 다 헛수고가 되다니!"

"가엾게도, 내 사랑, 하지만 그 덕에 우리가 다시 뭉쳤잖아. 우리에게는 서로가 있어."

"그래, 그건 남았네." 앨라배마가 훌쩍였다.

앨라배마는 자리에 누워 자신은 늘 인생에서 자신이 원하는 걸 얻고자 해왔다고 생각했다. 그래, 이걸 원한 건 아니었다. 이것은 엄청난 양의 소금과 후추가 필요한 돌덩이었다.

어머니 당신도 아들이 죽기를 원치 않았을 것이라고, 아버지도 자식들이 자기 허벅지에 질질 매달리면서 당신의 영혼을 라거 맥주 속에 빠뜨리길 원치 않았던 때가 분명 있었을 것이라고, 앨라배마는 생각했다.

아버지! 앨라배마는 아버지가 아직 살아 있을 때 집에 가고 싶었다. 그녀의 아버지가 사라지면 세상은 자신의 마지막 자산을 잃게 되리라.

"하지만." 그녀는 돌연히 정신을 번쩍 들게 하는 충격에 사로잡힌 채 떠올렸다. "아버지가 돌아가시면 세상의 마지막 자산은 내가 될 거야."

3

데이비드 나이트의 가족이 벽돌로 지은 오래된 기차역 밖으로 걸어 나왔다. 남부의 작은 도시는 널찍한 팔레트 같은 목화밭 위에 소리도 없이 잠들어 있었다. 앨라배마의 귀가 강렬한 고요에 먹먹해졌다. 마치 진공 속에 들어간 듯했다. 흑인들은 미동도 없이 무기력하게, 마치 지쳐 나가떨어진 창조의 신을 묘사한 조각상들처럼 차고 계단에 널브러져 있었다. 벨벳 같은 그림자에 가려진 넓은 광장은 남부의 잠잠함에 잠긴 채 인간과 그 유산 아래 펼쳐진 부드러운 압지처럼 펼쳐져 있었다.

"우리 여기서 멋진 집을 찾아서 살게 되는 거예요?" 보니가 물었다.

"그것참 재미있는 얘기구나(Que c'est drôle)!" 가정교사가 내뱉듯 말했다. "흑인이 정말 많네요! 이 사람들을 가르칠 선교사가 있나요?"

"뭘 가르치는데요?" 앨라배마가 물었다.

"뭐냐 하면…… 종교요."

"이 사람들은 자기들 종교에 만족스러워해요. 노래도 많이 부르고요."

"잘됐네요. 아주 인정 많은 사람들이네요."

"흑인들이 저를 귀찮게 할까요?" 보니가 물었다.

"전혀 아니란다. 살면서 지냈던 어떤 곳보다 여기서 훨씬 안전하게 지낼 수 있어. 여기는 어머니가 어린 시절을 보냈던 곳이거든."

"독립 기념일 아침 5시에 강에서 흑인들이 하는 침례 의식을 보러 간 적이 있어요. 다들 하얀 예복을 입고 있었죠. 붉은 태양이 흙탕물 가에 기울어 있었고요. 그때 큰 환희를 느껴서 그 사람들의 교회에 다니고 싶었죠."

"저도 그 광경을 보고 싶네요."

"어쩌면 볼 수 있을지도 모르죠."

조앤이 작은 갈색 포드에서 기다리고 있었다.

그렇게 오랜 세월이 지나 언니를 만나니 앨라배마는 도로 작은 소녀가 된 기분이었다. 그녀의 아버지가 거의 평생을 바쳐가며 일했던 작은 도시가 마치 그녀를 보호하듯 앞에 펼쳐져 있었다. 낯선 땅에서 이방인으로 진취적이고 욕심 많게 사는 것도 좋은 일이었지만 자신의 시야에 일종의 쉼터를 짜넣기 시작할 때 자신을 사랑하는 손이 물레질에 도움을 준다는 사실을 알게 되는 것도 좋은 일이었다. 그러면 실이 더 치밀하게 엮이는 기분이 드는 법이었다.

"여기서 만나니 진짜 반갑네." 조앤이 슬프게 말했다.

"할아버지 많이 아파요?" 보니가 말했다.

"그렇단다, 애야. 나는 항상 보니가 아주 사랑스러운 아이일 거라고 생각했어."

"언니 애들은 잘 지내?" 조앤은 변한 데가 거의 없었다. 그녀는 관습을 충실히 따른다는 면에서 어머니를 많이 닮아 있었다.

"잘 지내. 데려오지는 못했어. 이런 일은 아이들에게 부담이 너무 커서."

"그렇긴 해. 우리도 보니를 호텔에 놔둘까봐. 아침에 나오면 되니까."

"그냥 가서 '안녕하세요' 하고 인사하게 하자. 엄마가 보니를 무척 좋아하니까." 조앤이 데이비드를 보았다. "저희 어머니는 늘 다른 자매보다 앨라배마를 더 아끼셨답니다."

"말도 안 되는 소리! 그냥 내가 막내라서 그러신 거야."

그들이 탄 차가 익숙한 거리를 빠르게 달렸다. 포근하고 소소한 밤, 조용히 땀을 흘리는 땅의 냄새, 풀숲의 귀뚜라미들, 열 오른 인도 위에서 함께 음모를 꾸미는 묵직한 나무들이 앨라배마의 마음속에 있던 공허한 두려움을 달래 무기력한 감각으로 바꾸었다.

"할 수 있는 일이 **전혀** 없어?" 앨라배마가 말했다.

"할 건 다 해봤어. 노환에는 치료제가 없더라."

"엄마는 어떠셔?"

"늘 그렇듯 씩씩하시지. 하지만 네가 올 수 있어서 기뻐하셔."

차가 조용한 집 앞에 멈춰 섰다. 춤을 추고 돌아온 뒤 브레이크가 긁히는 소리 때문에 아버지가 깨지 않도록 그 얼마나 많은 밤을 이 길을 따라 걸어 올라갔던가? 잠에 빠진 정원에서 나는 달콤한 냄새가 공기 중에 떠돌았다. 만에서 불어오는 산들바람이 피칸 나무를 이리저리 흔들었다. 변한 게 없었다. 눈에 익은 창문들은 아버지 당신의 정신에 대해 받아 마땅한 축복을 내리며 빛났고, 문은 당신이 누려 마땅한 품위에 걸맞게 활짝 열려 있었다. 그는 30년을 이 집에서 살며 사방에 흩어져 있는 노랑수선화가 피는 모습을 보았고, 아침 햇살을 받은 나팔꽃이 주름지는 것을 목도했으며, 키우는 장미에서 진딧물을 떼어내고 밀리가 기르는 양치식물을 칭찬했다.

"예쁘지 않니?" 아버지는 그렇게 말하곤 했다. 억양이 없는 게 특징인 그의 침착한 말투와 균형 잡힌 발음이 그의 귀족적인 기품에 맞추어 흔들렸다.

한번은 아버지가 밤나팔꽃에 붙어 있던 자주색 나방을 잡아 달력이 놓인 선반 위에 핀으로 꽂아둔 적이 있었다. "녀석한테는 안성맞춤인 장소지." 그는 그렇게 말하면서 나방의 연약한 날개를 남부의 철도 지도 위에 펼쳐놓았다. 판사는 유머 감각이 있는 사람이었다.

결코 틀리지 않았던 남자! 뭔가 일이 잘못될 때마다 그의 자녀들은 얼마나 고소해했던지. 판사의 주머니칼과 밀리의 바느질 바구니에서 꺼낸 바늘로도 닭의 모이주머니 제거 수술에 실패했을 때, 일요일 저녁 식사 시간에 아이스티를 담은 잔이 엎질러졌을 때, 깨끗한 부활절용 의상에 칠면조 요리 양념이 튀었을 때, 이런 일들은 지성을 가진 기계 같은 성실한 남자를 피와 살이 있는 사람처럼 만들어주었다.

뭐라 규정할 수 없는 감정에서 생긴 돌연한 공포가, 압도적인 상실감이 앨라배마를 사로잡았다. 그녀와 데이비드는 계단을 걸어 올라갔다. 그녀가 여기서 저기로 폴짝 뛰던 어린 시절, 저 양치식물을 지탱하고 있던 시멘트 평판은 얼마나 높아 보였는지. 누군가가 그녀에게 산타클로스 이야기를 해주는 동안 앉아 있던 곳도 있었다. 그녀는 산타클로스의 진실을 말해준 사람도 미웠고, 산타클로스 신화가 사실은 아니지만 존재하기는 해야 한다던 부모도 미워서 "나는 있다고 믿을 거야!"라며 울부짖었다. 뜨거운 벽돌 사이에서 자라나 그녀의 허벅지를 간지럽히던 버뮤다그래스도, 아버지가 그네 타기를 금지했던 나뭇가지도 그대로였다. 그 가느다란 가지가 그녀의 몸을 지탱할 수 있다는 사실이 믿기지 않았다. "나무를 혹사시켜서는 안 돼." 아버지는 그렇게 가르쳤다.

"이 정도로 나무가 상하지는 않아요."

"내 판단으로는 상할 거다. 무언가를 갖고 싶다면 그것을 소중히 여겨야 해."

정말 가진 게 없던 사람! 당신의 아버지를 새긴 판화와 밀리를 그린 세밀화 한 점, 테네시로 떠났던 휴가에서 들고 온 칠엽수 열매 세 개, 금으로 된 커프스단추 한 쌍, 보험증서 한 장, 여름용 양말 몇 켤레가 앨라배마의 기억 속 아버지의 옷장 서랍에 들어 있는 전부였다.

"왔구나, 애야." 앨라배마의 어머니가 몸을 떨면서 딸에게 입 맞췄다. "그리고 우리 손녀도! 네 정수리에 입 맞출 수 있게 해주렴." 보니가 할머니에게 찰싹 달라붙었다.

"할머니, 할아버지 뵐 수 있어요?"

"만나고 나면 슬플 텐데, 아가야."

노부인의 얼굴은 새하얬고 태도는 과묵했다. 그녀는 낡은 그네에 앉아 몸을 앞뒤로 천천히 흔들면서 가족의 정신적 상실을 차분하게 애도하고 있었다.

"오, 으으, 밀리." 판사의 목소리가 희미하게 들렸다.

의사가 피곤한 얼굴로 포치로 다가왔다.

"밀리 사촌 누님, 자녀들이 아버지를 뵙고 싶다면 의식이 돌아온 지금이 좋을 것 같아요." 그가 몸을 돌려 다정한 얼굴로 앨라배마를 보았다. "와줘서 기쁘구나."

앨라배마는 몸을 떨며 의사의 구부정하고 든든한 등을 따라 방으로 들어갔다. 아버지! 아버지! 얼마나 약하고 창백한지. 그녀는 이 무상하고 필연적인 쇠퇴를 좌절시킬 수 없는 자신의 무능함에 울부짖을 수도 있었다.

앨라배마가 조용히 침대 가에 앉았다. 아름다운 아버지!

"안녕, 아가야." 판사의 시선이 그녀의 얼굴에서 헤매었다. "한동안 여기 머물 생각이니?"

"네, 좋은 곳이잖아요."

"나도 늘 그렇게 생각했다."

판사의 지친 두 눈이 문가로 옮아갔다. 보니가 겁먹은 채 복도에서 기다리고 있었다.

"손녀를 보고 싶구나." 판사의 얼굴에 다정하고 관대한 미소가 반짝이듯 어렸다. 보니가 소심하게 침대로 다가왔다.

"안녕, 아가야. 작은 새 같구나." 판사가 미소 지었다. "작은 새 두 마리만큼 예뻐."

"언제 나으세요, 할아버지?"

"곧 나을 거다. 지금은 무척 피곤하구나. 내일 보자꾸나." 그가 아이를 내보냈다.

아버지와 단둘이 남자 앨라배마는 심장이 내려앉았다. 그는 치열한 삶을 산 끝에 지금 이렇게 병을 얻어 여위고 작아졌다. 그는 가족 모두를 부양하느라 힘든 시간을 보냈다. 딸 앞에서 침대에 누워 시들어가는 이 삶의 고귀한 완성이 앨라배마의 마음을 움직이며 자신에게 수많은 다짐을 하게 했다.

"오, 아버지, 묻고 싶은 게 정말 많아요."

"아가야." 노인이 그녀의 손을 다정히 토닥였다. 그의 손목은 새 발목보다도 가늘었다. 어떻게 가족을 먹여 살렸던 걸까?

"난 네가 지금까지도 깨닫지 못한 줄 알았다."

앨라배마가 판사의 백발을 부드럽게 쓰다듬었다. 그 남부 연합군 같은 백발을.

"이제 자야겠구나, 아가."

"주무세요." 앨라배마가 말했다. "주무세요."

앨라배마는 그곳에 오래 앉아 있었다. 그녀는 간호사가 마치 아버지를 어린아이로 생각하는 양 방 안을 돌아다니는 것이 싫었다. 그녀의 아버지는 모든 걸 다 알았다. 앨라배마의 심장이 훌쩍이고, 또 훌쩍였다.

노인이 평생의 습관대로 자부심에 차 두 눈을 떴다.

"내게 묻고 싶은 게 있다고 했지?"

"우리의 육체가 영혼에 대한 반대급부로 주어진 것인지 아버지가 말씀해주실 수 있을 거라고 생각했어요. 우리의 육체가 괴로운 마음에서 벗어나려 할 때 어째서 실패하고 무너지는지 알려주실 수 있을 거라고 생각했어요. 우리가 육체 안에서 고통받을 때 어째서 우리 영혼은 우리의 피난처로서의 의무를 저버리는 걸까요?"

노인은 말없이 누워 있었다.

"왜 우리는 경험을 통해 정신을 양육하겠다며 오랜 세월 육체를 소모해놓고서는 그렇게 소진되고 만 육체에게 마음을 의탁하며 위안을 구하는 걸까요? 왜죠, 아빠?"

"쉬운 질문을 해주렴." 노인이 나약하게, 먼 곳에서 말하듯 대답했다.

"판사님께서는 주무셔야 해요." 간호사가 말했다.

"갈게요."

앨라배마는 복도로 나왔다. 그가 잠자리에 들 때마다 끄던 전등이 있었고, 그가 모자를 걸 때 사용하던 나무못이 보였다.

남자가 자신의 허영과 신념을 더는 관리할 수 없다면 그는 아무것도 아니라고 앨라배마는 생각했다. 아무것도! 저 침대에 누워 있는 자는 아무것도 아닌 존재, 하지만 내가 사랑했던 아버지야. 그의 욕망이 없었다면 나는 결코 살아 있을 수 없었어. 그녀는 생각했다. 어쩌면 우리 모두는 그저 유기체로 이루어진 자유의지에 관한 실험 과정에 있는 행위자에 불과

할지도 몰라. 나라는 사람이 아버지의 삶의 목적이라고 할 수는 없어. 하지만 아버지의 뛰어난 정신의 진가를 알아보는 것이 내 삶의 목적일 수는 있겠지.

앨라배마는 어머니에게 갔다.

"어제 베그스 판사님이 이런 말을 했단다." 밀리가 그림자를 보며 말했다. "작은 차를 몰고 정문 포치 앞에 앉아 있는 사람들을 만나러 가고 싶다고. 그이는 여름 내내 운전을 배우려고 해봤지만 나이가 너무 많았지. 그이는 말했어. '밀리, 저 백발의 천사에게 내 옷 좀 입혀달라고 말해줘. 외출하고 싶어.' 그이는 간호사를 백발의 천사라고 불렀단다. 유머 감각이 참 천연덕스러웠지. 그 작은 차를 참 좋아했는데."

좋은 어머니가 그러듯 밀리 역시 이 모든 이야기를 되풀이해서 연습함으로써 오스틴에게 다시 사는 법을 가르칠 수 있다는 듯 계속해서 이야기를 했다. 그녀는 앨라배마에게 마치 아주 어린 아이에 대해 이야기한다는 양 병상의 판사, 앨라배마의 아버지에 대해 이야기했다.

"필라델피아에서 새 셔츠를 주문하고 싶다고 했는데. 아침식사로 베이컨을 먹고 싶다는 말도 했고."

"장의사에게 지불할 1000달러 수표도 엄마에게 주셨죠." 조앤이 덧붙였다.

"그랬지." 그게 아이의 변덕스러운 장난이라도 되는 듯 밀리가 웃었다. "그런 다음에는 이렇게도 말했지. '하지만 내가 안 죽으면 돌려줘.'"

'오, 가엾은 어머니.' 앨라배마가 생각했다. '아버지가 돌아가
시리라는 걸 엄마는 알고 있어. 하지만 차마 스스로에게 그런
말은 못 하는 거야. '그이는 죽을 거야'라고. 나도 할 수 없고.'

밀리는 아플 때나 건강할 때나 오랫동안 남편을 돌봤다. 법
률사무소에 취직한 젊은 그를 그보다 나이가 많은 다른 직원
들이 벌써부터 '베그스 씨'라 또박또박 불렀을 때에도, 중년
이 되어 가난과 부양 때문에 소모되었을 때에도, 노인이 되어
다정하게 행동할 수 있는 시간이 늘었을 때에도.

"우리 불쌍한 어머니." 앨라배마가 말했다. "아버지께 인생
을 바치셨잖아요."

"아버지가 우리 결혼을 허락한 건." 어머니가 대답했다. "그
이의 삼촌이 서른두 살에 미국 상원 의원이 됐고 큰아버지가
남부 연합군 장군이라는 사실을 알고 나서였단다. 그이는 아
버지의 법률사무소로 찾아와 내게 청혼했지. 우리 아버지는
18년 동안 상원과 연합 의회에서 의원으로 일하셨단다."

앨라배마는 자신의 어머니를 보이는 모습 그대로, 남성적
전통의 일부로 보았다. 밀리는 앞으로의 자기 삶에 대해서는
알아차리고 있지 못한 듯했다. 남편이 죽고 나면 아무것도 남
지 않으리라는 것을. 판사는 밀리의 자녀들의 아버지였고, 그
자녀들, 소녀들은 다른 남자의 가족이 되고자 그녀의 곁을 떠
나지 않았던가.

"우리 아버지는 자부심이 강한 분이셨어." 밀리가 자랑스러
운 듯 말했다. "나는 어렸을 때 아버지를 정말로 사랑했단다.

자식이 스무 명이었는데 여자아이는 둘뿐이었지."

"남자 형제들은 어디 있죠?" 데이비드가 궁금한 듯 물었다.

"오래전에 죽었지."

"배다른 형제들이었어요." 조앤이 말했다.

"봄에 여기 찾아왔던 사람은 친오빠였어. 떠나면서 편지를 쓰겠다고 했는데 안 썼지."

"엄마의 친오빠는 멋진 분이었어요." 조앤이 말했다. "시카고에 약국을 갖고 있었죠."

"네 아버지는 오빠에게 무척 친절했단다. 차에 태워 데려다줬지."

"왜 오빠에게 편지를 안 쓰셨어요, 엄마?"

"주소를 받을 생각을 못 했어. 시댁 식구들과 함께 살기 위해 왔을 때는 할 일이 정말 많아서 내 앞을 챙기기에도 바빴지."

보니는 포치의 딱딱한 벤치에 누워 자고 있었다. 어린 시절 앨라배마가 저렇게 잠들었을 때 아버지는 그녀를 품에 안고 위층 침대로 데려갔다. 데이비드가 자는 아이를 안아 올렸다.

"저희는 가봐야겠어요." 그가 말했다.

"아빠." 보니가 데이비드의 코트 깃을 바싹 당기며 속삭였다. "내 아빠."

"내일 다시 올 거니?"

"아침 일찍 올게요." 앨라배마가 말했다. 어머니의 백발이 당신의 머리 주위를 피렌체의 성인처럼 왕관 모양으로 감싸고 있었다. 앨라배마는 어머니를 꼭 끌어안았다. 오, 그녀는 어머니와 가까이 있는 게 어떤 느낌이었는지 떠올렸다!

앨라배마는 매일같이 낡은 저택을 방문했다. 저택 안은 깨끗하고 환했다. 그녀는 아버지가 먹을 수 있는 특별한 음식을 조금 챙기고 꽃도 들고 갔다. 아버지는 노란 꽃을 좋아했다.

"젊었을 때 우리는 숲에서 노란 제비꽃을 따 모으곤 했단다." 어머니가 말했다.

왕진을 온 의사들은 고개를 내저었고, 누구도 그럴 수 없을 만큼 많은 친구가 케이크와 꽃을 들고 문병을 왔으며, 옛 하인들이 주인의 안부를 묻고자 찾아왔다. 우유 배달부는 유감의 뜻을 보이고자 본인 돈으로 우유 500밀리리터를 따로 사서 놓아두고 갔으며, 동료 판사들이 우표와 카메오에 새겨진 얼굴처럼 슬프고 고상한 표정을 지으며 방문했다. 판사는 침대에 누운 채 돈 문제로 조바심을 냈다.

"우리 돈으로는 이 병이 감당이 안 돼." 그는 계속 그렇게 말했다. "얼른 일어나야 돼. 이건 돈 낭비야."

판사의 자녀들도 돈 문제로 얘기를 나눴다. 그들이 비용을 나눠서 부담할 것이었다. 만약 판사가 자신이 회복하지 못하리라는 사실을 알았다면 주 정부로부터 받는 봉급을 수령하지 않았을 것이다. 이 모든 게 도움이 되었다.

앨라배마와 데이비드는 그녀의 부모님 집 근처에 집을 하나 임대했다. 임대한 집은 아버지의 집보다 컸으며, 정원에는 장미와 쥐똥나무 산울타리가 있었고, 샘물을 빨아들이기 위해 붓꽃을 심어놓았으며, 창문 아래에는 덤불과 관목이 있었다.

앨라배마는 어머니를 설득해 차에 태워 가려고 했다. 어머니가 집 밖으로 나가본 것이 몇 달 전이었다.

"나는 갈 수 없어." 밀리가 말했다. "내가 없을 때 네 아버지가 날 필요로 할 수도 있으니까." 그녀는 판사에게서 분명한 유언을 듣고자 끝까지 기다렸다. 최후의 순간 자신을 홀로 남겨두기 전에 분명히 할 말이 있으리라 느꼈던 것이다.

"그럼 삼십 분만 나갔다 오기로 하자." 마침내 밀리가 동의했다.

앨라배마는 어머니를 차에 태우고 의사당, 그녀의 아버지가 수많은 세월을 보냈던 그 장소를 지나쳤다. 의회 서기들이 아버지의 집무실 창문 아래 핀 장미를 따다 보냈다. 앨라배마는 아버지의 책들이 먼지를 뒤집어쓰고 있을지 궁금했다. 어쩌면 그곳 서랍 중 하나에 마지막 전언을 준비해뒀을지도 몰랐다.

"어쩌다 아빠랑 결혼한 거예요?"

"그이가 나랑 결혼하고 싶어 했으니까. 나는 남자 친구가 많았어."

노부인이 어디 한번 반박해보라는 듯 딸을 바라보았다. 그녀는 자신의 자녀들보다 훨씬 아름다웠다. 얼굴에 고결함이 가득했다. 어머니에게 남자 친구가 많았다는 건 분명했다.

"내게 원숭이를 선물하고 싶어 했던 사람이 있었어. 그 사람이 내 어머니에게 원숭이가 모두 결핵에 걸렸다고 했지. 내 할머니가 그 남자를 바라보다 말씀하셨단다. '하지만 당신은 무척 건강해 보이는데요.' 우리 할머니는 프랑스 사람이었고 무척 아름다웠지. 어떤 젊은 남자는 나한테 자기 농장의 아기 돼지를 보내고 다른 사람은 뉴멕시코주에서 코요테를 보냈는데 그중 한 명은 주정뱅이가 되고 다른 사람은 내 사촌인 릴과 결혼했단다."

"그 사람들은 다들 어디 있나요?"

"오래전에 죽었지. 아마 만났어도 못 알아봤을 거야. 저 나무들 예쁘지 않니?"

그들은 앨라배마의 어머니와 아버지가 만난 집을 지나쳤다. "신년 무도회에서 만났어." 앨라배마의 어머니가 말했다. "그이는 거기서 가장 잘생긴 남자였지. 나는 사촌인 메리 언니를 방문하러 간 거였고."

메리는 나이가 많았고 안경을 쓴 채 충혈된 눈으로 계속 울었다. 그녀는 남은 재산이 별로 없었지만 신년 무도회를 열었다.

앨라배마는 아버지가 춤을 추는 모습을 상상할 수 없었다.

끝내 관 속에 눕게 된 아버지를 봤을 때 그 젊고 멋지고 유머가 넘치는 얼굴에 앨라배마가 맨 처음 떠올렸던 것은 그 오래전 열렸던 신년 무도회였다.

"진정 유일하게 고상한 건 죽음뿐이야." 앨라배마가 중얼거렸다. 그녀는 보는 것이 두려웠다. 소진되어 생명이 다한 얼굴에서 발견할지도 모를 것이 두려웠다. 두려워할 것은 아무것도 없었다. 인공적인 아름다움과 부동의 상태만 있을 뿐이었다.

그의 휑한 집무실 속 서류에는 아무것도 없었고 보험료가 들어 있는 상자에도 5센트 동전 세 개가 든 채 옛날 신문지에 싸여 있는 곰팡이 핀 작은 지갑 말고는 아무것도 없었다.

"분명 아버지가 처음으로 번 돈일 거야."

"앞마당을 정리한 대가로 아버지의 어머니가 준 돈이에요." 가족들이 말했다.

옷 사이에도 아무것도 없었고 책에 숨겨놓은 것도 없었다. "유언을 남겨야 한다는 걸 깜박 잊어버린 게 분명해." 앨라배마가 말했다.

주 정부가 장례식에 화환을 보냈고 법원에서도 화환을 보냈다. 앨라배마는 아버지가 무척 자랑스러웠다.

가엾은 밀리! 그녀는 작년에 산 검은색 밀짚모자 위에 문상용 베일을 핀으로 고정시켰다. 판사와 같이 산에 가려고 샀던 모자였다.

조앤은 검은색 옷 때문에 울었다. "옷을 살 돈이 없어." 그녀가 말했다.

그래서 그들은 검은 상복을 입지 않았다.

음악도 없었다. 판사는 자녀들에게 틀린 음정으로 불러주던 〈올드 그라임스〉●를 제외하고는 노래를 좋아하지 않았다. 가족들은 장례식에서 〈내 갈 길 멀고 밤은 깊은데〉●●를 읽었다.

● 미국의 시인이자 음악가 앨버트 그린(1802~1868)의 동명의 시에서 비롯된 노래.

●● 영국의 성직자이자 시인 존 뉴먼(1801~1890)이 쓴 찬송가.

판사는 히커리너트 나무와 참나무 아래 언덕에서 잠에 들었다. 그의 무덤에서 의사당의 돔 지붕이 지는 해를 가리는 것이 보였다. 꽃은 시들고 아이들은 재스민 덩굴과 히아신스를 심었다. 오래된 묘지는 평온했다. 들꽃이 피어 있었고, 장미 덩굴은 무척 오래되어 그 세월 동안 본연의 색을 잃었다. 백일홍과 레바논 삼나무가 평판 위로 가시를 흩뿌렸다. 녹슨 남부 연합 십자가가 클레마티스 덩굴과 불에 탄 풀밭에 가라앉아 있었다. 수선화와 하얀 꽃들이 물에 쓸려 나간 둑에 얽혀 있었고 담쟁이덩굴은 부서진 벽을 오르고 있었다. 판사의 묘비에는 다음과 같이 적혀 있었다.

오스틴 베그스

1857년 4월

1931년 11월

하지만 아버지는 뭐라고 말했던가? 앨라배마는 언덕에 홀로 서서 시선을 지평선에 고정한 채 그 심원하고 차분한 목소리를 다시 들으려 애썼다. 그녀는 아버지가 예전에 무슨 말을 했었는지 잘 생각나지 않았다. 아버지의 마지막 말은 다음과 같았다.

"이건 돈 낭비야." 그러다 마음이 이리저리 헤매자 이렇게도 말했다. "그래, 아들아, 나도 돈을 못 벌기는 마찬가지였단다." 아버지는 보니가 작은 새 두 마리만큼 예쁘다고도 말했

지만 앨라배마가 어렸을 때는 뭐라고 말했던가? 기억나지 않
았다. 비늘구름이 덮인 하늘에서는 차가운 봄비만 내릴 뿐이
었다.

언젠가는 또 이런 말도 한 적이 있었다. "마음대로 선택하
고 싶다면 여신이 되도록 해라." 그녀가 만사에 대해 제 방식
대로 하길 원했을 때 들었던 말이었다. 올림포스에서 멀리 떨
어진 이곳에서 여신이 되기란 쉽지 않았다.

앨라배마는 싸늘한 가랑비가 쏟아지기 전 그 자리를 벗어
났다.

"다른 사람에게는 명백한데 우리끼리는 은밀히 공유하던
것이 있다면 우리는 그에 대해 분명 책임이 있어." 그녀가 말
했다. "아버지는 내게 많은 의심을 물려주셨어."

앨라배마는 숨을 헐떡이며 기어를 넣고 이미 미끄러운 황
톳길을 미끄러지듯 내려갔다. 그녀는 밤이면 아버지 때문에
외로웠다.

"다들 믿음을 달라 부탁하면 믿음을 주지만, 자기가 믿는
믿음보다 더 믿을 만한 믿음을 주는 사람은 얼마 없어. 그저
실망시키지 않는 게 고작이지." 앨라배마가 데이비드에게 말
했다. "요청한 것 이상의 책임을 져주는 사람을 찾기란 정말
어려워."

"사랑받기는 쉬워. 사랑하기가 어렵지." 데이비드가 그 말
에 답했다.

딕시는 장례가 끝나고 한 달이 지나서야 왔다.

"누구든 나와 같이 지내고 싶다면, 이제 방은 충분하단다."
밀리가 슬픈 듯 말했다.

딸들은 어머니와 많은 시간을 보내며 그녀의 주의를 다른
데로 돌리고자 애썼다.

"앨라배마, 저 붉은 제라늄은 네 집에 가져가렴." 어머니가
말했다. "여기서는 더 이상 중요한 화분이 아냐."

조앤은 아버지의 낡은 집필용 책상을 상자에 담아 배로 보
냈다.

"북군의 포탄이 아버지 집 지붕을 뚫고 책상에 떨어져서 손
상된 모서리는 고치지 않도록 주의하렴. 그걸 고치면 책상의
가치를 망치는 거니까."

딕시는 은제 펀치 볼을 달라고 한 다음 뉴욕의 자기 집에
속달로 보냈다.

"찌그러뜨리지 않도록 조심하렴." 밀리가 말했다. "해방된
노예들이 네 할아버지께 드리려고 은화를 사용해 만든 수제
볼이란다. 너희들도 갖고 싶은 걸 고르렴."

앨라배마는 초상화를 원했고, 딕시는 그녀와 어머니가 같
이 잤고 딕시의 아들이 태어나기도 한 낡은 침대를 가졌다.

밀리는 과거에서 위안을 구했다.

"우리 아버지의 집은 복도가 교차하는 정사각형이었단다."
그녀는 그렇게 말하곤 했다. "이중으로 된 응접실 창문 아래
에는 라일락이 피었고 저 멀리 강 아래에는 사과 과수원이
있었지. 아버지가 돌아가신 다음 나는 과수원으로 너희들을

데려가 슬픔에서 멀리 떨어뜨려놓았단다. 어머니는 늘 온화하신 분이었지만 아버지가 돌아가신 뒤로는 다시는 예전처럼 지내지 못하셨어."

"이 옛날 은판사진 갖고 싶어요, 엄마." 앨라배마가 말했다. "사진 속 사람 누구예요?"

"내 어머니와 여동생이야. 얘는 전쟁 중에 연방 교도소에서 죽었지. 아버지는 반역자 취급을 받았단다. 켄터키주는 분리 독립에 합류하지 않았거든. 그 사람들은 아버지가 연합을 지지하지 않았다는 이유로 교수형에 처하고 싶어 했단다."

밀리는 마침내 작은 집으로 이사하는 데 동의했다. 오스틴이었다면 작은 집에서 견딜 수가 없었으리라. 딸들이 어머니를 설득했다. 그들은 낡은 벽난로 선반 위에 그들의 기억을 마치 잡동사니처럼 둥글게 늘어놓은 뒤 불을 켜둔 채 오스틴의 집 덧문을 닫고 그의 모든 것을 그곳에 남겨놓았다. 그 편이 밀리에게는 훨씬 나았다. 더 이상 살아갈 목적이 없을 때는 기억이라도 선명해야 하므로.

딸들은 모두 오스틴의 집보다 큰 집에서 살았고, 그 집들은 오스틴이 밀리에게 남긴 집보다는 훨씬 컸지만, 그들은 마치 사이비 종교를 받아들인 개종자처럼 밀리가 갖고 있는 아버지와 그녀 자신에 대한 기억을 흡수하고자 어머니를 찾아왔다.

판사는 이렇게 말한 적이 있었다. "나이 들고 병이 들면 진작 돈을 모아뒀으면 좋았을 걸 하고 후회할 거다."

그들은 언젠가는 세상의 엄격함을 수용해야 했고, 자신들의 시야에서 세상의 그림을 그려야 했다.

앨라배마는 밤마다 생각에 잠긴 채 깨어 있었다. 피할 수 없는 일이 사람에게 일어나면 그들은 자신이 준비가 되었다는 사실을 깨닫는다. 아이는 탄생이 우연이었음을 인식하면 부모를 용서하게 마련이다.

"우리 완전히 다시 시작해야 할 거야." 그녀가 데이비드에게 말했다. "새로운 사람들과 교제해야 하고, 우리가 지금껏 겪은 모든 경험에서 새로운 전망을 얻어내야 해. 채권에서 이자표를 떼어내는 것처럼."

"중년에 새사람이 되자는 거구나!"

"맞아. 그런데 우리가 **바로 지금** 중년이잖아. 아냐?"

"세상에! 생각도 못 해봤는데! 내 사진도 중년처럼 보여?"

"그냥 보기 좋아."

"작업하러 가야겠어, 앨라배마. 어째서 우리는 인생 최고의 시절을 사실상 낭비해버린 걸까?"

"그렇게 살다 결국 우리 손에 남아 있는 시간이 다 사라지는 거지."

"너는 치료 불가능한 궤변가야."

"다들 그래. 그저 어떤 사람들은 사생활에서 궤변을 하고, 어떤 사람들은 본인들 철학에서 궤변을 늘어놓을 뿐이지."

"그래?"

"그래, 이 게임의 목적은 삶을 제대로 맞춰놓는 거야. 그래야 보니가 우리만큼 자라서 우리의 삶을 조사할 때 가정이라는 곳에 존재한 두 신이 아름답고 조화로운 모자이크를 만들어놓았다는 사실을 발견할 테니까. 그 광경을 보고 나면, 보니는 우리가 자기에게 물려준 보물이라고 상상하는 걸 지키기 위해 이익에 대한 욕망을 포기할 수밖에 없었을 인생의 어떤 시점에서 자기가 크게 속고 살았던 건 아니라고 느끼게 될 거야. 그러면 자기가 품은 불안도 사라질 거라고 믿게 되겠지."

전도회가 있던 오후에 보니의 목소리가 드라이브 길에서 들렸다.

"안녕히 가세요, 존슨 부인. 제 어머니와 아버지께서도 부인께서 좋은 시간 동안 저를 무척이나 친절하고 즐겁게 대해주셨다는 사실에 무척 기뻐하실 거예요."

보니는 기분 좋게 계단을 올라왔다. 앨라배마는 딸이 현관에서 가르랑거리는 걸 들었다.

"정말 좋은 시간을 보낸 모양……."

"그 멍청하고 낡아빠진 모임 싫어!"

"그럼 아까 그 명연설은 뭐였니?"

"엄마가 지난번에 내가 저 여자 싫다고 하니까 예의에 어긋난다고 그랬잖아요." 보니가 앨라배마를 경멸하듯 바라보았다. "이번에는 제 태도에 기뻐했으면 좋겠네요."

"오, 그랬구나!"

사람들은 관계에 대해 배울 수가 없다. 그 본질을 이해하는 순간 관계가 끝나고 마니까. "알아챈다는 것이야말로 궁극

적인 배신인 것 같아." 앨라배마는 혼잣말로 중얼거렸다. 그
녀는 그저 보니에게 그 여자의 감정을 상하게 하지만 말라고
했을 뿐이었는데.

아이는 할머니 집에서 자주 놀았다. 둘은 소꿉놀이를 하면
서 놀았다. 보니가 가장이었고, 할머니는 이 작은 아이의 장
단을 맞춰주었다.

"내 아이들이 어렸을 때는 엄하게 키우지 않았단다." 밀리가
말했다. 그녀는 보니가 안타까웠다. 제대로 인생을 시작하기
도 전에 삶에 대해 이렇게 많은 걸 배워야 했다는 사실이 유감
이었다. 앨라배마와 데이비드는 그래야 한다고 주장했다.

"네 엄마가 어렸을 때 길모퉁이 가게에서 사탕을 너무 많이
사는 바람에 할아버지에게 그걸 숨기느라고 할머니가 엄청
힘들었단다."

"그럼 나도 엄마처럼 할래요." 보니가 말했다.

"할 수 있는 만큼 해보렴." 할머니가 킬킬거렸다. "세상이
변했지. 내가 아이였을 때는 일요일에 카보이•를 들고 교회
에 갈 수 있는지 말다툼하는 사람이 하녀와 마부였단다. 훈육
은 어떻게 하느냐가 중요했지, 한 개인이 책임질 문제가 아니
었어."

보니가 할머니를 뚫어져라 바라보았다.

"할머니, 할머니 어렸을 적 이야기 더 해주세요."

• 물, 포도주 등을 담아 다닐 수 있고 주둥이는 작은 큰 병.

"글쎄, 할머니는 켄터키에 살 때 행복했단다."

"계속해주세요."

"기억이 잘 나지 않는구나. 할머니도 너와 크게 다르지 않았단다."

"저는 다르게 살 거예요. 엄마는 제가 원하면 배우가 되래요. 유럽에 있는 학교에 가서요."

"할머니는 필라델피아에 있는 학교를 다녔단다. 그때는 무척 먼 길이었지."

"저는 훌륭한 숙녀가 돼서 멋진 옷을 입을 거예요."

"할머니의 어머니가 입던 실크는 뉴올리언스에서 수입한 거였어."

"또 기억하는 거 없어요?"

"아버지가 생각나. 루이빌에서 장난감을 사주셨고, 여자애들은 일찍 결혼해야 한다고 생각하셨지."

"그랬군요, 할머니."

"할머니는 그러고 싶지 않았어. 정말로 즐거운 시절을 보내고 있었거든."

"결혼한 다음에도 즐거운 시절을 보내지 않으셨어요?"

"당연히 그랬지, 아가야. 하지만 좀 달랐단다."

"제 생각에도 늘 똑같을 수는 없는 것 같아요."

"물론이지."

노부인이 웃었다. 그녀는 손자 손녀들이 무척 자랑스러웠다. 똑똑하고 착한 아이들이었다. 보니와 앨라배마가 같이 있으면 무척 귀여웠다. 둘 다 세상사에 대해 큰 지혜를 가진 것처럼 굴었고, 둘 다 영원히 그런 척할 것 같았다.

"우리 곧 떠나야 해요." 아이가 한숨을 쉬었다.

"그래."

"우리 모레 떠날 거다." 데이비드가 말했다.

나이트 가족이 식사하는 방 창문 너머로 나무들이 갓 깃털이 난 병아리들처럼 뻗어 나와 있었다. 환하고 자애로운 하늘이 유리창을 지나 커튼을 펄럭이는 돛처럼 들어 올렸다.

"엄마 아빠는 한곳에 절대 머무르지 않네요." 상하이풍 머리를 한 소녀가 말했다. "하지만 그래도 비난하지 않을래요."

"예전에는 우리도 어떤 한 장소에 있는 것은 다른 장소에 없다고 믿었단다." 앨라배마가 말했다.

"수녀님이 지난여름에 파리에 갔대요. 수녀님 말로는, 글쎄, 거리를 따라 화장실이 쭉 설치되었다는 거예요. 저 그거 보고 싶어요!"

식탁의 불협화음이 프로코피예프의 스케르초처럼 난타전을 벌이다가 제풀에 기가 꺾였다. 앨라배마는 단속적인 스타카토를 격렬히 휘저어 자기가 알고 있는 유일한 형태로 바꾸었다. 치스타이, 치스타이, 브리제,● 치스타이. 어구들이 그녀의 머릿속에서 빙글빙글 나선을 그리며 춤추었다. 그녀는 자기가 이런 식으로 마음을 가다듬으며 남은 인생을 보낼 거라

● 발레에서 몸의 일부를 꺾는 것을 이르는 말.

생각했다. 한 가지를 다른 것에 끼워 맞추고, 모든 것을 규칙에 끼워 맞추며.

"무슨 생각 해, 앨라배마?"

"형태, 사물의 모양." 그녀가 대답했다. 자기가 한 그 말이 도보를 때리는 발굽 소리처럼 그녀의 의식을 강타했다.

"사람들 말로는 그 남자가 여자의 가슴팍을 발로 찼대요."

"이웃들이 날아오는 총알을 막으려고 문을 다 닫아야 했다던데요."

"같은 침대에 네 명이 한꺼번에 있는 거죠. 상상해봐요!"

"제이가 계속 가로대를 뛰어넘어서 집을 임대할 수 없었대요."

"남편이 발코니에서 자겠다고 약속을 했다지만 저는 그 사람 부인을 비난 못 하겠어요."

"그 여자 말로는 버밍엄에 최고의 낙태 전문의가 있다고 했는데, 아무튼 그 사람들은 뉴욕으로 갔어요."

"그래서 제임스 부인이 그 일이 벌어졌을 때 텍사스에 있었구나. 어쨌거나 제임스가 그 일을 기록에서는 삭제했대요."

"경찰서장이 그 여자를 순찰차에 태웠어요."

"그 사람들 그 여자 남편의 무덤에서 만났대요. 일부러 자기 부인을 옆집에 묻은 거 아닌가 하는 말이 있어요. 그래서 일이 그렇게 시작된 거고."

"정말 그리스 스타일이네!"

"하지만 봐요, 사람이 하는 짓에도 한계라는 게 있다고요!"

"하지만 인간의 충동에는 한계가 없죠!"

"폼페이도 아니고!"●

"집에서 만든 와인 드시고 싶은 분 아무도 없나요? 안 입는 낡은 속옷에 거르긴 했는데 아직 침전물이 좀 남아 있는 것 같기는 해요." 생라파엘에서 마신 와인은 달콤하고 따뜻했는 데, 앨라배마는 생각했다. 마치 시럽처럼 내 입천장에 달라붙어 더위의 압력과 소멸시킬 듯 다가오는 바다에 맞서 세상을 하나로 이어주었지.

"작가님 전시회는 반응이 어떤가요?" 사람들이 말했다. "저희는 복제품도 봤어요."

"저희 그 최근 그림들 너무 좋아해요." 사람들이 말했다. "발레라는 소재를 그런 활력을 담아 다룬 화가는 지금껏 아무도……."

"리듬이라는 것은 순수하게 안구의 신체적인 운동이라고 생각했어요." 데이비드가 말했다. "그래서 왈츠를 그린 그림을 볼 때 회화적으로 표현된 안무를 눈으로 따라가면 자기 발로 박자를 따라가는 것과 똑같은 만족감을 줄 수 있으리라고 봤죠."

"오, 나이트 씨." 여자들이 말했다. "정말 굉장한 생각이에요!"

● 폼페이에 화산이 터진 것은 도시의 성적 문란에 따른 형벌이었다는 주장이 있었다.

남자들은 좌절감에 사로잡혀 "잘됐네. 잘됐어요", "급히 가볼 데가 있어서요" 같은 말들을 하고 있었다.

죽 늘어선 사람들의 얼굴 위 두 눈에 연못에 반사되어 비치는 아이들 배의 돛처럼 빛이 잠들어 있었다. 행인들의 발에 차여 가라앉는 돌이 만들어내는 파문이 번지다가 사라진 것처럼 그들의 눈이 깊고 고요해졌다.

"오." 손님들이 한탄했다. "세상은 끔찍하고 비극적인데 우리는 우리가 원하는 것에서 벗어날 수 없어요."

"우리도 그래요. 그래서 우리 어깨에 지구의 한 조각이 얹혀 흔들리는 거예요."

"이게 뭔지 물어봐도 될까요?" 사람들이 말했다.

"오, 남자와 여자의 비밀스러운 삶이죠. 자기가 다른 사람이었다면, 심지어 진정한 자기 자신이었다면 얼마나 더 나은 존재가 되었을지 꿈꾸고, 인생에서 보내는 지금 이 시기가 최대한으로 활용되었다는 느낌을 받지 못하며 살아가요. 저는 표현할 수 없는 것만을 표현하고, 맛이 아예 사라진 음식을 먹고, 과거가 풍기는 냄새를 맡고, 통계학 책을 읽고, 불편한 자세로 잠이 드는 지경에 이르렀답니다."

"제가 우의적 화풍으로 돌아간다면." 데이비드가 계속 말했다. "제가 그린 그리스도는 어리석은 사람들을 냉소할 겁니다. 그자들은 그리스도가 처한 슬픈 곤경에는 신경도 쓰지 않는 사람들이죠. 여러분은 그리스도의 얼굴에서 누가 그에게 박힌 못을 잠깐만 느슨하게 뽑아만 준다면 샌드위치를 한 입

먹고 싶다고 생각하는 표정을 읽게 될 거예요…….”

"우리 모두 뉴욕에 가서 그 작품을 봐야겠네요." 사람들이
말했다.

"그리고 전경의 로마 병사들도 샌드위치를 한 입 먹고 싶어
하는 거예요. 하지만 자신의 지위가 요구하는 품위에 짓눌려
서 차마 요구하지 못할 거예요."

"그 작품은 언제 공개될까요?"

"오, 지금으로부터 아주 오랜 세월이 지나고, 제가 세상 모
든 것을 다 그리고 나서요."

칵테일 쟁반에 산더미처럼 쌓인 것들, 금붕어 모양 카나페,
공 모양 그릇에 담긴 철갑상어 알, 아첨을 참아내는 얼굴들과
식사 전에 식욕을 자극해서 포만감을 주기 위한 수많은 음식
을 비추어야 한다는 부담으로 땀을 뻘뻘 흘리는 서리 낀 유
리잔들은 자기 아닌 다른 것들을 표현하고 있었다.

"두 분은 정말 행운아예요." 사람들이 말했다.

"우리가 다른 사람들보다 더 수월하게, 우리의 일부와 결별
했다는 말씀이시죠? 그러고도 우리가 여전히 온전하다는 전
제 아래에서요." 앨라배마가 말했다.

"고생 없이 산다는 뜻이에요." 그들이 말했다.

"저희는 경험에서 논리를 끌어내는 법을 훈련했어요." 앨라
배마가 말했다. "한 사람이 삶의 방향을 선택하기 충분할 정
도로 자랄 때쯤이면 주사위는 이미 던져져 있고 미래를 결정
할 수 있는 순간도 오래전에 지나가버린 뒤죠. 저희는 미국의

광고들이 내거는 무한한 약속들을 바탕으로 꿈을 키우며 자랐어요. 저는 여전히 우편으로 피아노를 배울 수 있다고, 진흙이 얼굴 피부를 완벽하게 만들어준다고 믿어요."

"다른 사람들과 비교하면 행복하잖아요."

"저는 조용히 앉아 세상을 바라보며 혼자 말한답니다. '오, 아직도 불가항력이라는 단어를 사용할 수 있는 운 좋은 사람들이네'라고요."

"막연하게 이리저리 휩쓸리면서 계속 살아갈 수는 없죠." 데이비드가 거들었다.

"균형." 사람들이 말했다. "우리 모두 균형을 잡고 살아야죠. 유럽에서 충분한 균형을 찾아내셨나요?"

"한 잔 더 하시는 게 좋겠어요. 그게 여기 오신 이유 아니던가요?"

맥긴티 부인은 짧은 백발에 사티로스 같은 얼굴이었고, 제인의 머릿결은 소용돌이무늬가 새겨진 바위 같았으며, 패니의 머리카락은 마호가니 나무 가구 위에 쌓인 두꺼운 먼지 같았다. 베로니카의 머리카락은 중앙 부분을 지나는 어두운 색 복도처럼 염색이 되었으며, 메리의 머리카락은 모드와 마찬가지로 시골스러웠고, 밀드러드의 머리카락은 날개 돋친 승리의 여신상 모양의 휘장처럼 펄럭이고 있었다.

"사람들 얘기가 그 남자는 백금으로 된 위장을 가지고 있어서 식사를 하면 음식이 조그만 자루에 그냥 뚝 떨어졌대요. 하지만 그 사람은 그런 식으로 몇 년을 살았죠."

"그 남자 정수리에 난 구멍은 바람을 넣으려고 뚫은 거래요. 본인은 전쟁 때 생긴 것인 척했지만요."

"그래서 그 여자가요, 처음에는 이런저런 화가들 그림 속 머리를 따라 자르다가 나중에는 입체파 화가를 본떠서 자기 두피를 변장시켰대요."

"제가 메리에게 말했어요. 당신은 해시시●를 좋아하지 않을 거라고. 하지만 자기는 힘들게 얻은 환멸에서 뭐라도 얻어 가야 한다는 거예요. 그래서 지금도 혼수상태에 빠져 있죠."

"하지만 그자는 인도 왕족이 아니었어요, 확실히요! 라파예트 백화점의 소유주는 그 남자의 부인이었죠." 앨라배마는 외국 생활을 이야기하고 싶어 하는 여자에게 그렇게 말해주었다.

사람들이 즐거운 자리를 떠나려고 일어섰다.

"정말 죽도록 수다를 떨었네요."

"당신 분명 짐 싸다 죽을 거예요."

"소화가 시작될 때까지 뭉그적거리는 건 파티에게는 사형선고죠."

"나 죽었어요, 자기야. 정말 재미있었어!"

"잘 가요. 하릴없이 돌아다닐 일이 있으면 꼭 찾아오세요."

"당신들 가족을 만나러 언제든 찾아올 거예요."

언제든. 앨라배마는 생각했다. 우리는 언제든 우리 자신에 대한 관점을 찾아내야 한다고, 우리 자신과 우리보다 훨씬 영

● 인도 대마의 잎으로 만든 마약.

구적인 그 모든 가치, 우리 자신을 조상의 입장에 놓음으로써 그 존재를 느끼게 되는 가치 사이의 연결 고리를 찾아야 한다고.

"또 올게요."

자동차들이 시멘트를 깐 드라이브 길에서 멀어져갔다.

"잘 있어요!"

"잘 가요!"

"방을 좀 환기할게." 앨라배마가 말했다. "사람들이 제발 좀 젖은 유리잔을 임대 가구에 올려놓지 않았으면 좋겠는데."

"앨라배마." 데이비드가 말했다. "자리가 완전히 파해 모두 집에서 나가기 전에 재떨이 버리는 걸 그만두면 우리도 더 행복해질 텐데."

"그거야말로 나를 표현하는 행동인걸. 나는 모든 걸 '과거'라는 딱지를 붙여둔 큰 더미 속에 한데 묶어놓을 뿐이야. 그렇게 한때 나 자신이었던 깊은 저수지를 싹 비우고 나면 계속해나갈 준비가 되는 거지."

둘은 늦은 오후의 쾌적한 응달에 앉아 파티의 잔재 사이로 서로를 응시했다. 은빛으로 빛나는 잔들, 은제 쟁반, 수많은 향수 냄새의 자취. 그들은 이제 자리를 비울 조용한 거실에 함께 앉아 송어가 헤엄치는 맑고 시원한 물살처럼 이곳에 흐르는 어스름을 지켜보았다.

《왈츠는 나와 함께》에 대한 편지

일러두기

1. 젤다 피츠제럴드가 F. 스콧 피츠제럴드에게, 스콧이 편집자 맥스 퍼킨스에게 보낸 편지 중 《왈츠는 나와 함께》에 대해 언급한 것만을 모았다. 번역 대본으로는 F. Scott Fitzgerald, *Correspondence of F. Scott Fitzgerald*(Random House, 1980), F. Scott Fitzgerald, *The letters of F. Scott Fitzgerald*(Scribner, 1963)를 사용했다.
2. '원주'를 제외한 나머지 주석은 모두 옮긴이 주다.

보낸 이: 젤다 피츠제럴드

받는 이: F. 스콧 피츠제럴드

1932년 3월, 메릴랜드주 볼티모어 핍스 클리닉●

사랑하는 D. O.●●에게

돈 문제로 잔소리를 해대는 가정주부가 되어서 미안해. 세탁비나 뭐 그런 것들이 현금 지불이고 환불도 안 된다는 걸 몰랐거든. 나는 평소와 다름없이 무일푼이고, 정신적 채무자의 감옥에 감금된 상태에서 디킨스 소설을 세 장(章) 정도 읽으며 시간을 보내려는 참이야. 당신은 이런 사정을 전혀 이해

● 젤다가 입원했던 정신병원.

●● 젤다가 스콧에게 사용한 애칭. 확정된 의미는 없으며 그들만의 암호적 표현이다.

하지 못했으니까 내가 마르코니스에서 폭음을 해대고 애틀랜틱시티 베이비 퍼레이드 앞에서 눈물을 쏟으며 살았던 줄 알았겠지.

볼티모어에 언제 와? 여기는 나이트클럽도 있고 괜찮은 쇼도 열려. 요즘은 저질 싸구려 장신구와 보석 따위에 징그러울 정도로 혹하고 있어. 다이아몬드 짐 브레이디●의 전 부인이라도 된 기분이라니까. 몽고메리에 이제 막 들어온 장신구들을 가지고픈 마음을 속으로 꾹꾹 누르면서 사는 중이야.

여보, 보고 싶어. 하지만 여기도 꽤 흥미로운 곳이야. 가끔 사람들이 문을 열고 들어올 때가 있거든. 그럴 때 나는 이렇게 말해.

"뭐가 보여요?" 사람들은 대답하지. "언덕 위에 쌓인 먼지만 보이네요." 그러면 나는 황금 열쇠를 훔치지 말걸 하고 후회하며 '푸른 수염'●●이 귀가하기를 기다리는 상태로 돌아가지.

나는 내 소설●●●이 자랑스러워. 하지만 작품을 쓸 만큼 나 자신을 통제하기가 정말 힘드네. 당신도 이 소설을 좋아할 거야. 확실히 피츠제럴드풍이긴 하지만 당신 소설보다는 들뜬

● 미국의 재정가인 제임스 뷰캐넌 브레이디(1856~1917). '다이아몬드 짐'은 애칭이다.

●● 프랑스의 민속 전설과 실존 인물을 바탕으로 한 이야기. 이미 여러 차례 결혼한 부유한 귀족의 아내가 된 여성이 이전 아내들의 끔찍한 죽음을 목격하고 벗어나는 내용이다.

●●● 《왈츠는 나와 함께》를 가리킨다(원주).

분위기야. 어쩌면 아주 많이 그럴지도 모르겠어. '말했다'라는 단어를 반복하는 걸 방지하는 기계를 발명하지 못하는 바람에 슬프게도 어니스트●처럼 '말했다'를 무척 강조하고 말았어. 그 사람은 무척 확고한 스타일을 가졌지만, 나도 내 나름대로 나답게 써야겠지.

졸라에게 편지를 보냈어. 그 사람이 내 심리적 문제를 도가 지나칠 정도로 부추기는 데 크게 한몫한다는 사실을 깨달았거든. 아이스킬로스●●는 결코 틀릴 수 없는 작가야. 그의 작품을 읽는 건 풍성하면서도 찬란히 빛나는 산문에 푹 빠져든다는 의미고, 알고 있는 게 시리아 알파벳뿐이라 해도 글을 안 쓰고는 못 배기게 만들지.

이 삐걱거리는 3월의 나날들이 죽어가는 소설가의 마지막 순간처럼 쌕쌕거려. 가끔 나는 거인 같은 기분이 들다가도, 또 어떨 때는 석 달 만에 유산되어 나온 태아 같아. 하지만 나는 언제나 당신을 사랑해. 비록 당신이 나보다 월등하게 뛰어나긴 해도 말이야. 당신이 가진 그 수많은 장점을 내가 용서해줄게.

여보, 밀을 계속 곁에 두고 싶지 않아. 문제를 회피하는 일 말고는 협조하지 않는 듯한 사람과 가까운 거리에서 지내는 게 정말 짜증이 나. 스코티●●●도 그 여자를 좋아하지 않기에

● 미국의 소설가 어니스트 헤밍웨이(1899~1961).

●● 고대 그리스의 3대 비극 시인 가운데 한 명이다.

●●● 피츠제럴드 부부의 외동딸.

아쉬운 건 전혀 없어. 안타깝지만 난 최선을 다했고, 그 여자도 분명히 이 경험에서 얻은 게 전혀 없다고는 생각하지 않을 거야. 불쾌한 사람과 한집에 있는 게 진짜 거슬려. 동부에는 일자리를 잃은 프랑스 여자가 분명 많을 거야. 밀은 사람이 근본적으로 독단적인 데다 편협하고, 나와 스코티 둘 다 그 여자와 잘 지내보겠다고 계속 참아가며 조심스럽게 노력하는 게 싫어.

젠장, 세레,• 우리를 저버리다니! 점점, 점점 더 세레의 완벽함을 실감하고 있어. 이제 더는 서른 살보다 어린 사람들과는 조화롭게 지낼 수 없어. 그 사람들은 경험에서 배워야 할 게 정말 많은데 나는 그걸 이미 다 배웠잖아. 그것들을 친절하게 상기시켜주거나 애써 설명해주고 싶지 않아. 다 제멋에 사는 법이니까! 사랑하고 또 사랑하는 젤다가.

보낸 이: 젤다 피츠제럴드

받는 이: F. 스콧 피츠제럴드

1932년 3월, 메릴랜드주 볼티모어 핍스 클리닉

사랑하는 나의 여보

밤이 되어 당신에게서 늦을 거라는 전보가 오고 나서야 나

• 파리 시절 스코티의 가정교사(원주).

는 내가 당신을 정말로 보고 싶어 했다는 사실을 깨달았어. 여기 이곳에서, 모든 행동이 관례대로 이루어지고 아주 적은 에너지를 쓰는 일조차 **누군가**의 관심을 끄는 삶을 살다보면 평범한 일상이라는 멀찍이 떨어진 장소와 영역에 자기 자신을 투영할 시간은 거의 생기질 않아. 하루가, 또 하루가 지나고, 반복되는 선율이 계속 이어지는 자장가 속에서 요람이 흔들릴 뿐이지. 당신이 오지 않아서 가슴이 덜컥 내려앉았어. 그래서 삐딱하고 무례하게 굴었고, '시칠리아의 만종 사건'●과 '성 바르톨로메오 축일의 학살'을 마이어스 박사●●의 탓으로 돌렸어.

여보.

내 소설을 맥스●●●에게 부치기 전에 당신에게 먼저 보내지 않아서 당신이 상처받았다는 말을 스콰이어스 박사●●●●에게 들었어. 그건 일부러 그랬던 거야. 당신이 집필 중이라는 걸 알고 있기도 했고, 솔직히 말해 당장 급하지 않은 의견을 듣겠다고 당신 일을 방해할 권리는 없다고 생각했거든. 맥스도 그런 상황은 원치 않았을 거라는 걸 알아서, 맥스의 의견을

● 1931년에 뉴욕 마피아 조직 사이에서 벌어진 살인 사건을 뜻한다(원주).
통상적으로는 1282년에 시칠리아에서 일어난 민중 봉기를 가리킨다(옮긴이 주).

●● 핍스 클리닉의 의사.

●●● 헤밍웨이의《무기여 잘 있거라》, 스콧의《위대한 개츠비》등의 편집자 맥스 퍼킨스(1884~1947).

●●●● 젤다가《왈츠는 나와 함께》를 헌정한 핍스 클리닉의 의사 밀드러드 스콰이어스.

듣고 난 다음 원고를 수정하는 편이 낫겠다 싶었어. 당연히 평소처럼 얼른 이 소설에서 손을 떼고 싶기도 했고. 다 끝난 일을 가지고 곱씹는 걸 내가 얼마나 싫어하는지 당신도 알잖아. 그래서 서둘러 우편으로 소설을 보낸 거야. 당신 의견뿐 아니라 스크리브너 출판사 쪽 평가도 들어서 퇴고에 활용하려고.●

스콧, 나는 세상 그 무엇보다 당신을 사랑해. 당신이 속상했다면 나는 정말 비참해. 우리는 항상 모든 것을 공유했지만, 이제 내 욕망과 결핍을 당신에게 전가할 권리는 더 이상 없는 것 같아. **어쩌면 우리가 같은 소재를 다뤘을지 모른다는 두려움도 있어.●●** 게다가 내 심리적 불안정 때문에 작품이 애매해진 건 아닌가 하는 느낌도 있어서, 당신이 예전에 내 단편들, 그 가엾은 작품들에 무자비하게 가했던 그 혹독한 비평을 듣고 싶지 않아. 설사 그게 그 작품들에 도움이 되었다 해도 그래. 나는 이미 충분히, 차고 넘치게 낙담했고, 내 인생과 내가 하는 모든 일에서 맴도는 무력감 때문에 비명이라도 지르고 싶은 심정이거든. 그러니, 사랑하는 여보, 제발 알아줬으면 좋겠어. 내가 당신에게 소설을 먼저 보내지 않은 건 당

● 이 대목에 대해 스콧은 "이건 핑계임"이라고 여백에 적었다. 그는 또 "이 논리는 허울만 그럴싸해서, 앨라배마주에 토네이도가 일어난 증거가 없다는 소리나 다름없다"라고 쓴 뒤 "최근에 앨라배마주에서 토네이도가 있었다"라고 각주를 달았다. '앨리배마'라는 단어는 번져 있었다고 한다(원주).

●● 이 문장에 스콧이 밑줄을 친 듯하다(원주).
《왈츠는 나와 함께》가 《밤은 부드러워》의 소재와 비슷할지 모른다는 의미(옮긴이 주).

신에게 의지할 생각이 없어서가 아니라 그저 시간과 그 외 다른 조율되지 않은 요인들 때문에 맥스에게 과장된 기대를 품어서라는 걸.

당신에게 보여주려고 아껴둔 단편 두 편과 멋진 구상이 있어.

분량 같은 문제들에 대해 감을 잡는 대로 희곡도 쓰기 시작할 거야. 그래서 베이커●의 책도 주문했고.

구포,●● 나를 사랑해줘. 삶은 너무도 혼란스럽지만 나는 당신을 사랑해. 노력해줘, 여보. 그러면 언젠가 당신에게 내가 필요할 때, 내 도움이 필요할 때 잊지 않을게.

사랑하는

젤다가

보낸 이: F. 스콧 피츠제럴드

받는 이: 맥스 퍼킨스

1932년 3월 16일 오후 10시 21분, 몽고메리, 앨라배마주

젤다의 소설을 검토하지 말아줄 것. 아직 안 했다면 수정본

● 극작 교수인 조지 피어스 베이커(원주).
   하버드와 예일 대학 등에서 강의했으며, 젤다가 주문한 책은 《드라마의 테크닉》으로 보인다(옮긴이 주).

●● 둘 사이에 사용된 애칭.

을 받을 때까지는 고려도 하지 말 것. 편지 다시 보내겠음.●

스콧 피츠제럴드

보낸 이: F. 스콧 피츠제럴드

받는 이: 맥스 퍼킨스

1932년 5월 2일 이전, 메릴랜드주 볼티모어 레너트 호텔

친애하는 맥스

젤다의 소설은 여러모로 좋아졌어요. 새로 쓴 작품이나 다름없죠. 밀주 판매점에서 보낸 밤과 파리까지 가는 여정을 암시한 대목들은 대체로 삭제했어요. 당신도 마음에 들 거예요. 열흘 안에 원고를 보내겠습니다. 저는 이 작품과 너무 가까워서 정확한 판단이 어렵긴 해도 제 생각보다는 훨씬 괜찮은 것 같아요. **하지만** 두 가지는 꼭 지켜주시길 부탁할게요.

(1) 원고가 마음에 들어도 요란한 축하 전보는 **절대 치지 말아**주시고, 당신 생각에 **무난하다** 싶은 칭찬만 해주세요. 제 말은, **당신은 아무래도 천성적으로 그러실 것 같아서 얘기를 하**

───────────

● 젤다는 《왈츠는 나와 함께》의 초고를 핍스 클리닉에서 집필해 곧장 맥스에게 보냈다. 스콧은 젤다가 자기 소설의 소재를 사용했다고 생각해 매우 화를 냈다. 초고는 현재 유실되었다(원주).

는 건데, 병약한 사람의 기운을 북돋우려고 필요 이상으로 친절하게 대하는 풍조에 따르지 말아달라는 뜻입니다. 좀 묘하게 들리겠지만, 의사들이 보기에는 젤다가 출간 승낙(당신이 그럴 생각이 있다면 말이죠)을 받는 즉시 부와 명예가 따른다고 생각하지 않도록 하는 게 현재로서는 더 중요하다더군요. 저는 지난 10여 년간 우리의 비평적 경향이 과하게 낙관적이지 않았나 싶습니다. 우리는 헤밍웨이 한 명당 캘러헌● 이나 콜드웰●● 같은 작가 열두 명을 찾아냈고(저는 후자의 작가들은 대실패라고 봐요), 훌륭한 노동자가 될 수도 있었던 버릇없는 천재들을 수없이 만들어냈는지도 몰라요. 후회한다는 뜻은 아니에요. 지난 5년간 어니스트, 토머스 울프,●●● 포크너●●●●가 발굴됐다면 그만한 가치가 있었던 거겠죠. 다만 저는 현재 젤다의 상태가 찬사에 노출되어도 괜찮을 만큼 안정되었는지 확신할 수 없어요. 만약 젤다가 성공을 거둔다면 그 성공은 견실한 일꾼처럼 만들어낸 작품과 연결되어야 할 텐데, 그 작품의 일부는 피로하고 영감도 떨어진 상태에서, 또 일부는 애초의 영감과 자극을 떠올리는 일조차도 심리적 속임수일 때 만들어진 것이어야 하겠죠. 젤다는 스물한 살도 아

● 캐나다의 소설가 몰리 캘러헌(1903~1990).

●● 미국의 소설가 어스킨 콜드웰(1903~1987).

●●● 미국의 소설가 토머스 울프(1900~1938).

●●●● 미국의 소설가 윌리엄 포크너(1897~1962).

니고 강하지도 않죠. 그녀 마음속에 당연히 새겨져 있을 내 흔적의 패턴을 따르려고 해서도 안 됩니다.

(2) 제가 허락할 때까지 젤다에게 계약 얘기는 하지 말아주세요.

링●이 지난번 《포스트》에 실은 단편은 한심했어요. 자기 개성이 별로 없더군요. 그래도 그 작품이 먼저 게재되어 기쁩니다. 그게 링의 직업적 자부심을 다시 일으켜주면 좋겠어요.

월요일에 기사 작성 시작했습니다. 다음 주 주말에 읽을 수 있을 겁니다.

이제 **아주 중요한** 얘기들이에요.

(1) 소득세 정산 때문에 1931년 인세 내역서가 있어야 합니다. 자꾸 필요하다고 하네요.

(2) 1931년에 600달러를 빌렸어요. 이 중 500달러는 고료에서 정산했습니다. 인세 내역서에 나머지 100달러가 포함되어야 해요.

(3) 《위대한 개츠비》가 '그로셋'에도, '버트'에도 포함되지 않았으니 '모던 라이브러리' 선집에는 들어갔으면 합니다. 이건 전적으로 제 생각이고, 아직 그쪽과 접촉하지 않았지만 협상은 가능할 것 같아요. 일단 그쪽에서 관심을 보이면 당연히 협상은 당신에게 넘길 거예요. 하지만 제 생각에 당신이 여기서 저를 가로막는다면 당신은 제게 큰 손해를 끼치는 거

● 미국의 소설가 링 라드너(1885~1933).

고 부당한 짓을 하는 거예요.《위대한 개츠비》는 기억할 만한 책으로 꾸준히 회자되고 있지만, 그런 평판을 근거로《위대한 개츠비》를 접한 사람이 서점에서 책을 찾았을 때 재고가 없다면 두 번 다시 찾지를 않아요. 서점에서 그런 책을 재고로 쌓아두지는 않으니, 세대가 완전히 바뀌면 책을 구할 길이 없어지죠. 이 문제가 2년 동안 제 마음속에 있었고, 그러니 스크리브너 출판사가 모던 라이브러리 명의로 내는 몰개성적인 단편 선집에 제 시원찮은 단편을 링이나 기타 등등의 변변찮은 작가들과 같이 수록해놓은 게 대체 출판사에 무슨 이득이 있었던 걸까 하는 생각을 하다가 제가 밤잠을 설치지 않기 위해서라도 답을 주셔야 합니다. '거기 실린 사람들 거의 모두 스크리브너 쪽 작가였을 것'이라는 대답은 자존심 문제여야 했던 질문을 못돼먹은 태도 문제로 정말 희한하게 곡해한 소리였죠.

갑자기 성질부려서 미안해요, 맥스. 제발 제 질문에 전부 답장해주세요. 루이즈에게 단편 좋았다고, 몸 상태 좋아지길 바란다고 전해주세요. 지금은 다 잘 되고 있어요. 어니스트 소식은 없나요? 그 친구 책●은 반응 어때요?

당신의 친구

스콧

● 1932년 출간된 헤밍웨이의 투우 소재 논픽션《오후의 죽음》을 가리킨다.

보낸 이: F. 스콧 피츠제럴드
받는 이: 맥스 퍼킨스
1932년 5월 14일경, 메릴랜드주 볼티모어 레너트 호텔

친애하는 맥스

여기 젤다의 소설을 보냅니다. 이제 괜찮은 소설이 되었어요. 어쩌면 정말 좋은 소설일지도 몰라요. 저는 작품에 대해 말하기에는 너무 가까이 있기는 하지만요. 첫 장편의 장단점을 모두 갖고 있죠. 어니스트 헤밍웨이처럼 완성된 예술가의 작품이라기보다는 《천사여, 고향을 보라》•처럼 강한 개성이 드러나는 작품에 더 가깝습니다. 무용에 관심이 많은 사람들의 흥미를 끌 게 분명해요. **중요한 소재**를 다뤘고 정말로 새롭기 때문에 분명 팔릴 겁니다.

이제 출간 얘기를 해야겠어요. 그러리라 생각하지는 않지만, 혹시라도 출간할 생각이 없다면 연락은 모두 저를 통해야 합니다. 책을 펴내기로 했다면 젤다에게 직접 편지를 써주세요. 작품이 받아 마땅하다고 생각하는 칭찬이라면 뭐든 듬뿍 해주셔도 됩니다. 전에 걸어뒀던 제한은 전부 철회할게요. 집필에 대한 부담은 그녀에게 해가 됐지만 이 작품은 써야만 했던 소설이었죠. 소설을 다 쓰고 나서는 긴장을 풀어야 했는데, 칭찬을 받으면 의사들이 알아차렸던 그 자기도취의 조

● 토머스 울프가 1929년에 발표한 장편소설.

짐이 더 커질까봐 걱정이었지요 하지만 최근에는 그래도 제법 상식적인 관점을 유지하고 있어요(처음에는 수정을 거부했어요. 그러다가 본인 의견도 추가하며 원고를 완벽하게 고쳐서는 겉만 번지르르하고 자기 정당화로 가득해서 본인에게 어울리지도 않았던 '진실한 고백'을 솔직담백한 작품으로 바꿔놓았죠. 교정지를 더 살펴볼 수는 있겠지만 지금은 더 수정해보라는 얘기를 못 하겠네요). 현재는 칭찬이 그녀에게 얼마간 좋은 영향을 끼칠 겁니다. 하지만 젤다라는 사람의 개인적인 차원에서 보자면, 앞으로 여섯 달 내지는 몸이 더 건강해지기 전까지는 어떤 글도 쓰면 안 돼요.

다음으로 두 번째 사안인데, 당신 생각보다 훨씬 중요한 얘기예요. 출판 업계에 20년간 몸담아왔으니 거물 작가들에게 얼마나 쪼잔한 구석이 많은지 충분히 봐왔겠죠. 예전에 어니스트가 제게 "당신과는 절대 같은 시기에 책을 내지 않겠어"라고 말한 적이 있어요. 그랬다간 감정이 상할 일이 생긴다는 뜻이었죠. 충고하는데 그 친구가 뉴욕에 있다면 (당신이 젤다의 소설을 좋아할 경우의 일이기는 하지만) 젤다의 소설을 칭찬하지 마세요. 아니, 아예 말도 꺼내지 말아요! 어니스트는 자기 작품이 훌륭하면 훌륭할수록 당신이 작품에 온전히 충성심을 보이기를 점점 더 바랄 겁니다. 그건 그가 얻을 수 있는 몇 안 되는 풍부하고 풍성하며 새로운 즐거움이거든요. 젤다와 어니스트의 책이 맞붙을 가능성은 전혀 없지만 두 사람 사이에는 항상 미묘한 갈등이 있었죠. 둘을 나란히 놓으면 흥미로

우면서도 심각한 결과가 빚어질지도 몰라요. 흥미롭다는 건 당신과 나처럼 질투심이라고는 모르는 사람들에게 그렇다는 뜻이에요.

한 가지만 더요. (출간하기로 했다면) 젤다에게 보내는 편지에 계약이나 조건에 얘기는 하지 말아줘요. 당신에게 소식을 듣는 대로 제가 전달할게요.

모던 라이브러리 선집 문제는 고마워요. 내가 뭘 해야 할지 정확히 모르겠어요. 5년이라는 세월이 훌쩍 지났는데 나란 사람이 어떤 인간인지도 제대로 결론을 못 내리네요. 그냥 아무나 대신 결정해주면 좋겠어요……

당신의 친구

스콧

해설

친구를 기다리며

    젤다 세이어는 1900년 7월 24일 미국 앨라배마주 몽고메리에서 앨라배마주 대법원 판사 앤서니 세이어의 막내딸로 태어났다. 아버지는 엄격한 인물이었고, 젤다는 아름다운 외모와 쾌활하면서도 반항적인 성격으로 일찍부터 사람들의 이목을 끌었다. 1918년 7월, 당시 육군 소위였던 프랜시스 스콧 피츠제럴드는 상관들을 모시고 몽고메리의 컨트리클럽에 갔다가 열일곱 살의 젤다를 만났다. 그로부터 석 달 뒤인 9월 7일, 피츠제럴드는 비망록으로 사용하던 금전출납부에 "사랑에 빠졌다"라고 썼다. 두 사람은 1919년 약혼했다가 파혼했으나 스콧의 첫 장편《낙원의 이쪽》이 출간되고 일주일 뒤인 1920년 4월 3일에 결혼했고, 1921년 두 사람 사이에서 딸 스코티가 태어났다.

    부부는 롱아일랜드에 거처를 두고 뉴욕을 오가며 화려한 생활을 누리다가 1924년 여름 프랑스 생라파엘에 머물렀는

데, 여기서 젤다는 프랑스 해군 소속 조종사 에두아르 조장과 염문을 뿌렸다. 1926년 두 사람이 미국으로 돌아온 뒤에는 스콧이 영화배우 로이스 모런과 불륜 관계에 빠져들었다. 젤다는 1927년부터 본격적으로 발레 교습을 받기 시작했고, 1928년 파리 체류 당시에는 러시아 출신 유명 발레리나 류보프 예고로바의 지도를 받으며 발레에 몰두했다. 일급 무용수가 되기에는 나이가 많았지만 젤다는 몸을 혹사해가며 연습에 매달렸고, 1929년 나폴리의 산카를로 오페라 극장 발레단에서 입단 제안을 받지만 고민 끝에 포기했다. 1930년 젤다는 조현병(양극성 장애였을 가능성이 더 높다는 주장이 있다) 진단을 받고 파리와 제네바 등지에서 입원 생활을 하다가 1931년 귀국했다. 같은 해 11월 젤다의 아버지가 세상을 떠났고, 증상이 악화한 젤다는 이듬해인 1932년 2월 볼티모어의 핍스 클리닉에 입원했다.

이 핍스 클리닉에서 육 주라는 짧은 기간에 집필한 장편이 《왈츠는 나와 함께》다. 소설은 수정을 거쳐 1932년 10월 스크리브너 출판사에서 출간되었다. 이미 피츠제럴드 부부와 소원한 관계였던 어니스트 헤밍웨이가 투우를 소재로 쓴 논픽션 《오후의 죽음》이 같은 출판사에서 출간되고 나서 약 한 달 뒤였다.

이상의 전기적 사실에서 짐작이 가능하듯 《왈츠는 나와 함께》는 작가의 사생활을 상당 부분 반영한 자전적 작품이다. 희망과 낭만과 환멸 사이를 언제 바퀴가 빠질지 모를 자동차처럼 덜컹거리며 오가는 이 소설에서 주인공 앨라배마 베그스와 남편 데이비드 나이트의 삶은 피츠제럴드 부부의 삶의 궤적과 거의 일대일대응에 가깝게 움직인다. 그렇다고 해서 이 소설이 1920년대 미국 문학계에서 가장 유명했던 커플의 이면을 소설적 허구를 방패 삼아 폭로하는 작품은 아니다. 줄거리만 훑는다면 그런 인상이 들지 몰라도 읽기 시작하면 생각이 바뀔 것이다. 《왈츠는 나와 함께》는 '무엇을 썼는가'보다는 '어떻게 썼는가'가 압도적으로 중요한 소설이기 때문이다. 이 작품의 핵심은 내용이 아니라 스타일, 다시 말해 문장이다.

따라서 《왈츠는 나와 함께》의 친구가 되고 싶다면 우선은 작품 곳곳에서 튀어나오는 꾹꾹 눌러쓴 듯한 표현들, 이를테면 "덫에 걸린 연약한 야생동물의 생명력 가득한 눈빛이 팽팽한 그물 같은 이목구비로부터 빠져나와 회의적인 유혹을 담아 정면을 응시했다" 혹은 "열일곱 살의 나이에 소녀는 가능성을 탐식하는 철학적 대식가가 되어 가족들의 식사 자리에서 던져진 좌절의 뼈를 골수까지 빨아먹고도 늘 허기졌다" 혹은 "재즈의 미로 같은 감성 속에서 사람들은 좌우로 고개를 흔들고 도시를 가로질러 서로에게 고개를 끄덕였으며, 유선형의 몸뚱이들이 마치 빠르게 움직이는 라디에이터 뚜껑 위 금속 조상처럼 이 나라의 뱃머리에 타고 있었다" 같은 문장과 친해질 준비가 어느 정도는 되어 있어야 한다. 소설은 이야기가 흘러갈 법한 순간에도 곧잘 멈춰서 자연의 풍경과 도시의 흥청거림에 집요하게 머물며 이를 속속들이 음미한다. 앨라배마 또한 자주 상념에 빠져 자신의 외부와 내면을 깊이 응시한다.

다소 비뚤배뚤한 서사에, 공감각적이며 회화적인 데다 생경하기까지 한 문장들이 도드라지는 이 작품에 대한 출간 당시의 평가는 그리 호의적이지 않았다. 여러 평자가 소설의 특징적인 스타일을 편집과 교정의 부재에서 비롯한 결과로 보았으며, 심지어는 작가가 자신이 사용하는 단어의 의미를 정확히 알고는 있는지 의문을 표하기까지 했다. 작가가 언어를 구사하는 방식과 그 효과에 주목한 호의적인 서평도 있었지만 대체로 부정적인 평가가 우세했다. 어니스트 헤밍웨이는 이 소설의 편집자 맥스 퍼킨스가 책을 보내자 "도저히 읽을 수 없는 작품"이라 말했다. 표현의 수위는 달라도 하고 싶은 말은 비슷했던 셈이다. 작가로서의 재능도, 소설의 가치도 의심스럽다는.

그러나 이상의 평가에 많건 적건 동의하는 사람이라 해도 《왈츠는 나와 함께》가 인상적인 힘과 활력으로 독자를 끌어들인다는 점까지 부인하기는 어려울 것이다. 깔끔하게 잘 다듬어졌어도 밋밋한 작품이 있는 한편 이런저런 단점이 존재함에도 기억에 남는 작품이 있고, 이 소설은 분명 후자에 속한다. 소설에서 앨라배마는 본격적으로 발레의 세계에 뛰어들며 이렇게 생각한다. "밤이면 앨라배마는 지쳐서 꼼짝도 못한 채 창가에 앉아 무용수로 성공하겠다는 열망에 사로잡히곤 했다. 그 목표에 도달하면 자기를 몰아붙이던 악마를 몰아낼 것 같았고, 스스로를 입증함으로써 오로지 자신에 대한 확신 속에서나 상상할 수 있던 평화를 얻을 것 같았고, 춤이라는 수단을 통해 감정을 통제하고 사랑이나 연민이나 행복을 뜻대로 불러낼 수 있으며 그러한 감정들이 흐를 통로를 마련할 수 있을 것 같았다." 앨라배마가, 그리고 젤다가 품은 이 절박함이《왈츠는 나와 함께》를 관통하면서 작품의 힘을 끌어낸다. 이때 작품의 화려한 비유와 표현은 앨라배마-젤다라는 한 인간이 빠져든 치열하고 혼란스러운 마음을 가능한 한 정확하게 드러내려는 시도로, 종종 도약하는 문장은 그 마음을 붙잡고자 분투하는 과정으로 바라볼 수 있으며, 그 과정은 결국 자신을 통렬하게 응시하며 불확실한 세상에서 한 걸음 더 나아가고자 하는 의지로 변모한다.《뉴욕 타임스》의 전설적인 서평가 미치코 가쿠타니가 이 작품에 대해 "자신만이 가진 무언가를 성공시키고자 하는 영웅적인 절박함을 전달하는 데 성공"했고, 젤다를 가리켜 (남편 스콧에 대해 문학 평론가 에드먼드 윌슨이 했던 말을 빌려) "언어를 무지개처럼 재기가 번득이는 놀라운 것으로 바꾸는 재능"을 가진 작가로 두각을 나타냈다고 썼을 때 염두에 뒀던 점도 이와 비슷하지 않았을까 싶다.

이 작품의 수정에 스콧 피츠제럴드가 어느 정도까지 관여했는지는 확실치 않다. 다만 스콧의 강력한 요구로 큰 폭의 수정이 이루어졌다는 사실은 분명하다. 육 주 만에 쓴 초고라면 아무래도 고칠 부분이 많았으리라는 상식적 추측은 차치하더라도, 그가 당시 《위대한 개츠비》 이후 야심 차게 집필 중이던 새 장편 《밤은 부드러워》와 《왈츠는 나와 함께》의 소재가 상당 부분 겹친다는 사실이 젤다에게 수정을 요구한 주된 이유였다. 더군다나 스콧은 젤다가 초고를 쓰고 나서 자기가 아니라 편집자인 맥스에게 곧장 원고를 보냈다는 사실에 몹시 기분이 상했고, 전보를 보내 수정본이 도착할 때까지는 초고를 검토도 하지 말라고 요청했다. 그로부터 약 한 달 반 뒤 스콧은 맥스에게 편지를 보내 "소설은 여러모로 좋아졌"고 "새로 쓴 작품이나 다름없죠"라고 했다.

젤다와 스콧 피츠제럴드의 관계에 대한 두 가지 관점이 있다. 하나는 젤다가 사치와 낭비로, 그리고 나중에는 병원비로 스콧을 파멸시켰다는 관점이다. 다른 하나는 1970년 낸시 밀퍼드가 발표한 전기 《젤다》가 큰 성공을 거두면서 자리 잡은, 젤다가 스콧의 과도한 통제와 착취로 인해 예술적 재능을 꽃피우지 못하고 희생되었다는 관점이다. 실제로 스콧은 젤다의 언행을 계속해서 자기 소설 속 여성 인물에게 투영했고(유명한 예로 딸 스코티를 낳고 젤다가 했던 "이 아이가 작고 예쁜 바보로 자랐으면 좋겠어"라는 말을 《위대한 개츠비》의 등장인물 데이지 뷰캐넌의 대사로 사용한 일이 있다), 젤다의 일기와 편지 속 구절을 따다 자기 작품에 사용했다. 젤다가 쓴 단편 상당수는 스콧의 이름으로, 또는 부부의 공동 작품으로 발표되었다. 그러나 어느 쪽 관점을 따르든 두 사람의 삶이 정말 긴밀히 얽혀 있었다는, 스콧 피츠제럴드 연구자 모린 코리건의 말마따나 두 사람이 서로를 어느 정도는 창조했으며 서로를 거의 파괴하다시피 한 관계였다는 점은 부정하기 어렵다(공쿠르상 수상작인 질 르루아의 《앨라배마 송》은 이 점에 주목해 젤다의 삶을 재구성하는 동시에 젤다의 존재와 목소리를 전면에 내세운 소설이다).

당연한 일이겠지만, 스콧은 《왈츠는 나와 함께》를 어떤 의미로건 가장 '정확하게' 바라본 최초의 인물이었다. 그는 맥스에게 보낸 편지에서 이 작품에 대해 다음과 같이 말했다. "첫 장편의 장단점을 모두 갖고 있죠. 어니스트 헤밍웨이처럼 완성된 예술가의 작품이라기보다는 《천사여, 고향을 보라》처럼 강한 개성이 드러나는 작품에 더 가깝습니다." 스콧은 이 작품이 '무용에 관심을 가진' 사람들의 흥미를 끌어서 잘 팔리리라는 관측을 덧붙였지만 판매 실적은 저조했다. 초판 3000부 중 약 1400부가 팔렸고, 이 작품으로 젤다가 얻은 수입은 120달러 남짓이었다. 맥스는 젤다에게 수표를 끊어 보내면서 자신은 이 작품의 마지막 부분이 매우 훌륭하다고 생각하며, 만약 (대공황으로 인한) 불경기가 아니었다면 결과가 달랐을지 모른다고 썼다. 피츠제럴드 부부가 대공황 이전, 이른바 '재즈 시대'이자 '광란의 1920년대'의 대표적 아이콘이었다는 사실을 떠올린다면 이 지적에는 씁쓸한 아이러니가 있다.

《왈츠는 나와 함께》 이후 젤다는 두 번째 장편을 시도했지만 완성하지 못했다. 그녀는 희곡을 쓰고 그림도 그렸지만 인정받지 못했다. 스콧이 심혈을 기울인《밤은 부드러워》역시 예전에 그가 누렸던 명성을 회복시키지 못했다. 젤다와 스콧은 1939년 이후로는 다시 만나지 못했다. 1940년 알코올의 존증 상태였던 스콧은 미완성 장편을 남긴 채 심근경색으로 사망했다. 젤다는 남편의 장례식에도, 딸 스코티의 결혼식에도 참석하지 못했다. 그로부터 8년 뒤인 1948년, 젤다는 입원해 있던 병원에서 일어난 화재로 사망했다.

'못했다'와 '사망했다'로 점철된 이 우울한 후일담을 살펴보고 나서 돌아가는 소설의 마지막 장면, 앨라배마가 자기 자신에 대한 깨달음을 얻어 평온을 찾고 데이비드와 함께 "조용한 거실에 함께 앉아 송어가 헤엄치는 맑고 시원한 물살처럼 이곳에 흐르는 어스름을" 지켜보는 이 장면에는 "한때 나자신이었던 깊은 저수지"를 바닥까지 긁어내 퍼 올린 뒤 발견한 희망, 하지만 끝내 이루어지지 못한 채 활자로 고정되어 세월에 빛이 바래 가는 희망이 자아내는 애수가 배어 있는 듯하다. 발표된 지 90여 년이 넘었지만《왈츠는 나와 함께》는 여전히 그 거실에서 친구를 기다리고 있다. 이 절박함에 감응할 수 있는 친구를.

최민우

휴머니스트 세계문학 042

왈츠는 나와 함께

1판 1쇄 발행일 2025년 3월 10일

지은이 젤다 피츠제럴드
옮긴이 최민우

발행인 김학원
발행처 (주)휴머니스트출판그룹
출판등록 제313-2007-000007호(2007년 1월 5일)
주소 (03991) 서울시 마포구 동교로23길 76(연남동)
전화 02-335-4422 **팩스** 02-334-3427
저자·독자 서비스 humanist@humanistbooks.com
홈페이지 www.humanistbooks.com
유튜브 youtube.com/user/humanistma **포스트** post.naver.com/hmcv
페이스북 facebook.com/hmcv2001 **인스타그램** @boooook.h

편집주간 황서현 **편집** 김대일 이성근 **디자인** 김태형
조판 아틀리에 **용지** 화인페이퍼 **인쇄·제본** 정민문화사

ISBN 979-11-7087-297-9 04840
   979-11-6080-785-1 (세트)

휴머니스트 세계문학